南宋生活顧問（下）

阿昧 著
游素蘭 繪

目次

壹之章　朝廷議和迫裴窮

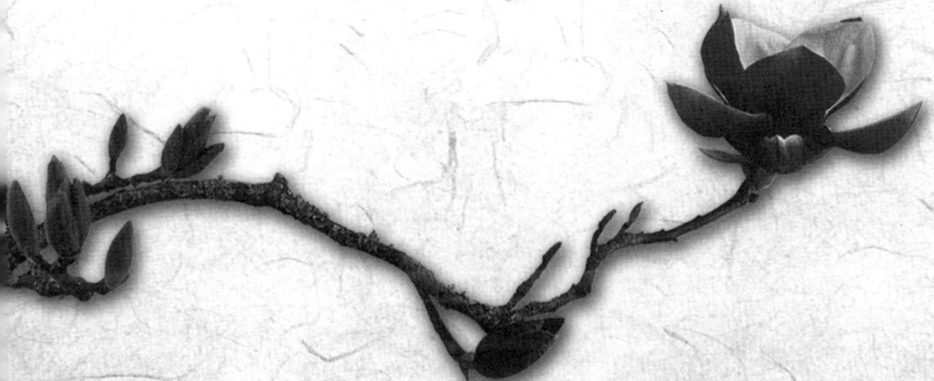

小圓在下人們住的院子找到午哥的時候，他正悠哉地掰糖吃。阿繡不知外頭找這位小祖宗已是把家裡鬧了個天翻地覆，驚訝道：「午哥說他是課間歇息，溜達過來給喜哥捎塊糖過去的。」

捎塊糖能捎帶這樣久？她一向粗枝大葉，小圓反倒不知說她什麼好，只得叮囑這院子裡的人，往後都要提點神，不許由著孩子們到處亂跑。

程慕天氣午哥惹娘子著急，高舉了巴掌欲打，小圓卻攔住他，鄭重其事地問午哥道：「為什麼翹課？」午哥理直氣壯地答道：「你們又沒有問我願不願意讀，我為什麼要去？」

小圓愣了一愣，轉向程慕天苦笑，「原來竟是我們的錯，忘了與他商量。」

程慕天見兒子小小年紀就學會討價還價，更是生氣，一巴掌扇到他的小屁股，罵道：「父翁之命，你還敢不聽？」

小圓雖不贊同這一巴掌，卻也不想在孩子面前與他唱反調，便扯了扯他的衣襟，蹲下身子，正經地向午哥道歉：「爹娘沒事先徵求你的意見，是我們的錯。」

午哥悄悄抹了把眼角的淚，咧嘴笑道：「我不怪你們。」這狂妄之言惹得程慕天又想舉巴掌，小圓橫了他一眼，繼續輕言細語道：「午哥，咱們家連丫頭小廝都能識幾個字，你要是走出去連店鋪的招牌都不認得，豈不是惹人笑話？」

午哥眼睛一亮，抱住她的腿，驚喜地問道：「娘，我真的只用認字？先生怎的說還要破題寫文？」小圓向程慕天笑道：「原來是被先生嚇著了！」說完，安慰午哥道：「寫文章是以後的事，你現在只需要把字認全。」

程慕天叫兒子讀書，自然是想讓他參加科考，於是，對小圓的話就很是不滿，道：「遲早是要寫的，妳莫要嬌慣著他！」

小圓無奈地道：「二郎，他三歲都還未滿，能認幾個字已是很了不得了，何苦逼著他，反叫他失了讀書的興致？」

程慕天餘怒未消，哪裡聽得進她這話，抓起桌上的書就丟到午哥懷裡，沉聲道：「滾去讀，今兒不認全一百個字，不許吃晚飯！」午哥哭喪著臉，望向小圓，「娘，我下午還要去練拳。」

小圓要保持同程慕天的統一戰線，便板了臉道：「這事兒是爹娘不對在先，你若不想學，大可走回來告訴娘，為何要偷偷躲起來，害得大夥兒一通著急？你爹罰得一點兒都沒錯！不去的話，小心午飯也沒得吃！」

程慕天看著午哥走第四進院子，這才轉身回屋，忿忿地道：「我怎麼養了這樣一個膽大包天的兒子！」小圓倒了杯茶給他，問道：「二郎，你不會真的一心想讓午哥考科舉吧？」

程慕天不滿地看了她一眼，「難道放任他和甘十二一樣嗎？」

小圓微感訝異，雖說程家族裡為官者甚多，但午哥是長子，首要任務該是繼承家業吧，這般逼著他為八股文做準備，到底是為哪般？

程慕天似是猜到了她的心思，解釋道：「我也曾想考科舉來著，要不是瘸了條腿，沒准現在……」原來是自己沒有實現的夢，想加諸在兒子身上。

小圓打斷他的話，說道：「虧得你沒去考什麼科舉，考來一個帶右字的官又有何用？僧多粥少，等差遣的人排老長的隊，到頭來還得和我三哥一樣，自己花錢買！」她還有些話不敢說出口，這風雨飄搖的大宋，誰曉得還能撐幾年，趁早多藏些金子，備幾條後路最實惠，還去管那無甚用處的八股文與科舉作什麼？

程慕天不贊同她的觀點，歇了一會子，起身朝第四進院子去，說是要親自督促兒子認字。

吃午飯時，午哥匆匆扒了兩口就跑，稱還有大半的字沒有認出來，急著去完成任務，免得吃不了晚飯。小圓看了狠心逼兒子的程慕天一眼，沒有作聲。

采蓮在旁道：「少夫人，因為午哥早上翹課，陳姨娘把雨娘也提前帶回去了。既是下午還開課，我使人去接她來？」

小圓點了點頭，叫她順路去蛋糕鋪子取幾盒蛋糕和餅乾回來，預備下午孩子們學累了吃點心。吃罷午飯，小圓兩口子正欲歇午覺，阿雲一臉惱怒地跑進來通報，說錢夫人牽著程四娘，抱著仲郎，賴在前堂不走。程慕天將剛解開的腰帶重新繫好，走出來罵道：「怎的就放她進來了？」

小圓翻出「懶梳妝」來戴，遮住已淩亂的髮髻，跟出來嗔道：「爹一過世，你就連場面功夫也不做了。不說那是繼母，就看在親弟弟、親妹妹的分上，也不能叫他們在外頭站著呀！」

程慕天地一張臉黑似鍋底，甩了甩袖子，一馬當先往前堂走去。也不叫人備茶，開口就叫他們自哪裡來，還朝哪裡去。錢夫人沒想到他問也不問一聲就趕人，竟愣在了那裡。

程慕天的幾個姊妹都怕他，從未見過他好臉色的程四娘更是不例外，忙拉了拉錢夫人的袖子，小聲道：「娘，咱們回去吧。」錢夫人回過神來，一掌拍掉她的手，罵道：「回什麼回？妳個賠錢貨，就留在這裡吧！」

程四娘也是曾被她捧在掌心裡的孩子，自有了仲郎，待遇才急轉直下。小小年紀的她，隱約明白癥結所在，卻不敢吱聲，眼淚在眶裡直打轉，緊咬著下唇，不讓自己哭出來。

就是無聲的眼淚也讓錢夫人看著心煩，拍了她一掌，厲聲道：「來前怎麼教妳的？啞巴了？」

程四娘怕再挨打，忙朝前走了幾步，半垂著頭，向程慕天道：「哥哥，爹沒有給娘留養活我的錢……也沒留我的嫁妝錢……」

程老爺心裡壓根就沒有這個閨女，哪裡想得起來留錢給她。程慕天摸了摸下巴，有些犯難，這個妹妹他肯定是不會留下的，妻子照顧兩個小子已經很累了，不能再給她添麻煩，既然如此，那就給繼母添些錢？添多少合適呢？難保她不藉著這機會獅子大開口。

他正為難，小圓端著盤餅來，抓了把塞到程四娘手裡，笑道：「哥嫂豈會不管，就是以後的嫁妝也少不了妳的，且放一百個心。」說完，喚采蓮道：「往後照著午哥的份例每月送錢去給丁姨娘，記得告訴她，要省著些用，若是提早用完了，就得讓四娘子餓到下個月了。」

錢夫人忽地站起身來，怒道：「我才是她的娘，為何把錢送給一個妾？」

小圓沒有理她，俯身問程四娘：「四娘子，那錢是哥嫂與妳的，妳願意給哪個管？」程四娘淚汪汪的一雙眼，看了看她，又看了看錢夫人，垂首不說話。小圓明白過來，這孩子想讓生母管自己的生活費，又怕嫡母怪罪，因此只低了頭不開口，果真是逆境的孩子格外早熟。

她是代行母職，照管過程四娘幾天的，難免就憐惜她些，便把程慕天拉到外頭商量道：「丁姨娘能做什麼主？錢給她，也會被繼母奪了去。」程慕天自然也不願意養活妹妹的錢便宜了繼母，猶豫道：「另騰個別院給丁姨娘住？」

小圓差點叫出聲來，急道：「那怎麼成，丁姨娘也不是個讓人省心的！你今兒讓她單獨開府，明兒她就想爬到你頭去了！」她想了想，便道：「四娘子好好一個孩子，別讓繼母和丁姨娘教壞了，咱們接回來養活吧。」

程慕天連連搖頭道：「妳別做那吃力不討好的事，妳是一片好心，誰曉得人家領不領情？指不定四娘子還怪妳拆散了她母女呢！」小圓不好意思地笑了，道：「自從做了娘，格外心軟起來，倒沒想得那樣深遠。既是這樣，就叫四娘子來家讀書吧。每日裡有我們看著，想必繼母不敢太過分。」

程慕天勉強點了點頭，囑咐她凡事叫丫頭們看著便是，莫要親力親為，累壞了身子。

小圓嗔道：「我照顧你兒子時，怎沒見你要丫頭代看？那也是你親妹妹，你這心忒偏了些。」

程慕天頗不以然，他偏心偏得理直氣壯，大步走進堂裡去，把他們商議的結果告訴錢夫人。說完，根本不留給她反駁的機會，就連聲命人上湯。

沒得迎客的茶，倒有送客的湯，錢夫人氣得直磨牙，抱著仲郎的手難免就緊了些，疼得他哇哇大哭。這哭聲提醒了她，忙道：「還有一事，你二嬸隔三差五就來我們家鬧著要過繼，這事兒你不能不管！」

程慕天的眼睛瞪得老大，原來她是有事相求，可這求人的人怎麼比他還囂張？小圓曉得程二嬸鬧事是程大姊招來的，她明白見好就收的道理，便不動聲色挪到程慕天身後站著，悄悄用小指頭捅了捅他的背。

程慕天得了暗示，就把要出口的話變了變，敷衍道：「我還不曉得這事體呢，且等我打探清楚再說。」說完，不耐煩地把湯碗端了端，拂袖而去。

錢夫人定力驚人，見了他這般舉動，還是坐著不走。小圓沒法硬著趕人，只得牽了程四娘的手，使了個金蟬脫殼之計，「四娘子，嫂嫂帶妳去看看小學堂好不好？」

她帶著程四娘一溜煙跑了，錢夫人小腳，又抱著仲郎，哪裡追得上，只好回來坐下。阿雲一心要趕她走，出去晃了幾步又進來，道：「夫人，您先回吧，四娘子待會給您送回家去。」

錢夫伸手就打，「妳這丫頭太無理，有妳這樣跟主人講話的嗎？」

阿雲哪裡會由著她的巴掌落到自己身上，朝後疾走幾步躲開，笑嘻嘻地拍了自個兒的胳膊兩下，道：「夫人小心手疼，我自個兒打。」錢夫人還要上前追著打，小銅錢實在不明白自家知書達理的夫人，怎麼變成了這副模樣？忙前拉住她苦勸道：「少爺沒說不幫咱們，且回家去等消息吧。」

錢夫人追不上跑得快的阿雲，只得氣喘吁吁，氣哼哼地上轎回去了。

阿雲朝她離去的方向啐了一口，歡歡喜喜地尋到小圓邀功，沒想到卻挨了一頓罵：「妳這是害四娘子回去挨打。」阿雲方才是見識過錢夫人打程四娘的模樣的，經這一罵，後悔不已，生怕她真的遷怒到程四娘身上，忙拔腿往外跑，說要去找她道歉。

小圓攔住她道：「妳道歉她會聽嗎？去跟她說，若是苛待四娘子，程二嬸的事我們就不管了。」阿雲笑道：「少夫人盡會嚇唬人，我要早曉得有制住她的法子，就多戲弄她幾下了。」

小圓看著她一蹦三跳地出去，無奈搖了搖頭，牽著程四娘繼續瞧學堂。那房裡擺著三張特製的矮桌子，午哥打頭，旁邊是雨娘，後頭是喜哥，周夫子正在教他們認字。

程四娘探頭好奇地打量，突然小聲道：「嫂嫂，妳不必替我為難，其實娘也不怎麼打我。」

小圓很奇怪她怎會說出這番話來，連問了幾句才知道，原來程四娘看屋裡沒有多出來的桌子，就以為嫂子不是真要留她讀，而是為了讓她能儘量少待在家裡，免得挨打。

這孩子真是玲瓏心思，招人憐愛，竟把大人的想法猜了個七七八八。小圓突然想起未出閣前的程三娘也是這般的小心翼翼，不同的是，程三娘是小心翼翼為自個兒謀福利，程四娘則是生怕給哥嫂添了麻煩。

小圓心中憐惜愈盛，忙帶著程四娘到庫房去看，指著好幾張嶄新的桌子道：「有給妳備桌子，因妳沒來，所以未搬出去。」程四娘終於甜甜笑了起來，可不多時又黯然道：「我沒錢買。」

小圓連忙安慰她道：「這些都不消妳操心，明兒嫂嫂就叫人去買。」說完，又道：「妳想吃什麼穿什麼儘管來告訴嫂嫂，切莫藏在心裡，妳小時候還是嫂嫂帶的呢，可別大了反倒生分了！」

程四娘十分小意，什麼也不要，卻把餅乾抓了小小一把，說要帶回去給丁姨娘嘗嘗。屋裡下人們的眼睛都酸酸的，恨不得勸少夫人把四娘子留下來養活。小圓也是憐惜她，便命廚房備些好菜，晚上留她吃飯。

待得孩子們下學，薛家來人把雨娘接了回去，喜哥過來蹭了幾塊糖吃，也準備回家吃飯，小圓叫住他問道：「喜哥，你不是給午哥做書僮的嗎，怎的你回來了，他倒沒回來？」

喜哥眨了眨眼，這才想起來自己的身分是書僮，忙把糖塞進嘴裡，拔腿朝學堂裡跑，不多時又呼哧呼哧跑了回來，道：「少夫人，午哥說他一百個字還未認全，怕少爺打他，正在那裡用功呢。」

小圓瞪了程慕天一眼，「看你把孩子嚇的。」程慕天道：「我可沒嚇他，不認全真不給飯吃。」說完，叫喜哥先回去，又叫丫頭們上菜開飯。小圓明白做父母得有原則，但兒子餓著肚子，她哪裡吃得下，忙喚來余大嫂招呼程四娘，自己去小學堂尋午哥。

午哥的確還伏在桌子上用功，但不止他一個，周夫子也陪在一旁，不時指點他一下。小圓有些吃驚，萬分過意不去，忙過去行了一禮，懷著歉意道：「他父翁罰他，倒連累了先生。」周夫子不甚在意地搖頭，「我既受了程少爺的束脩，自當盡心盡力。分內之事，少夫人何須掛齒？」

小圓不願累得他也吃不了飯，便替午哥將書收起，領他回房。午哥見了程四娘，臉上露出驚訝神色，但什麼也沒說，照著規矩行過禮，坐到桌邊開始猛朝嘴裡扒飯，一面吃一面道：「娘，快些上菜，我還有幾十個字未認出來。」

從他坐到桌前起，程慕天的臉色就沉了下來，此刻見他沒完成任務擅自吃飯，還敢催促娘親，更是火冒三丈地搶下他的飯碗，怒道：「《童蒙須知》上是怎麼說的？」

午哥再膽大，也怕老子發火，急得推開凳子，朝後退了幾步站好，兩手在身側貼得緊緊的。

擔心程慕天又訓斥，午哥慌忙開始背書：「衣服冠履第一，語言步趨第二，灑掃涓潔第三，讀書寫文字第四，雜細事宜第五。」程慕天見他背得一字不差，心想，我這個兒子腦子倒是不笨，臉色稍稍緩了緩，又問：「『語言步趨第二』怎樣解說？」

午哥小心思多，見父翁的臉色方才曉得是背書背得好，討了他的喜歡，便一口氣背了一整段：「凡為人子弟，須是常低聲下氣，語言詳緩，不可高言喧鬧，浮言戲笑。父兄長上有所教督，但當低首聽受，不可妄大議論。長上檢責，或有過誤，不可便自分解，姑且隱默。久，卻徐徐細意條陳云，此事恐是如此，向者當是偶爾遺忘。或曰，當是偶爾思省未至。若爾，則無傷忤，事理自明。至於朋友分上，亦當如此。凡聞人所為不善，下至婢僕違過，宜且包藏，不應便爾聲言。當相告語，使其知改。凡行步趨蹌，須是端正，不可疾走跳躑。若父母長上有所喚召，卻當疾走而前，不可舒緩……」

程慕天又氣又好笑，拍了拍桌子，道：「別賣弄了，還不趕緊過來。」桌邊的程四娘一臉豔羨，小圓則是萬分喜悅。午哥才三歲，竟能背下這樣大篇的書，她忍不住問程慕天道：「他今日不是在認字嗎？怎的還背了書？」程慕天絲毫不覺得背書和認字有什麼矛盾衝突，不曉得怎樣回答她的問題，愣了半晌，道：「背書是先生教的，認字是我罰他的。」好不容易有了個兒子讓你父翁威風，挺得意吧？小圓暗自腹誹，又問午哥：「兒子，你方才背的那段，可曉得意思？」午哥老實搖了搖頭，答道：「不懂。先生叫我們先背下來，明兒再講含義。」

程慕天道：「先生明日講的是大道理，今日爹先與你講幾個小的，你給聽好了。從今往後，聆聽父母訓誡時不得還嘴；長者站立時不得就座；長輩勸飲時不得推拖不喝。」

午哥連連點頭，隨後眼巴巴地望著小圓。小圓不明所以，只得與他對望。午哥到底年小，見她不明白自己的意思，急道：「娘，妳快些說叫我吃飯呀。爹說了，長輩勸飲時不得推拖不喝，那妳勸我吃飯，我也不得不吃。」

滿屋子人哄堂大笑，小圓摟著程四娘笑道：「明兒妳進了學堂，可得提防著他。免得被他哄了去。」程慕天也很想笑，又不願失了父翁的威嚴，抖著嘴角，忍得好不辛苦。

小圓見他鬆動，便替兒子求情道：「讓午哥吃了飯再接著認字？」程慕天看了看午哥，緩緩搖頭，「都是我寵他太過，才有今日這番景象，往後須得嚴加管教才是。」

午哥雖頑皮，但今日得了教訓後，背書認字都十分用心，就是先吃個飯又能耽誤什麼事？且餓著肚子，效率不是更低？小圓想了想，道：「那把規矩稍改一改，改成不認完字不許睡覺，如何？」

小兒郎正是長身體的時候，餓壞了確實是不好，於是程慕天這回點了頭，指了指凳子，叫午哥坐下吃飯。

小圓一邊給夾菜程四娘，一邊叮囑午哥：「四姑姑明兒和你們一起去讀書，不許欺負她。」午哥扮了個鬼臉，道：「欺負她不就是犯上了，爹又得打我。」話音未落，頭上挨了程慕天一個爆栗，唬得他三兩口扒完了飯，衝去書房接著認字。

吃罷飯，小圓把各色果子和零嘴裝了一盒子給程四娘，使人送她回去，再走到書房去看午哥。書房的桌子平日裡是程慕天用的，對於三歲的午哥來說，實在是顯高了些，他大概是嫌坐著搆不到桌面，乾脆蹲在椅子上。小圓將一盞加了杏仁的羊乳放到桌上，心疼道：「午哥，你房裡不是有矮桌子的，為何蜷在這裡？」

午哥先朝後看了看，見程慕天並未跟來，這才道：「娘，別告訴爹我蹲在他的椅子上，不然又要發脾氣。」待得小圓點頭，他又道：「我房裡還有個弟弟呢，一見書筆就要來搗亂，我沒法子才搬到這裡來。」

小圓忙讓人把他房裡的矮桌子搬到書房來，懷著歉意道：「是娘考慮不周，你已大了，該單獨住個屋子的。」午哥趕忙道：「前頭後頭的院子都空著，娘給一間讓我住呀。」小圓也忍不住學了程慕天，抓起桌上的《千字文》敲了他一記，笑罵：「你個猴兒，三天不挨打，上房就揭瓦。單獨住個院子，好不叫爹娘管你？休想！」

午哥鬥不過爹，又鬥不過娘，悻悻抓過《千字文》，挪到矮桌旁，繼續埋頭認字。

小圓湊過去看了看，驚訝道：「兒子，你這書上，除了字還是字呀。」午哥莫名其妙，「娘，不然還能有什麼？」

小圓把心中所想斟酌了一番，向他解釋「插圖」的打算，喚來程慕天，問道：「沒得人編一本更易懂的小兒識字書嗎？」大宋是個重文的時代，各種書籍都很齊全，因此她並未直接提出自己的想法，而先有了這一問，果然，程慕天略一思索，答道：「有『四言雜字』，四個字為一句，每句押韻，也有略配了幾幅小圖的。」

押韻？易記憶，卻對認字益處不大，但居然有為字配圖的先例，小圓興奮起來，拋開了種種顧忌，抓起桌上的青檀紙，提筆劃了一幅小畫，下頭寫上對應的字，興致勃勃地招呼父子倆來見識她的「看圖識字」。

午哥捧著紙看了又看，還是搖了搖。程慕天猶猶豫豫，「這個字雖歪歪扭扭，倒還能勉強辨出來是個『虎』字，但這幅畫……貓？狗？」

小圓憤怒地把紙揉成一團，擲到他頭上，吼道：「這就是虎，老虎！」程慕天極其不滿她當著兒子的面做有損他威嚴的事，撿起那團紙撕了個粉碎，氣道：「我看妳倒像隻老虎，母老虎。」

他說完，另取了一張紙，幾筆勾出個輪廓，午哥拍著手叫道：「老虎！」他聽到兒子的肯定，勾了勾嘴角，將畫兒畫完，再題了個龍飛鳳舞的「虎」字，拍了拍手，自誇道：「這才叫『虎』。」

小圓看了看那頭氣勢十足的斑斕大虎，心悅誠服，嘴裡卻嘀咕道：「你不是做生意的嗎，怎麼醫術也懂點子，畫畫兒也懂點子？」程慕天把畫兒遞給午哥，教他認那個「虎」字，笑道：「我好歹也做過幾天的學子，會畫兩筆再正常不過，就是金九少，也會畫個美人圖呢。」

小圓見他心情尚好，便搬來一疊紙，招呼丫頭們齊上陣裁成小張，再請他把《千字文》上的字搬到小紙片上去，一片紙上一個字，一個字對照一幅圖，最後裝訂成冊，就是好看又好用的《看圖識字》。

程慕天寫寫畫畫，先完成了五十張，提筆寫封面時，想了「何氏」二字，變作《何氏看圖識字》，笑道：「等得了空，我去一趟尹家籍鋪，見見他家的掌櫃，商議商議這個冊子的價錢。」

小圓不好意思起來，道：「圖是你畫的，字是你寫的，該取作《程氏看圖識字》。」

程慕天把冊子遞給午哥，又開始畫下一本，笑道：「不搶妳的功勞，若能印出來賺錢，送給妳攢私房。」小圓見他畫得辛苦，還欲再推辭，轉念一想，如今家裡只有嫡親的四口，錢放在誰那裡都是一樣，便領了這個情，上前親手替他磨起墨來。

午哥記性本來就好，有了這《何氏看圖識字》，越發如虎添翼，二更才過不久，就把一百個字認全了。程慕天對自己的教育成果十分滿意，檢查完最後一個字，便許他去濯足睡覺。

小圓收拾好已畫完的幾本冊子，向他提議道：「把千字文的字畫完，足有二十冊，你一人哪裡做得了這許多，不如請個畫師來家。」程慕天卻想親手編課本給兒子，搖了搖頭道：「這冊子午哥用過後，辰哥還可接著用，我自己來編吧，花費不了幾日功夫。」

隨後幾日，他暫時擱下了手頭的生意，專心致志在家編了幾天，待到做出極精緻的二十本冊子，又挑了個好日子，帶一本去尋尹家籍鋪的掌櫃與他商定了印書的事宜。

一個月後，籍鋪的夥計送了印好的冊子來，小圓取了幾本翻了翻，問程慕天道：「二郎，這並不是你畫的呀？印得也有些模糊呢，遠不如你給午哥做的那些。」程慕天笑道：「我的冊子得留給午哥認字，哪裡騰得出空來？這是籍鋪的掌櫃尋了畫師畫好，再叫印的匠人雕出來印的，自然比不得我一筆筆劃出來的效果。」

小圓命人把冊子送三份學堂去，給喜哥、雨娘和程四娘一人發一套，又見晌午的時辰已過半，便叫人送小點心和涼飲去給孩子們作課間餐。程慕天嘗了一口廚房送來的雪泡縮皮飲，向小圓道：「這個味道還好，妳且嘗嘗。」

小圓自己面前有一杯卻不喝，偏端起他的那盞吃了一口，眼睛瞟著他一點一點紅起來的臉作樂，嘴裡講的卻是正事：「二嬸鬧著要過繼兒子給繼母的事，你該管管了。」

程慕天這才記起這檔子事體來，道：「那回繼母上門來，妳在我背後做小動作，定是有了主意吧，且說來聽聽。」小圓笑道：「實話與你講，二嬸去鬧繼母，是大姊暗地使的壞，今兒鬧也鬧夠了，難不成真讓繼母拿養仲郎的錢去養二嬸的么兒？依我說，你給泉州去個信，請族長發個話，這事兒便了了。」

程慕天頭一回覺得程大姊還是有可取之處的，笑道：「原來妳們把後招都想好了，怪不得按兵不動個把月。」他將小圓面前的那盞雪泡縮皮飲一口飲盡，起身去房寫信，託程東京在他的族長父翁面前美言幾句。程東京是內定的下任族長，族中在臨安的生意需得程慕天照料，對他的這份要求自是滿口答應。

沒過多久二嬸家就收到了族中來信，嚴禁他們再提過繼一事。族長的話，誰人敢不聽？二嬸再不甘心，也只得偃旗息鼓。錢夫人的大麻煩得以解決，並未使人來道聲謝，讓程慕天對她的嫌惡又添了幾分。小圓對繼母的態度卻不甚在意，她如今實現了關起院門與官人兒子過小日子的願望，旁的事體都不能教她放心。

這日午哥下學，中飯也吃完，就準備往健身強體館去，小圓叫住他問道：「你不餓？」午哥答道：「師娘做了綠荷包子。」喜哥在門口等他，接話道：「我們一人吃了兩個，不餓。」午哥想起荷包裡還有一個包子，忙掏出來遞給小圓，討好道：「娘，我特意給妳帶的，妳和弟弟分著吃吧。」

小圓接過包子掰開，陣陣清香撲鼻而來，原來裡頭的嫩肉餡裡摻了蓮子肉和碎荷葉。她一面佩服周娘子巧心思，一面笑罵午哥：「看你爹不在，就想開溜？小心晚些我告訴他，叫他打你板子。」午哥摟著喜哥的肩朝外走，笑嘻嘻地回頭道：「娘最疼我了，肯定不會說。」小圓笑嘆：「我這個做娘親的，一點兒威嚴也沒得。」

周夫子一家的吃食是由程府供給的，為何周娘子要自己做包子？莫非是廚房剋扣了飲食？她想到這裡，問采蓮道：「今兒廚房給周夫子一家準備的是什麼份例菜？」采蓮答道：「和少夫人的差不多，不過略少幾樣而已。」小圓這才放了心。叫她吩咐廚房另做幾樣新巧的菜，送去給周夫子。

廚房的菜還未得，周娘子先送綠荷包子來了。她將個荷葉形狀的大盤子擱到桌上，笑道：「未曾錯過少夫人的飯點吧？我家那個呆子，怕耽誤了少夫人吃飯，非要我過些時再送來。我想這吃過了飯再送包子來，豈不是多此一舉？因此就這時候過來了，還望沒有打擾少夫人才好。」

小圓起身謝過，笑道：「哪裡話？我家午哥偏了妳家的包子，我還未曾謝過呢。」周娘子擺了擺手，道：「少夫人太客氣了，這是我家官人嘴饞想吃綠荷包子，街賣的他又瞧不上，我這才大膽借了府上的爐灶，自己做了幾個，只不知中不中吃？」小圓笑道：「我那個兒子極叼嘴的，既是他說好吃，必定是味美的。」周娘子聲稱不打擾她吃飯，沒講幾句便起身辭去。

阿雲伺候著小圓吃完午飯，磨蹭到她身後，道：「少夫人，午哥他們中午只吃了兩個包子，現在想必是餓了，我送些飯食去給他們呀？」

什麼送飯食，是想去看在健身強體館教人打拳的孫大郎吧？小圓暗自嘆了口氣。那孫大郎的心思全不在她身上，她捨不得丟開手，這樣爽利的一個人，遇到自己的感情事就黏黏糊糊起來。她想是這樣想，卻不願做個惡人，便點了點頭，放她去了。

采蓮端來飯後的水果，嘆道：「這妮子怕是要落得一場空。」小圓苦惱道：「她今年十六了，該尋個人家了，可她一門心思都在孫大郎身上也無法。」采蓮道：「孫大郎怕是還中意著相撲班班主的閨女張真奴呢。」小圓苦笑：「他們若是定了親，反倒就好了，偏偏孫大郎年紀還小，這樣半吊著，阿雲不死心。」

采蓮朝外看了一眼，見孫氏並不在院子裡，便壓低了聲量道：「他們未定親，倒不是因為年紀小——聽聞孫大娘亦是喜歡那張真奴，已使媒人去求過親了，但那班主嫌棄孫大郎是奴籍，不肯把閨女嫁他呢。」

小圓驚訝道：「這事兒怎未聽孫氏向我提起？」采蓮笑道：「孫大娘最是有骨氣的人，不想求來個恩典，要自己攢錢給兒子贖身呢。」小圓沉吟片刻，吩咐道：「去和孫氏說，賣身契我先還給他們，錢留著她慢慢還。」

采蓮愣了愣，會過意來，「少夫人想讓阿雲早些死心？」小圓點了點頭，道：「她跟了我這些年，我怎忍心看著她白白浪費了心思，錯過了婚時？妳無事就去開導開導她，叫她另尋個兩情相悅的吧。」

采蓮將小圓的意思告訴孫氏，孫氏忙帶了孫大郎來磕頭，謝了又謝：「是我對不起少夫人。」小圓自然明白她的意思，笑道：「強扭的瓜不甜的道理我懂得，妳並沒有錯，何談對不起我？」她取了賣身契還給他們，又送了些錢與孫大郎充作聘資。孫氏執意立了借條，才收下賣身契和錢，領著孫大郎出門另尋住處去了。

眾人對她此舉佩服不已，阿雲卻躲進房裡大哭，「我哪裡比那個賣藝的張真奴差了，他寧肯拚死拚活掙錢還賣身錢，也不肯娶我。」采蓮見她犯糊塗，大著膽子拿了李五娘作例子勸解她，道：「少夫人的娘家三嫂，妳是見過了的，妳覺得她過得好不好？」阿雲抹著淚搖了搖頭，道：「她只比原先過得稍好些，不是來信說新近懷了身孕，何三少爺就趁機又納了妾嗎？」

采蓮見她還算明白，繼續勸道：「他們兩口子可不就是剃頭擔子一頭熱，妳要是真嫁給了孫大郎，日子比何三少夫人也好不了哪裡去。」阿雲大概是把她的話聽了進去，好一時沒有作聲。采蓮替她把淚擦乾，道：「少夫人說給妳兩日假呢，妳且在房裡歇一歇。」阿雲卻搖了搖頭，「我又無病，有什麼好歇的？」她默默在床躺了一時，似是自言自語：「他既狠心這樣對我，我又何苦為他難過，真是不值當。」

采蓮聽見這話，終於鬆了口氣，替她掩門，去給小圓報消息：「還不算太糊塗，比采梅強多了。」小圓正在清點辰哥周歲禮要用的事物，聞言笑道：「她同孫大郎通共也沒相處幾天，自然就容易放得開。」

過了幾日，辰哥滿周歲，果子、糖、餅、冊、筆硯、秤等物擺了滿滿一地，他總看著午哥習字，耳濡目染，旁的事物瞧也不瞧，一手抓了本，一手抓了支筆，逗得程慕天開懷大笑。

抓週完畢，眾親戚少不得要藉著機會樂一樂，園內搭就的戲臺，演著「喬相撲」，「喬」即是裝扮之意，由個表演者背著一對雙手互抱的偶人，兩「人」的腳分別由他的雙手和雙腿喬裝，隨著他彎著腰，四肢著地扭來扭去。那兩個偶人就變換出前摟、後掛、摟腰、盤腿等各種姿勢來，活像兩個真人在相撲。

程三娘捧著大肚子瞧時，奇怪問小圓：「嫂嫂，那演喬相撲的人怎的那般矮小？」程大姊插嘴笑道：「等會子再瞧。」話音剛落，戲臺的人謝幕，掀了偶人套子團團作了個揖，程三娘一瞧，原來那偶人是午哥裝扮的，她捂嘴笑道：「午哥小小年紀，竟會彩衣娛親，嫂嫂好福氣。」

午哥得了一把賞錢，跑回小圓身旁邀功，問道：「弟弟瞧了可歡喜？」程三娘又笑了，「原來不是彩衣娛親，是偶人逗弟。」眾人都笑了起來，齊齊來誇午哥，不料他平日膽子大過天，此時卻害起羞來，躲到小圓背後道：「我演得不好，師娘的小唱才叫好呢。」

周娘子就坐在旁邊，小圓忙罵他道：「小小年紀，你瞧得什麼叫小唱？莫要胡謅。」周娘子愣了一愣，旋即笑道：「小孩子講實話，少夫人罵他作什麼？若是眾夫人不嫌棄，我與各位唱一段兒。」

小圓欲出聲相攔，程大姊悄悄扯了扯她的袖子，喚來現成的奏樂班子，請周娘子執板唱了一段。一曲終了，眾人都叫好，正要請她再唱一唱，旁邊閣子來人，稱周夫子有事與周娘子相商，匆忙把她喚去了。

周娘子一走，程大姊臉就變了顏色，啐道：「不就會唱個曲兒，什麼能耐？」小圓不解她為何這般生氣，嗔道：「人家是正經娘子，我們午哥的師娘，妳叫人家小唱，她不惱妳已屬難得，妳倒還怪起人來。」

程大姊正巧站在個還沒撤下去的鼓架子旁，取了鼓槌猛地一敲，「正經娘子？我呸！她定是曉得我認出她來了，不唱又能怎的？」眾人都被她嚇了一跳，齊齊問她同那周娘子是什麼關係。程大姊大著嗓門嚷嚷道：「我家金九少是她的恩客，妳們說是什麼關係——仇人關係。」

恩客？那周娘子豈不是勾欄院的伎女？方才不是說她是午哥的師娘？程家小少爺怎的有個勾欄院出身的師娘？眾人的目光忽地由程大姊身上轉向小圓，俱是一副好奇難耐的模樣。

程大姊從來不扯謊的，那周娘子又沒有自己的姓氏，莫非是勾欄院出身的伎女，隱姓埋名來的？小圓被席上的眾親戚看得渾身不自在，忙解釋道：「這位周夫子是朋友推薦過來的，我並不曉得他娶的是一位伎女，不過，我們請的是先生，周夫子學問好就成，他娘子是何許人有什麼要緊？」

程大姊頭一個反駁她道：「怎麼不要緊？光學問好有什麼用，還有師德呢？」

小圓詫異道：「不過娶了位勾欄院出身的娘子就叫沒師德了？」

出乎她意料之外，不止程大姊，眾人都齊齊點了點頭，一副十分肯定的模樣，接著就七嘴八舌起來，紛紛建議她把周夫子辭去，免得敗壞了門風。小圓實在不覺得事態有她們認為的這般嚴重，便不置可否，支支吾吾敷衍了幾句。

待得賓客散去，程慕天匆匆忙忙尋到她，拉著她回房，懊惱道：「不該聽信金九少的胡話，請了周夫子來家的。怪不得他不讓我告訴別個周夫子是他推薦的，原來有這個見不得人的緣故。」小圓驚訝道：「金九少推薦周夫子？可是他與周娘子還有什麼首尾？」程慕天搖了搖頭，道：「金九少和周夫子認識在先，他去過勾欄院，覺得周娘子好，就介紹給了周夫子，叫他買回去做個妾室，豈料周夫子不知被周娘子灌了什麼湯，竟不顧父母與前程，執意娶她作了正妻。妳可曉得周夫子怎的丟了官學的差事，就是因為娶了周娘子，為世人所不容哩。」說完，便去翻小圓的帳本，道：「還剩多少束脩未結給他，明兒全付齊了，請他走吧。」

就是在比大宋開明許多的現代，娶個陪吃陪喝陪聊的三陪女也是需要極大勇氣的吧？小圓絲毫不覺得周夫子有什麼過錯，甚至有一絲佩服他，她指了帳本子給程慕天看，道：「本來說好的是只教午哥一個，結果現在多添到四個孩子，他從來未有過怨言，且所有孩子一視同仁，耐心教導，我正準備年底給他漲束脩呢，你卻要辭了人家。」

程慕天嘆氣道：「我何嘗不知他學問脾性都是極好的，可世人眼光就是如此，我能有什麼辦法？午哥將來走出去，若被人曉得他的恩師娶得是一位伎女，不但要被人恥笑，甚至還會影響仕途呢。」

這個小圓倒是略知一二，科考進官，大抵都愛被問詢師從何人，雖然她並不願意午哥走仕途，但讓兒子丟臉卻是她不願意看到的，便不由自主輕輕點了點頭。

程慕天見她同意，就把帳本子丟給采蓮，命她去帳房將錢取來，準備親自去和周夫子說。他拿著一匣子會子還未出房門，周夫子自己尋了來，主動要請辭。這緣故大家都心知肚明，反倒沒了話說。程慕天默默地把匣子遞給他，他看也沒看，夾在腋下行了一禮，轉身收拾行李去了。

小圓看得心裡不是滋味，恨不得不顧世俗眼光留下他們一家。正猶豫之際，午哥領著學裡的幾個孩子跑了來，大聲質問道：「為何要辭了周夫子？我們沒人教了。」小圓還未答話，程慕天先朝他背拍了一掌，斥道：「我看周夫子的確教的不好，連該如何與尊長講話都未教會。」

午哥被唬住，忙規規矩矩垂首站好，兩眼含淚道：「娘，周夫子家本來就無錢，妳把他趕走，他怕是沒得飯吃呢。」小圓看了看其他幾個孩子，問道：「你們也是這般想的？」喜哥點了點頭，雨娘和程四娘卻搖頭，道：「他們說周師娘是伎女，會帶壞女孩子。」

小圓猛地心驚，怎的沒想到這一層？若是繼續留周夫子一家，被外頭曉得這兩個女孩兒的師娘是個伎女，她們還怎麼嫁人？輿論可畏，這話古今顛撲不破。她雖滿懷同情，還是堅定地站在了程慕天這一邊，向孩子們道：「你們且先回去歇幾日，等我們請到新的先生再來。」說著喚了人來，送雨娘和程四娘回家，又叫阿繡來把喜哥領去。

午哥卻不肯走，賴在她跟前，非要留下周夫子。程慕天把科考做官的名聲與他講了一遍，哄他道：「有礙你前程的，留他作什麼？爹改日與你請個好的。」午哥卻道：「我不要什麼科舉，習兩個字便得，爹還把周先生請回來。」

程慕天見他執迷不悟，還口出厭學之言，氣得又欲動粗，小圓忙抓住他高舉的巴掌，哄午哥道：「兒子，你不是可憐周夫子家沒飯吃嗎？娘助他到街開個館如何？他在外頭多收幾個學生，賺的怕是比在咱們家還多些。」午哥勉強點了點頭，看著她取了開館的錢送去給周夫子，這才放心去玩耍。

周夫子收到錢，立馬來謝她，道：「不瞞少夫人，臨安我待不下去了，開館也收不到學生。我打算帶著妻兒到泉州去，這錢恐怕暫時還不了了。不過，少夫人放心……」小圓擺手止住他的客氣話，笑道：「這是午哥的一番心意，當是謝師禮。泉州是個好地方，周先生在那裡必有一番作為的。咱們家隔天就有船過去，先生若不嫌棄，我就同船老大講一聲。」

周夫子喜出望外，連聲謝過，又取出一個包袱來，道：「這是我娘子趕著做的幾個綠荷包子，她自覺給少夫人丟了臉面，不好意思來見少夫人，便叫我拿這個來賠罪。」他神情哀戚，卻無半點悔意，頓了頓又道：「她那樣的女子漂若浮萍，全是身不由己，還懇請少夫人莫要怪她。」小圓緩緩點頭，接了綠荷包子，望著他轉身離去，長長嘆了口氣。

她曉得程慕天必是不會待見這幾個包子，便只裝了一盤子，送去給午哥。午哥正在玩積木，見娘親送包子來，忙接過余大嫂遞來的濕巾子胡亂擦了擦手，抓起一個就啃，邊啃邊問：「娘，新先生請了沒？」小圓點了點他的額頭，笑罵：「還道你有多講情誼，原來是個轉頭就忘的，周夫子才走，你就惦念著下一個了。」午哥不以為然道：「他已有了好去處，我為什麼還要擔心？和新先生套套近乎才是真的。」

小圓愣了愣，突然抓起本冊子打他的肩膀，罵道：「先生是用來給你套近乎的，嗯？」午哥忙丟了包子來奪冊子，慌道：「那是爹給我畫的，莫要打壞了。」程慕天正走到門口，聽見他這話，滿意地點頭，這小子倒還曉得珍惜父翁的勞動成果。

午哥還記得今天挨過打，見他進來，猛地起身站好，小身板挺得溜直。小圓被逗笑起來，輕輕用手捅了捅他的小肚子，午哥反應過來，忙慌手慌腳上前行禮，嘻嘻笑道：「光顧著站直，忘了作揖了，爹勿怪，勿怪。」

程慕天被他氣到沒脾氣，一把將他拎到桌前，丟了張單子過去，道：「這上頭都是有名望的先生，你自己挑一個吧。」小圓見午哥瞅著那張紙愁眉苦臉，捂嘴暗笑，程慕天擺明了是要逼著他再認幾個字，偏尋了這麼個名目。

程慕天也是忍著笑，丟下還在努力辨認先生名字的午哥，悄悄拉了小圓出來，去正經商量新先生的人選。

這突然辭去了先生，可要哪裡再找？好在上回甄選出的名單尚在，他們按著後頭的簡介挑出了五個，由程慕天明察暗訪，最終選定了一位德才兼備的袁夫子。這位袁夫子三十出頭，儀表倒是堂堂，卻還未曾娶妻。

小圓背著人悄悄問程慕天：「不會又有什麼隱情吧？你看準了再奉束脩，免得又出周夫子事件。」程慕天笑道：「他久試不中，這才把親事拖了下來。」宋人風氣多為先立業再成家，男子為了科考，拖到二十六、七歲才成親的是常事，因此這位袁夫子雖然年紀大了些，倒也說得過去。

小圓放下心來，照著周夫子的例，每月付他一貫錢，剩下的年底結清，又命人重新粉刷周夫子住過的屋子，收拾妥當給他住。她暗中觀察了幾日，這位袁夫子教課也十分的認真，且因無家室之累，反倒有更多的時間為孩子們解答解惑，頗受他們的歡迎，她的一顆心這才真正放了下來。

午哥和喜哥上午認字背書，下午去健身強體館練拳。雨娘和程四娘跟著讀半日，下午則各自回家學女工。這四個大的不消小圓操心，只負責課間送點心去便可，小兒子辰哥又極乖巧，不似他哥哥那般頑皮，她每日裡算算帳，處理處理雜事，就再無什麼事可做，竟在家閒得無聊起來，以致於采蓮提醒她要為程三娘備催生禮時，她差點歡呼雀躍起來——終於有事情可做了。

除了準備那些慣常事物，她又把李五娘送給她的兩張「待產必備」翻了出來，擱到銀盆裡去。采蓮笑道：「少夫人，三娘子哪裡有錢買那麼些藥材？妳不如好事做到底，直接照著單子把什物準備齊全。」

自從程三娘把嫁妝錢全拿出來買了官，他們家就只能靠玩具店做工掙的錢生活。本來甘老爺送了些伙食費的，但那錢被甘十二用來還了程慕天的債，因此他們兩口兒如今過得有些拮据。

小圓採納了采蓮的意見，使人去自家藥鋪照著「待產必備」抓了些保氣散、佛手散之類，又把上好的軟硬炭裝了一簍子，與其他的催生禮挑去送程三娘。

程三娘挺著肚子扶著腰出來，把她迎進去，親手端了盞子來請她吃茶。小圓看她走得費力，道：「又不是外人，隨便叫個小丫頭引我進來就是，何苦自己跑一趟？」程三娘握了她的手，感激道：「這催生禮本該繼母送的，嫂嫂又代行母職，要不是有嫂嫂，我這臉面都不知朝哪裡擱了。」小圓拍了拍她的手，笑道：「我嫡母還不是一樣，全靠我三嫂。不是親娘都是指望不上的，咱姑嫂幾個相幫著過吧。妳下個月就生了，產婆可預備好了？」

程三娘喚來兩個產婆與她瞧，道：「這是我婆母自泉州送來的。」小圓仔細打量了一番，又詢了幾句，讚道：「極好，妳婆母會挑人。」說著，叫采蓮把帶來的「待產必備」和藥材物品交給產婆，叮囑她們好生準備。程三娘見了那許多催生禮，謝了又謝，吩咐廚房預備一桌好菜，中午要招待娘家人吃飯。

小圓見房內無外人，笑問她道：「甘十二待妳可還好？沒人鬧著要在這時候買個妾回來服侍他吧？」程三娘曉得她指的是甘家二老，垂了頭道：「才懷上時就準備送人來的，被官人拒了一次。待到送產婆來時，又想捎帶個通房，官人哄他們說我懷的是個兒子，這才沒再接著要送人。」小圓安慰她道：「只要甘十二自己不想要，他們也無法的，反正你們也不住在一處，何必為這個煩惱？」

程三娘懷了身孕，有了希望的人，在這些事上比以前看得開些，輕輕點了點頭，使人去請程大姊來作陪。

程大姊這幾日煩心，正愁無人傾訴，聽說妹妹相邀，等不得午宴時分就坐了轎子趕來了。程三娘和小圓見她面色不好，忙問她家中出了什麼事，程大姊道：「頭一樁，我婆母病了。她年歲已高本也是正常的事，可她老人家發話，說死後要火葬。妳們說說，咱們又不是那買不起地的人家，作什麼要同窮人一樣拿火燒，這不是招人閒話嗎？」

大宋南渡，自孝宗後火葬大盛，特別是在兩浙路，貧下之家皆以火化為便，在臨安西湖東北角的圓覺禪寺和錢塘門外的九曲城菩提院，甚至還設有專門的化人亭。但金家乃是富貴之家夫人，怎的會有如此想法？程大姊憤恨道：「定是成日上我們家化齋的姑子搗的鬼。」

佛家圓寂後可不都是火化的，但金夫人怎的同佛門中人學起這個來？小圓不禁有些愕然，但此事也好解決，她替程大姊出主意道：「妳去尋個有名望的寺廟，同那主持把實情講一講，包管他會替妳說服婆母。」

程大姊不解其意，三娘先明白過來，笑道：「大姊許他七七四十九天的水陸道場，包管他有法子讓妳婆母想轉過來。」

是了，金夫人執意火葬，一燒了事，那些和尚上哪裡做水陸道場賺錢去？他們為了掙錢，必會使出渾身解數，把篤信佛教的金夫人勸轉過來的。

程大姊臉上露出些許笑容，眉間還是愁意多，原來辰哥周歲禮那天，她在席上見了周娘子，打翻了心裡的那一罈兒醋，回家就把金九少劈頭蓋臉打了幾下。她教訓官人本是常事，但偏偏是當著八哥的面，金九少覺得她讓自己在兒子面前丟了臉，一氣之下就躲了出去，好幾天不見人影，到現在還未歸家。

這夫妻間的事兒，旁人卻是幫不上忙，再說金九少向來就是這德性，勸了也無用。小圓和程三娘正琢磨著如何轉開話題，金家忽然來人稟報程大姊，說是金九少回來了。

程大姊一聽，哪裡還坐得住，丟了才端上的茶盞子，匆匆趕回家。

金九少果然已回來了，正在那裡翻箱倒櫃，見得程大姊進來，忙問：「娘子，有沒錢？給我點子。」程大姊見他是一個人回來的，便問：「你去勾欄院了？」金九少大義凜然地回答：「把我看作什麼人了，我是出門做生意去了，折了點小本，因此回家來尋錢。」

生意折本程大姊不放在心上，但卻不相信他的話，便使人到他常去的幾家勾欄院打聽，沒想到打聽的結果出乎她意料之外，金九少這幾日還真未光顧過勾欄院。

她聽得這樣的回報，心花怒放，大大方方地拿了錢出來，交給金九少去填補生意上的虧空。

金九少換了件鮮亮的衣裳，腰間繫著裝了會子的荷包，獨自一人又出了門，先到頭面鋪買了對耳環，再到花朵鋪買了罐子茉莉花，又將些綾羅綢緞買了一堆，喚了個人力挑著，彎彎繞繞了許久的路，到得一間寓館裡。他躲躲藏藏、鬼鬼祟祟，害得那人力花了大氣力才跟上他的腳步，非要他付了雙倍的工錢才甘休。

金九少將帶來的禮物搬到桌上，朝裡頭喚了一聲「衛娘子」，屏風後就轉出個美貌的婦人來。那衛娘子神情慵懶，慢慢推開窗子看了看天色，忽地驚叫一聲：「冤家，還未過午時，你怎的就來了？」金九少笑著過去摟她，一面解她的衣裳一面道：「吳約不是動身走了嗎，怕什麼？今兒且讓我做妳一回官人。」

衛娘子嬌笑道：「冤家，你都做了我好幾回官人了，猴急什麼？咱們且先吃午飯。」金九少哪裡等得了，幾下就把她剝了個精光，滾到了床上去，粗聲道：「吃什麼午飯？我只吃妳。」

兩人在床上滾了大半個時辰，終於疲累，衛娘子爬起來走到門口喚了個點茶婆婆，買了她兩碗豆兒水，再請她到街上把三鮮麵端了兩碗來，叫起金九少吃午飯。

金九少看見這三鮮麵，就覺得回到了樓房裡，哪裡吃得下去？勉強吃了幾筷子便推開了碗。

衛娘子笑道：「我們才從北邊過來，家裡窮，只有這些個招待你，你若是吃不慣，就回家尋你娘子去。」金九少聞言，黏到了她身上，貼著她的臉，指著牆邊的錦緞盒子，道：「我哪裡還有什麼娘子，妳就是我的娘子，那便是我的聘禮。」

衛娘子忽然翻了臉，使力推開他，啐道：「呸，吳家如今雖窮了，當初也是上萬的聘禮抬我進門的。你我雖成不了夫妻，也不當拿這個來羞辱我。」金九少見美人兒生氣，著起急來，忙道：「今兒出來得匆忙，未曾帶夠錢，改日我搬一箱金銀元寶來送妳。」

他發誓賭咒了半日，衛娘子才勉強回轉過來，賞了他一個笑臉，樂得他立時又找不到北。

雖然美人在懷，但肚子還是得填飽，摸了摸懷裡，還有最後一張會子，便暫別了衛娘子，出門去買吃食。他前腳出門，一個面色黝黑的大漢後腳就進了寓館，掃了牆邊的錦緞盒子一眼，不滿道：「還只這麼一點子，看來不給他下劑猛藥，他是不會出血了。」衛娘子撇了撇嘴道：「可不是，今兒中午買麵買水的錢還是我出的呢。」

那漢子陰森一笑，「妳且把他留到天黑，看我怎麼哄他。」忽然外頭傳來腳步聲，衛娘子道：「哎呀，他回來了。吳約，你趕緊走。」說著把窗打開一扇，讓那身手敏捷的大漢跳窗而去，她才把窗子重新關好，金九少就走了進來，後頭還跟著個酒樓的小二，端了一托盤的飯菜。她忙上前幫著收拾桌子擺碗筷，同他兩個吃過午飯，故意催他回家道：「你為了來會我，在旁邊住了好些時了，也該歸家去看看娘子了。」

金九少摸著她軟膩的手捨不得放，笑道：「吳約今日又回不來，我就宿在這裡。」衛娘子裝作不肯，將他推了又推，直到他把最後剩的幾個錢將了出來，這才勉強同意讓他留下。金九少得了她的允許，快活得連姓甚名誰都忘了，摟著她一通娘子心肝地亂叫，又滾到了床上去。

衛娘子應承一時，敷衍一下，終於等到天黑，門外響起急促的叩門聲，她忙把驚慌失措的金九少拉了起來，故意道：「不曉得是哪個，你且先躲到床下去，我去瞧瞧再來喚你。」金九少還以為是程大姊尋了來，嚇得魂不附體，連滾帶爬地藏到了床下，用手捂住嘴巴，將耳朵高高支起。

衛娘子走門口將門打開，放了吳約進來，悄悄朝床下使了個眼色，問道：「官人，你不是走了嗎？怎的這會兒就回來了？」吳約答道：「浪大，無法渡江，妳且打水來我洗腳，睡一覺，明日再去。」

衛娘子出去打了滿滿一盆子水來，吳約脫了鞋襪，坐在床邊一面洗一面澆。那水流了個滿地，金九少在床下躲水，衣裳擦著了床底，發出聲音。吳約聽到聲響，赤著腳取來燈，朝床下照去，一眼就瞧見了金九少，喝斥著將他拖了出來，反剪了雙手捆起，辱罵責打不止。

金九少嬌生慣養的人，哪裡受得了個？還沒挨幾下就覺得骨頭縫裡都在疼，慌忙求饒道：「好漢，莫打，莫打，我叫我娘子取贖金來。」吳約暫住了手，問道：「贖金幾何？」金九少答道：「十萬，如何？」吳約二話不說，舉手又打，金九少殺豬般叫了幾聲，開始加價錢，加了好幾次，直至增到三倍，再加上些珍玩，吳約才給他鬆綁，將早就準備好的字據拿了出來，強抓著他的手按了個紅印子。

天還未亮時，金九少帶著滿身的傷回到家，背著程大姊把房裡翻了個遍，也未湊齊三十萬。他不敢將此事講與娘子聽，便打起了親娘的主意，跪倒在金夫人病榻前，聲稱自己做生意虧了本，正被債主追討。金夫人守寡多年，只得這一個兒子，見了他紅腫的臉，一身的傷，心疼至極，又聽說他虧了三十萬貫之多，心裡發急，竟兩眼一翻暈了過去。

金九少錢沒要到，先把娘親暈了，他驚慌失措喚來程大姊，兩口子又是請郎中，又是奉湯藥，忙活了半日才把老母親救了過來。金夫人本就病入膏肓，被這一折騰，已是奄奄一息，金九少再不敢找她要錢，不得已，只好硬著頭皮將生意虧本的事在程大姊面前又編了一遍。

若是三貫錢，程大姊還不會過問，但三十萬貫可是巨財，她又不是老糊塗的金夫人，哪裡肯信？逼問再三，才教他講了實話。原來金九少那日挨過程大姊的打，一氣之下離家出走，心裡憋悶不過，就尋了個酒館吃酒，結識了來臨安謀官的吳約。兩人都是不如意才來買醉，三杯酒下肚，竟成了知己。吳約所租的寓館就在附近，便邀金九少前去作客，又叫自己的娘子衛氏出來相陪。那衛娘子美色妙年，只幾個眼神就把金九少迷得神魂顛倒，待到她瞅準機會將金九少的手捏了幾把，金九少就神使鬼差地也租了間寓館，將偷拿來的幾個錢全變做了胭脂水粉、綾羅綢緞，一趁吳約不在家，就去偷會衛娘子。

程大姊這才明白過來，昨日金九少回來取錢，並不是什麼生意虧本，而是要買禮物去討好衛娘子。她立時火冒三丈，操起牆角常備的棒槌，朝著他腿上敲了幾下，罵道：「打斷你的腿，看你還敢不敢出去偷會小娘子。」金九少跪了一夜，膝蓋本來就疼，叫這一打，腿一軟，不由自主跪了下去，又不敢躲開，哭叫道：「娘子，我錯了，再也不敢了，妳且先替我把錢還上吧，不然他們要告官哩。」

程大姊看著面前痛哭流涕的官人，恨不得一棒槌將他打死。家裡不是那般有錢，錢夫人出嫁時帶了一半的家財來，也不過二十萬。那個叫吳約的，開口就要三十萬，這不是敲詐嗎。

等等，敲詐？程大姊腦中靈光閃現，問金九少道：「莫非是訛人的？你可知曉吳約和衛娘子的來歷？」金九少搖頭道：「他說是來臨安謀官職，若真是訛人，這大概是假的了。」

程大姊狠狠瞪了他一眼，罵道：「吃喝玩樂偷人，你樣樣精通，旁的全是一團漿糊。」金九少被她罵狠了，顧不得身上疼痛，掙扎著爬起來，使人去查吳約的來歷。

派去的人打探到的消息讓他們大大吃了一驚，那吳約竟是個慣常擺「美人局」的，衛娘子是他雇來的伎女，兩人扮作夫妻，引金九少這等好色之徒上鉤。更讓他們驚訝的是，吳約是官衙師爺第四房小妾的兄弟，臨安的一土霸。

有靠山的騙子，這可怎生是好？對簿公堂肯定勝算不大，說不準這事兒官老爺自個兒都有參與，設了個局來套大戶錢的。金九少被逼到死角裡，頭腦反而清醒了些，道：「私了談價錢吧，我去請個中間人。」程大姊道：「你都立字據按印了，理字上站不住腳，須得請個與吳約熟識的，討上幾分情面。」

金九少點了點，忍著身上疼痛欲出門去佈置，不料才走到房門口，就被迎面疾奔而來的丫頭撞了個滿懷，「少爺、少夫人，夫人不好了，你們趕緊過去瞧瞧呀。」

兩口子一聽金夫人又有事，只得把與吳約談判的事擱到了一旁，先去請郎中煎湯藥，但這回沒有方才那般幸運，郎中一番搶救，金夫人還是撒手離去。金九少還算有些明白，曉得娘親是被自己氣死的，在床前哭得驚天動地的。所幸他們早就料到了金夫人大限之期不久，事事都備了齊全，不至於忙亂，很快就搭起了靈堂，請來了念經的和尚。

他們家有錢，陸道場自然是要做全的，等到七七四十九天忙活完，才曉得吳約已是等不及，把狀紙遞到了公堂上。他們趕緊使人去求情，吳約卻不知從哪裡弄來一紙婚書，上頭赫然寫著他和衛娘子的名字，他拿著婚書在來人面前晃了一晃，道：「你們金九少偷了我家娘子，不拿錢來私了，就得去坐兩年牢。」

金九少聽得回報，生怕吳約真把自己告到去坐牢，慌忙叫程大姊拿錢。程大姊拍了他一巴掌道：「咱們家哪裡來的三十萬的現錢，難道你要變賣鋪子嗎？」金九少不敢頂嘴，嘀咕道：「賣了鋪子，再開幾個便是，反正鋪子裡的貨都是程二郎半賣半送的，虧不了許多。」

程大姊沒有聽清，厲聲問他在嘀咕什麼，金九少哪裡敢講，忙道：「我是說，何不去向程二郎討討主意？上回妳繼母要告他，不是叫他擺平了嗎？」

「極是。」程大姊得了希望，匆忙備禮，帶著他朝娘家去。不料程慕天得了消息，連門都不讓他們進，使人出來傳話道：「咱們程家沒得偷人妻子的親戚，莫要弄髒了門檻。」

程大姊氣極，金九少羞極。他們在臨安唯一指望得上的親戚不肯幫忙，便只得去同吳約談價錢，不料此舉卻惹惱了他。喚了幾個潑皮，把金九少偷人妻子的事在大街小巷傳得沸沸揚揚，那些去金家鋪子買便宜外國貨的正經人家，生怕被金九少帶累了名聲，再不肯光顧，使得金家的生意大不如以前。

金九少萬般無奈之下，只好苦勸程大姊：「留得青山在，不愁沒柴燒。」哄著她湊齊了三十萬，又添了些珍奇珊瑚，給吳約送了去，總算教他撤回了狀紙，撕了那張字據。

為了這三十萬，變賣了家中大半的鋪子，連程大姊這等不怎麼把錢財放在心上的人也肉疼不已。她看了看空空如也的匣子，喚來人牙子，當著金九少的面，把家中妾室和家伎賣得一個不剩。金九少苦苦哀求，讓她留個下一個，程大姊罵道：「大難臨頭，你還念著你的妾。你怎麼不想想，你這回連累親戚家都失了顏面，依著二郎的性子，必不會再賣你便宜的外國貨。咱們家的鋪子怕是都保不住了，沒了鋪子，連你自己都要靠我的嫁妝養活，還敢跟我提妾？」

金九少立時矮了半截去，又想到那個兒子並不是程大姊親生，她在金家竟是無半點牽掛。若是她狠心要和離，自己豈不是人財兩空？他越想越怕，不但不敢再提妾室，還掏空了心思在程大姊面前討好奉承，夜夜柔情蜜意。

程大姊還是瞭解程慕天的，沒出幾日，他果然斷了金家鋪子的貨源供應，聲稱他家若要再進貨，得和旁的人出一樣的價錢。金九少根本不是做生意的料，沒了比別家更便宜的貨源，只得關門大吉，將剩下的鋪子連著沒賣完的貨全盤了出去。他賣了鋪子拿到現錢，暗自比較了一下，覺得自己的錢還是沒程大姊的嫁妝多，便乾脆奉了一半出去討她歡心，將另一半偷偷藏起，留作會相好的資費。

他雖死性不改，卻再不敢明目張膽，每夜都老老實實待在程大姊房裡，洗腳水都親自與她端來。程大姊失了財，卻得了快活日子，心中得意竟蓋過了懊惱，恨不得到處去宣揚自己挽回了官人的心。

這日恰逢程三娘生的閨女滿月，她忙忙地備了禮，一臉喜氣洋洋地朝甘家去，想把自己這幾日過的神仙日子好生炫耀一番。待得她到了程三娘房中，卻發現這裡冷冷清清，桌上只有小圓送來的彩緞、珠翠和鹵角兒，她這才記起來，程三娘生的是個不招人待見的閨女，恐怕甘家二老發了話，不許他們大事鋪張。

她擱賀禮一問，果然如此，程三娘抹著淚道：「我不爭氣，沒能生個兒子，公爹和婆母就要給官人納妾，官人執意不收，他們一怒之下就說，再也不給錢供官人讀了。」

程大姊氣得破口大罵：「妳家公婆什麼東西，頭一胎而已，他們就曉得妳往後生不出兒子？」小圓拿了帕子替程三娘拭淚，勸道：「快些莫哭了，妳才出了月子就這樣哭，小心落病根。妳家公婆還以為甘十二在苦讀備考，才想出了斷錢逼他的法子，可這又不是實情，甘十二如今能掙錢養活妳呢，怕什麼。」

程大姊連連點，贊同道：「妳嫂子講得極是，既然甘十二能掙錢，妳只認定了不納妾，他們拿妳無法的。」小圓見她還是待自己很親熱，詫異問道：「大姊，妳不恨咱們？」程大姊更是詫異地道：「我們害得你們丟了臉面，妳不恨我就罷了，我哪裡敢恨妳？」

小圓道：「休聽二郎胡說，沒男人犯了錯非要把女人拖上的道理。是他金九少害得我們丟臉，和妳沒得關係，說起來妳也是被他連累了。」

程大姊苦笑道：「話是中聽，可夫妻是一體，他丟臉就是我丟臉，這也是我管教不嚴所致。」

小圓和程三娘都被她一個「管教」笑起來，問她道：「那妳如今可管得嚴了？」程大姊笑道：「日子雖窮了些，但他中無錢，倒不再成日朝外跑。」小圓道：「二郎也不過是在氣頭上才說了那些話，等過些日子，還是要照拂妳家生意的。」程大姊連連擺手道：「賺了錢也要被金九少拿去買妾養伎女，我寧願過窮日子。妳快些與二郎講，莫要把這主意傳到金九少那裡去，不然他又要不消停。」

這真是塞翁失馬焉知非福，小圓本是替她擔心，這才全換作了為她高興。她陪程三娘坐了一時，起身告辭，回家把程大姊的事講與程慕天聽，笑道：「大姊竟是拿錢換回了官人，得意得很呢。」

程慕天面色凝重，關起房門搬出帳子，道：「這事兒沒那般簡單，吳約背後的人是官衙，金家是被他們盯上了，存心叫他吐錢出來，不然我也不會逼著金九少關了鋪子。」小圓驚道：「金九少得罪了官老爺？」程慕天翻了帳子來看，搖頭道：「他能得罪什麼，不過是上回我們裝窮，官府沒撈到好處，現在討帳來了。」

小圓想了想，嘲諷笑道：「也是，朝廷與金狗和議，每年送出那麼些的歲貢，總要有人來出錢。」程慕天頓了頓，道：「這話咱們倆私下講講便罷，莫要叫有心人聽見。」又問：「咱們是拿錢消災，還是再裝一回窮？」

小圓苦笑道：「拿錢消災可就是真窮了，金家只有幾個鋪子，都叫他們敲詐了三十萬貫去，若換成咱們家，還不得獅子大開口，索要個百來萬的？至於裝窮，總不能裝一輩子，只要家還在這裡，他們就總會找上門。」

程慕天微微吃驚，「聽妳這意思，是想搬個家？」

小圓興奮起來，她早就想好了，尋個機會一家人搬到山中去，那樣就算打起仗來也不怕。程慕天聽了她幼稚的設想，嗤笑道：「若真打起仗來，敵軍頭一件事就是搜山，不然山裡要是埋了支軍隊可怎麼辦？」

小圓琢磨了多年的想法，一子被他推翻，有些接受不了，竟一個沒站穩，跌到了椅子上。程慕天見她臉色突變，忙安慰她道：「莫怕，咱們有海船，妳和兒子們坐了船出海去，咱們的船，大食、高麗、南海諸島國和東瀛的航線都是極熟的。」

小圓聽了他的這番話，心中又燃起了希望，激動地抓住他的胳膊，急切道：「要走一起走，你留著作什麼？」程慕天覺得十分好笑，拉開她的手道：「不過閒話而已，妳還當真了。朝廷才簽了和議，哪裡來的仗打？妳真是瞎操心。」

小圓無法與他解釋，急得直冒汗，其實她對這段歷史也不甚瞭解，只隱約記得依次的三件大事，一是金朝在南宋和蒙軍的夾擊不復存在，二是蒙軍開始南侵，第三件則是她不敢去想的，蒙軍攻破臨安，南宋滅亡。她記得是記得，但要問她這三件事分別是哪一年發生的，她就兩眼一抹黑了。不得已，掰著指頭算了又算，終於長吁一口氣，「具體日子我雖記不大清，但能肯定，離第一件第二件事還有幾十年呢，第二件與第三件中間，也隔著幾十年，等到第一件事一發生，咱們就出海去，來得及，來得及。」自家大海船都是齊備的，只需慢慢將錢換成金銀，適當準備時說走就能走。她想到這裡，安心下來，臉上漸漸現了笑意。

程慕天卻覺得她是在家閒得慌，胡思亂想，講些讓人聽不懂的話，於是抓著她的手到桌邊拿了帳子給她，道：「咱們眼前的事是要商議如何對付官府敲詐，不是去管那沒影子的戰事。」

小圓見他遞給自己的竟是外帳子，嚇了一跳，「作什麼拿這個給我看，難不成你真要將錢拿出來給官府？」程慕天道：「未雨綢繆罷了，難道要等著他們上門嗎？不過咱們也只是先做做準備，具體法子要等族長的信到。」

是了，他們的生意不僅是自家的，還是族中的一部分，遇到此等大事自然要聽從族中指揮，不可擅自行動。沒過幾日族長親筆信至，信中稱太過有錢招人側目，因此令程慕天縮減生意，避開風頭，免得連累了泉州族人。程東京也附了一封信來，他給程慕天的意見是，若是無事，就到山間田裡去住些日子，等朝廷把歲幣湊足再回來。程慕天捧著信，覺得不可思議，他們族中不少人在朝為官呢，還需要避這風頭？小圓倒是比他想得通，朝廷腐朽，大廈將傾，這就是徵兆呀。

隨後的日子，程慕天開始忙碌起來，帶著程福一家一家去跑，通知那些長期在程家碼頭進貨的店鋪，趁早尋找新的貨源。除了海運，他自家在臨安還有鋪子，但那些只是副業，索性關了大半，僅留幾間最不起眼的。

忙完這些，他認為官府不會再找麻煩，便不想採納程東京的建議搬到山裡去住，不料這日程福慌慌張張地跑來道：「少爺，你可曾聽說，一群手眼通天的騙子竟設了個『水功德局』，打著舉薦的幌子誆了李家的十五郎幾十萬，都說那些騙子是與官府勾結，我看根本就是官府暗地指使的。」

程慕天這才徹底明白過來，官府曉得他們這些富商族中許多人有官職在身，不好明著討，便要起了花招，想方設法設騙局誆錢，難怪程氏族中有人為官，還是要避開這風頭呢。程福見他沉思不語，急道：「少爺，你還猶豫什麼，趕緊往山裡去躲躲呀。別看你勾欄院也不去，花茶樓也不去，可官府要存心誆你的錢，還怕沒法子？」

程慕天長嘆一口氣，遣人去準備出行事宜，再向一旁沉默多時的小圓問道：「娘子，那咱們到妳的陪嫁莊子上去住幾日？」一家子變賣了大半，得了不少現錢，小圓正在琢磨如何把它們換作銀子和金子，聽得程慕天問她，便點頭道：「使得。我在山中莊子蓋的別院還未曾住過呢，且去新屋享兩天福。咱們順便把這幾日得的錢換作金銀，帶進山藏起來吧。」

程慕天還惦記著東山再起的，不肯聽她的話，道：「咱們家埋起的金銀足夠過一輩子了，等這陣子過去，我還要重新開鋪子哩，且把這些錢先留著。」小圓反駁道：「只要你還開滿城的鋪子，就有被官府盯上的時候，何苦把自己弄得樹大招風？不如將這些錢財全換成金銀，留給兒子們。」程慕天道：「我何嘗不曉得樹大招風的道理？只是不開鋪子，咱們吃什麼？」小圓笑道：「我那山裡有高粱，管飽。」她眼見得程慕天的臉又沉了來，忙道：「錢哪裡有賺得完的，一家人平平安安最要緊。」

她以前哪裡關心過這些事體，想必是有了兒子有了牽掛。程慕天心一軟，摟了她在懷裡，點了點頭：「聽妳的吧，等咱們從山裡出來，我只替族裡照管照管海運生意，多勻些時間陪妳和兒子。」

小圓見他被自己說動，心中歡喜，湊到他臉上香了一口，卻道：「哪個要你陪？不願老是裝窮而已。」來而不往非禮也，程慕天抱住她狂親一氣，笑道：「娘子，咱們的鋪子都盤掉了，這回可不是裝窮，而是真窮了。」

小圓偎到他胸前，暗道，過得踏踏實實比什麼都強，你若曉歷史無法逆轉，必也同我一樣，只想多藏些金銀預備逃離，哪裡還會想著開鋪子？白白招來官府的惦記。她想著想著，突然擔心起金銀的重量來，忙問程慕天道：「咱們家的金銀不少，出海去可都帶得走？」

程慕天捏了把她的臉，無奈道：「妳又胡思亂想，好好的出海作什麼？」小圓在他懷裡扭來扭去，耍起無賴，程慕天被她鬧到無法，只得哄她道：「妳且先去收拾東西預備搬家，咱們家的船帳上都是記了的，等到山裡安頓下來，拿來一艘一艘講與妳聽。」

小圓滿意地點了點頭，放他出去召集未盤掉的幾個鋪子的管事交代生意上的事宜，自己也喚來管事娘子們，把要搬家的事體交代下去。裝窮時，管家娘子們都是到莊上住過的，對那座莊子幾間房能放置些什麼家什十分清楚，因此收拾起東西來得心應手，不消小圓操半點心。

采蓮看著小丫頭們收拾包袱，便來問小圓道：「少夫人，妳名下的一個蛋糕店、一個棉花包鋪子，還有健身強體館，也打算盤掉？」小圓笑道：「小生意，不會叫人惦記的，且留著賺零花吧。」她使人喚來任青松，交代了鋪子的各項事宜，又親自到後頭的院子去，問袁夫子可願跟著進山。

袁夫子笑道：「我家只我一個，來去都方便，少夫人不嫌棄，我就去。」小圓見他說話爽利，不像其他的文人掉書袋，就對他添了幾分好感，命阿雲去幫他收拾行李。

山中遙遠，夫子跟了去，小學堂就得解散。雨娘回去有親娘教著倒還好說，只有程四娘叫小圓放心不，思慮再三，還是使人把她和丁姨娘都請了來，問道：「我們家如今窮了，要搬到山裡去……」丁姨娘不等她講完，急道：「可是養活四娘子的錢沒得了？」小圓嫌惡地看了她一眼，正要出言相駁，卻瞧見程四娘的臉羞得通紅，她心疼這孩子，只得嘆了口氣，道：「就算我們餓著肚子，也少不了妳們的飯吃，我是怕我們去了山裡，四娘子受委屈。」

丁姨娘這點倒是不糊塗，忙道：「你們走了，她沒得躲處，不受嫡母的委屈才怪，不如你們把她帶去呀。」小圓心有此意，才叫她們來問，但她實在是沒想到丁姨娘竟如此爽快，如此主動，不禁疑惑道：「妳捨得？」

丁姨娘把程四娘推到她那邊，道：「這是我身上掉下來的肉，我總不能眼睜睜看著她挨夫人的打罵。妳是不曉得，仲郎呆頭呆腦，夫人見了就惱火，她捨不得打兒子，就把氣撒到我們四娘子身上。」

可憐天下父母心，丁姨娘雖可惡，倒是一心只為閨女打算，小圓俯身問程四娘道：「妳生母叫妳跟著我們去，妳自己可願意？」程四娘看了看丁姨娘，輕聲問道：「嫂嫂，我還能再見姨娘嗎？」小圓笑道：「這有什麼不能見的，只要妳不嫌坐車太辛苦，天天出來見她都是行的。」程四娘露出笑容，又問：「我不會給嫂嫂添麻煩吧？」這孩子真是懂事，小圓很想把她摟進懷裡，又不願給丁姨娘這個臉面，便只伸摸了摸她的頭，叫她先回去收拾行李，出去時再去接她。

程大姊和程三娘得知她要搬家，齊齊來送她，程大姊問道：「你們這時候進山，是要在山裡過年了？」小圓點頭笑道：「一家人都在一起，哪裡過年都是一樣。」程三娘帶了一大一小兩件棉衣來，遞給她道：「山裡冷，我給午哥辰哥各做了一件，針腳不好，嫂嫂給他們湊合著穿吧。」小圓越發笑得歡，道：「妳們以為我們進山是去受苦的？那裡可不像樓房什麼都沒得。」

程大姊和程三娘見她不像是糊弄人，忙問她山裡有什麼好處，小圓故意賣了個關子，道：「過完年妳們來我家拜年，自然就曉得了。」

程大姊和程三娘可不嚮往山居生活，見她這裡忙亂，坐了會子便辭了去。小圓送走她們，叫來午哥和辰哥試棉衣。辰哥穿了新衣很是歡喜，跌跌撞撞撲進她懷裡，午哥卻把嘴翹得老高，抓著棉衣亂甩，抱怨進了山沒得拳學。小圓奪過棉衣，強行給他換上，激他道：「別看你學了幾招花拳繡腿，不一定打得過山裡的孩子。」

程慕天自外頭回來，繞過一堆箱籠，笑道：「你娘說的不錯，那裡的孩子滿山遍野地跑大的，壯實得很，還會獵兔子逮子呢。」

午哥來了精神，撲過去抱住程慕天的腿，連聲道：「爹，你可會獵兔子逮子，教我教我。」程慕天見他這副沒規矩的樣子，又被氣著了，一把拖開他，吼道：「那是山裡孩子，不是你。你進了山，也得給我老老實實讀書習字，若是不把書背全，連拳都不許練。」說完，拎著他棉衣的領子，把他拉到牆角去罰站。

小圓看著程慕天發飆，忍了又忍，三歲多的小孩子抱一抱親爹的腿，能礙著什麼規矩，非要教個小古板出來嗎？午哥眼角瞟到她的神情，趁著程慕天去抱辰哥，衝她扮了個鬼臉，那意思是：娘，妳別出聲，不然爹罰我罰得更狠。

程慕天一側頭，恰好瞧見他的小動作，又吼開了：「轉過身去，面朝牆壁。」

小圓把拳頭攥了又攥，終於還是以他父翁的威嚴為重，沒有當面為孩子教育問題與他衝突，轉而問辰哥道：「餓不餓？」此時正是晚飯時分，隔壁的飯菜香味已飄了過來，辰哥自然點了點頭，答了個「餓」字。小圓一手抱起他，一手去牽午哥，笑道：「那咱們吃飯去。」

程慕天見自己直接被她忽視，氣得大叫：「午哥還在罰站，不許吃飯。」小圓湊到他跟前，朝他臉上貼去，輕輕一勾嘴角，「官人，飯菜都涼了，一起去呀。」程慕天見她越挨越近，再一看旁邊，午哥正睜著好奇的大眼睛眨呀眨，他臉上一紅，心跳加快，哪裡還顧得上罰兒子，慌忙推開「討人厭」的娘子，率先朝飯桌子衝去。

小圓忍著笑，帶著兩個兒子緊隨其後，去吃晚飯。辰哥不會使筷子，奶娘鄧大嫂抱了他到旁邊的小桌子，那裡另有一份小娃娃的飯菜。午哥看著面前的盞蒸鵝、羊舌籤，咬了咬筷頭，問道：「娘，咱們進了山，還有這些吃嗎？」

小圓笑了笑，正要回答，程慕天已是唬著臉訓斥開了：「《童蒙須知》裡第五條第三句是怎麼說的？」午哥早已習慣了他隨時抽查功課，放下筷子，張口就來：「凡飲食，有，則食之；無，則不可思索，但粥飯充飢，不可闕。」程慕天瞪了他一眼，「既曉得這道理，為何還問？」

自己都受不了苦，倒責怪起兒子來。小圓腹誹一通，故意告訴午哥：「兒子，山中窮苦，是沒得鵝羊吃的，就是窮人吃的豬肉，怕都是難尋。」午哥好奇問道：「那山裡的人吃些什麼？」小圓瞥了程慕天一眼，後者的臉色已在變化，她暗笑一聲，答道：「吃什麼？野菜呀，滿山遍野的都是。」說著，指了指他面前的白米飯，道：「米飯也沒得，只有高粱飯吃。」

午哥沒見過高粱飯，不曉得是什麼味道，正要發問，忽聽得程慕天哀怨的一聲：「娘子，山中那般苦楚，咱們另尋別的地方避這風頭吧？」小圓等的就是這一句，學了他瞪午哥的樣子瞪去一眼，問道：「《童蒙須知》裡第五條第三句是怎麼說的？」

程慕天乾咳了兩聲以示不滿，小圓忙道：「你是白操心，咱們午哥沒你想的那般嬌氣，在樓房時也沒見他叫一聲苦呀。」程慕天想起那段日子叫苦連天的人就是他自己，那臉不知不覺就紅了，主動向午哥解釋道：「莫聽你娘嚇唬你，山中吃食多著呢，你們吃的羊肉就是山裡運出來的，那裡還有滿山的野味，想吃就去逮。」

午哥聽得兩眼放光，恨不得立時就奔到山裡去，問：「爹，那高粱飯可好吃？」程慕天皺了皺眉頭道：「那個可不怎麼中吃。」答完，問小圓：「娘子，咱們需得運些米進山，不然真的每日吃高粱飯？」

小圓舀了一碗羊舌籤給他，笑道：「曉得你大少爺吃不得苦，早叫人運了幾袋子進去了。」程慕天道：「一次不可運太多，引人耳目。」小圓指了指桌上的白米和黃瓜，「莊裡賣的反季菜蔬的車隔一日就要回去一次，我讓他們順路捎回去的，不妨事。」山裡什麼菜都有，且比城裡的更新鮮，看來進去過日子是不會受苦的，程慕天十分開心地低頭吃起羊舌籤來。

午哥聽爹娘講了這些，覺得很是新奇，匆匆扒了一碗飯就一頭扎進了房裡。小圓吃罷晚飯，還不見他出來，推門進去一看，原來他在自己動手收拾玩意，說要帶去給山裡的孩子。她很欣慰兒子有愛心，正要誇他幾句，卻聽見他問道：「娘，妳說我把這些玩意全送給他們，他們會不會教我打獵？」小圓愣了愣，「你還真是精明，只是他們為了掙錢才打獵呢，哪裡有空閒來教你。」午哥偏著小腦袋想了想，撲過去黏到她身，央道：「娘，借我幾個錢，我給他們，他們就肯教我了。」

這若換了程慕天，定要訓斥他不守規矩，但小圓卻是極為享受兒子撒嬌，拍著他逗道：「借錢給你沒得問題，但是你有空進山嗎？」午哥的小臉立時就垮了下來，嘟著嘴道：「爹定是要拘著我讀書習字，哪裡有空進山耍。」

小圓捧住他的臉親了一口，道：「你爹是為了你好。」午哥不服氣道：「認字背書我都是第一，為何就不能去耍？」小圓拍了他一把，道：「不敢去和你爹講，就曉得在我跟前訴苦？也罷，你去耍個醉拳給我看，等進了山，我放你一天假。」午哥喜出望外，一個跟頭翻到屋中央，打起那扭扭斜斜的醉拳，逗得小圓哈哈大笑。

兒子彩衣娛親，小圓心情大好，回房睡覺時嘴邊還帶著笑。第二日起來，清點行李，午哥和辰哥的衣裳四大箱子、玩意兩大箱子、各色零嘴一大箱子，小圓和程慕天的東西通共只有兩箱子。

程慕天走來看了看，問小圓道：「妳不多帶些衣裳首飾？」小圓笑道：「山裡無應酬，何必帶那麼些累贅。」說著，喚來程福和阿繡，叫他們兩口子先將家什送進山去，又遣了一多半的下人一道跟去，做些佈置灑掃的前期準備。

待到山裡傳來消息，說新別院各事項打點妥當，小圓這才命人備車。打頭一輛和墊後的一輛，坐的是護院和小廝，還有那不願獨坐一車的袁夫子。中間的大車全家人擠在一處，另有一輛小車給奶娘丫頭們坐。

程慕天站在宅子前看了最後一眼，轉身上車，問小圓道：「妳最得力的大丫頭沒跟來？」小圓道：「采蓮的娃娃還小，任青松又得留在城裡照看我的陪嫁鋪子，總不能叫他們夫妻分離。」程慕天自己是捨不得同娘子分開的，因此能理解，便點了點頭，吩咐車夫發車。

車子發動，蜷在角落裡的程四娘怯生生地喚了聲「哥哥」，程慕天這才發現車多了個人，不禁皺眉問道：「妳怎麼來了？」小圓拔開一邊一個抱著她胳膊的兒子，喚程四娘坐到身邊來，摟著她道：「丁姨娘求我把她帶進山養活，我允了。」

程慕天的嘴角抽搐了幾下，強壓怒氣道：「這樣大的事妳不事先告訴我？」程四娘被嚇哭起來，道：「嫂嫂，我還是回去吧。」她這一哭，程慕天不好意思起來。揮了揮手道：「罷了，不過多添一雙筷子，雇個奶娘照管她吧。」

小圓掏出手帕子替程四娘把淚擦乾，哄她道：「妳哥哥面冷心熱，處久了妳就知道了。」程慕天得了這樣的讚譽，紅著臉掀了他那邊的簾子一角，裝作去看風景。

辰哥見娘親摟著程四娘不抱他，也爬過去湊到簾子邊，指著外頭的招牌，斷斷續續念道：「文……鋪……」程慕天驚喜交加，一把抱起他來，「兒子，那是文籍鋪。來，再認幾個。」隨著車子朝前走，辰哥將晃過去的幾面招牌的字又認出了幾個，程慕天大喜，激動萬分地衝小圓叫道：「娘子，妳可聽見了？咱們辰哥才一歲半，竟認得那麼些字了。」午哥比他更激動，撲過去道：「爹，辰哥會認字，我就不用認了，對不對？反正你有一個兒子考科舉就夠了。」

午哥一開口，程慕天必生氣，果不其然，一隻大手又舉了起來。小圓一把將午哥摟進懷裡，嗔道：「辰哥認字是你教的？那是他成日裡跟午哥搗亂學會的，你不稱讚午哥就罷了，還要打他，什麼道理？」

這話有幾分道理，程慕天停了手，同她商量道：「進山安頓下來後，就叫辰哥跟著午哥一起進學，如何？」小圓駁道：「一歲多的娃娃，身子骨還是軟的，你忍心讓他去一坐幾個時辰？」

她懶得再理那個望子成龍太過的年輕父翁，開始閉目養神。程慕天見她這模樣，只得罷了，重新去那簾子處教辰哥認招牌。小圓瞇著眼，看見他是背對著這邊的，忙轉過身去也掀開簾子小小的一角，偷偷朝外張望。

此時已出了城門，城外住著不少在城內買不起房的窮人，熙熙攘攘也挺熱鬧。南北兩邊的碼頭旁滿是停泊的船隻，大船載著從別處運來的稻米，小船裝著木頭、柴炭、磚瓦、鹽袋等物。很多船民一家老幼皆生活在船艙內，以船為家，隨水漂泊。

小圓正瞧得入神，忽然聽見辰哥「哇」的一聲，隨後是程慕天的驚叫：「娘子，辰哥吐了。」她忙轉身接過辰哥，拿水瓶倒水給他漱口，輕輕替他拍背。程慕天胸前的衣裳全被污物染髒，忙命車暫且停下，一面喚人取乾淨衣裳來，一面要遣小廝回城請專醫治小兒疾病的郎中。小圓攔住他笑道：「辰哥太小，暈車了，什麼了不得的病，還要特特去請郎中，叫車夫將車趕慢些就是了」

程慕天仔細瞧了瞧辰哥的臉色，又使出半吊子的水平幫他把了把脈，道：「的確無妨，但小兒郎中還是得備，咱們藥鋪並未盤出去，且使人去喚兩個來，叫他們明兒一早進山。」說完，叫來個小廝吩咐了幾句，讓他回城去藥鋪，又隔著車壁吩咐車夫趕車慢些。

小圓慢慢地拍著辰哥，哄著他睡著。程慕天接過去，把他放到車中央的褥子，這才鬆了口氣。

貳之章　姑嫂作花解困窘

因車行得慢，中午時分才行了一半的路程，午哥鬧著要吃飯，小圓心道，這許多人不好都用乾糧打發，且大冬天的，冷冰冰的食物孩子們吃了怕是要肚子疼，便叫程慕天把車停到驛道旁，尋個地方吃了飯再走。

程慕天跳下來看了看，路邊正好有個包子酒店，便先把睡醒的辰哥抱下車遞給奶娘，再帶著手腳利索自己爬下來的午哥朝店裡去。余大嫂本是來接午哥，見他自隨了程慕天去，就照著小圓的吩咐，抱了程四娘去伺候。

先進店的下人們已占好了位置，他們不敢與主人同坐，單留了張桌子給程慕天父子三人。程慕天見袁夫子混在小廝群裡，忙叫午哥去請了他過來一桌吃飯。他不曉得這樣的小店賣些什麼吃食，想尋個小二問問，卻未發現有人，袁夫子笑道：「小店經營，沒得人伺候的，程少爺想吃什麼，我去端來。」程慕天哪裡敢勞動夫子，忙喚了程福過來，叫他去把店裡招牌菜搬一桌子來。

招牌菜？這裡只有招牌包子。程福暗笑不已，到蒸籠處尋到店主，叫了個小廝幫忙，把灌漿饅頭、薄皮春繭、蝦肉包子之類，端了幾大碗過來，又問程慕天許下人們吃些什麼。程慕天從未管過家務的人，哪裡理會這些，又見了這一桌子只有主食沒有菜的吃食，眉頭大皺，隨意揮了下手，道：「愛吃什麼吃什麼。」

袁夫子見他愁眉苦臉的模樣，遞了個灌漿饅頭給他，笑道：「程少爺莫小看這些包子，味道可不差。這灌漿饅頭一咬一口肉汁，你嘗嘗。」程慕天將信將疑，小心翼翼地咬了一口，果然餡嫩汁鮮，味道甚美。他的眉頭舒展開來，等不得把手上的灌漿饅頭吃完，連忙喚來阿雲阿彩，叫她們照著桌上的吃食，另端一份去給小圓。

阿雲阿彩兩個到蒸籠裡揀了麵食，又把魚兜雜合粉和灌熬棒骨各舀了一碗，端到車裡的小桌上，笑道：「少爺自己還沒吃呢，先讓我們送來給少夫人。」小圓笑著趕了她們下去，拿起灌漿饅頭咬了一口，這個她以前也吃過的，類似後世的灌湯小籠包，薄皮春繭就是包了素餡的春捲，這兩樣味道都還好，但蝦肉包子大概因為是小店出品，包不起大顆蝦肉，只有些小蝦包皮裡頭充數。

辰哥在奶娘的幫助下爬了進來，撲到她懷裡撒嬌道：「我要娘餵。」小圓曉得這個小兒子身子一不舒服就黏著娘，便叫鄧大嫂去吃飯，自取了調羹餵他吃魚兜子。辰哥小口小口咬著，待得一個吃完，問道：「娘，這是什麼做的？」小圓嘗了一個，答道：「大概是魚肉做的吧。」

程慕天提著個紅漆食盒，帶著兩個孩子上車來，笑道：「什麼大概，就是魚肉加雞蛋做的。我看這東西爽口，特意尋店家買了幾個還未下鍋的，咱們晚上吃魚兜子湯。」

待得辰哥吃完飯，小圓怕立時發車他又吐起來，便叫車夫歇了一會子才重新上路。這一路上慢慢悠悠，天黑透時，一行人才得到莊上。小圓已是累得連分配房間的力氣都沒了，阿雲便替她作主，將外書房旁的一間與了袁夫子，最後一進給了程四娘，中間的那進住了他們一家四口。

兩個奶娘和幾個丫頭也是累得夠嗆，幸好大半下人都是提前進山來的，立時把照顧孩子、收拾箱籠的任務接了過去，待得程慕天和小圓吃罷晚飯進房睡覺時，地下的煙道已時燒得暖烘烘的，床鋪被褥也乾乾淨淨整整齊齊。

他兩口子都是累極，扎進被窩一覺睡到大天亮，直到被窗外的鳥嘰嘰喳喳吵醒。程慕天起身披衣，推開窗子，院子裡種著好幾株果樹，李子樹、梨樹、桃樹、石榴樹，甚至還有一棵櫻桃樹，他扭頭叫小圓趕緊起床來看，笑道：「咱們城裡的窗外都是牡丹芍藥之類，這裡卻都是能結果子的，好不稀奇。」

小圓走過去看了看，果然一派果林風光，再將屋內細細打量，牆上掛著一幅粗布繡品，瓶兒裡插著山上的野花，茶几上還擱著幾個黏土捏的小羊羔，她歡喜笑道：「正是景色不同才有趣味，我這就想多住幾日了。」

午哥的小腦袋自窗外冒出來，大聲道：「娘，我也想多住幾日，不然沒得時間去逮兔子。」程慕天正好站在窗邊，伸手就給了他一下子，「怎的沒去上學？」午哥揉著腦門委屈道：「夫子昨日累了一天，也該歇一歇。」喜哥抱著書跑過來，奇道：「夫子並未說今日要歇息呀。」程慕天又給了午哥一下，罵道：「我看是你自己想歇吧，還不滾去讀書。」

午哥朝窗子裡看了看，見娘親不打算替自己求情，只得揉了揉眼，拉著喜哥跑開了，一面跑一面小聲罵他：「你個老實頭。」

程慕天回頭苦笑道：「這孩子，機靈勁沒用在正道上。」小圓道：「他是太皮了些，不過你也該放夫子一天的假，他讀書人身子弱，昨兒坐了一天的車，定是累得慌，卻拿著你的束脩不好意思告假。」

原來兒子沒錯，是我錯了。程慕天臉一紅，忙使人去告訴袁夫子，讓他歇一天，明兒再開課。午哥得了假，快活地追著喜哥滿院子亂跑，鬧騰得小圓無法靜心聽田大兩口子的事兒，只得喚了程福來，叫他帶了兩個小子進山去玩。田大笑道：「程福城裡長大的，哪裡曉得山路怎麼走？我叫幾個莊戶跟著。」小圓點了點頭，讓他去派人手，又向午哥笑道：「不逮上幾隻兔子，不許回來。」午哥撲過去朝她臉上親了一口，糊了她一臉的口水，轉身飛奔，眨眼消失在院門外。

田大媳婦看了看跟去的喜哥，問道：「辰哥不跟去玩？」小圓笑道：「他好靜，不像他哥哥。」田大媳婦將些好話說出來恭維了幾句，扶著小圓去逛新宅子。這別院坐北朝南，小小的三進，青磚灰瓦粉白牆，天井裡拿大石板鋪著路，旁邊栽著果樹。

小圓走到午哥和辰哥的屋子看了看，這間廂房同正房一樣，一明兩暗，兩側臥房兩個兒子一人一間。中間本是用來待客的房間，被午哥堆著些玩意和零嘴兒，她笑著搖了搖頭，出門來繼續朝後走。最後一進院子住著程四娘，她聽說嫂子朝這邊來，早早兒地等在了院門口行禮。小圓牽扯了她的手，憐惜道：「妳也太過多禮了。」程四娘把她讓進房，親手捧了茶來，垂手站在一旁。直到小圓讓她坐下，方才在下首挑了個位置坐了。小圓嘆道：「妳大侄子若有妳一半知禮，也能少挨些打。」程四娘笑道：「午哥聰敏著呢，論讀書習字，我們都比不上他。」

小圓見她身上穿的還是昨日的衣裳，疑惑問道：「妳只帶了這一身兒來？」程四娘聽見她問這個，臉漲得通紅，低著頭把手指扭了又扭，小聲答道：「娘說我跟著哥哥嫂嫂過活，定是有新衣裳得的，不如把舊的賣了與仲郎換糖吃。」

繼母做的這叫什麼事，也不怕天怒人怨？小圓狠拍了下椅子扶手，喚來針線房管事娘子，吩咐她拿尺來給程四娘量尺寸，加班加點趕做幾套新衣裳。

從程四娘房裡出來，後頭沒了路，田大媳婦笑道：「我公爹在世時，說山上都是風景，無須再修什麼園子。若少夫人想修起一個，宅子門口有條淺溪，倒是可以引水進來挖個池子。」小圓忙道：「天然的才好，莫要費那些功夫。」

她轉了一圈回到房內坐定，田大已候了多時，捧上帳本子來，把莊上養了幾頭羊、餵了幾隻雞、種了幾棵菜報得詳詳盡盡。小圓並不怎麼懂得田間事，僅有的一點兒識見還是電視上看來的，她被那一大串的雞呀鴨呀鬧得頭昏腦脹，慌忙叫他不要再朝下講，道：「我信得過你，帳上不虧錢便得，養多養少你看著辦。」

田大應了一聲，道：「谷裡的羊出欄了，反季菜蔬也正是時候，這幾日正在朝外運，等賣完了我再來報帳。」小圓一聽他正是忙的時候，便叫他去辦正經事，只留了他媳婦在這裡回話。

田大媳婦頭一回伺候小圓，生怕她不滿意，連聲問道：「少夫人昨日睡得還好？這宅子佈置得可還合心意？中午想吃什麼？」小圓笑道：「這些妳都不必操心，一應事體自有四局六司，妳只給我講講這山裡的事兒。」

正說著，程慕天在外逛了一圈也回來了，便也坐到旁邊，一同聽田大媳婦講。

田大媳婦是個愛說話的，見主人要聽新聞，忙清了清喉嚨，道：「少夫人真問對了，自你們上次回城，這山裡的變化了不得了。旁邊原來就有的兩個莊子，被個姓何的少爺買了去，但卻不曾有人來住，白荒著地呢。上上個月，田大帶著人去尋暖和的山谷發種反季菜蔬，卻在山坡那頭發現了個小村子，他們人人會養蠶繅絲，真是好本事。」

姓何的少爺不就是自家三哥何耀弘，前幾年打金狗時他買了來做後路的，還曾準備給自己一個呢。小圓笑著囑咐她莫要侵占了何家少爺的地，又問道：「那你們沒去向村民們學幾手？」田大媳婦笑道：「咱們未種桑樹，怎麼養蠶？再說人家也不定肯教。」

程慕天道：「這有何難？改日我請人來教你們。」小圓笑看他一眼，「你何時關心起農事來了，以前不是不屑一顧的嗎？」程慕天遣了田大媳婦去安排午飯，嘆道：「沒得生意做，閒得慌，且幫妳把這莊子打理打理吧。」

提起生意，小圓想起變賣鋪子得的那些現錢來，急道：「家裡的錢你還未換成金銀呢。」程慕天見她又開始莫名其妙，忙解釋道：「咱們正是被官府盯上的時候，怎好去換？且等這陣子過去。」確實是自己太過心急，小圓不好意思地笑了笑，起身朝外走，「我去廚下瞧瞧有什麼新鮮菜吃。」

廚房前的空地上，兩個小丫頭正在舂米，還未上鍋煮，已是四處飄香，阿雲驚喜道：「是福建來的『過山香』，袁夫子說他最愛吃這個米，我蒸飯去。」小圓愣了愣，跟在她後頭走進廚房，看著她麻利地舀了一大碗公已經舂好的過山香，下到水裡煮，待到水開，再撈出來放進籠屜裡蒸。

阿雲感覺到小圓探究的目光，抬頭抹了抹額上的汗，笑道：「少夫人，這種乾撈飯才好吃，一粒是一粒，不黏連，又爽直口，還耐餓。」

她這避重就輕，連悶悶的阿彩都聽不下去了，笑她道：「少夫人每餐吃的都是乾撈飯，何需妳嘮叨這一大篇？」廚娘們都哄笑起來，七嘴八舌問阿雲這飯到底是給少夫人做的，還是給情郎做的。小圓也想曉得阿雲同袁夫子是怎麼回事，又怕她害臊，忙道：「有沒有薄稻釀的酒？中午取幾杯來吃。」

田大媳婦點頭道：「有的，前兒他們搬了幾罈子上山來。中午的野味備了赤鹿、松雞、雉雞、鵪鶉，還有家養的雞、鴨、鵝和肥羊，菜蔬有豆芽菜、茭白、韭菜、冬瓜、芋頭，少夫人想做幾個什麼菜吃？」

小圓惦記著辰哥昨日暈車，沒什麼胃口，便道：「先煮一個七寶素粥，配幾樣小菜端去給辰哥。」田大媳婦應了，吩咐廚娘去煮粥，又問：「午哥可有愛吃的菜？」小圓笑道：「他昨兒中午吃了包子，今兒跟我鬧著要吃捲煎餅，不知妳們會不會做？」田大媳婦立馬捲了袖子去洗手，笑道：「這個大概只有我會做，午哥要是不進山，還真吃不著。」

小圓曉得她們一定是從北邊來的，最是擅做麵食，便微微一笑，站在旁邊看她們如何行事，好藉機偷個師。

田大媳婦先取了個攀膊套上，這攀膊是根長繩索，兩頭連著鉤爪。她將繩索掛在脖子上，用兩個鉤爪分別鉤住兩隻挽起的袖子，以免袖子滑落影響做活。

羊肉二斤、羊油一斤，細細剁成肉餡，多加蔥白與筍乾，捲進擀得薄薄的餅皮兒中，兩頭用麵糊黏住，待浮油用小火慢慢煎，直到紅焦顏色。

田大媳婦做好一個捲煎餅，裝盤捧給小圓，笑道：「少夫人嘗嘗，蘸些辣子和醋味道更好。」

小圓咬了一口，皮薄肉多，外酥裡嫩，果然好吃。她讚了田大媳婦幾句，回頭吩咐阿彩：「使人進山喚午哥回來吃捲煎餅。」阿彩領命而去，才走到門口，便被拎著兩隻野兔子的喜哥撞了個滿懷。喜哥把兔子朝她手裡一塞，匆匆跑進廚房尋小圓，急道：「少夫人，午哥掉進溪裡了。」小圓被唬得不輕，顧不得什麼儀態風範，提起裙子就朝午哥房裡跑。

她到得兩個兒子待客的房間，發現地上一灘子水，再進到臥房一看，午哥渾身已濕透，衣裳上的水正朝下滴滴答答，她趕忙上前給余大嫂幫忙，幾下將他扒了個精光，丟進床裡裹上厚棉被。

「娘，我沒事。」午哥出聲安慰娘親，卻是鼻音濃重。小圓忙吩咐廚房熬薑湯給他驅寒，午哥在被窩裡扭著身子道：「我不喝薑湯，我要吃飯，燒我逮的兔子來。」

小圓把他按在被子裡不許他亂動，嚇唬他道：「不喝薑湯，就把你的兔子扔掉。」午哥從來就不怕嚇，但還是乖乖地點了點頭。待得薑湯熬好，他也不使調羹，也不讓人餵，自捧著碗一口氣喝乾，催小圓去燒兔肉。小圓見他精神尚好，就放心下廚房去，叫廚娘們將野兔收拾乾淨做個潤兔。

程福不等她去問，主動來請罪，自責道：「逮到兔子，午哥說要自己去毛，我一個沒攔住，叫他跑到了溪邊，又一個沒攔住，叫他掉了進去。」小圓哭笑不得，「沒攔住？我看是你自己也想要吧？那溪水深不深，他可吃了水？」程福拍著大腿直呼冤枉：「我也是有兒子的人，怎會這般糊塗？少夫人，妳不曉得午哥有多滑頭，一個不留神就讓他哄了去。好在那溪水淺，只齊他的腰，並未出了大岔子。」

小圓疑道：「既是只齊腰，怎麼渾身全濕透了？」程福唉聲嘆氣道：「那位小祖宗跌進了溪裡，不但不怕，還說正好學學游水，在水裡撲騰了幾下才被我強拎上來。」

小圓現在才明白，為何程慕天總是被午哥氣得想伸手，這個兒子果然是太皮了，不給教訓不長記性。她氣呼呼地衝回午哥房裡，隔著被窩狠拍了他幾下，怒問：「你是傻還是呆，大冬天的下水？」午哥吸了吸鼻子，委委屈屈答道：「我又不是小叔叔，哪裡傻呆了？」小圓摸了摸他身上，已熱乎起來，稍稍放了心，道：「你要是有個三長兩短，娘怎麼活？」午哥典型的吃軟不吃硬，見娘親眼圈有些發紅，忙拍著胸脯保證今後再也不犯錯。

小圓怕自己一走，他又在被窩裡亂動，便坐在床邊陪著他。過了會子，阿彩來問，說午飯已得，是否現在就上菜。午哥在山上跑了半天，早已餓了，掀了被子就要爬起來，小圓忙取了才烤暖和的新棉衣給他換上，抱著他去吃飯。

程慕天得知兒子掉進了溪裡，去把程福責罵了一通才回來，黑著臉坐在飯桌邊一言不發。午哥瞄了瞄他的臉色，夾了一塊潤兔放到他碗裡，「爹，我聽說你愛吃潤兔，特意給你逮的兔子。」

潤兔即是白斬兔，取兔腿煮熟，再淋了些薑汁。程慕天的確愛吃這個，一時間竟不知是先誇他孝順，還是先罵他不聽話，想了想，道：「你掉進溪水受了苦，我也不罰你，但往後白日裡讀完書，晚上還要跟著我學打算盤學算帳。」

午哥的嘴張了老大，手裡的捲煎餅也忘了吃，道：「爹，你還不如打我兩下子呢。」

小圓把捲煎餅塞進他嘴裡，笑道：「這下你明白了？平日裡打你不過是雷聲大雨點小，這才是動真格呢。」午哥癟了癟嘴，擰不過父親，吃飯的胃口也沒了，胡亂將捲煎餅啃了幾口，蔫蔫地下了飯桌。

程慕天瞧著他臉色不對勁，叫住他摸了摸頭，驚道：「娘子，他身上燙似火。」小圓過去摸了摸他後脖子，果然是在發燒，連忙使人去瞧瞧進山的郎中到了哪裡。程慕天心急如焚，等不得小廝去看，自己騎了匹快馬飛奔下山，在半山腰接到了那兩名郎中，提了一個專醫小兒病的上馬，疾馳回莊上。

小圓正拿溫水浸的巾子絞乾了給午哥敷額頭，見程慕天一臉焦急地扯著郎中進來，忙把床邊的位置讓出來。那郎中姓嚴，一頂帽子被風吹歪，來不及去扶正，先伸手來搭脈，按了一時，道：「受涼了，他底子好，無甚大礙。我開個方子煎副藥服下，發發汗便好了。」

程慕天懸了一路的心總算放下，請了他去隔壁開方子。小圓跟過去問道：「可曾帶藥材上來？」嚴郎中一面飛快地寫方子，一面笑答：「少夫人放心，自然是帶齊全了的。」小圓謝過他，接過墨跡未乾的藥方，親自去取藥材，下廚房煎藥。

程慕天喚了阿彩帶嚴郎中去早已安排好的住處，自己則去看午哥。午哥的小臉燒得通紅，捂在被子裡再不敢動彈，一雙眼卻是睜得大大的，帶著些欣喜問道：「爹，我明兒是不是不用上學？」這孩子總有惹他老子生氣的本事，程慕天深吸一口氣，強壓下想打他的念頭，擠出些笑容來哄道：「安心養病，燒退了再去。」

午哥小聲嘀咕：「那多燒幾日。」程慕天覺得自己若再待下去，定會被他氣死，便起身到廚房尋到小圓，要求與她換班。小圓聽他講了經過，嗔道：「誰叫你總逼著他。」程慕天長嘆道：「若是辰哥這樣倒還罷了，午哥是程家長子，將來要繼承家業，妳看他這副吊兒郎當的樣子，能撐得起門戶？我一看他不愛讀書不守規矩就來氣，打他逼他還是輕的。」

小圓暗自苦笑，國將不國，何以為家？能坐個海船逃到外邊去已屬萬幸，還操心這些繼承家業支撐門戶作什麼？她心中所想，無法告人，只得嘆了口氣，將煎好的藥倒了一碗，同程慕天一道去餵午哥。

午哥看著藥碗不肯張嘴，小圓取了顆過口的蜜餞，哄道：「乖兒子，一口將藥吞下，再吃個果子就不苦了。」午哥看了看一旁的程慕天，小聲道：「我不要整天地讀書。」

小圓不等程慕天皺眉頭，爽快地答應他道：「娘請個武師來莊上，你上午認字，下午練拳，晚上跟著你爹學些打理生意的本事。每月望朔，我還許你去山上耍，但若你還像今日這般胡鬧，我可不會輕饒。」午哥眼裡露出驚喜，卻沒有吱聲，只看著程慕天，直到他點了下頭才歡呼起來，接過小圓手裡的藥，咕呼咕呼一口氣喝了個乾淨。

服過藥，午哥昏昏欲睡，小圓替他蓋好被子，叮囑了余大嫂幾句，拉著程慕天走了出來，笑道：「方才我還以為你要搖頭呢。」程慕天道：「我只氣他沒規沒矩，又不思進取，若他能舉止有禮，認真讀書考科舉，就是天天上山玩會子又如何。」小圓笑他道：「你的心也太大了，才說想讓他繼承生意，這會子又想讓他考科舉，你當他是神仙？」

程慕天一愣，自己對兒子的期許太高？作為一個年輕的父親，他迷茫了，問娘子道：「妳說我該讓他考科舉，還是經商？」小圓笑道：「我看你不但心大，且還心急。他才開始認字呢，想那麼多作什麼？讀書算帳都先學著，到時選哪一條路，叫他自己定罷。」她心裡早就想好了，幾十年後戰火又起，科舉定是行不通的，趁著兒子年幼，讓他認幾個字背幾篇文，待到再大些，還是學經商的本事，到了別處才好謀生。

吃罷晚飯，午哥燒退，小孩子精力旺盛，病稍好又開始到處亂竄。小圓拿他無法，只得叫程慕天把外帳本子翻出來，哄他來看海船。程慕天攤了帳本子到他們面前，笑小圓道：「我看是妳自己想看吧。」

小圓還擔心家裡為數不少的金銀太重無法帶走，也不辯駁，認真看起帳本子來。說是帳本子，那上面並未記帳，打頭一頁畫的是艘方形大船，船首高高聳起，船尾亦是正方形，兩側都有船槳。她數了數，共有十對，按著圖下的文字說明，船上還配有兩只石錨及帆布製成的船帆。

程慕天見她看得出神，講解道：「這船前部有幾十個相互隔離開來的小艙，都是隔水的，就算不了船體，稍有破損也不怕。船後拖著的小船，裡面載有柴薪和淡水，是從旅經的港口補充上來的。」

海上航行最重要的恐怕就是辨別方向了，這大船聽起來很不錯，但不知在定位上有何妙招？小圓不假思索地提出了心中疑問。程慕天帶著些自豪，解釋道：「天氣晴好時，依著日月星辰，輔以星象圖和航海圖；若是天氣陰晦，則使用地螺。」

「地螺是什麼？」小圓一臉的好奇。程慕天轉身去翻箱子，尋了個來與她瞧，原來是個借鑑了指南針原理的羅盤，上頭刻著二十四個方位，一根磁鍼標示出南方。午哥抓了地螺過去擺弄起來，程慕天見他愛這個，倒有幾分欣慰，摸了摸他的腦袋，把地螺送他作了玩具。

小圓最想曉得的問題還未有答案，急切問道：「二郎，這樣一艘船能載多少重量？」程慕天答道：「有大有小呢，最大的船可以載六七百人和上萬斤貨。」小圓喜笑顏開，「不用細算了，我們家那些金銀定是裝得了。咱們還要再多賺些，萬一到了那人生地不熟的地方，一時找不到賺錢的行當也不至於餓死。」

程慕天無奈搖頭，「妳這樣盼著打仗？」小圓不願把幾十年後的事提前到現在來與他爭執，便道：「那多賺些錢總沒錯吧？」程慕天笑道：「進山前妳才勸我不要樹大招風，現下又想賺錢了？」小圓白了他一眼，賺錢也可以不顯山露水的嘛，就憑藉著莊中出產，賺了錢悄悄運到山裡來，比在城裡開鋪子招人惦記強上萬倍。

她怕空口一說不能叫程慕天信服，取了帳本子和算盤來欲算給他聽，程慕天卻問：「妳可曉得咱們家的海船做什麼買賣？」小圓愣了愣，道：「外帳又不經我的手，哪裡曉得，大概有犀角和珊瑚吧？」程慕天敲了敲午哥手裡的地螺，道：「咱們從外國運來的貨，除了犀角和珊瑚，還有象牙、瑪瑙、珍珠、水精、檀香、沉香木、香料、樟腦、丁香、豆蔻；賣出去的有絲和織錦、陶器和瓷器。」

小圓聽明白了，這些貨物無一不貴重，隨便哪一樣都比她這莊子的出產賺錢。程慕天見她垂頭喪氣，安慰道：「莊子也得經營好，總不能拿海運生意賺的錢來養莊戶，再說他們養了羊種了菜，咱們也能少些花費。」

午哥抱著地螺撲進他懷裡，叫道：「爹，這個好玩，我要去划船。」程慕天破天荒沒有推開他，笑道：「你好生學本事，將來那些船都是你的。」

過了兩日，午哥的病大好，暈過車的辰哥也有了精神，小圓便提議上山去走走。一家四口便換了輕便的衣裳，帶著幾個下人，由田大媳婦領路，一同往山坡上去。

半山腰上住的全是莊戶，但此時並沒什麼人在家，只有幾個老人坐在門口，照看著娃娃們。阿繡奇道：「快過年了，這時候種地的人不是最清閒的，怎的卻不見人影？」田大媳婦朝山坡那邊指了指，笑道：「男人們忙著趕羊，女人們忙著收菜，正是過年的時候才好賺錢呢。」

那些茅草屋的房前屋後用籬笆圍著小院子，養著些雞、鴨、鵝和菜狗，豬圈裡的豬餵得肥肥的，想必過些日子也該宰來吃肉了。中午時分，一群半大的丫頭小子背著柴禾，牽扯著耕牛下山來，開始生火做飯。小圓問道：「大人們不回來吃飯？」田大媳婦答道：「那些羊呀菜呀，賣得越多，他們分的錢就越多，因此捨不得回來吃飯，只叫孩子們送過去呢。」

看來莊戶們做活很有幹勁，小圓含笑點頭，牽扯著午哥和辰哥走進一戶人家。這家兩個閨女，大的十來歲，正在朝開水鍋裡下一條魚。小的四歲多，坐在灶間燒火。那煮魚的大妮見主人進來，忙把手指了指來倒茶，又把牆角的蘿蔔揀了兩個遞給午哥和辰哥。

小圓走到鍋邊瞧了瞧，笑道：「飯食還不錯。」大妮笑道：「這是我在河裡捕的。」又指了指一口大缸，道：「虧得有少夫人，高粱收了不少，再餓不了肚子。」小圓見鍋裡的魚煮得有些爛了，怕耽誤她們做飯，便把午哥荷包裡的糖抓了一反遞給燒火的小不點，領著兩個兒子上田大家吃飯。

她本是想嘗嘗鄉間小菜，程慕天卻堅決不同意，非喚了他們自帶的廚娘上來，整治了一桌子與平時沒有兩樣的飯食。吃罷午飯，午哥惦記著大妮家的那條魚，跑到程慕天面前，主動背了一篇文章，趁著他眉開眼笑之際，央道：「爹，我想去捕魚。」

小圓見程慕天眉頭一皺又要發脾氣，忙道：「捕魚不行，讓他釣魚去，養養耐心也是好的。」程慕天勉強點了點頭，喚來程福，叫他這回好生看著午哥，不要讓他再跌進水裡去。程福連連點頭，極有眼色地把幾個孩子都帶了去，好讓他們夫妻兩個有機會獨處。

程慕天自然不願辜負他的好意，將幾個丫頭遣了回去，親自扶著小圓，帶了她朝山上走。小圓看著漫山遍野的杉木林，笑道：「你還說要尋人來教莊戶們養蠶繅絲，怕是連栽桑樹的地兒都無。」

程慕天極愛這沒有人煙，又有茂密樹林遮掩的山坡，將她摟進懷裡香了一口，道：「那天我也就是隨口一說，並未深思熟慮，咱們栽杉木比種桑養蠶更賺錢。」小圓戳一戳他胸口，笑道：「你當初種這些杉木，可是說要留給閨女做嫁妝的，可惜我連生了兩個兒子，叫你希望落空了。」

程慕天把她摟得更緊了些，附到她耳邊小聲商量：「娘子，待得辰哥也進學，妳就閒下來了，那時咱們再生一個好不好？」

小圓含笑點了點頭，問道：「二郎，你會講哪幾種外國話？」程慕天答道：「大食、高麗、東瀛、南海幾個島國的土語，我都會講一些，怎的想起問這個？」小圓不敢說自己也想學，拿了兒子做幌子，道：「你不是想讓午哥繼承家業的，何不打小就教他講講外國話？咱們家既是做的海運生意，游水駕船什麼的也當讓他學會。」

程慕天笑著搖頭，「學外國話還有幾分道理，只是做海運生意又無需他親自去駕船，學那個做什麼？」小圓辯駁道：「總要懂點子才不會叫人拿捏了去，你敢說你一點兒都不會？」程慕天想了一想，點頭道：「也罷，學門本事總比讓他滿山亂跑的強，就依了妳。」

小圓離自己的計畫又近了一步，歡歡喜喜拉了他的手，繼續朝山上走。

山頂上，風景極好，一面的山谷裡養著羊，另一面種著菜，莊戶們忙得熱火朝天。程慕天仔細瞧了一會子，道：「我看他們人人都有活兒做，要是再種別的莊稼，怕是人手不夠，不如先就這樣吧，待得農閒，咱們再想些活兒來給他們做。」

小圓點了點頭，朝山腳下的小河指了指，那裡一群孩子正在釣魚，依稀可以辨出最中間的是午哥，一旁樹下玩耍的是辰哥。程慕天牽了她的手，欲從那面下山去尋兒子們，小圓卻攔住他道：「午哥好不容易休一天，明兒從早到晚又不得閒，且讓他自在玩會子吧。」

程慕天氣道：「我去了他就不自在了？」小圓裝作沒聽見，順著來路朝下走，他怕她摔跤，忙住了嘴跟過去，半扶半抱地摟住，順勢在她腰上捏了幾把。

晚飯時，桌上添了一條清蒸魚，午哥眉飛色舞地炫耀著自己高超的釣魚技巧。程慕天沉著臉敲了他一筷子，背著人卻向著小圓道：「到底是我兒子，聰敏得很，頭一回學釣魚就得了條大的回來。」

今年是個豐收年，莊戶們忙得腳不沾地，直到過年那幾天才得了空閒，殺雞的殺雞，宰豬的宰豬。福建盛產蔗糖，海船順路捎了幾口袋回來，小圓使人在空地上架了一口大鍋，熬起了糖稀。有孩子的人家一戶分一碗，阿繡一面分糖，一面惋惜，「該做個芝麻糖或花生糖的。」小圓道：「我原本也是這樣打算，可莊上孩子多，莊戶們又忙，哪裡來的人手？」田大媳婦笑道：「這樣已是很好了，以前過年，他們連糖稀都見不著。」

正月裡，陳姨娘、程大姊和程三娘齊齊約好，一同進山來吃年酒。孩子們來的多，小圓忙命人拿秫粉包糖做了「水團」，用香湯煮熟端上來。陳姨娘方才進來時，看了一路的果樹，讚道：「妳這別院建得好，極清幽。」

程大姊見屋裡照樣有煙道，暖烘烘的，也道：「還以為妳在山裡受苦呢，原來是享福來了。」程三娘卻是羨慕她養羊又種菜，問道：「嫂嫂，妳這一個冬天能賺不少吧？」

小圓笑話她道：「妳何曾關心過這些事體？難不成是甘十二養不起妳了？」程三娘的臉紅了紅，竟低了頭不說話。程大姊看了她一眼，道：「這有什麼不好講的，就妳面皮薄。」

原來程三娘自個兒從小受苦，就一心要嬌養閨女，吃要給她吃好的，穿要給她穿好的。娘親疼閨女，本也沒什麼錯，但他們家的收入只有甘十二在玩具店打工的那點子，根本不夠花。小圓聽了程大姊的解釋，又見程三娘一副羞於出口的模樣，奇道：「三娘子，難不成妳想進山跟著我種地？」

程三娘連連搖頭，小聲道：「我想請陳姨娘和大姊做個中人，向嫂嫂借些本錢，買些材料來做仿生花。」生花即鮮花。

宋人愛花，男男女女，無論貴賤，都愛在鬢旁插上一朵，即便是販夫走卒也不例外。他們不光愛戴生花，也戴照著生花的樣子做成的仿生花。

小圓讚道：「這主意極好，生意必定火紅，只不知妳打算如何行事？」程三娘得了嫂子的鼓勵，將頭抬了起來，答道：「琉璃做的仿生花，我沒那個能耐，但通草的花樣我還能編幾個，可有錢人家都瞧不上通草，因此我想向嫂嫂借錢買些絹、羅，做些絹羅花。」

她是個膽小的人，為何這回要當著人面借錢？小圓瞧了瞧正聚精會神盯著自己的陳姨娘和程大姊，噗哧笑出聲來：「妳們和我裝客氣，我可就當不曉得了。」

陳姨娘跟著笑了起來，道：「我卻是另有目的，我家大嫂、二嫂也想入股，苦於無錢，我手裡倒是有錢，又怕借出去了收不回，因此託妳給我做個幌子，就說那錢是妳借給她們的，這樣她們就不好意思不還了。」

小圓心道薛家大嫂、二嫂待陳姨娘那是沒話說，可惜太過親近，把她當作了自家人，錢也當作了自家錢，好在陳姨娘處世圓滑，倒也未鬧出什麼大矛盾。她對陳姨娘點了點頭，道：「這沒什麼難的，姨娘遇到這樣的事，儘管把我抬出來。」說完，笑問程大姊：「妳打的又是什麼主意？」

程大姊道：「我不借錢，只悄悄入股，妳們莫要跟我家官人講，免得他曉得我賺了錢，又要出去花天酒地。」小圓笑道：「這個不消妳囑咐。妳們若只做幾朵花兒，何須這樣鄭重其事，難不成想做大的？」

程三娘點頭道：「都曉得這個易賺錢，官巷裡花團、花市和花朵市不少，齊家、歸家花朵鋪也占了許多生意，若是咱們小打小鬧，定是賺不到錢，因此想開個鋪子。」

程慕天自從進了山，成日裡就閒得慌，在裡間聽見這話，迫不及待地走出來責備道：「還沒賣出一朵就想開鋪子，嫌虧錢不夠早？」程三娘怕哥哥，聽見他這般說，諾諾地不敢再開口。

小圓忙推她道：「妳哥哥乃生意老手，極有經驗的，趕緊向他討教一二呀。」程三娘鼓起勇氣站起來行了一禮，恭敬道：「望哥哥賜教。」

「盤個鋪子至少也得四五十貫錢，妳又說要做有錢人才戴得起的絹羅花，那就得到御街上去盤鋪子，御街上的鋪子是什麼價錢，妳可曾想過？」程慕天端起茶喝了一口，潤了潤嗓子，又道：「再者，妳也說了，如今賣花的人頗多，妳能肯定妳們做出的仿生花就一定比別個的更招人喜歡？」

程三娘滿懷希望而來，借的錢還未到手，計畫先被他擊了個粉碎，不免有些灰心喪氣，道：

「看來我沒賺錢的命。」陳姨娘比她會聽話音兒，忙問程慕天道：「二郎可是有什麼好主意，講來咱們聽聽？」程慕天擱下茶盞子，答道：「也沒什麼好主意，只是若換作我，就先做上幾盒子，請幾個走街串巷的賣花婆婆拿去大戶人家探探路。」程三娘欣喜道：「哥哥好主意，就是這樣，待到能賺錢，我再開鋪子。」

程慕天彎起指節敲了敲茶盞子，皺眉道：「為何妳總想著要開鋪子，不先瞧瞧自己的優勢和劣勢在哪裡？」

「優勢和劣勢？」程三娘愣住了。

程慕天解釋道：「盤鋪子，妳們就沒本錢，這是劣勢；但妳家空著兩進院子，這便是優勢，為何不將出一進來改作個作坊？妳可曉得，花市上賣花人不一定就是做花人；齊家、歸家兩家的花朵鋪，每日賣出的仿生花也大半都是收購來的。待得賣花婆婆幫妳們打出些名氣，大可雇些手巧的媳婦子，在作坊裡做了仿生花，成批賣到花市和大鋪子裡去。」

此話講完，眾人眼裡全是佩服，程三娘笑道：「就聽哥哥的，若是作坊能開起來，算嫂嫂兩股。」小圓正愁沒有悄悄生錢的法子，也不推辭，命人取了幾貫錢來，遞給她道：「與妳買材料，這也不是借的，算我入股的錢吧。」

陳姨娘笑道：「既是商議這個事兒，就全辦妥。」說著，取了一張寫好的借條出來，借款人是薛家大嫂和二嫂。小圓提筆在債主一欄填上自己的名字，遞還過去，笑道：「姨娘，我只負責簽名，錢可是不出的。」陳姨娘將借條收好，笑道：「那是自然，這幾個錢我還拿得出來。」

程大姊見不開鋪子，改雇賣花婆婆，失了興趣，道：「等妳們作坊開起來再知會我，我可是沒得空去編仿生花。」程三娘很好講話，點點頭道：「使得，我和薛家大嫂、二嫂先編著，看看銷路再做打算。」

大事議完，枯坐無趣，她們又都是小腳爬不得山，小圓便使人提了個裝木炭的火桶子來烤羊肉串。撒了胡椒和茴香的嫩羊肉在火上烤得冒油，廚房又送了一盤子切得薄薄的黃瓜片和幾把新鮮的韭菜來。屋內一時間香氣四溢，令人垂涎欲滴。

程大姊舉了竹籤子吃羊肉，腕上的鐲子卻極為礙事，她一把擼了下來丟到小几上，突然想起這物事的來歷，便把它遞到小圓面前，問道：「瞧瞧，可眼熟？」

小圓並不接過，只掃了兩眼就認了出來，驚訝道：「這是繼母常戴的那對，怎的送了妳？」旋即又笑了，「必是妳討了她的歡心。」程大姊大笑道：「她也值得我去奉承？這是她家過不下去，賣給我的。」

小圓更為驚訝了，「爹留給她的私房也不算少，這就花光了？」程大姊笑得十分開心，「她一向大手大腳，妳還不曉得？虧得妳尋了路遠當藉口沒去她家拜年，不然也要被她上幾個。」程三娘面露不忍，道：「繼母手中散漫不假，但那些錢卻多半是給仲郎看病花了的。辰哥已能認好些字，仲郎卻連話都講不全，她心裡急呀。」

程大姊不以為然，「癡傻也是她害的，怨得了哪個？」

小圓聽了這消息，越發不願回城。若是回去，繼母必定會上門借錢。她辛苦掙來的錢是要留給兒子們去海外過生活的，可不能白白去填小叔子那無底洞。

程大姊三人留在莊上歇了一夜，第二日起來，擔心天黑前趕不到家，一早就辭了去。

程三娘得了程慕天的指點，一天也等不得，第二日起了個大早，央甘十二幫她去早市挑些絹、羅回來做仿生花。甘十二笑道：「我哪裡懂得要買什麼花色，還不如妳與我同去，咱們如今是小門小戶，沒得那些臭規矩，上街逛的女人多著呢。」程三娘還要去拿蓋頭遮住臉，也被他丟了開去，大大方方攜了她的手，陪她去逛街。

宋人極為熱衷早市，四更天時就有無數經紀行販，挑著鹽擔，坐在門下等著開門，還有唱曲兒的、說閒話的、做小買賣的……

程三娘被甘十二緊牽著手，臉上帶著羞澀，卻捨不得掙脫，挨著他站在一排早市鋪席前，將那招牌仔細瞧——紙劄鋪、柏燭鋪、頭巾鋪、藥鋪、七寶鋪、白衣鋪、腰帶鋪、鐵器鋪、絨線鋪、冠子鋪、雲梯絲鞋鋪、花朵鋪、折疊扇鋪、青篦扇子鋪、銷金鋪、頭面鋪、金紙鋪、漆鋪……

她被這各式各樣、五花八門的鋪子看花了眼，輕輕拉了拉甘十二的手，問道：「官人，我買絹、羅，該去哪個鋪子？」甘十二在外打工多時，如今懂些門道，答道：「妳若是買得多，咱們去尋賣布料的『鋪席發客』，他們價錢便宜，許多小店都是找他們進貨的呢。」

程三娘聽了他的話，由他帶著尋了個鋪席發客，將紅、黃、銀紅的絹、羅各挑了一匹，問價錢時卻嚇了一跳，僅一匹絹也要四貫錢，她將袖子裡的會子捏了又捏，猶豫再三，還是什麼也沒買。

甘十二曉得她本錢不夠，同她商量道：「我進山去向哥哥嫂子再借些？」程三娘也有此意，但山路遙遠，就是騎匹快馬，一去一回也得一整天的時間，於是她搖了搖頭，先去找程大姊和薛家兩位嫂子商議。

程大姊手裡還有些錢，倒是願意借出來，但卻猶豫道：「錢是小事，可一整匹絹、羅根本用不完，咱們先買一匹試試？」薛家大嫂、二嫂都是做過仿生花的，聞言笑道：「大姊，一朵花上好幾樣顏色呢，一種布哪裡夠？」

程三娘嘆氣點頭：「正是這個理，才叫我犯難。」她為難，薛家大嫂、二嫂更為難，若是像這樣買材料，一次就得花二十幾貫錢，她們現在的本錢都是借來的，哪裡承擔得起這費用，不由得生出了退意。

程三娘就是看中了她們做仿生花的手藝才邀她們入股，自然不願放她們走，便問程大姊借了一匹快馬，讓甘十二向玩具店告了一天假，奔去山中找小圓討主意。

甘十二惦記著娘子的囑託，下了馬，連水都顧不得喝，抹著滿頭的大汗將情況與小圓講了一遍，問道：「嫂子，妳有主意最好，若是沒有——妳也是占了兩股的，就再加些錢吧。」

程慕天本陪在旁邊坐著沒打算出聲，聽見這話，覺得他是在欺負自家娘子，冷哼一聲道：「什麼了不得的買賣，咱們沒得錢添加，股價也不要了，你且回去吧。」

甘十二只記得維護自家娘子，忘記了程慕天也是個護妻的人，忙站起來打躬作揖，央求道：「我家娘子好不容易尋了點子事做，總不能叫她半途而廢，哥哥幫些忙呀。」

小圓羨慕道：「三娘子真是好福氣，十二總把她掛在嘴邊上。」程慕天一聽她這酸溜溜的話就曉得她在想什麼，狠狠瞪了甘十二一眼，沒好氣地道：「做幾朵仿生花能用得了幾寸布，有必要去買整匹的嗎？尋個頭巾鋪、裁縫鋪的，將人家的邊角廢料收羅些來，不是一樣的好使？」

甘十二心悅誠服，就連小圓望向他的目光也帶上了崇拜之色，皆大讚：「妙呀，這般行事只消花費幾文錢。」

甘十二得了好主意，飯也不吃，將饅頭揣了兩個，一路疾馳下山，報與程三娘知曉。程三娘亦是大喜，邀了薛大嫂、薛二嫂兩個，將御街上那些頭巾鋪、絲鞋鋪、裁縫鋪……只要做絹羅物事的店鋪全逛了個遍，搜羅了三包袱顏色鮮豔的仿生花材料，最後算下帳，僅花費了幾十文。

一下子節省了幾十貫本錢，三人興頭十足，連夜用蠟把羅染了出來，將絹的顏色配好。第二日，程三娘喚了幾個丫頭，將空屋子收拾了一間，擺上了一張大桌子，團團設了幾個凳兒，又將剪刀、小籮筐等物備了三套。

她先與薛大嫂、薛二嫂做了些紅牡丹、白茉莉之類，喚了個賣花婆婆進來瞧，問她可願取去賣。賣花婆婆見那幾朵花做得極精巧，心裡愛煞，嘴上卻要壓價：「妳們這才兩種花樣兒，我買了來賣誰去？大戶人家的小娘子們眼界高著呢。」

程三娘沒和這樣的人打過交道，經驗不足，立時就準備降價，薛大嫂卻是做過類似行當的，當即掀了盒子蓋兒，指著裡頭幾支做工粗糙的仿生花道：「瞧瞧妳這花兒，都分不清哪是瓣兒哪是葉兒，還好意思嫌咱們的品種少。」

賣花婆婆叫她說紅了臉，忙將原來的幾朵花藏起，換了程三娘的花，照著原定的價錢數了錢出來。她拎著盒子到得街巷，挨個去敲大宅的門。那些深宅大院裡的女人們出不得二門，因此極愛這些走街串巷、消息靈通的賣花婆婆，一來是做買賣，二來是聽八卦。有需求，貨色又好，賣花婆婆今日的生意極火，到了晚間時分，只剩了兩朵牡丹花，她正準備打道回府，有個好心的丫頭告訴她道：「程家別院的錢夫人，因著近來要賣首飾，又不願去質鋪當賤價，正是想找妳這樣的人打探消息呢，妳何不將這最後兩朵花賣給她去？」

賣花婆婆也是久聞錢夫人大名，曉得她是個出手大方的，便嘻嘻一笑，謝了那丫頭，立時動身到城東，去叩程家別院的門。錢夫人見了她果然歡喜，開口就問：「可曉得城裡有哪家小娘子要買首飾？我這裡有些上好成色的，不知要被哪個撿了便宜去。」賣花婆婆暗地裡撇嘴，怪道都說這位錢夫人有些不懂世故，妳就算要打聽消息，也得先給點兒甜頭呀。

小銅錢見她一雙眼只朝自己盛花兒的盒子上瞟，先明白了過來，忙叫她把那兩只牡丹取出來，捧給錢夫人看，悄聲道：「夫人，先買了她的花兒才好再問哩。」錢夫人沉了臉，丟了幾個銅板，罵道：「勢利。」

賣花婆婆「喲喲」叫了兩聲，嘖道：「夫人，妳這兩個錢可不夠買我這花兒，妳瞧瞧這樣式這做工，同我平日賣的不一樣哩。」

錢夫人不相信，還道她訛詐，不料將那牡丹拿起來細看時，卻發現果真是兩朵好花，不但編得細緻，顏色鮮亮，甚至還能分辨出品種來。錢夫人看得入神，竟把原本的目的忘卻了，不由自主問道：「這樣精緻的仿生花，就是大鋪子裡都不多見，妳哪裡尋來的？」

賣花婆婆笑道：「夫人竟不知道？這是妳家女兒三娘子的手藝呀。」程三娘兩口子不願納妾，甘家二老一怒之下斷了供給，害得他們生活窘迫的事，錢夫人也有耳聞。她將手裡的兩朵花轉了一轉，頗有些幸災樂禍道：「哪個叫她跟她嫂子學的，如今落得這般田地。也罷，我就買了這兩朵花兒，免得她生意不好，窮到吃不上飯。」

賣花婆婆暗笑不已，妳自己已窮到要變賣首飾了，倒還可憐起別個來？她心裡看不上錢夫人，但收了她的錢，少不得還要道些新聞出來，告訴她誰家閨女要置辦頭面，誰家娶媳婦要買三金。

天色黑盡，她才應付完錢夫人，匆匆忙忙地趕到程三娘處，還要買她的仿生花。程三娘見銷路這般好，大喜，可惜她們三人一整天也就做了幾十支，還不夠賣花婆婆一人的量。沒奈何，只得全家上下齊上陣，丫頭、婆子、奶娘，現教現學，連收工回來的甘十二都來幫忙裁羅帛。

如此忙碌了兩三日，她們不但供足了賣花婆婆的貨，還攢了百來支。恰逢正月十五上元節，那些平日捨不得買絹羅花的女人們，為了逛街時好看，都攢了錢來買。程三娘她們趁這機會將仿生花漲了一倍的價錢賣了出去，足足淨賺了六貫三百文錢。

薛大嫂和薛二嫂見仿生花如此有賺頭，便勸程三娘早些將作坊開起來：「地方是現成的，不消花錢，只需出錢雇幾個媳婦子來，早開一天早賺一天的錢哩。」程三娘暗自忖度，家裡的丫頭婆子都有家務事做，奶娘更是不能離孩子太久，人手不夠必要影響收益，不如就依了她們。

這日，她同甘十二商量過後，將全家挪到了最後一進院子居住，把第二進院子騰了出來，兩邊的廂房盡數打通，各擺了一張大桌子，東廂做絹花，西廂做羅帛花。

等到她作坊開張，小圓帶了兩個兒子來賀她時，她正忙著雇幾個新的媳婦子，滿面笑容地招呼他們道：「對不住，嫂嫂和侄子們先坐會子，且等我忙完。」小圓見她當了老闆主了事，行事作派與以前大不相同，很是替她歡喜，忙道：「不必管我，妳先忙著。」

午哥坐不住，拉著辰哥去後頭看小妹妹，小圓叫奶娘們跟了過去，自己則在角落裡挑了個椅子坐了，想看看程三娘如何行事。只見程三娘先瞧了瞧那幾個媳婦子的指甲縫，遣退了兩個手上有污泥的，又取了材料來叫她們各編了一朵花，其中有五個編得精巧，但最後只留下了三個。

小圓看得明白一時糊塗一時，待得她將留下的媳婦子安排妥當，忍不住問她道：「不愛乾淨的不能要，這個我懂，只是那手巧的有五個呢，妳怎麼也遣了兩個去？」程三娘笑道：「我這裡日夜兩班，方才招的是夜裡那班的人，有一個看上去弱不禁風的樣子，我怕她受不得累，因此沒要。」她說著說著，又不好意思起來，扭捏道：「還有一個，長得輕佻了些……」

那個媳婦子看上去並不輕佻呀，不過多生了幾分顏色而已。小圓想了想，忍不住笑起來，程三娘到底還是小心翼翼的性子難改，這是擔心著甘十二呢。

午哥和辰哥去後頭沒一會子又跑了回來，都道：「小妹妹不會說話也不會跑，不好玩。」小圓一邊一個摟了他們，笑道：「你們像她們這般大時，更不好玩。」程三娘愛兩個侄兒，使人買了蒸梨兒來與他們吃，又道：「嫂嫂，他們如今難得回城一趟，帶他們過了花朝節再走呀。」

小圓聽了這建議，頗有幾分意動，自她來到南宋，還未曾見識過外頭節日的景象，反正這回程慕天許她在程三娘家多住幾日的，若不趁著他不在去逛一逛，誰知還有沒得機會？她不想等到他日坐了海船去了別國再來遺憾，便應了個「好」字。

午哥聽說有得玩，歡喜得跳起來，問道：「娘，什麼叫花朝節？」小圓把他摟到懷裡，先吟了首詩給他聽：「明朝遊上苑，火速報春知。花須連夜發，莫待曉風吹。」念完又道：「你先把這詩背下，我再與你講故事。」午哥嘟嘟囔囔：「娘和爹沒得兩樣。」

小圓只不理他，轉頭去與程三娘說笑，午哥還賴著不背，豈料辰哥卻先一步背了出來，且一字不差。他這做哥哥的羞慚起來，不待人催他，忙忙地向小圓學詩，不出五分鐘，也背了滾熟。

小圓讚了他幾句，接著講花朝節，據說則天皇帝冬日在御花園賞那迎雪盛開的梅花，心情舒暢，心道：我貴為天子，沒有做不了的事，為何不讓百花都在這時節開放，供我欣賞呢？她一時心血來潮，便寫了那首詩，當作催花開放的聖旨。這道聖旨一下，各位花仙慌亂，才剛二月，百花怎能非時開放？但則天皇帝乃是人間之主，百花仙子也不能不聽她的，於是在第二天紛紛開花。

聽到這裡，程三娘自小几上揀了朵仿生牡丹花，接過話去，笑道：「後頭的我以前就聽嫂嫂講過，唯有牡丹仙子不聽這道聖旨，則天皇帝大怒，將拒不開花的牡丹從長安貶往了洛陽，自那以後，洛陽牡丹聞名天下。嫂嫂這故事哪裡聽來的，我們都只曉得花朝節是祭花神的。」

小圓怎好與她解釋後世的傳說，只得接過她手裡的仿生花，讚了幾句精巧，打個馬虎眼揭過。程三娘見她誇自己，便將琢磨了好幾日的主意講了出來：「嫂嫂，花朝節那天，城裡不少有錢人的園圃都許遊人進去賞花，我想借一塊地兒，種些仿生花。」說著拿起一朵花兒比劃了幾下，「加柄加長，多添幾片葉子。」小圓讚道：「這主意極妙，說不準當場就有人買回去栽在園子裡。」程三娘興奮地點頭，「我也是這般想的，這個還可以插到瓶兒裡。」

小圓想了想，道：「妳這仿生花，反正本錢不高，不如誰要是來買這大枝的，就另送朵小的，與她插在鬢上，做個活招牌。」程三娘拍手叫好，連忙去作坊佈置詳細，又送上了幾支上好的「姚黃魏紫」出來給她戴。

花朝節頭一天，甘十二來問程三娘與小圓：「錢塘門外的玉壺、古柳林、楊府、雲洞，錢湖門外的慶樂、小湖，嘉會門外的包家山、張太尉，都是極有名有園子，妳們想去哪一處？」小圓笑道：「哪一處都使得，只要你哥哥不在那裡。」甘十二大笑道：「你們如今在外人眼裡可是真窮了，和咱們一樣小門小戶，講究那麼些作什麼？若是哥哥怪罪於妳，就跟他講：山裡來的娘子不用講什麼規矩。」程三娘擔心小圓生氣，忙拍了他一下。小圓卻笑道：「正是這個理，你若是遇見二郎，定要與他講一講。」

程三娘搬了幾大盒子仿生花來給他們瞧，道：「我在包家山的王保生園租了一塊地兒，已做了許多仿生桃花，使人提前繫到了樹上去。嫂嫂是與我同去那裡賞桃花，還是另去別處？」程慕天不在，甘十二自然操心小圓的安全問題，忙道：「既然娘子在那裡有安排，那就都去王保生園。包家山上有道關門，四周遍植桃花，很是好看呢。」

能在離開前瞧一瞧大宋風光，去哪裡小圓都是開心，當即微笑點頭，又喚過兩個孩子，將明日的去處告訴他們，叮囑他們要聽話莫要亂跑。

第二日，他們起了個大早，帶上幾個下人和幫忙賣仿生花的媳婦子，坐了轎子上包家山。午哥做在轎子裡扭來扭去活似個猴兒，抱怨他道：「還以為要爬山呢，坐著上去有什麼意思？」小圓伸出雙手按住他，道：「你姑姑是小腳，爬不得山走不得路，因此要坐轎子。你且安靜些，等到了山上，隨你怎麼瘋。」

辰哥掀了簾子一角安安靜靜看風景，突然扭頭道：「娘，我不瘋。」小圓笑著把他摟進懷裡，笑道：「你是乖孩子。」午哥不服氣，撲過來撓他的胳肢窩，兩個扭作一團。小圓被他們鬧得直揉太陽穴，道：「午哥，你這般鬧法，轎夫辛苦，待會兒他的賞錢可是你來出？」午哥出門時才得了零花錢，聞言忙住了手，「我乖，我不出錢。」小圓笑著搖頭，對付這小子還得跟他耍心眼子，是好事還是壞事？

到得桃花關，果然入眼處盡是群芳競開，甘十二扶著程三娘下了轎子，來與小圓會合，帶著他們朝園子深處走，一路上不住指點，「那是單葉桃花、千葉的、餅子、緋桃、白桃……」

程家老宅的園子裡也種有幾株桃樹，可哪裡有這山上的品種齊全，小圓讚嘆之餘，越發打定主意，要多尋機會出來走一走。

一處刻意妝點成鄉村山野的杏館酒肆旁，是程三娘租下來賣仿生花的地方。薛大嫂和薛二嫂早已趕到了這裡，做起了生意。他們到達時，地上的盒子裡的小仿生花已賣去了大半，但枝頭的卻絲毫未動。程三娘著急道：「我還怕妳們人手不夠，特帶了媳婦子們來，怎的卻一朵也未賣出去？」

薛大嫂喜氣洋洋地解釋道：「園子主人才來過，說這樹上的仿生花足以以假亂真，叫咱們莫要摘去，免得讓這園子失了顏色呢。」薛二嫂紅光滿面地接上話去：「程三娘子莫要發愁，園子主人說要出錢將這枝頭的仿生花盡數買下，只等著妳來後去談價錢呢。」

程三娘聽說園子主人要包個全場，喜出望外，立時讓薛大嫂帶路，又邀小圓一同前往。小圓不想去見生人，但甘十二卻道：「我娘子頭一回做生意，我更是從未涉足過，這裡就嫂子一人經驗足些，再說作坊也有妳的股份呀，還勞煩跟去鎮鎮場。」小圓心道，外頭這樣多的遊人亦是生人，見也見了，不在乎這一個，便點頭應了，將兩個孩子留在外頭奶娘照管，自己隨著他們到這園子中的一所閣樓裡去。

那園子主人果然是要買樹上的仿生桃花，但插在鬢間的卻不要，小圓暗自生奇，這園子多的就是桃花，為何不買別的，偏還要買這個？程三娘卻未想這麼多，吃過幾口桃花茶，便問園主人要出什麼價。園主人笑道：「真桃花能泡茶，能製酒，仿生桃花卻只能妝點園子，我出五貫錢如何？」

程三娘腦中飛快地算起帳來，一共十株桃樹，每株上有五支仿生桃花是她們紮的，一支的定價是一百文，一共五千文。如今鐵錢的市值是每貫七百文，園子主人出的五貫鐵錢只有三千五百文，卻是她們虧了。

小圓見她默默算帳算了半天，又是好笑又是心酸。她雖富家小娘子，閨中時受委屈，出了門子又要為生計操心，真是難為她了。再一轉頭看見甘十二的目光不離她左右，又替她欣慰起來，夫妻恩愛，生活拮据些倒算不了什麼了。

程三娘算完帳，輕輕扯了扯小圓的衣襟，壓低聲音問道：「嫂嫂，我將帳報與他聽？」小圓想了想，道：「妳只報帳，餘下的我來說。」程三娘依她所言，將方才算的價錢講與園主人聽，園主人笑道：「我可是包了個圓場，省得妳們辛苦站在那裡賣，就與我便宜些又如何？」小圓輕輕搖了搖頭，作出為難狀，道：「作坊是大家湊份子開起來的，價格也是大家一起定的，我與她都不好擅自作主改價哩。」

園子主人沉吟片刻道：「這花兒並不是我要買的，乃是受一位遊園的朋友所託，我也不知他願不願多出一千五百文，不如幾位稍坐，待我去請他來自己與妳們談？」

怪不得放著滿園子的真花卻要買仿生花呢，原來不是本人要買。小圓和程三娘自是沒有異議，他便喚了個小丫頭去尋那位買花的朋友，又命人重換茶水。

程三娘見園子主人避諱，不談生意時只與甘十二說笑，就拉了小圓走到牆邊看畫兒，低聲讚她道：「還是嫂嫂腦子活泛，我本是打算直接讓他幾個錢的。」小圓捧了桃花茶聞那香氣，笑道：「我原以為是他自己要買，就想著，家有這樣大一個園子的有錢人，還在乎三千五百文與五千文的差別？」

程三娘聽了這話，又擔憂起來，「可他方才說了，不是他要買，只怕他那朋友不願出高價。」小圓笑開了，「有錢人的朋友會是窮人嗎？且放一萬個心，待會兒他來了，咱們還咬定五千文不鬆口。」程三娘教這話講得眉眼俱是笑意，重回座位端起桃花茶吃得極香。

不多時，小丫頭請了園子主人的朋友來，小圓三人抬頭一看，全半張著嘴作了雷打似的表情。甘十二最先反應過來，手一抬欲行禮，小圓見狀忙拉了他一把，衝他微微搖了搖頭。程三娘見嫂子如此行事，明白過來，忙垂了眼，裝作不認識面前來人。

小圓看似鎮定，其實手裡心冒汗，幸虧把孩子們留在了外面，不然那一聲「爹」叫出來，定要露餡。她低垂著頭，還能感覺有道含著惱怒的目光在自己頭頂掃視，但並未聽到有斥責的聲音響起，看來他們的想法一樣，不願在這裡相認。

園子主人未發現他們的小動作，笑吟吟地介紹起他身旁的朋友來，「要買妳們仿生桃花的，便是這位程少爺。」賣仿生花的正主是程三娘，她見園子主人介紹了朋友，生怕他還要問自己的姓氏，忙把甘十二推了出去。甘十二方才是乍見，這才愣住了，此刻他回過了神，膽子就大起來，衝著面色鐵青的「程少爺」將手一拱，故意逗他道：「幸會幸會，我們都姓甘，這是我姊姊，這是我妹妹。」

小圓暗暗瞪了他一眼，這個甘大膽，明曉得程慕天已遊走在暴怒的邊緣，還這般氣他，是嫌她還不夠倒楣嗎？她卻小瞧了程慕天掩飾心情的功力，只聽得他開口問了程三娘價格，聲音裡辨不出有什麼情緒。

程三娘見哥哥沒有發火，定下心來，將方才的價格又報了一遍。程慕天急著去質問娘子，懶得還價，道：「五千就五千吧，待會兒我叫小廝拿會子去取花。」園子主人見他這般爽快，怕自己朋友被賣家誤以為是個傻的，便拍了拍他的肩，衝程三娘他們笑道：「我這位朋友去年搬到了山中新別院去住，院子裡的幾株桃樹栽了未滿三年，還沒開得花，他心疼娘子足不出戶逛不得園子過花朝節，因此急著買幾枝仿生花回去妝點院子，好博娘子一笑。」

程慕天臉上紅了紅，卻並未否認，深看小圓一眼，轉身欲走。那好事的甘十二卻叫住他，將程三娘帶來的一盒子遞了過去，笑道：「這裡頭是簪在鬢上的各色仿生花，程少爺帶回去討好娘子呀。」

討好娘子？程慕天氣得直磨牙，偏幫忙成就了生意的園子主人還在旁邊，少不得停下腳步把盒子接過去，掀了蓋兒取出兩枝來謝他。園子主人捧了那花兒在手，驚訝道：「這仿生花做得真個兒奇巧，竟是分生出品種的，怪不得你要花大價錢買那仿生桃花。」

大宋男女都是愛戴花的，他說著說著，將一支「姚黃」簪到鬢間，又把那支紅色的「魏紫」遞給程慕天。程慕天卻擺手，「我還在孝中。」園主人便另挑了一朵白色的「玉樓點翠」，叫小丫頭幫他插到鬢邊。

小圓不由自主地去摸自己頭上的花，那是幾朵香茉莉，也是白色的，並不逾矩。她頭一回見程慕天簪花，他的一張臉生得俊俏，當是配得起花兒的，可惜一本正經一絲笑意也無，襯著大朵的牡丹，讓人看了直想笑。

她心中懼意被那朵花兒沖淡了不少，強忍著笑，挽了程三娘的手跟著甘十二出來，商議起是就此打道回府，還是留下來繼續逛園子。程三娘擔憂嫂子被哥哥責罵，道：「反正仿生桃花已全被哥哥買了去，剩下的小枝花，薛大嫂和薛二嫂就能應付，咱們還是歸家去吧。」甘十二卻道：「嫂子，別回，好不容易出來一趟。如今哥哥尋不出理由來責怪妳，怕他作什麼？」

小圓仔細想了一想，自己這趟出來還真是挑不出什麼錯，便笑道：「依了十二，咱們接著逛。」話音未落，背後傳來程慕天飽含怒氣的聲音：「還逛？妳有無把我放在眼裡？」

甘十二得意地衝小圓一抬下巴，意欲邀功，小圓忙把他推到程三娘一處，催他們趕緊去賣花，「你是好心，情誼我領，但你哥哥當著人面下不了臺，更是要生氣。這事兒你們不用管了，替我將兩個孩子尋來便是。」

她匆匆講完，轉身去追到程慕天，攀住他的胳膊撒嬌道：「二郎，你頭上的仿生花真真是好看，也帶我去買一朵。」她的聲量不大不小，正好讓旁邊賞花的遊人聽見，好幾個人都朝這邊望來，有女子捂嘴偷笑，還有的學了她的樣兒，也拖了旁邊男人的手，嬌聲討要仿生花。

程慕天臊得恨不得將面掩起，拔下頭上的牡丹丟到她懷裡，轉身就走。走了兩步又回來，埋著頭將她朝園門口拖。這就受不了，往後到了海外如何活？小圓不肯依他，掙脫他的手跑到一處無人的亭中。

程慕天緊跟了過去，責罵道：「不守規矩。」小圓看了看亭外，桃樹下那許多的小夫妻雖不敢雙雙牽著手，但官人攙扶著娘子的，娘子偶然攀一攀官人胳膊的多的是，她不禁委屈道：「咱們大宋民風開放，大家都是如此，為何要說我不守規矩？」

程慕天瞪了她一眼，「那都是些小門小戶的人家。」小圓不甘示弱地瞪回去，「咱們是山裡人家。」程慕天才被甘十二堵了一次，這下又被娘子堵住了，氣哼哼地別過頭去：「咱們雖『窮』，但程家是大族，爹又是當過官的，自是不能同他們一樣。不信妳去信問問妳三哥，看他做官的人，許不許妳三嫂拋頭露面逛園子。」

小圓暗忖，自己還想在移居海外前遊遍臨安呢，若這回不能把官人駁倒，以後恐怕就更難了。為了不留遺憾，也是為以後海外生活打基礎，她決定據理力爭一回，辯道：「任憑哪個大族，也不會要求每戶人家都守一樣的規矩。爹已逝，如今咱們是山民，就算以後重回城裡住，你也是商人，我是商人婦，怎的能和三哥家相提並論？」

程慕天沉默了，良久，長嘆一聲，起身朝外走。

這樣快就允了，可怎麼看起來有些悶悶不樂？小圓跟了上去想問問他，卻礙著道旁遊人多，不好開口。

兩人一前一後，沉默行至桃花林深處，程慕天停下腳步，欲向娘子吐露些心事，卻見辰哥站在一株桃樹下，伸長了脖子朝上張望，他連忙幾步上前，抱起他問道：「你怎麼獨自在此處，奶娘和哥哥呢？」辰哥答道：「姑父把我們送來的，叫我們在這裡等爹爹和娘，他剛剛看見你們過來了才走的。奶娘沒有來，姑父不讓，他說爹和娘在吵架，若有外人在，爹會不好意思。」

這多事的甘十二，程慕天咬牙暗罵了幾句，朝四周張望了一時，還是不見午哥的蹤影，繼續問：「你哥哥跑哪裡去了？」辰哥左顧右盼，衝小圓張開小胳膊，「娘，那邊堂屋有糖賣，我要吃。」

小圓接過他，朝他的小屁股拍了一下，笑道：「你哥哥的『本事』你沒學到家，快講，他到底在哪裡？」辰哥低著頭，小聲道：「我答應過哥哥……」他話還未講完，程慕天已是驚呼一聲：「午哥，你給我下來，誰叫你爬上去的？」小圓抬頭一看，原來午哥就在他們頭頂的樹杈上。他身量小，桃花又繁厚，方才她與程慕天竟都未發現。

程慕天磨拳擦掌，意欲親自上樹把午哥抓下來，小圓忙攔他道：「家裡的那些樹，他趁咱們不注意時早不知爬過多少回了，你讓他自己下來。」說話間，午哥已順著樹幹溜了下來，嘻嘻笑道：「爹，這樹矮，不礙事。」程慕天氣極，將手高高抬起，還未落到他身上，卻又頹然放下，長長一嘆，背著手獨自朝前走了。

午哥驚訝問道：「娘，爹這是怎麼了？怎的不打我？」小圓本也在琢磨程慕天為何不對勁，聽了這話卻被氣笑起來，拍了他一掌，道：「不打你倒還不自在了，等回了家，我親自來收拾你。」她還想再教訓午哥幾句，又怕程慕天走遠了，忙抱一個牽一個，趕了上去。

又是一路無語，午哥鬼機靈，瞧出爹娘不對勁，便搜羅了個話題出來，道：「方才我坐在樹上，瞧見祖母帶著小叔叔，摘了金耳環要賣與一個娘子，好不丟臉，因此我沒下去與她行禮。」

程慕天果然被這話吸引了注意力，問道：「在哪裡？」午哥想了想，指了堂屋的方向，道：「小叔叔鬧著要吃糖，他們買去了。」程慕天轉了個身，朝堂屋那邊快步走去。小圓緊隨其後，問道：「二郎，你是要去責備繼母拋頭露面嗎？可我也逛了園子，怎麼辦，不如我先去尋個屋子躲一躲？」

程慕天沒有理她，一口氣衝到堂屋前，堵住剛從裡頭出來的錢夫人和仲郎，不住地打量，面色沉鬱。

小圓看了看面前兩人一眼，眉頭也皺了起來。錢夫人頭上一頂仿生花做的花冠，耳朵上戴著金耳環。她大概為了行動輕便，身上穿了件背子，這本也沒什麼，但那背子卻是印金花紋的，領子袖口還繡著朵朵桃花。下面穿的是條印花羅百褶裙，繡的是山茶花。再看旁邊的仲郎，穿得倒還算素淨，但脖子上卻掛著個金項圈，太陽一照，閃閃發光。

她倒抽一口氣，忍不住提醒道：「娘，咱們還在孝中。」

錢夫人正欲分辯，程慕天沉聲打斷：「回家。」

不守孝是大罪過，旁邊已有遊人好奇朝這邊張望，錢夫人不敢再出聲，乖乖地牽著仲郎，跟在了程慕天後頭。到得程府別院，守門的小廝是錢夫人換過的，並不認識程慕天，便走過來攔他。

程慕天毫不猶豫，抬手給了他兩巴掌，怒吼身後的小圓：「這裡是咱們家的別院，妳是當家主母，下人豈可由著別個來挑？」小圓曉得這是做給錢夫人看的，忙配合著喚程福，尋人牙子。

錢夫人恨得咬牙切齒，進了屋，拍著桌子大叫：「這裡是我家，不是你們家，不要欺人太甚。」小圓親手捧上茶來，笑道：「這個宅子的地契與房契上，寫的是咱們二郎的名字。」錢夫人還有幾個陪嫁宅子沒捨得賣，馬上道：「我搬去自家院子住，不受你們這個氣。」

程慕天冷冷地開口：「繼母在孝中穿金戴銀，是何道理？解釋清楚了再講別的話，若是解釋不清楚，就隨我去泉州見族長吧。」

錢夫人自認為理由充分，叫囂道：「你帶我去呀，就是到了族長面前，也是你們的不是。我穿金戴銀，你以為我願意？還不是因為你們霸占了仲郎的家產，我拿不出錢來給他治病，只好變賣自己的首飾。」

小圓忍不住插了一句：「賣首飾就得自己穿戴上？」錢夫人突然抹起了眼淚，哭道：「我不好意思當街叫賣呀，只好將要賣的物事全掛在身上，若是有人稱讚哪個好看，我就問人家要不要買……」

小圓看了看一旁的仲郎，呆頭呆腦，連哥嫂也不會叫，更別提行禮，她心下一軟，正要開口，程慕天瞪了她一眼，繼續斥責錢夫人：「仲郎如今這副模樣，難道不是妳自己害的？他先天不足，再怎麼吃藥也無用，妳全然是在亂花養活他的錢。」

錢夫人想不出辯駁他的話，急道：「我是你長輩，你怎可如此與我講話，沒得規矩。」

程慕天指了指她身上的衣裳，又指了指仲郎的項圈，「先去換了裝，再來與我講規矩。」

待得錢夫人帶著仲郎進去換衣裳，他又向小圓道：「今兒趕不回去了，就在這裡住，妳先把下人都換過。」

小圓明白，礙著仲郎，他不可能把繼母怎麼樣，只能安插自己的人手，嚴密盯著了。她朝廳裡看了看，隨便挑了個丫頭，吩咐她去取下人們的花名冊來，不料那丫頭卻道：「咱們都是辛夫人買的，不是程家的人，你們賣不得我們。」

小圓笑了，「那敢情好，省卻不少事。這裡是程府別院，不是錢家別院，你們自哪裡來的，上哪裡去，不然我可要把你們送到官府去了。」

那丫頭還要再辯，午哥抓了程慕天面前的茶盞蓋子，狠狠砸到她額上，罵道：「死丫頭，敢和我娘頂嘴。」程慕天嘴角噝著笑，責道：「沒規矩，去喚咱們帶的護院進來，所有下人一律送回錢家。」午哥大聲應答，拔腿跑出去，轉眼帶了五、六個兇神惡煞的漢子進來，拎小雞似的把屋裡的丫頭婆子全提溜了出去。」

錢夫人換了素淨的衣裳出來時，程福正在向小圓稟報：「少夫人，別院的下人全送掉了，粗使婆子也未留下。」她心中一驚，朝屋裡一看，果然是空空蕩蕩，連個端茶的丫頭也無。她幾步走到小圓面前，怒道：「妳好大的膽子，敢遣走婆母的下人。」小圓朝後靠了靠，躲過她的唾沫，道：「繼母錯了，我遣走的是別人家的人，並不是妳的。」

事事不如意，已將錢夫人折磨得頗有些病態，她根本不作過多的考慮，由著自己性子，伸手就朝小圓臉上打去。程慕天豈會由著她打自家娘子，抬手一攔，把她推了個踉蹌，趕她在還未鬧起來之前，叫程福和小銅錢把她拖下去，關進了房裡。

仲郎在一旁看了多時，突然衝到辰哥面前，將他捶了一拳。小圓驚訝道：「他倒不笨，曉得挑最小的出手。」午哥要替弟弟報仇，開始捲袖子，辰哥拉他道：「他是叔叔。」程慕天黑著臉道：「那我來。」小圓哭笑不得，「你怎的跟個孩子似的，仲郎比辰哥還小兩個月，他那小拳頭打得疼人？」

程慕天將仲郎盯了又盯，道：「這孩子不能再叫繼母帶了，不然長大了給兒子們添麻煩。」小圓要養程四娘，那是因為自小帶過有感情，可她對這個愣頭愣腦的小叔子可沒什麼好感，再說等到孩子們大了，他們就早出海去了，還怕他作什麼？

程慕天見她不作聲，還以為她是默許，道：「人牙子還沒走，妳去挑這裡的丫頭婆子時，順路替仲郎挑個奶娘。」

小圓忙道：「有這個必要嗎？你兒子那般滑頭，他不欺負別個已算好的，還怕人欺負他？」程慕天不知為何，鐵了心要養仲郎，道：「我已是不孝，不能再教唯一的弟弟被帶壞了。」他見小圓臉上現出怒色，又道：「程家的女兒妳願意養，兒子妳反倒不願意？真是該養的不養，不該養的非要養。」

小圓差點被他這話氣哭起來，強忍著淚走到廂房，胡亂挑了幾個長相凶蠻的丫頭婆子，當著她們的面將賣身契貼身收好，好讓她們曉得誰才是主人。等到她給仲郎選好奶娘，再也忍不住，奔到門外鑽進車子裡，一邊抹淚一邊催著車夫回山裡。那車夫隔著車廂勸了幾句，見裡頭沒反應，只得進去問程慕天：「少爺，少夫人非要回山，這會兒啟程，怕是要夜裡趕山路，這……」

程慕天連忙趕到車上一看，小圓已是哭得上氣不接下氣，兩眼紅腫得似桃子，他曉得是自己話講重了，道：「是我自己不孝，不該遷怒於妳。仲郎接上山，我來照管，免得讓妳操勞。」小圓哽咽道：「在桃花山上時你就莫名其妙，這會兒又說自己不孝，有什麼話就直說，夫妻一場，我就這樣不值得你信任？」

程慕天背過身去，悶了半晌，開口道：「我們家這許多錢，什麼官什麼差遣買不到，我卻瘸了條腿是個廢人，生生將官宦家變作了商人家，這不是不孝是什麼？妳去逛園子，妳以為我願意？可我如今只是個小商人，再不是什麼官宦家的少爺，若還要講究什麼規矩，怕是別個都要笑話我。」

小圓愣住了，「在桃花園子時，你許我接著逛，竟是心不甘情不願？」程慕天嘆道：「心不甘情不願又如何，我累得程家家道中落，沒臉去怪妳這個。再說妳如今逛園了，並沒犯什麼規矩。」

小圓伏到他背上，摟住他的腰，輕聲道：「後頭這句我愛聽，前頭的不許再講，這不是你的錯。還有，我是真願意做商人婦的，不然哪裡來的機會出門逛一逛？一輩子都憋在家裡，好不叫人難過呢。我知道你嘴上斥責，心裡其實也是可憐我的，不然也不會特特來買仿生桃花，是不是？」

程慕天緊緊抓住她的手，問道：「妳真是這般想的？」小圓轉到他面前，重重點了點頭。程慕天的眼眶也紅了起來，一把將她摟進懷裡不肯放手。小圓極不願意再開口，但還是問道：「你想把仲郎接回去養，是覺得自己對不起爹？」

程慕天苦笑道：「繼母如今行事這般沒有顧忌，都敢不顧身分抬手打妳了。說到底都是我的錯，不能買個差遣當個官彈壓住她。照這樣下去，還不知仲郎會被她教成什麼樣兒呢，若是我這唯一的弟弟不成材，我如何向爹交代。」

小圓安慰他道：「二郎，這世上不能當官的人多得是，你無須這般自責。」她想了想，又勸他道：「我當初要把四娘子接回來養時，你是怎麼勸我的？你看繼母不好，可仲郎卻定是認為跟著親娘才好呢。你生生將他們母子拆開，雖是好心，但難保仲郎將來不恨你。」

程慕天覺得她講的在理，可又實在不放心仍把仲郎留在繼母身邊，琢磨來琢磨去，想不出什麼妥善的辦法，好生為難。

當晚，小圓兩口子帶著孩子們宿在了別院，新雇的下人們都極會看眼色，見自己的賣身契是少夫人收著的，凡事都先來請求她，錢夫人的一舉一動也及時來相報。

小圓安慰程慕天道：「你瞧，這許多人幫你看著繼母，還有什麼不放心？」程慕天緩緩搖頭，「他們是新買來的，人品如何未可得知，再說我們離得遠，現下在這裡，他們依仗一二，待得我們走了，他們如何敢辯駁繼母？」

小圓道：「既是你不放心新買的下人，那派個知根知底的來如何？午哥也大了，又在上學，用不著奶娘了，叫余大嫂來照管仲郎吧。」程慕天點頭又搖頭，「她是個老實人，教導孩子不錯，但只怕彈壓不住繼母。」

小圓噗哧笑出聲來，「你既要管小兄弟，又要管繼母，誰能比阿雲更合適？」程慕天想了想，歡喜笑道：「不錯，那妮子是敢朝我頭上澆涼水的人，的確合適，叫她下山來，與余大嫂一起留下。」

第二日一早，小圓先使人回山裡接阿雲，又把余大嫂喚過來，問她可願意留在別院照管仲郎。余大嫂雖然捨不得午哥，但她家就在城裡，能就近做事，還是極願意的，當即便答應了下來。小圓道：「不過換個地方，月錢還是我出。」

余大嫂明白過來，這是叫她曉得要聽哪個的話，便問道：「月錢是我上山領，還是少夫人送過來？」她雖老實，卻是個聰明的，小圓笑道：「阿雲年輕，叫她每月來領。」余大嫂心領神會，答道：「少夫人放心，這裡若有什麼事，就叫阿雲去知會妳。」

交代完畢，小圓同程慕天在別院處瞧了瞧，見家什、器皿都有缺少，找到小銅錢一問，果然是錢夫人拿去變賣掉了。程慕天大怒，逼著錢夫人將帳本子交出來，親自替小兄弟管帳。

小圓見阿雲已趕到別院，便給他出主意道：「二郎，反正養活仲郎的錢都是死錢，並無什麼鋪子田產要經營，不如咱們把錢帶回山裡去，叫阿雲每月上來領。」程慕天點頭道：「甚好，就是這樣。」

他們忙忙碌碌，將別院各項事務安排妥當，又把仲郎抱過來，欲教導他幾句，不料那孩子卻連話都講不全，更是不聽大人的言語，他們只得罷了，歇了一宿，第二日天不亮便啟程回山。

他們到家沒多久，山下就有消息傳來，說錢夫人被阿雲拘著，又變賣不得物事，手中無錢，比先前老實了些。程慕天感慨道：「原來繼母是怕抖狠的，早知道如此，我該一開始就作惡人的。」小圓笑道：「現在也不遲，余大嫂很會帶孩子，聽說仲郎如今能講些話了。」

程慕天心下寬慰，又見天氣晴明，遂攜了小圓，走到田間看風景。山坡上成片成片通直的杉木林，對面山頭種著許多竹子，入眼處青翠滿目。山道旁的野花開得正盛，程慕天趁領路的田大媳婦不注意，摘下一朵簪到小圓鬢間。

參之章　埋書苦尋生財經

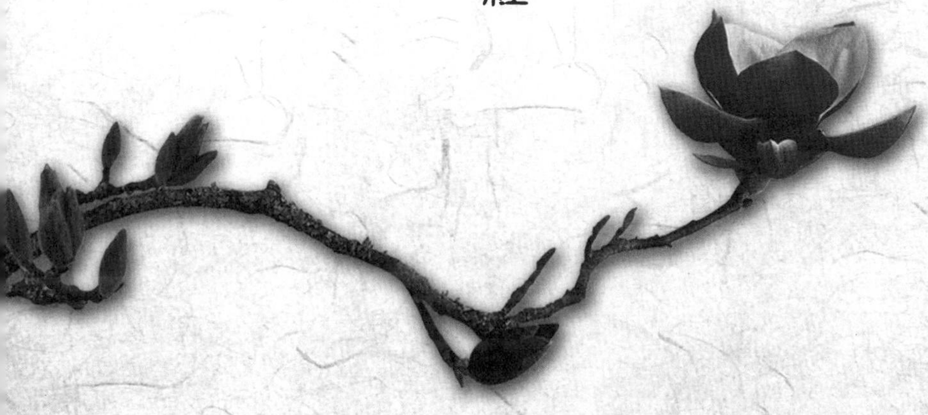

此時三月間，天氣轉暖，反季菜蔬賣不起價，谷中路途又遙遠，莊戶們全都撤了回來，忙著犁地、除草、施肥、播種。小圓二人行至田邊，他們正在種高粱，有的整地，有的堆肥，有的挖植溝。朝前再走一段，是一片菜地，幾個媳婦子端著菜籽盆正在撒種。田大媳婦鋪了塊乾淨的布在田埂上，請他們來坐，講解道：「最頂頭種的是薑、蔥、大蒜、小蒜諸般佐料；中間種的是茄子、葫蘆、黃瓜諸般菜蔬；再往那邊，種的都是豆子。」

小圓問道：「這些菜只能咱們自己吃，不好運出去賣錢吧？」田大媳婦點頭道：「春天了，城郊的菜地也開始種菜，咱們費力運出去，賣不到好價錢，虧本哩。」小圓朝四周看了看，又問：「羊還不到出欄的時候，這時節又不好打獵，拿什麼賺錢呢？」程慕天笑話她道：「莊戶們都等著妳指示呢，妳倒問起他們來。」田大媳婦見小圓尷尬，忙道：「待到清明，山上的毛竹便可收筍，多少能賺點。」

小圓仔細回想了一下，道：「我記得一斤筍可賣兩文錢，咱們那片竹林，收筍的幾個月，每月能賺一吊錢。」田大媳婦搖頭道：「少夫人，那是冬筍，春筍不如冬筍好吃，賣不到那麼多錢。」小圓苦惱道：「就是每月一吊錢，也養活不了這許多人，現在連一吊錢都賣不到，可怎麼辦？」田大媳婦倒是想得開，道：「能吃飽飯便得。」小圓緩緩搖頭，她雖不曉農事，卻懂家務，一年到頭的生活，哪只有吃飯這樣簡單呢，油鹽醬醋、穿衣治病，樣樣都需要錢。

程慕天道：「過年那陣子去莊戶家，見他們過得還好，原本只是因為那會子賣羊賣菜蔬，賺到了錢。」小圓嘆道：「如今莊上百來戶人家，把買種羊買菜籽的本錢除去，按著人頭均攤，哪怕我不要這個收益，他們也不夠分的。」

程慕天嗔怪地看了她一眼，「什麼叫妳不要這個收益，不要收益妳買這莊子是作什麼的？咱們的鋪子早已全沒了，海上生意還不知族裡什麼時候才把海船劃到臨安來，若是莊上沒得些出產，咱們就只能坐吃山空了。」小圓聽得連連點頭，「極是，我還要給兒子們攢錢的，必要想些主意出來。」

下山的路上，她拍著一株杉木問程慕天：「你這許多杉木，何不賣掉些？」程慕天搖頭道：「一棵杉木得長二十年才賣得出好價，就算急著賣錢，也得十幾年，再說我……」他礙著田大媳婦在前頭，沒把後半截話講出來，只朝小圓的肚子上掃了兩眼。小圓笑著拍了他一下兒，嗔道：「就曉得給你那沒影子的閨女攢嫁妝，下一個我偏還生個兒子。」

程慕天聽她提兒子，想起午哥還在學堂，回到家便叫她送些課間吃食去。小圓命人把早已備好的零嘴兒揀了幾盤子，不顧爬山勞累，親自送了過去，放到桌上叫三個孩子來吃，又將一碟子「波斯棗」擱到袁夫子的講桌上，笑道：「這是大食來的棗子，夫子嘗嘗。」袁夫子客氣道：「春耕正是忙的時候，少夫人還親自送吃食，實在過意不去。」

小圓羞慚道：「不怕夫子笑話，我於農事一竅不通，方才去田間看了一回，卻無奈看不懂，正為沒得賺錢的出產煩惱呢。」

袁夫子笑道：「我是讀書人，遇事只知往書裡去尋，不知這農事，書裡尋不尋得到？」小圓喜道：「我怎的沒想到這個？我家書房裡就有幾本農書的，且回去翻一翻。」她無意得了指點，歡喜奔進書房，尋出一疊農書來，捧去與程慕天同看。

程慕天瞧了瞧那一堆書，《齊民要術》、《種藝必用》、《事林廣記》、《四時纂要》、《筍譜》、《全芳備祖》、《竹譜》、《牡丹譜》、《芍藥譜》……

他看得眼花繚亂，驚訝道：「妳自哪裡尋來這些？」小圓笑道：「去年田大聽說我們要進山居住，忙忙地去佈置書房。文籍書店的人聽說他是個莊戶，就賣了他這一大堆。」程慕天也笑起來，「田大又不認識字，恐怕他自己都不曉得這買的是什麼。」他在書堆裡翻了翻，挑了一本最新的《事林廣記》念起來：「四時：春木、夏火、秋金、冬水。八節：立春正月節、春分二月節、立夏四月節、夏至五月節、立秋七月節、秋分八月節、立冬十月節、冬至十一月節。二十四節氣：立春、雨水、驚蟄、春分、清明、穀雨……」

小圓一把抽掉他手裡的書，「我曉得你會認字，不必念書。」程慕天辯道：「做了許多年的生意，確是不懂農事，且讓我從月令學起。」他也不搶回《事林廣記》，改去翻另一本，掃了幾眼目錄，驚喜道：「娘子，這本有用，講了如何種水稻，如何養牛和栽桑養蠶。」小圓接過去看了看，道：「送去給山那面的村子用倒還使得，他們那邊有水田，且家家戶戶都養蠶。」

程慕天又遭挫折，頗不甘心，將書一股腦兒全搬回臥房，堆到桌上埋頭苦讀，稱：「娘子，妳只管看好兒子們，賺錢之事有我。」小圓很高興他能尋點事做，好漸漸平復官宦變商家的失落，於是親自到針線房拜師學藝，縫了個椅子墊兒給他坐。程慕天得了娘子愛心坐墊，越發興致高漲，整天整天扎在房裡不出來，連飯都是端進去吃。

轉眼清明，高粱還未種完，又要收筍，人手便不夠了。

田大向小圓建議道：「少夫人，山那邊的村子今年遭災，桑樹害病，許多人想謀別的出路呢，不如雇幾個來幫忙收筍。」小圓嘆道：「看來養蠶風險比咱們種地風險更大。」又問：「你們可曾雇過，怎麼算工錢？」田大答道：「雇過一回，從正月雇到九月，每月一石高粱，兩季衣裳各一套，外加一雙皮靴。」

小圓又問：「若是缺勤怠工，如何？」田大答道：「缺勤一天扣兩斗；若是患病，按天數扣報酬；刀、竹筐什麼的丟了或壞了，得照價賠償。」

小圓敲了敲桌子，道：「咱們僅雇一季，衣裳只發春天的；至於皮靴，我憐惜他們遭了災，也與他們。」田大應道：「少夫人心好，必有好報。高粱還是照舊給？」小圓搖頭道：「你使人編幾個一樣大小的竹筐，裝滿筍子秤重量，再來報與我。」田大不解其意，但還是答道：「咱們的竹筐都是一樣大，以前就秤過，一筐筍大略是十斤。」

小圓取了算盤來撥，道：「雇工每採一筐，按一文錢折算高粱給他。若是咱們莊上的莊戶，則多給一文。」田大笑道：「照少夫人這般發工錢，他們定要爭搶著多幹活。」小圓含笑點頭，命他下去招工。

田大隔日就領了幾個莊稼漢回來，因山路來回不便，小圓便命人將茅草屋騰了一間出來讓他們暫住，又叫了個半大的丫頭專門負責做飯，每日送到山上去給他們。

自實行了新的工錢制度，收筍第一天的效率就提高了一倍，小圓心下歡喜，親自到廚房向廚娘討教一番，炒了個清清爽爽的小竹筍，端來慰勞苦讀農書的程慕天。程慕天見了那盤竹筍，還未伸筷子就起身往外跑，急道：「已在收筍了，趕緊叫他們莫要朝外賣。」小圓捨不得看他焦急，先使人去通過田大暫停運筍竹筏，這才問緣由。

程慕天拉她坐下，取了本《筍譜》翻開給她看，裡面記載了五種不同的儲藏方法。小圓明白了，所謂物以稀為貴，如今春筍大量上市，自然賣不起價錢，但若將筍子保存起來，留到無筍的季節去賣，必能賣個高價。這同反季菜蔬，乃異曲同工之妙。

古人智慧超乎想像，她興致勃勃地取了張紙，將那五條方法抄錄下來，同程慕天湊到一處仔細討論。程慕天指了「藏法」道：「竹筍放在鹽水中泡一個晚上，再用涼開水泡一泡，拿出來把水擠乾，然後加鹽醃製，五天以後就可以吃，這法子不錯。」

小圓拿筆桿敲了敲他的手背，道：「咱們五個月後賣的，不是五天後。」

程慕天縮了縮手，又指那「生藏法」，問道：「一個是用泥封裝了筍的罈子，待殼子脫落再取出來；一個是將筍子和鹽水一同密封後沉到井底，哪個好？」

小圓托腮想了想，道：「後一個不行，咱們這面山缺水，哪裡來的井？前頭一個倒值得一試。」程慕天便取了筆，在這條後頭作了個記號，道：「『結筍乾法』和『取廝法』便罷了，『乾法』中的頭一個法子倒可一試，妳覺得如何？」他見小圓點頭，拿筆又做了個記號。

商議完畢，他們怕按圖索驥出問題，未立即付諸行動，而是先叫了田大媳婦來問：「咱們想做鹽醃筍乾，是不是先將筍去殼，切作兩截，再加鹽醃些日子，然後取出來曬乾，吃的時候就拿水泡？」田大媳婦笑道：「做筍乾的法子我聽說過，不必這般麻煩，將筍子剝了殼，放到鹽水裡煮熟，再曬乾就是。」

小圓笑道：「這法子果然簡單，且使人先做些來嘗嘗。」程慕天又拿罈子密封筍子的法子來問她，這個她卻是不知。他兩口子商量一陣，喚來個廚娘，教了她方法，先封了一罈子做個試驗。

程慕天埋頭鑽研這些天，雖還未見到成效，但也算小有收穫。他心中歡喜，便同小圓兩個商量，放孩子們一天假，帶他們去城中逛一逛。官人主動邀約，小圓又驚又喜，自然是連連點頭，親自到學堂上與袁夫子講了，領回午哥，問他想去哪裡玩。

程慕天笑道：「不必問了，這時候官府正開煮新酒，咱們去瞧『點呈』的熱鬧。」

小圓和午哥齊齊問道：「什麼叫『點呈』？」程慕天故意賣關子道：「去了便知曉。」

第二日，小圓起了個大早，梳妝打扮完畢，替兩個孩子換上新衣，又使人請了程四娘來，一家子做了輛大車，往臨安城裡去。

官造酒庫前，人頭攢動，全伸長了脖子朝門口看，原來那裡排了長長一隊的官伎，各執花鬥鼓兒，或捧著琴瑟，真是衣著映照，樂器並擎，娉婷嫵媚，相得益彰。

程慕天見人多，把小圓朝自己這邊攬了攬，指了那穿紅大衣，戴特大髻的幾個伎女，講解道：「作那般打扮的是行首，乃官伎中之佼佼者。」小圓仔細再看了看，果然伎女雖多，卻只分了三類裝束，除了那大紅的行首，再就是珠翠飾頭頂，穿銷金衫兒、裙兒的和頂冠花，著衫子襠褲的，想必不同服色，等級地位各有不同。

那些官伎身旁有許多官員子弟，托著諸色果子蜜餞，親自執杯頻頻勸酒，欲博那美人兒一笑。

小圓輕輕撞了一下程慕天，問道：「你是否也來勸過酒？」程慕天惱道：「早曉得妳胡鬧，不帶妳來了。那些伎女本就是雇來賣酒的，自然有人花錢來吃。」

還是那般不禁逗，小圓撇了撇嘴，正欲哄他，卻見眼前那支官伎隊伍行進起來，浩浩蕩蕩沿街而行，引動得成千上萬的人在街頭觀看。程慕天見小圓看得入神，笑道：「不過是為官府賣酒造勢，咱們瞧個熱鬧而已。」原來是美酒形象代言人，小圓笑道：「看那些老爺少爺們的殷勤勁兒，想必生意不錯，只不知她們賣的是些什麼酒？」

程慕天沒有回答，自袖子裡掏出一張單子，遞給她自己瞧。小圓接過來一看，才曉得他為何不直接作答，原來上頭的酒名兒實在太多，密密麻麻的，其中有幾種酒用朱砂筆標出了記號，小圓問程慕天這是作什麼，他卻又賣起了關子，稱日後便見分曉。

看完熱鬧，他們怕天黑前趕不回去，午飯也沒吃，買了些糕餅點心便上車趕路，還未出得臨安城，午哥指著簾子外叫道：「袁夫子和阿雲。」小圓湊過去一看，果然是他們兩個，正朝著一間酒樓而去，想必是才看完官伎賣酒，要去吃飯。午哥待要叫他們，小圓忙攔住他道：「小孩子沒眼沒耳，你當作沒看見。」

她雖這樣說孩子，自己卻好奇難耐，回到家便去問阿彩，但阿彩口風極嚴，任她如何問也不吐一字，她又不好意思去探袁夫子，只得將這份好奇暫且壓下，等阿雲回來取月錢時再打聽。

過了幾日，田大媳婦拿鹽水煮的筍子曬好，端了一盤來給小圓看，又將這筍乾現泡現炒，做了個筍乾炒肉來。小圓和程慕天嘗了嘗，味道尚可。問過田大媳婦，得知這種筍乾留到無筍時節去賣決計壞不了，兩人大喜，當即喚來田大，命他另雇人去種高粱，挪了二十個媳婦子出來，剝筍做筍乾。

接連幾日，小圓牽著辰哥的手在曬場上晃悠，口中念念有詞：「深加工，須得深加工。」一個媳婦子見她自言自語，還道她是嫌這筍乾不好，便道：「臨安人都好吃醃菜的，少夫人何不做個醃筍？」小圓忙問：「妳可會做？」那媳婦子笑道：「會倒是會，只不知中不中吃，不如我先醃一罈子來給少夫人嘗嘗呀？」小圓歡喜點頭，問她所需材料，命人取了送到家裡去給她。

過了些日子，那媳婦子的醃筍做好送了來，廚娘們都來瞧，小圓讓她們一人拿了雙筷子嘗了嘗，問這筍子味道如何。廚房管事娘子道：「我估摸著她只放了鹽，若是再加些茴香和乾薑等物，味道必定更好。」小圓道：「這些家中都有，妳且做來。」廚房娘子依言醃了一罈子，眾人再嘗，果然味道更佳，且這個醃筍與鮮筍風味迴異，不必等到無筍時再賣，立時就能換錢。

小圓取來算盤，命阿彩捧了帳本子報那些佐料的價格，劈里啪啦撥了一時，喜道：「使得。」她一聲令下，程福帶了幾個小廝，自城裡拖回半車佐料，再從高粱地裡挪出二十名媳婦子，加上家中廚娘，齊齊上陣醃竹筍。

一個月下來，田大來報帳，若是直接賣鮮筍，收入是七百文，這個月賣了十幾罈子醃筍，收入四百文。田大略有些沮喪，小圓安慰他道：「莫要只看眼前，咱們還有乾筍，等到鮮筍下市，咱們賺的必是更多。」

田大猶豫了半晌，道：「倒不是不相信賺不到錢，只是莊戶們都鬧著要去收筍哩。」小圓一愣，明白過來，笑道：「做醃筍和乾筍的媳婦子，叫她們稍安勿躁，我自有安排。至於種高粱的莊戶，那是他們自己的口糧，若不給錢就不種，我可不管。雇來種地的雇工，按著原先的價錢給，但你得規定個期限，若是逾期，就要扣錢。」

田大道：「使得，我儘量每家每戶往各行當裡各挑一行，那樣想來就沒什麼意見了。」小圓讚許地點頭，命他趕緊去安排。程慕天自裡間轉出來，笑問：「妳能有什麼好安排？」小圓笑道：「三娘子能開作坊，我開不得？」

過了幾日，兩間新的茅草屋搭起，一間製乾筍，一間做醃筍，同採筍一樣計件付錢。那做乾筍的媳婦子，本因為不能立時見到現錢，幹勁兒不足，待到進了作坊做工，月月也能掙個鹽錢，個個都恨不得不睡覺，日夜曬筍。

程慕天陪著小圓到作坊看了一回，見她眉間還是有愁意，不解問道：「妳這作坊開得這般容易，為何還不高興？」小圓唉聲嘆氣道：「開得容易，那是因為賺的少。這一項掙得的錢還是不夠養活全莊人，更別提攢錢給咱們兒子。」程慕天神神祕祕一笑，「妳可曉得我為何要帶妳去看『點呈』？」

夫妻這許多年，小圓怎會猜不出自家官人的心思，但為了照顧他的情緒，故意壞笑道：「難道你想買個美伎來家？」程慕天狠狠瞪她一眼，「胡說八道。」小圓繼續逗他，朝那些茅草屋努了努嘴，「咱們大宋買得起糧的人家都愛自己釀個酒，莊戶們去年多收了糧，亦釀了幾罈子高粱酒，你要不要舀一碗來嘗嘗？」

程慕天不屑道：「鄉下人釀的按村酒而已，入口即是酸味，送給我都不吃。」小圓心中暗笑，不就是想釀酒嗎？故作神祕，誰家不會釀幾罈子，難不成他有祕方？

程慕天怕她又講些不著邊際的渾話，不敢再與她玩「猜猜看」，直接將她接回家，取了一本《北山酒經》出來，道：「我在這裡頭尋到幾種方子，妳且瞧瞧。」小圓將信將疑，有些漫不經心地接過書，隨手翻了翻，不料才看了一頁就大呼「寶書」。

原來這是本「酒經」，書中不僅載有造酒工序、各種酒麴製法，還有許多詳盡酒方。她就勢坐到書桌前，將幾種造酒方法細細看來。她一口氣看完，連連搖頭，「白羊酒成本太高，地黃酒和菊花酒家家都會釀，葡萄酒並無什麼人愛吃，餘下幾種方法太過複雜，咱們窮鄉僻壤，只有一群山民，怕是做不了。」

程慕天奇道：「妳看酒方作什麼，哪個說我要釀酒？城中雖許私人沽酒，卻是不許私人釀酒，正店自不必說，就是那些腳店裡賣的酒，都是從官造酒庫購來的呢。」

原來自家釀的酒只能自家吃，是不許對外出售的，那興師動眾看「點呈」，費心費力翻《北山酒經》，是要作什麼？難不成是想自釀幾罈子以節省家中花銷？小圓疑惑了。

程慕天見娘子猜不出他的主意，得意一笑，將一張自《北山酒經》上抄錄下來的單子放到她面前。小圓低頭一看，原來是張酒麴單。程慕天站到她身後，指了單子逐一講解。小圓搖頭道：「那些藥材咱們家藥鋪裡都有，但臨安小麥和白麵價高，不合算。」

程慕天不置可否，接著將「風麴」各項講與她聽。小圓聽他講了這一長串，著急起來，「怎的全要白麵？咱們的莊裡只種有高粱，就沒有用高粱製的酒麴嗎？」

程慕天安慰她道：「莫急，這裡還有醒麴。」

小圓取過書，對照著單子又看了一遍，道：「我看醒麴不錯，用的材料除了藥材就是米，咱們可將山那邊的水田買幾畝來，自己種糯米和粳米。」程慕天道：「妳當別個都是傻子？臨安得米易得麵難，街上的酒麴鋪子賣的幾乎全是醒麴，若咱們能做些成本低廉的罨麴和風麴來賣，那才賺錢哩。」小圓洩氣道：「你也說了，要成本低廉，可咱們哪裡去買成本低廉的白麵？」

程慕天笑道：「這面山上無水田，正好種小麥。咱們再把水田買幾畝，加上咱們的藥鋪，各樣酒麴都做好，待到明年萬事妥當，臨安城各大酒麴鋪子都要上咱們家進貨。」小圓聽得歡喜起來，道：「水田無須莊戶去種，直接在那個村子裡雇人。」程慕天點頭道：「我在莊上住了這些日子，總算是看明白了，光靠種田連肚子都填不飽。明年咱們種小麥，索性也雇人來，自己的莊戶全上作坊做酒麴。」

小圓笑了，這可不就是「深加工」，只是概念是她想的，方法卻是個百分百的古人自一本百分百的古書上尋來的，真真是讓人又是歡喜又是慚愧。

計畫雖已制定，但此時已過了播種時節，只能先買水田，要想開作坊還得待到來年，但小圓卻因這酒麴開了竅，在農閒季節組織莊戶們將去了去粒的高粱穗和竹枝都紮作掃帚，又將竹子劈作篾片，一筐一籃的賣到城中鋪子裡去。

這日阿雲回來領月錢，見到滿山的繁忙景象，奇道：「少夫人，咱們的莊戶怎的一年到頭全在忙？」小圓笑道：「他們可和你們不一樣，巴不得能忙呢。忙才有錢賺，才吃得飽飯。」阿雲忙道：「我可沒偷懶，同夫人三天一小吵，五天打一架，累死個人。」小圓驚道：「妳好大的膽子，還敢同夫人打架？」

阿雲委屈道：「我有什麼辦法，她總是趁著余大嫂不留神，教唆仲郎又罵人又打人，我是怕她把仲郎教壞了。」小圓沉默半晌，叮囑道：「切莫告訴少爺。」

阿雲點頭道：「我省得。依我看，不如等到仲郎三歲，少夫人把他接回山裡來上學。」小圓苦笑道：「再說吧。」

田大媳婦端了一碟子椰棗上來，一本正經地向阿雲道：「前兒袁夫子說想見識大食來的波斯棗，我好不容易尋了來，妳端去給他？」阿雲接過碟子，一扭身，「去就去。」田大媳婦待得她離開，向小圓笑道：「過不了幾日，少夫人怕是要辦喜事。昨兒我給袁夫子送飯，他悄悄問我，說想替阿雲贖身，不知少夫人許不許。」小圓歡喜道：「你也悄悄告訴他，我等著他來。」

田大媳婦笑著應了，轉身欲走，小圓叫住她問道：「不是叫妳男人買水田的，怎麼還不見動靜？」田大媳婦猶猶豫豫，「田大在家躺著呢，不叫我告訴少夫人。」小圓還以為他是病了，道：「郎中就在山上住著呢，且帶一個去給他瞧病，總拖著怎麼成？」田大媳婦卻搖頭，「他是與人打架傷了胳膊，不敢來見少夫人。」小圓皺眉道：「和誰打架？」田大媳婦低頭道：「他去買水田，已和村長談好了價錢，半路卻殺出個楊老爺，非要出更高的價，二人不知怎的一言不合，兩邊的人就打了起來。」她見小圓沉著臉不說話，慌道：「那個楊老爺一開口就要包下全部的水田，田大是怕買不到田，開不成酒麴作坊。」

小圓問道：「那個楊老爺是何來路？」田大媳婦搖頭說不知。程慕天自外頭回來，聽到她們的話，接道：「不必問了，已成咱們的鄰居了。」小圓一愣，「怎麼可能？咱們鄰近的兩個莊子，都是我三哥的。」

程慕天揮手遣了田大媳婦下去，才道：「講了妳可別生氣，可還記得妳三哥趁妳三嫂生了閨女，又買了個妾？」小圓忿忿道：「怎麼不記得，懷著時買了個，生了又買了一個，我還以為他自撐了門戶就要待三嫂好些呢。但這與他賣莊子又什麼關係？總不會為著那兩個妾花光了錢，要變賣家產吧？」

程慕天正欲同小圓好好說說何耀弘的那些齷齪事，突然丫頭來報，說新搬來的楊老爺今日暖屋，邀他們去做客。小圓問道：「昨兒還不見有人搬來，怎的今天就要暖屋？」丫頭回道：「楊家僕從甚多，才半日功夫就將屋子收拾好了。楊老爺和楊夫人說，少爺和少夫人是他們唯一的鄰居，自當格外親近親近，因此一落屋就使人來請了。」小圓又問：「除了我們，可還請了誰？」丫頭搖頭道：「聽說只請了少爺和少夫人，並沒得別人。」程慕天道：「必是曉得我們是與他爭買水田的人家，因此急急忙忙要會一會。」買水田是大事，僵持不下對誰都不好，小圓只得將何耀弘的事暫且擱下，起身去換衣裳。

因丫頭說楊家亦有兩個孩子，兩口子便把午哥和辰哥也叫來，帶著他們一起去新鄰居家做客。走到楊家門首，程慕天叮囑小圓道：「見了楊家人，切莫提起妳是何耀弘的妹子。」小圓正要問為什麼，那楊老爺已是攜著夫人迎到了門口，她只好將話打住，上前去客套，講些恭賀喬遷的吉祥話。

楊老爺今年三十五歲，泉州人，雙親逝世，剛剛榮升了「老爺」，大概是在爭奪家產的過程中得罪了兄長，這才匆匆忙忙拖家帶口地搬到了臨安來。小圓惦記著何耀弘的事，於是一邊回憶方才田大媳婦提供給她的資訊，一邊裝作不經意地旁敲側擊：「我們是生意折了本沒得錢，才買了這麼個窮莊子，那面山的地更好呢，楊老爺與楊夫人怎麼沒在那邊置屋業？」

「咱們莊子是白得來的，不住可就虧了……」楊夫人話才講了一半，被楊老爺狠狠瞪了一眼，嚇得縮了縮頭，不敢再張口。

楊老爺大概是察覺到自己這一瞪太明顯，馬上換了笑臉出來道：「這小莊是一位友人見咱們家貧，特特贈與的。」

小圓自然不信他這番話，但嘴上卻要裝著相信，一面打量他家的院子，一面讚嘆道：「楊老爺這院子收拾得好，哪裡像是窮人家？我看是你太過謙。」

楊老爺將他們引進廳中，分賓主落座，丫頭端上龍井茶來，卻是加了薑鹽桂椒的，小圓略做了個樣子便放下了。

楊夫人見她不吃茶，很是好奇，將她細細打量了一番，只見她身上的衣裳，布料顏色俱是下乘，頭上插的也僅是幾支琉璃簪兒。她不曉得小圓是在孝中才作如此打扮，還以為她是個山中村人，心中暗暗恥笑，把她瞧低了幾分。

他們一家乃是頭一回見面，沒得什麼話好講，寒喧幾句就將話題轉到買水田上來。楊老爺朝程慕天和小圓一拱手，先道歉道：「是我魯莽，不曉得田大是鄰居家的，因此才動了手。」程慕天與他講些不介意之類的話，小圓卻暗道：「照你這般說，若不是鄰居，人家就活該被你打了？」

楊老爺道過謙，再不提「水田」二字，卻道：「枯坐無趣，山中又無歌舞助興，正巧我養得兩隻好鬥雞，不如咱們來撲賣作耍？」所謂客隨主便，程慕天兩口子雖無什麼興致，還是點了點頭。

午哥本在外頭玩，聽說有鬥雞看，忙跑進來占了個座兒。一個同他差不多大的女娃娃，緊跟在他後頭進來，挨在他旁邊坐了。小圓笑問楊夫人：「你們不是還有個孩子，怎麼不喚出來看熱鬧？」楊夫人的鐲子磕在茶盞子上，清脆地一響，「那一個是妾生的，上不得檯面呢。」

楊老爺凌厲的目光掃了過來，她忙改口道：「這就叫她來。」過了會子，奶娘領了個極標致的女娃娃過來，看樣子也同午哥差不多大。小圓一問，果然三個孩子是同一年生的。楊夫人剜了妾生的閨女一眼，恨道：「她的生母那年趁著我懷紫娘，爬上了老爺的床，跟我比著似的生孩子，可惜還是生了個賠錢貨。」

鄰居家的是非長短，小圓可不願多嘴，扭頭叫阿彩取來荷包，送給兩個孩子作見面禮。楊夫人見她送出的荷包是一模一樣的，很是不滿她嫡庶不分，微不可聞地哼了一聲，扭頭去瞧鬥雞。

小圓因為自己是庶出，才送了相同的見面禮出去，她本是一片好心，但此刻見了楊夫人這副模樣，卻暗暗後悔起來。方才只想著同命相憐，忘了庶出孩子的處境，若是楊夫人為了這個荷包遷怒了孩子，她可就是好心辦了壞事了。

她正想著要不要給紫娘加送一樣玩意，突然聽得楊老爺問她道：「程少夫人覺得我這『鐵將軍』如何？」她方才只顧著同楊夫人講話，未曾留意場地中央，哪裡曉得哪一隻才是他所說的「鐵將軍」，便反問他道：「我不懂鬥雞，還要向楊老爺請教一二，為何那兩隻公雞的冠頭也割了，尾羽也剪掉了？」

楊老爺笑道：「這是特意為之，割截冠頭，可使敵雞無所施展其嘴，剪刷尾羽，使雞在啄鬥時易於盤旋。」

小圓恭維道：「楊老爺果然博才。」

宋人皆以鬥雞為雄，楊老爺很是滿意這樣的稱讚，大笑道：「程少夫人真是會講話，咱們今日便以此雞為賭，誰贏了，那幾畝水田就歸誰，如何？」程慕天本就不滿他主動與小圓搭話，又聽他說要拿水田作彩頭來賭，越發生氣起來，沉聲道：「賭倒是無妨，只是那水田賣與誰，乃是村長說了算，我們做不得主。」

楊老爺也不堅持，哈哈一笑，「說的是，咱們今日不談水田，只鬥雞，三貫錢博一回，如何？」楊夫人又看了小圓的穿戴一眼，「好心」道：「老爺說笑，三貫錢他們哪裡博得起？三文錢還差不多。」

小圓同程慕天對視一眼，兩人俱是好笑，齊齊答道：「使得，就是三文。」

待到場地布好，開始選雞。楊老爺倒是挺有風度，手一抬，請他們先挑。程慕天輕聲向小圓講解道：「妳瞧左邊那隻『鐵將軍』，羽毛稀疏短小，爪子直且大，眼睛深而皮厚，這樣的鬥雞每鬥必勝的。」小圓仔細瞧了瞧，那所謂的『鐵將軍』正在場中慢慢走著步，耽視對方，毅不妄動，看起來就跟木雕的一般。她輕輕一拉程慕天的袖子，笑道：「我雖不懂這個，卻瞧得出牠氣度不凡，就選牠吧。」程慕天卻搖頭，向楊老爺道：「咱們選『霸王』。」

楊老爺眼中閃過一絲驚訝，問道：「選定了？」程慕天點了點頭，示意他開始。

小圓亦不知程慕天為何明曉得那仕「霸王」不如「鐵將軍」，卻偏還挑了牠？不過既然只是三文錢的賭注，她也懶得去深究。午哥見「鐵將軍」一上來就占了上風，急得直叫喚，恨不得衝上去幫著打。辰哥卻對這樣的鬥雞不感興趣，挪到小圓身旁道：「娘，我背詩給妳聽。」小圓亦是不愛看那兩雞相啄的打鬥場面，便笑道：「背吧，小聲些，莫驚擾了『鐵將軍』和『霸王』。」

辰哥得了娘親的鼓勵，一口氣背了長長一首：「舟子抱雞來，雄雄跱高岸。側行初取勢，俯啄示無憚。先鳴氣益振，奮擊心非愞。勇頸毛逆張，怒目眥裂盰。血流何所爭？死鬪欲充玩。應當激猛毅，豈獨專晨旦？勝酒人自私，粒食誰爾喚？緬懷彼興魏，傍睨當衰漢。徒然驅國眾，曾靡救時難。群雄自苦戰，九錫邀平亂。寶玉歸大奸，干戈托奇算……」

他背著背著，眾人的目光都投了過來。楊夫人沒聽懂，嗤笑道：「這是背的什麼亂七八糟，他到底還是太小？」楊老爺卻驚訝道：「這是楊堯臣的《晚泊觀鬥雞》，這孩子真是會應景兒，你們好福氣。」

場上的「霸王」已是敗下陣來，程慕天卻因為兒子替自己長臉，得意非凡，裝出不在意的樣子出來謙虛了幾句，抱著鬥敗的「霸王」走到了場外去。小圓跟出來問道：「已是敗了，換出來作什麼，莫非要燉湯？」程慕天大笑道：「鬥雞有『三鬪』，除了最後一鬪外，前頭兩次失利，都可以休息片刻。」說著，接過程福遞過來的翎毛，攪入「霸王」的喉嚨，令其去涎，又端了一碟子清水來給牠喝。

小圓瞧了瞧牠蔫蔫的模樣，問道：「二郎，為何挑了這隻弱的？莫非你想讓楊老爺贏個快活，好在水田一事上讓我們幾分？」程慕天狠狠瞪了她一眼，轉身進場去了。小圓叫他這一眼瞪得莫名其妙，又礙著場內人多不好相問，只得悶悶落座，抱著辰哥，拿些詩詞歌賦來問他。

「霸王」實力太弱，轉眼又是一閒，待到最後一閒開始，她已準備組織告辭的語言，不料伴著午哥的一聲大叫，場內局勢猛轉，待得她回過神來時，卻是「鐵將軍」輸了。

楊老爺仔細看了看「鐵將軍」的神態，臉色突變，抓起「霸王」疾走到程慕天面前，指著它的翅羽，質問道：「你竟敢在牠身上撒芥末迷住『鐵將軍』的眼？這手段真是不光彩。」程慕天冷笑道：「彼此彼此，我們與村長已商定的水田，卻被某人橫插一腳，這手段也光彩不到哪裡去。」

楊老爺正欲反駁，卻突然想起什麼似的，竟換出了笑臉來，道：「誤會一場，誤會一場，水田一事，改日我專程宴請二位細細商談，如何？」

有什麼好商談的，那又不是賭注，誰贏就歸誰。程慕天冷著臉，衝小圓吼了一聲：「回家去。」

小圓又是莫名其妙，教著兩個孩子向楊老爺和楊夫人行過禮，告辭歸家。程慕天回到房內悶坐了半晌，突然道：「那楊老爺不是什麼好人，妳莫要與他家多來往。」小圓不以為然道：「不就是他要強買水田嗎？咱們定金未下，人家要買也沒什麼不對。」

程慕天氣呼呼地猛站起來，道：「他……他……坐在那裡，眼角卻不停瞟妳。」小圓回想了又回想，實在沒什麼印象，老實道：「我怎麼沒覺得，是不是我在二門裡頭待了這些年，頭一回見男客，你一時接受不了？」

程慕天見跟她講不通，氣得別過臉去，小圓忙哄他道：「不見他就是，有你陪著我也不見，這輩子只見你一個男人。」午哥舉著個玩意進來，叫道：「我也是男人，娘不見我嗎？」程慕天如今已被這個兒子折磨得沒什麼脾氣，聽了這樣的胡言亂語，只瞪了他一眼。

小圓見午哥手裡拿著的玩意眼生，接過來一看，原來是個「白釉榴子男娃」。一個憨態可掬的男娃娃作伏臥狀，下肢卻是石榴體，她想了一想，問道：「這是紫娘送你的？」

午哥驚訝道：「娘，妳是神仙呀，料事如神。」

小圓道：「石榴房中多子，楊夫人沒有兒子，這定是她買來取個意頭的。」午哥聽不懂石榴與兒子的關係，甩了甩頭，抓過娃娃，蹦蹦跳跳出去耍了。他聽不懂，程慕天卻聽懂了，問道：「就算是楊夫人之物，妳怎麼就肯定是紫娘的，不是還有個小的？」小圓嘆道：「小的那個和我一樣，是個庶出呢。我看那玩意價格不菲，怎會給一個妾生的閨女玩？」

程慕天方才未有細瞧，聽她說那東西貴重，忙道：「還回去，不許欠他家的人情。」小圓點頭，喚回午哥，欲哄他將那娃娃送還回去，不料午哥卻哭喪著臉道：「剛剛進門時摔了。」小圓出去一看，果然臺階上一堆花花綠綠的瓷片，她舉手欲打，程慕天卻攔住她道：「多大點子事，為這個打他？你還真當咱們只博得起三文錢的賭注？」小圓不理解他這是彆扭個什麼勁兒，哭笑不得，「這不是件普通的玩意，就跟送子觀音娘娘似的，你摔了人家的送子觀音，別個不和你急？」

程慕天瞧了瞧跟前的兩個兒子，嘴角不知不覺勾了起來，道：「我嫌兒子太多，不曉得這個道理。既有求子的緣故，妳且去尋一個相同的還回去便是。」

小圓拍了他一下，「孩子跟前，講這個作什麼？他們不懂事，還以為你真嫌棄他們呢。」程慕天笑道：「我兒子才三歲，就會背《晚泊觀鬥雞》，難道會聽不懂我這話音？」小圓笑著搖頭，牽了兩個孩子的手，去他們房裡翻找「白釉榴子男娃」。

還真讓小圓說對了，他們家有兒子的人，並沒有這物件在。阿彩幫著尋了一時，道：「少夫人，不如照著大人們的禮尚往來，送個差不多的玩意回去。」小圓正發愁呢，聞言喜道：「這主意不錯。」

阿彩到箱子裡又翻揀一時，尋出個「白釉綠彩爬娃」來。小圓接過來瞧了瞧，那娃娃全身施的是黃白釉，眼嘴卻似綠釉點出，臀部用的是綠彩裝飾。阿彩見她打量個不停，還以為她嫌禮輕，道：「少夫人，這個『白釉綠彩爬娃』比楊夫人的『白釉榴子男娃』起碼貴一貫錢。」小圓笑起來：「這哪裡是價貴價賤的事，罷了，既尋不出來一模一樣的，也只能拿這個充數了，但願楊夫人是個好說話的。」

她的願望是美好的，然而楊夫人叫她失望了。據說她當著送回禮去的丫頭的面，將「白釉綠彩爬娃」摔了個粉碎，大罵程家少夫人心太毒，故意摔了她的「白釉榴子男娃」來咒她斷子絕孫。

小圓聽得丫頭回報時，午哥也在旁邊，問她道：「娘，那娃娃是我摔的，楊夫人是罵我害她斷子絕孫？斷子絕孫是什麼意思？」

這孩子機靈透頂，小圓沉默一時，安慰他道：「和你沒關係，你也不是故意的。」

程楊兩家隔得近，丫頭接連來報，說楊夫人站在門口罵街，被楊老爺扇了兩掌也不肯消停。小圓擔心楊夫人這般大吵大鬧給午哥造成心理陰影，只得派人騎了快馬去城裡尋了半日，終於買了一個一模一樣的「白釉榴子男娃」，忙忙地與她送了去，這才叫她安靜了下來。

小圓忙完楊夫人的事，終於得閒來問程慕天：「二郎，我三哥與楊老爺到底有什麼過節？」

程慕天答道：「只要是妳三哥，就脫不了一個『妾』字。」小圓笑道：「我也是這樣猜想，是不是他與楊老爺為女人爭風吃醋，輸了一座莊子？」

程慕天搖頭道：「倒也不叫爭風吃醋，那個女人本來就是楊老爺的妾。」小圓瞪大了眼睛，「他竟把楊老爺的妾……不對，你明明說過他把莊子賣給楊老爺是因為新買的妾。」程慕天道：「昨日想必妳也聽出來了，那莊子是妳三哥白送的，因為他新納的妾不是買的，而是偷的楊老爺的寵妾。偷了人，輸了理，自然要破些財。」

小圓對何耀弘的行為十分不齒，但那畢竟是親三哥，且又是待自己極好的，少不得要強為他辯白兩句：「姬妾本就是用來陪客人的，像金九少家以前的姬妾，哪個月不出來陪幾回？還有的當場就讓客人摟進了房裡去呢，為這個，楊老爺就索要一座莊子，未免欺人太甚。」

程慕天自然曉得她為何如此「義憤填膺」，好笑道：「人家那可不是姬妾，乃是有納妾文書的正經妾室，昨兒楊老爺的小閨女妳可見著了？妳三哥偷的就是她的生母。」小圓聽得瞠目結舌，這、這自家三哥的口味怎的越來越怪了？她正在腹誹何耀弘，程慕天卻道：「妳三哥為人雖然有些不道地，但此事依我來看，卻不是他一人的過錯。妳想想看，既是正經妾室，又生過孩子，自然不會同姬妾一樣出來招呼客人，那妳三哥是如何結識她的？就算機緣巧合在楊老爺的家見著了，他也沒本事把她拉進房裡去吧？難不成楊老爺家的下人是擺設？」

小圓猛地坐直了身子，「定是楊老爺暗中設計的，可這與他有何好處？我看他也不像缺一座莊子的人。」程慕天道：「楊老爺的兄長與你三哥是同僚，楊家兄弟爭家產，妳三哥助了楊老爺的兄長一把，害得楊老爺損失了好些錢，大概就是因為這個把妳三哥恨上了，想把損失的錢在他身上找回來。」

小圓咬牙切齒道：「卑鄙無恥，往後與他打交道，必要小心些。」程慕天道：「我早說過他不是好人，不然昨日也不會往鬥雞翅膀上撒芥末，為的就是讓他曉得我也不是好惹的，往後莫要打咱們家的主意。還有，那幾畝水田我要定了，他那樣的人，今日妳讓他一步，明日他就想要的更多。」

小圓擔憂道：「我三哥不過是幫了他兄長，他就要設局算計，若是我們讓他買不到水田，他豈不是也要將咱們恨上？」程慕天笑了，笑得既自信又有些不好意思，「正愁閒坐無聊，他若有本事就全使出來，我奉陪到底。」小圓笑嗔道：「我看你是昨日鬥雞鬥上癮了。」

既是決定要強硬些，兩口子開始商議如何將那面山的水田全部買下，正討論得熱鬧，丫頭來報，說楊老爺上門賠禮來了。程慕天奇道：「他自己想通了，要將水田讓出來？」小圓道：「怎麼可能，定是為昨日楊夫人罵街一事來的。」她答應過程慕天不再見楊老爺，便只躲在房裡，將他推了出去。

楊老爺果然是為楊夫人撒潑的事來的，他將一只小巧的圓瓷缽遞與程慕天，致歉道：「我娘子日夜盼生子，才性急了些，她對程少夫人絕無惡意，特意叫我送一盒子粉來表歉意，還望程少夫人海量，勿要與她一般見識。」

程慕天見他送粉出來，當即就黑了臉，後來聽說這是楊夫人的意思，才緩了神情，道：「小孩子們不懂事，午哥見你家紫娘送『白釉榴子男娃』給他，還道那是禮物，不用還的，這才大意失手摔了。我今後定當嚴加管教兒子，教他莫要收貴千金的禮。」楊老爺被他將了一軍，面上訕訕的，略坐了坐就辭了去。

程慕天回裡屋將那小缽子重重擱到桌上，氣道：「說是來道歉，卻隻字不提他家閨女不守規矩胡亂送禮，只說是他娘子盼生子才莽撞了些，這意思是怪我們錯在先？」小圓安慰他道：「罷了，你不是已將他頂回去了嗎？他領教了你的厲害，往後想必會收斂些。」程慕天將那盒子粉指了指，道：「楊夫人送妳的，妳拿去隨便給哪個下人使吧。」

小圓掀開瓷蓋，原來是一盒子上好的官粉，質地細緻，色澤潤白，上面壓印著凹凸的蘭花紋樣。東西好是好，但她卻不敢用，笑道：「賞給下人擦面，是害了她們。」原來這盒官粉又名「杭州粉」，更通俗地講，就是「鉛粉」。小圓雖不曉得它的具體化學成分，卻知道用它來擦臉對人是有危害的，因此喚來阿彩吩咐道：「將這粉倒乾淨，盒子妳留著自己玩。」阿彩還道她是不喜楊夫人，便不多問，走出去直接將瓷缽子砸了個粉碎。

楊老爺在程慕天這裡受了氣，回去撒到了楊夫人身上，怒罵道：「素娘生母的事，我還未與妳算帳，如今妳又不好好教導紫娘，害我丟盡了顏面。」楊夫人怕挨打，不敢與他頂嘴，道：「他們一家子真是不識好歹，你特特去道歉，倒給你氣受。」楊老爺睇了睇眼，吩咐道：「妳帶著兩個孩子去會一會他家少夫人，就說是親自上門道歉來的。」

楊夫人不願意，站在那裡不肯動身。楊老爺氣她榆木腦袋，砸了個花瓶到她身上，「蠢貨，藉著機會去探一探口風，打聽打聽水田的事，看看他們作的是何打算。咱們在臨安什麼產業都無，何老三這個莊子僅有幾塊菜地，若是水田買不下來，咱們就只能花積蓄。」楊夫人嘟嘟囔囔：「花積蓄就花積蓄，又不是沒錢。」楊老爺大罵：「花積蓄是沒什麼，可誰叫妳生了個賠錢貨。臨安嫁女，幾多人傾家蕩產，妳當我願意為錢忙碌？」

楊夫人十分委屈，生了賠錢貨的又不止她一人，早曉得如此，就不拿素娘生母換掉那個姬妾了，不然現在還能有個人和自己一起挨罵。楊老爺見她還不動身，又是一個花瓶砸過來，連忙喚來親閨女紫娘，給她換了身新衣裳，又把妾生的素娘也叫來罵了幾句，帶著她們往程家去。

雖是山居，程家大門口還是守著好幾個小廝，她使人通報過後，由個小丫頭領著走到第二進院子，見小園正帶著幾個丫頭忙著朝一個圓形粉鉢裡倒米汁，不禁好奇問道：「這是作什麼？」小圓端了一鉢已沉澱好的米汁來給她看，指著鉢底潔白粉膩的一層粉末道：「這是『粉英』，放在太陽下曬乾後，就是妝面的粉。」楊夫人毫不掩飾滿面的不屑，道：「妳居然還在使米粉，我不是送了一盒子官粉來的？」

小圓笑了笑，「官粉太貴重，我捨不得用哩，平日裡抹抹這米粉就好。」楊夫人憐憫她道：「回頭我叫人送些香料來，妳加到米粉裡，就是香粉了。」小圓裝出一副驚喜加感激的模樣來，對著她謝了又謝。幾個丫頭的笑意快要憋不住，忙端了一盞子茶來奉給楊夫人。小圓笑道：「瞧我這人，竟忘了請妳落座，快些進來。」

楊夫人領著兩個孩子走進廳中，見屋中陳設同小圓的打扮一樣，也極素淨，就越發認定她是個窮的。她認為自己堂堂有錢人家的夫人，向一個山野村婦道歉，實在有失身分，便提也不提紫娘送玩意她罵街的事，只將些閒話來問：「妳兩個兒子都是親生的?怎的不見人？」

既然她認定程家窮，小圓也就順著講，笑道：「咱們家窮，哪裡養得起妾?自然是親生的。大的這會兒練拳去了，小的大概在夫子那裡。」說著扭頭喚奶娘，叫她把兩位小少爺領來陪小客人。

楊夫人雖覺程家窮，卻不信那養不起妾的說法，道：「那天在村子裡，就是賣水田的村子，我看那些農夫幫別個收筍多賺了幾個錢，還買個妾來家裡幫著做活呢，你們好歹也是個莊主，怎會養不起妾？」小圓曉得她在等著自己講些不賢慧的話，反問道：「昨日在妳家，也未曾見到妾呀？」

楊夫人臉色有些不自然起來，道：「路途遙遠，來臨安時將幾個姬妾都賣掉了。」小圓一心想弄明白自家三哥是不是被算計的，緊緊追問：「妳家只有姬妾，那個小閨女竟是姬妾生的？楊夫人真真好度量。」

楊夫人先「呸」了一聲，道：「姬妾進門時都是灌了藥的，那些萬人騎的下賤人，怎配與我家老爺生孩子？」素娘生母的事，楊老爺藏著掖著，她卻恨不得向滿世界的人炫耀一番，便又道：「昨日妳上我家做客時，我就想與妳說道素娘生母的事，卻被我家老家打斷了，我今兒講給妳聽，妳切莫告訴我家老爺說是我講的。」

楊夫人如此上道，小圓自是連連點頭，「那是自然，我不過聽妳閒話而已，講與妳官人聽作什麼？」說著，將一盞潤喉的蜂蜜茶遞過去。楊夫人接過茶喝了一口，眉飛色舞地講起來：「我們老爺要我挑個姬妾，將她作妾的打扮送去陪一位客人過夜，我想反正是妾，假妾不如真妾，就悄悄地換了人，把素娘的生母推進了房。第二日那位客人起來，得知自己睡了主人家的妾，還想偷偷溜，被我們老爺拿住，寫了欠條來，我們這才白得了個莊子。」

小圓聽了她這番話，再聯想程慕天的分析，大概明白了這事情的前因後果，心中恨得不輕，故意問道：「讓姬妾直接去陪客人不好嗎，為何偏要扮作正經妾室？讓人知道了好不丟臉呢。」楊夫人撇嘴道：「可不就是丟臉，不然昨日我們老爺為何要攔著我不許我講？至於為什麼，那就不是我婦道人家曉得的事了，老爺說什麼，我照著做就是，問多了他生氣。」

小圓又問：「那個妾沒有當場賣掉？」楊夫人恨道：「那賤人是我們老爺的心頭肉，捨不得賣哩，倒把我狠罵了一通。」她說完又得意地笑了，「沒出兩個月，竟查出她懷了身孕，請了郎中來診過脈，照著日子一推算，竟是那位客人的，可把我們老爺給氣壞了，親手執了大板子把她的胎給打了下來，再丟到那位客人家去了。」

小圓又疑惑了，「那位客人就收了？」楊夫人笑道：「那位客人自然不願收個殘花敗柳，但他家娘子聽說這個妾傷了身子再也懷不上孩子，就做主收下了，想必是覺得，妾反正是要納的，與其弄個能生兒子搶家產的來家，還不如收這個不能生的。」

這話聽得小圓暗自心驚，拿定主意，以後同楊家兩口子都要保持距離。

楊夫人講了這許多話，口乾舌燥，端起蜂蜜茶又喝了一口，方才她急著誇耀手段，沒有細細品嘗，這回才嘗出了滋味來，情不自禁讚道：「好茶，這是怎麼點出來的？」小圓知她指的是宋人茶道中慣用的「點茶」，笑道：「這是蜂蜜水果茶，拿時新果子沖泡了，再加進蜂蜜。」

「這般簡單？」楊夫人收回滿心的誇讚，又不屑一顧起來，果然是山人，連「點茶」、「分茶」的程序都沒得。她心裡瞧不起，手上的杯子卻捨不得放下，直到把一杯蜂蜜水果茶飲盡，才想起此行的真正目的，忙問道：「你們這面山上旱地不少，還買水田作什麼？沒得多花費些錢。」

小圓輕輕一笑，「楊夫人也說了，這面山上只有旱地，我們臨安人頓頓是要吃米飯的，不買幾畝水田，口糧哪裡來？」楊夫人想要反駁，卻發現自己已把他們定義為窮人，尋不出話來，只得端了空杯子敷衍了幾句。

她的閨女紫娘彷彿是曉得娘親正在尷尬，需要人解圍，哭著衝進來告狀：「午哥打我。」楊夫人連忙拉著她仔細檢查一番，見她身上並無什麼傷痕，就將功夫騰到了小圓上來，「妳怎麼教孩子的？上妳家做客，不好生招待也就罷了，居然還出手打人。」

小圓忙把午哥叫過來，問道：「你打紫娘了？」午哥把素娘拉到前面，指著她臉上的一道紅痕，叫道：「誰打她了？明明是她打了素娘。妳看她的臉，是她拿帶刺的藤條抽的。」小圓捧著素娘的小臉一看，果然那道傷痕雖細，卻是隱隱有皮肉翻起，還有些小刺陷在裡頭。她倒抽一口涼氣，忙使人喚嚴郎中來。

楊夫人見吃虧的是素娘，反倒不那麼生氣了，道：「沒什麼大事，不消去請江湖郎中。」大宋醫生分坐醫和遊醫，坐醫多為醫技較高超之人，不輕易出門，一般都是坐等病人上門；遊醫又稱「旅醫」，即楊夫人所稱的「江湖郎中」，他們無固定診所，往往在民間流動行醫，或設地攤賣藥兼為人治病。

程家請上山住著的嚴郎中，乃是藥鋪裡醫術最高超的，他聽說有病人，急急忙忙走到門口，卻聽得楊夫人稱他為「江湖郎中」，心下頗有意見，臉一沉就要反駁。小圓生怕露了餡，忙遞了個眼色給他，叫他莫要作聲。

待得方子開好，阿彩按著小圓的吩咐抓了藥來，遞與楊夫人。楊夫人雖無意給庶女治傷，但白來的藥為何不要，於是就接了，喚過紫娘，大搖大擺地告辭。

待得她們走後，小圓問午哥道：「你真沒打紫娘？」午哥肯定地點了點頭。小圓又問：「那紫娘為何要打素娘？」午哥道：「因為我把玩意給素娘玩，不給她玩。」小圓哭笑不得，原來癥結還是在他身上，便道：「那你為何不給紫娘玩？」午哥想了想，道：「我不喜歡她，她霸道，只許我和她玩，不許我和素娘玩。」

小圓把他攬進懷裡摩挲著，暗嘆，他蜜罐兒裡長大的少爺，哪裡曉得庶出孩子的心酸，「好兒子，今日的情景你也瞧見了，若要素娘在家好過些，就莫要偏著她，懂不懂？」午哥問：「不然她們就打她？」小圓嘆了口氣，點了點頭。午哥答道：「那好吧，下回只叫素娘上家來玩，不叫紫娘。」

他這是聽懂了，還是沒聽懂？小圓有些苦惱，正欲好好研究下兒子的小腦袋瓜，程慕天捧著個大盒子走了進來，招呼她來看：「娘子，妳不愛鉛粉，我特意趕到城裡，買了些別的給妳。」說著掀開盒子蓋兒，先取了個圓盒子，「這是米粉、胡粉摻了葵花子汁做的『紫粉』，據說前朝宮中的娘娘們使得就是這個。」又取了個葵瓣形的錦緞盒子，「這是石膏、滑石、蚌粉、蠟脂、殼麝和益母草做的『玉女桃花粉』。」他講解完畢，將大盒子推給她道：「我不知妳愛哪一種，各樣買了三盒，隨妳使吧。」

特特下山買粉？小圓狐疑地看了他一眼，問道：「你是不是偷聽到楊夫人嘲笑我的話了？」程慕天紅了臉，理直氣壯道：「我自己家中，什麼叫偷聽？我是正大光明聽的。妳官人我買得起好粉，作什麼要讓妳被她嘲笑？」小圓聽了這話，又是暗笑，又是甜蜜，連忙去了釵環打水洗臉，當即試用官人的心意。「紫粉」裡頭的胡粉就是鉛粉，她將那三個圓盒子挑出來擱到了一邊，只稍稍取了點「玉女桃花粉」，調勻後抹到臉上，湊到程慕天面前，問他好不好看。

程慕天將她看了又看，沒有答話，只用行動來表示，一口香到她臉上、嘴巴，再到脖子，親著親著，親到了床上去。小圓急呼：「今兒日子不對……」一句未了，被程慕天用嘴堵了回去，反正大宋超生不罰款，隨他去吧。小圓想著想著，不由自主纏住他的腰，迎合了上去。

兩人行完人倫，還躺在被窩裡溫存，忽聽得外頭傳來午哥的聲音：「爹、娘，袁夫子來了。」程慕天「哎呀」一聲，道：「忘了栓門了。」慌忙探起身子，「請夫子在廳裡坐，你去端茶。」午哥不明白為何有丫頭還要他端茶，還以為父親是要求他尊師重道，便應了一聲，放下正要推門的手，轉了個方向出去了。

程慕天聽得他腳步聲遠去，連忙把小圓拉了起來，匆匆忙忙穿衣裳，整理儀容。

他們出來時，袁夫子正坐在椅子上拘束不安，並未發現程慕天的衣裳皺了，小圓的簪子歪了。他平日裡極大的一個人，今日卻連頭也不敢抬，程慕天很是奇怪，不由得多看了他兩眼，只見他頭上一頂方正巾帽，身上一件寬大的衣衫，端的是儒雅俊秀、風度翩翩，好似特意打扮過一般。

小圓也注意到袁夫子的刻意修飾，猜到了他的來意，卻故意不問他來做什麼，只拿些閒話來講：「午哥這幾日讀書可用功？沒給夫子添亂吧？」

袁夫子見她發問，竟慌得站了起來，突然覺得不對，又慌忙坐了下去，答道：「午哥是極聰慧的，認字背書都最快。」

程慕天道：「他是想快些學完了好去耍。」

「不是，不是……」袁夫子不曉得這話該如何作答，開始抹額上的汗。

小圓瞟了程慕天一眼，暗笑，這也是個壞的，又問袁夫子：「辰哥學習可還跟得上？」袁夫子答道：「辰哥《千字文》已背全，詩也能背好幾百首了，將來必能高中進士及第。」袁夫子暗道，再不道明來意，少爺和少夫人怕是連程四娘的學業也要拿來問，便鼓起了勇氣，起身行禮道：「少夫人，我想替阿雲贖身，望妳恩准。」

小圓故意試探道：「不過是由丫頭抬作妾，換個賣身契就得，贖什麼身？」袁夫子笑道：「我窮書生一個，納什麼妾？乃是想要娶她作正妻。」小圓心中石頭落地，歡喜問道：「你果真願意？」袁夫子肯定地點了點頭，道：「我家就我一個，也不怕人講閒話，只要少夫人允了，我就娶她過門。」

原來是要求娶丫頭，程慕天聽得無趣，忙向小圓道：「袁夫子獨身一人，連個知寒問暖的人都無，妳翻一翻黃曆，挑個好日子，替他把喜事辦了吧。」小圓曉得他不耐煩聽這個，便喚來針線房管事娘子，叫她帶著袁夫子去量尺寸做新郎衣裳，又使人知會阿雲回山。

阿雲不知有什麼急事找她，第二日匆匆忙忙趕了回來，卻見小圓將一張賣身契攤到她面前，朝她笑道：「是撕還是燒，隨妳便吧。嫁衣可準備好了？要不要針線房幫忙？」阿雲扭捏起來，「少夫人，妳曉得了？」小圓瞪她一眼，「都來提親了，我能不曉得？是不是他不來，妳還準備一直瞞著我？」

阿雲連連搖頭，「我是拿不準他到底是要娶我為妻，還是要納我為妾，因此不敢講與少夫人聽。」小圓奇道：「我還沒告訴妳是妻是妾呢，妳怎的這會兒又曉得了？」阿雲指了指賣身契，笑道：「要是妾，少夫人必不許的。」

「那可說不準。」小圓故意逗她，阿雲卻正色道：「若他只願納我作妾，我自己也不肯。我雖是個丫頭，可這些年也瞧見了不少的妾，沒幾個有好結果的。丁姨娘連自個兒的閨女都護不住，季姨娘生了兒子卻送了命，就是那個做過少爺的妾的秋葉，雖說少爺好心，沒將她賣進勾欄院裡去，可現在還不是只落得住慈幼局的下場。」

小圓欣慰點頭，「妳明白就好，妳們幾個丫頭都是自小跟在我身邊，我是誠心誠意盼著妳們都有個好結果。」阿彩丟了盒兒到阿雲面前，笑道：「幾支仿生花給妳添妝，賀妳有了『好結果』。」阿雲羞得跳了起來，與她扭作一團。

小圓笑著看了一時，悄悄退出來，只覺得自己也沾染了喜氣，神清氣爽起來。

田大已在階下候了半晌了，見她出來，忙上前稟道：「少夫人，我今日又去了那邊村子，村長還是猶豫不決。」小圓這些天本就在奇怪，聽他這般說，問道：「楊老爺出了高價，為何村長不乾乾脆脆把水田賣給他算了？難道是他們不願意賣掉整面山，要自留幾畝？」田大搖頭道：「今日去打聽的就是這件事，原來村長怕這時候賣了水田給楊老爺，咱們一氣之下不雇他們來收筍。」

小圓驚喜道：「正愁沒得法子買到田，村長就送妙計來。咱們莊子周圍除了那個村子，還有沒有別人？」田大想了想，答道：「還有幾個，不過路途遠些。」小圓道：「遠些不妨事，騰幾間屋出來給他們住，咱們出的工錢算高的了，想必還是有人願意來的。」田大點頭，道：「少夫人是要另雇人來？」小圓笑道：「是，也不是。」

田大按照小圓的謀劃，到竹林走了一趟，那些雇工心不甘情不願，苦求多時無果，只得結了工錢，三步一回頭地回村去了。田大並未去村子招工，遣走所有雇工，就前來稟報小圓：「夫人，事情已辦妥了，我接下來該作什麼？」小圓道：「什麼也不用做，等著他們村長來找你。其實這事兒我沒有全然把握，若是他們不回來，就只有真的另去別的村子雇人了。」

村長會不會因為此事把水田賣給他們呢？這大概要看他是想要眼前利益，還是長遠利益了。阿彩見小圓眉間還是有愁意，道：「少夫人，這也沒什麼，大不了咱們也加價，務必不讓設計何家三少爺的楊老爺得逞。」小圓聽她語氣頗為忿忿不平，苦笑道：「偷妾輸莊子一事，三哥也該打五十大板，若他不去別人家裡摟姬妾，也不會出這麼一檔子事。」阿彩對此見解深以為然，連連點頭道：「極是，不然我們家少爺怎麼沒出過這種事？」

小圓笑道：「少爺這會子不在，妳誇他又聽不見，且等他回來再說。上回廚娘做的那一罈子密封筍子沒得成，作坊裡又試著做了幾罈子，聽說今兒開封，妳去尋一件輕便的衣裳來，咱們去瞧瞧。」阿彩取了件背子來給她換上，主僕二人出了門，朝半山腰的作坊而去。

行至一條山間小道，楊老爺迎面走來，小圓微微點頭算作打招呼，避至路旁，讓他先過。楊老爺路過她身旁時竟停了下來，當著丫頭媳婦子的面，自腰間解下荷包，塞到小圓手裡，極其溫柔地開口道：「何娘子，上回我贈與妳的粉可還好使？」

小圓不知他為何突然作此舉動，一時間來不及細想，慌忙扔掉那荷包，道：「休要胡說，那粉是楊夫人為了賠禮道歉才送的。」楊老爺笑而不語，深情款款凝望著她。此處不能久留，先離開再作思考，小圓轉身欲走，眼角卻掃到後頭跟著的丫頭婆子，俱是一副好奇難耐的模樣，指不定別個背後如何講她呢，須得當場懲治楊老爺一番，明了自己的心志才好。

阿彩跟隨她多年，見她停下腳步眉頭緊鎖，立即猜到了她的心思，吩咐另幾個下人道：「趕緊喊一嗓子，叫莊戶們來將這個胡言亂語的賊人好生收拾一頓。」

其他幾個下人見阿彩發話要揍楊老爺，再看小圓，亦是一臉的贊同，就將她與楊老爺無私信了七八分，個個把手合成喇叭放到嘴邊，欲大聲叫人。

楊老爺見他們如此舉動，竟笑道：「收拾我是小事，只是你們少夫人與我有私的事若要傳出去，她是不是得以死明志呢？」

女子的名聲重於生命，楊老爺一盆子污水潑到小圓身上，那是有嘴都難辯，下人們不由得猶豫了。阿彩看了小圓一眼，咬了咬牙，幾步跨到楊老爺跟前，左右開弓，乾脆俐落地扇了他兩耳光，大聲叫道：「別以為我是個丫頭，你就能隨便調戲我。」

楊老爺被這兩掌打得有些懵，竟不曉得還手，愣愣站在原地。下人們明白過來，阿彩是要護著少夫人，連忙圍了過去，一邊喊下人，一邊將小圓隔到了外邊去。

方才阿彩一聲尖叫，已有不少莊戶不明所以，紛紛朝這邊來探究竟，此刻聽到下人們的呼叫，皆怒道：「原來是那個與咱們搶水田的楊老爺在調戲少夫人的丫頭，且揍他去。」山裡莊戶極樸實，想什麼做什麼，未等小圓反應過來，一群人已是一擁而上，拳頭、鋤頭、扁擔，乃至鐵鍬，齊齊上陣，把楊老爺打了個頭破血流，倒在地上動彈不得。

小圓沒料到事態竟會在一瞬間發展成這樣，生怕鬧出人命，忙命莊戶們住手，讓他們就地砍樹做了個簡易擔架，把他抬去楊家莊。

阿彩見楊老爺渾身都是血地暈死了過去，慌道：「少夫人，我叫嚴郎中去給他瞧瞧吧，萬一死了人，咱們就不可開交了。」小圓還算鎮定，道：「叫他準備好藥箱，但莫要主動過去，咱們定要裝出怒氣不平的模樣來，不然他們長了氣焰，越發囂張。」說完又吩咐田大媳婦道：「妳趕緊知會妳家男人，叫他騎馬去城裡，尋個訟師寫了狀紙送去官衙，別忘了塞上錢。」

田大媳婦問道：「告楊老爺？告他什麼？我雖是個山婦，卻也曉得調戲人家的丫頭不當打成這樣。」田大媳婦看似老實，其實是個聰明人，她是在提醒小圓，不能讓楊老爺調戲她的事傳出去，不然於她名聲有礙。

小圓猶豫了，依著楊家的性子，肯定是要去告官的，程家一定要趕在前頭才好，可告他們什麼好呢？告他調戲程家少夫人，最終受害的還是自己，肯定是不行的。告他調戲丫頭，罪名又太輕……

阿彩見她左右為難，毅然道：「少夫人，以其人之道還治其人之身。」小圓一時還沒明白過來，等想轉過來，驚愣住了，「阿彩，妳是讓我以楊老爺調戲妾室的名義去告？」田大媳婦也驚呆了，「阿彩，妳想做少爺的妾室？」

阿彩慌忙搖頭道：「我才不做妾，誰的也不做，不過是尋個由頭而已，咱們自己心裡明白不就成了。」小圓搖頭道：「這不是說說就行的事，若真鬧到對簿公堂，妳是要上堂的。如果讓別個都曉得了妳是程家妾室，妳往後還如何嫁人呢？」阿彩自己也愣住了，「我沒想那麼多……」他們三人商議來商議去，也沒得出什麼好法子，只能派人盯住楊家莊，提防他們下山告狀，再叫田大快馬加鞭下山去尋程慕天。

田大到城裡尋到正在採辦端午節物事的程慕天，道：「少爺，楊老爺調戲阿彩，被我們打傷了，少夫人怕他們惡人先告狀，想去遞狀紙。」

程慕天心裡只有娘子，不怎麼關心丫頭的安危，便道：「告狀自去尋訟師，來找我作什麼？」田大囁嚅道：「打重了……少夫人想告個大些的罪名，不然就要被楊老爺反咬一口。」程慕天開心地笑了，「打他的，人人有賞。」又問：「少夫人叫你來尋我，可是有妙計？」

田大將阿彩的主意講了一遍，道：「這法子雖好，少夫人卻不願意呢。」程慕天皺眉道：「少夫人做的對，我可不想平白無故又多個妾，再說這事兒也無須這般麻煩，你且先去尋訟師告狀，我去尋個賣藝的人來扮作個假妾。」田大猶豫道：「怕是不妥，賣藝的人到處唱曲雜耍的，容易被認出來。」程慕天笑道：「楊家才來臨安，欺他不認得，再者我做戲做全套，必是妥當。」

田大聽他如此篤定，便放心去尋訟師寫狀紙，程慕天則帶了程福，先尋了個在茶樓的唱曲女子，給了她一百文錢，又許諾事成後再給一百文。程福笑道：「一共才兩百文，便宜，便宜。」程慕天敲了他一記，道：「毛躁，你以為別個都是傻子，你說她是我的妾，她便是我的妾了？」程福不解道：「那待要如何？待回去擺酒？」程慕天又敲了他一記，在那茶樓就地坐了，讓那唱曲女子也占了個座兒，提高了聲量吩咐他道：「去尋個媒人來，就此把納妾文書寫了。」

程福明白過來，笑嘻嘻地道了聲恭喜，轉身去尋了個打傘穿背子的媒人來。媒人身上的納妾文書都是現成的，他們將名字填好，按個手印便得。程慕天做過多年生意的人，思慮極周全，怕那唱曲女子事後憑這個文書賴上他，按手印時格外多做了點子手腳，叫程福在一旁看得佩服不已。

事情妥當，他將這個「妾」和納妾文書一併送到田大那裡去後，又上街繼續採辦過節物事，直到天色向晚才趕回家中。

小圓見他這樣晚才回來，急道：「可是田大未尋到你？」程慕天奇道：「不過是丫頭被調戲了而已，妳急什麼？」小圓遣了房中下人，將實情講與他聽。程慕天立時火冒三丈，操起牆角午哥練身手的長棍子，就要衝到楊家去尋仇。

小圓見他絲毫不懷疑自己與楊老爺，心中十分寬慰，抱住他道：「二郎，他已是躺在床上起不來了，你再打他就死了。」程慕天氣道：「打死活該。」小圓道：「他是活該，可你要為此償命，我和兒子們怎麼辦？」

程慕天重重丟了棍子，恨道：「那我等他傷好了再打。」他回過身，雙手扶住小圓的肩，上下好生打量了一番，問道：「妳沒被他占便宜吧？」小圓撲進他懷裡，哽咽道：「你不曉得當時情形，最初下人們都信了我與他有私，傻站在後頭不敢上來，直到阿彩說要打那姓楊的，方才信了我幾分。」

程慕天見娘子難過，好生安慰了一番，又喚來田大媳婦，吩咐了兩件事下去，一是要看緊家中幾個孩子，出入要多派人手照看；二是要提防楊家訛詐，見著楊家人務必離得遠遠的。

田大媳婦領命，自下去佈置。第二日，山那邊的村子和山下官衙各有消息傳來，村長最終選擇了村子的長遠利益，決定將水田賣與程家。官衙收下了狀紙，但因楊老爺受傷嚴重，不能立時開堂，須得拖延幾日。

田大站在廳上，將事情一一講來，又道：「村長要求咱們每年收筍都至少得雇十名他們村的漢子。」小圓點頭答應，道：「叫他們放心，等到明年種小麥種水田，雇的人還要更多。」

程慕天正準備拿些官衙的具體情形來問他，田大媳婦突然跑進來，急道：「楊夫人帶著一幫子家丁朝咱們家這邊來了，我喚了幾個護院將他們攔在半路上了，少爺、少夫人，這事兒怎麼辦？」

程慕天急急地站起身來，怒道：「我沒去找他們的麻煩，她倒找上門來了，實在欺人太甚。」說著就要多加人手，打回楊家去。小圓連忙勸他道：「何必跟個潑婦一般見識？沒得掉了身價。再說她是女眷，萬一傷著了她，倒是咱們吃虧。」

田大媳婦也道：「說不準她就是來使詐的，少爺這要是一去，被她誣陷個調戲，怎麼辦？」

程慕天聽了田大媳婦這番勸，哭笑不得，道：「我對付女人沒得經驗，妳們說該如何打發她？」他一說，小圓也犯了難，道：「我對付潑婦也沒得經驗，如何是好？」

他們還未想出對策，外頭卻又有人來報，說楊夫人打道回府了。程慕天笑道：「想必是收到官衙要他們上堂的消息了。」午哥自外頭蹦跳進來，道：「才不是，是我打了紫娘，她才急急忙忙趕回去了。」

程慕天和小圓俱抬頭去看奶娘，奶娘還道主人家要怪罪她沒看好孩子，期期艾艾道：「午哥說只要他打了楊夫人閨女，楊夫人必要回去護救，就顧不得上咱們家鬧事了。」她回完話，忐忑不安地等著他們說罰，不料程慕天卻命人取了十幾個錢來賞她，道：「既辦成了事，又沒叫午哥受傷，很好。」

午哥見奶娘得了賞，歡呼著一跳三尺高，「我也要賞，賞我明日不必上學。」小圓抓住他丟給程慕天，道：「竟敢向女娃娃動手，太沒風度，叫你父親打你。」程慕天卻抱著他一通好讚：「做得好，就當如此，不過下手得有分寸，莫要打傷了她，倒讓咱們失了理。」午哥一副「我做事，你放心」的表情，拍著小胸脯道：「師傅教過我如何打人又疼又不留痕跡，他們決計尋不出我的錯來。」

程慕天抱著午哥，越看越愛，特意叮囑小圓，晚上要做個他最愛吃的冷淘麵來。小圓得了治楊夫人的法子，也是心中歡喜，親自下廚去揉麵。山居無事，她覺得無聊便到廚房去偷師，此時廚藝已然大增，舀了一瓢細麵、一瓢新麵，加進槐葉水、甘菊水和不知名的野菜水，丟給打下手的廚娘去和麵。待得面麵好，她執刀切成粗條，投入鍋內煮熟，再投入寒泉盆內。打下手的廚娘幫她將麵撈出來，潑上些醬、醋、鹽、蒜、瓜、筍調和，笑問：「少夫人今兒怎有興致給午哥做冷淘麵？」小圓一邊叮囑她少放些醋，一邊笑道：「只等著對簿公堂打官司，怎麼沒興致？」

說話間冷淘麵已得，小圓端上飯桌，與程慕天父子三人和程四娘一人盛了一碗。午哥端著麵卻不吃，跑到牆角要倒立，小圓吃了一驚，「這是要作什麼？」程慕天今日心情好，未加斥責，笑道：「上回帶他去夜市，見識了雜技藝人趙野人的『倒吃冷淘』，他準是想照著學。」

對於宋人的一些娛樂節目，小圓無法理解，不知倒立吃麵有個什麼看頭，上前一把揪下午哥，批評道：「你是程梓林，不是程野人，給我老老實實坐著吃飯去，不然下回你可就嘗不到娘親做的冷淘麵了。」午哥衝她扮了個鬼臉，道：「娘就切了個麵，還足有指頭粗，味道全是廚娘拌的。」程慕天一手去捂他的嘴，一手扇在他的屁股上，罵道：「胡扯。」

小圓倒沒覺得有什麼不好意思，理直氣壯道：「若你娘精通了廚藝，那咱們家的廚娘作什麼去？」午哥自盛了一碗麵，笑道：「娘講的都是有道理的，妳且坐著，我去送碗麵就來。」小圓一把抓住他，問道：「送給誰？」辰哥替哥哥回答道：「素娘。」午哥瞪了他一眼，「就你話多。」

程慕天氣不過，一巴掌實打實拍了下去，罵道：「才誇過你幾句，又不老實起來。楊家咱們繞著走還來不及，你倒要往上湊。」小圓見那一巴掌根本打得重，忙攬過午哥打圓場，「兩小無猜，兩小無猜。」程慕天根本就沒朝著這方面想，聽了她的話笑起來，「妳還真是想得遠，他才多大，曉得什麼？不過是看那素娘可憐罷了。」小圓瞪了他一眼，道：「既是曉得，作什麼打他？」

原來在這裡等著他呢，程慕天氣道：「那妳讓他送去，叫別個冤枉咱們投毒。」午哥被嚇住了，慌忙道：「我不送，不送。」小圓看了看他可憐巴巴的小臉，欲哄他幾句，想了想，還是忍住了。這孩子雖機靈，到底生活環境簡單，心思單純，若能經由楊家一事長些經驗也是好的。

程慕天也是同她一樣的想法，吃罷晚飯回房，愁道：「午哥心眼子雖多，卻不懂得防範人，怎生是好？」小圓一面翻看他購回的端午節應景兒物事，一面道：「把他丟去繼母那裡過幾天，他就懂了。」

程慕天走到她旁邊，朝她腰上拍了一把，「胡鬧。」說完又笑了，「我又犯了心急的毛病，他才幾歲，我就操心起這個來，多的是時間來教導他，且先拿楊家之事做個範例。」

小圓抿嘴一笑，撥弄桌上的兩面小鼓，一面懸掛在小巧的木架子上，一面放置在座兒上，玩了一時，突然問道：「怎的只有兩面？」程慕天自她身後攬了她的腰，將下巴擱到她肩頭，笑道：「午哥一面，辰哥一面，這不是兩面？妳想要多出一面來，可得加把勁兒。」

小圓拿鼓槌敲了敲那鼓，嗔道：「一進房你就沒得正形兒，我同你講正經的呢，四娘子的那面在哪裡？」程慕天老實答道：「忘了。」他眼見得小圓的眉頭皺了起來，忙把幾把小扇扒到她面前，道：「拿這個哄她。」小圓將小扇拿起來瞧了瞧，共有四種顏色，青、黃、赤、白，式樣不一，有的繡，有的畫，她挑了一把白色繡梅花的出來，道：「四娘是冬天生的，這個給她。」接著又挑了一把青色繡蓮子的出來，啜著笑道：「依了你，討個意頭，這個我自己留著吧。」

程慕天卻搖頭，開了個小箱子，另取出把團扇來給她瞧，道：「那些是哄小孩子的物事，妳要來作什麼？這裡另有好的給妳。」小圓就著他的手一瞧，這團扇本身並無什麼稀奇，但那扇面上畫的美人兒怎的那般眼熟？她看了又看，突然衝到照臺前照了照，驚訝道：「那扇子上畫的是我。」

程慕天笑她道：「這是陳家畫團扇鋪最好的畫師畫的，妳卻瞧了半日才瞧出來。」小圓踩了他一腳，搶過扇子坐到照台前，對著看一回，笑一回，感嘆道：「畫師又沒見過我，怎的就畫得如此傳神？」程慕天朝她光滑細膩的頸子上親去，輕笑：「那是我描述得好。」

他們在這裡氣定神閒只等官衙開堂，卻是急煞了臨安城中的一干親戚。陳姨娘聽見了些風言風語，在家坐不住，雇了車趕進山來，拉著小圓急急地問：「四娘，城中都傳妳家二郎新納了妾，可是真的？」這才是親娘呢，不關心妾被調戲，只關心閨女幸福。

小圓心下一暖，緊握她的手進房坐下，將實情講與她聽，道：「打幌子呢，二郎什麼樣的人，姨娘還不清楚嗎？送個妾到他面前都能把他嚇得老遠。此事我也就講給姨娘聽，官司未定，還要替咱們掩飾一二。」陳姨娘寬了心，笑著點頭：「那是自然，只怕我這一進山，相信的人更多。」

小圓領著她出去看山間風景，因她小腳，便喚了兩個小廝抬了個滑竿給她坐了。上到山頂，陳姨娘極目遠眺，山坡上是杉木和竹林，俯瞰谷底，養的是肥羊，再看看旁邊的田地，種的是高粱，她由衷讚道：「我閨女就是會持家。」

小圓挽著她的胳膊，指著山那邊道：「剛在那邊村子買了一面山的水田，姨娘明年來吃咱們自種的糧食。」陳姨娘吃驚道：「你們還要住下去？不嫌楊家鬧得慌？」小圓不以為意，道：「哪裡都有小人，越怕他，他越囂張，教他怕了我們才好呢。再說，我寧願挨著楊家，也不願挨著婆母家。」她拉著陳姨娘走到另一邊，指給她看山腳下的楊家莊，道：「姨娘看他們莊子，僅有幾畝菜地，這回水田也沒買著，往後求著我們的日子多著哩。」陳姨娘見閨女又硬氣又有主意，放心地點了點頭。她小腳不耐久站，又逛了一刻鐘就堅持不了，只得重新坐了滑竿回宅子。

小圓將程慕天買回的小扇取了兩把出來，讓陳姨娘帶回去給雨娘玩，陳姨娘笑道：「來得匆忙，竟忘了端午將至，沒給妳帶些節物來。也罷，現給妳打幾個長命縷吧。」長命縷即白索。小圓曉得自家姨娘手巧，編的長命縷比外頭買的強百倍，就不假意推辭，喚人取來彩絲線，交給陳姨娘。

陳姨娘一邊編，一邊與閨女閒話：「端午節是夏至，陰氣萌生，所以百姓製了鼓呀、扇呀、長命縷什麼的，用來避兵鬼，防病瘟。」午哥趴在陳姨娘腿上，開始拍馬屁道：「我娘從不跟我講這個，她只會教我背詩：自結成同心百索，祝願子，更親自繫著。」

辰哥坐在小圓懷裡，糾正他道：「哥哥，那是詞，不是詩。」午哥臊了個大紅臉，撲過去呵他胳肢窩。小圓一面護著辰哥，一面笑道：「每次都是撓癢，你也該換個新招式。」午哥在辰哥臉上掐了兩把，嘟著嘴道：「生得跟豆芽菜似的，打重了又怕他疼，除了呵癢還能作什麼。」

陳姨娘微笑看著他們母子三人笑鬧，道：「午哥是個懂事的，辰哥也乖巧，我閨女有福氣。」小圓對方才午哥的話上了心，豆芽菜？她捏了捏辰哥的胳膊，再捏了捏午哥的，前者的確是瘦弱不少，便道：「辰哥，往後下午跟著你哥哥去練拳。」辰哥不願意，道：「我不愛練拳。」

小圓還要勸他，陳姨娘笑道：「如今健身強體館興的都不是練拳，妳哪時得空，帶辰哥瞧瞧去。」午哥不待小圓應聲，先答了個「好」字，又威脅辰哥道：「不許答『不去』，不然不帶你玩。」辰哥在兄長脅迫之下，無奈點了點頭。小圓大樂，原來哥哥的話比她這個娘親的管用，以後需得多多利用才是。

晚間回房，程慕天聽說了要帶辰哥去健身強體館的事，極為贊同，道：「這孩子吃的不差，就是讀書用功太過，是該勻些時間出來鍛煉筋骨。既是要去健身強體館，端午又快到了，不如咱們五月初一送陳姨娘下山去，順路瞧瞧三娘子的仿生花作坊生意如何。」

小圓奇道：「為何要挑五月初一？」程慕天解釋道：「妳以前不能出門不曉得，五月初一直到端午，一連數日，街上遍地都是賣花的。三娘子的仿生花作坊有妳的股份呢，能不趁著生意大好的時候去瞧瞧？」小圓點頭稱是：「正好把阿雲的嫁妝置辦了，幾趟差事齊齊辦完，回來就該準備打官司了。」

肆之章　惡鄰尋事鬧結親

五月初一被宋人稱為「端一」，家家戶戶上街買百索，準備在五月初五，即端午節那天饋贈至親好友。小圓先使人將陳姨娘送回家，再帶著兒子和程四娘，隨著程慕天坐在大車上。一路行來，只聽得賣花的吟唱聲響徹臨安的大街小巷，掀開簾兒細看，城中居民都買了桃柳、葵榴、蒲葉，用個大盆子把這些花兒植成一團，放置在門口，上面掛五色錢，排釘果粽，以示供養之意。就是無花瓶兒的人家，也要找個罈子插花，平日裡無花無人恥笑，唯獨端午不能不供養花。一時間，家家戶戶都是葵榴鬥豔，處處皆聞艾梔香，程慕天笑道：「聽聞宮中的殿廊上也環立著數十個大金瓶，滿插艾梔葵榴呢。」

中午時分，城中大小人家都點上了一炷香，使得全城籠罩在裊裊縈繞的香雲中，程慕天又當起了解說員，道：「整個五月的中午，天天香火不斷，臨安都要變作香城了。」小圓笑道：「以前只曉得自家是要點香的，倒是沒想過全城一起點香是何等盛況。」

到得程三娘家中，她還在後頭忙碌，小圓一家先在廳上坐了。雖然才端一，這屋內已佈置得極有過節的氣氛，紅紗彩金盤子中間，掛著用菖蒲雕刻成的張天師馭虎像，左右懸圍著左色蒲絲百草霜，百草上頭鋪了雕刻而成的蜈蚣、蛇、蠍、蜥蜴等「毒蟲」，四周簇擁著許多艾葉花朵。

辰哥指著百草霜問道：「娘，這是作什麼的？」當家多年，屋內節物小圓最是熟悉，當即答道：「藥草驅瘟，待到端午採百草製藥品，可以避瘟疫。」

程三娘捧了一瓶子仿生葵榴進來，笑道：「嫂嫂瞧我的生意來了？」小圓見她喜形於色，想必是生意極好，歡喜道：「妳侄子們吵鬧著要來見識姑姑的大買賣。」因小圓是股東，程三娘也不隱瞞與謙虛，照實道：「這幾日，富貴人家都是要買生花的，本來仿生花也貴，窮人家買不起，但咱們的成本少，因此壓低價地賣了，那些無錢買生花的窮人都爭搶著來買幾朵仿生花回去，利薄量大，倒也賺了幾個。」

午哥拱了拱手道：「恭賀姑姑發財。」程三娘笑得合不攏嘴，猶自謙虛道：「發什麼錢？聽說臨安城內外僅『端一』一早，花錢總共收入一萬多貫，我這賺的不過是小錢。」她親手給哥嫂換過茶，又取出些錢，叫丫頭們帶著午哥和辰哥出門去耍。

小圓暗自感嘆，這真是有錢腰板硬，行事也大方，通身都是當家主母的氣派，再也見不著當初那個畏畏縮縮，遇事只曉得往嫂子跟前哭訴的程三娘了。

程三娘問道：「哥哥嫂嫂是專程來看我的？」小圓嗔道：「有什麼話就直說。」程三娘看了看程慕天，小心翼翼地開口：「哥哥納妾了？」程慕天皺眉：「和妳沒關係。」還未開堂，小圓不願到處講實情，便講了些閒話來掩過。程三娘以為觸動了嫂子的傷心事，十分過意不去，忙順著她把話題岔開。

在程三娘家吃過午飯，又到後面的仿生花作坊瞧了瞧，小圓一家便起身告辭，說要去逛街。程三娘問道：「今兒你們怕是趕不回去了，晚上可是回我家來歇息？」程慕天搖頭道：「別院在城東，我們就去那裡歇。」程三娘曉得自家哥哥的脾氣，也不再留，扶著小丫頭的手，送他們到巷子口。

出了巷子，就是御街，小圓立時想逛，程慕天卻道：「晚間的夜市才熱鬧，咱們且先去健身強體館，去遲了怕就關門了。」此話一出，午哥歡呼，辰哥苦臉。小圓看著兩個兒子反應迥異，暗自好笑，叫阿彩在道旁雇了幾頂轎子，一家子坐了，朝健身強體館去。

他們才進門，還沒來得及與薛師傅打招呼，就被一位當庭跪拜的老爺嚇了一跳，午哥大叫著朝旁邊躲，大喊：「折壽呀。」薛師傅忙走過來解釋道：「這是在健身哩。」

跪拜之間，血流得到調節，的確有益於健康，但程慕天與小圓齊齊搖頭，不打算讓辰哥學習此種太過獨特的健身方法。薛師傅瞧出了他們的意思，領著他們朝裡頭走，向小圓道：「妳姨娘中午已和我講過了，說辰哥要鍛煉筋骨，又不願練拳。正巧我們新創了一種健身法，我叫孫大郎來練給你們看。」

孫大郎應聲而來，站在場地裡，先是手足屈伸，後是手左右輕搖，左挽弓，右挽弓，腰胯左右轉，時而俯時而仰。小圓看得忍俊不禁，這不就是一套健身操嗎？他們真真是心思活泛。辰哥跟著孫大哥扭了一時，覺得這個比練拳要簡單得多，當即道：「娘，我就練這個。」小圓聽他這般要求，便將他和午哥留在此處學習，自己則和程慕天到亭中去吃茶。

這個健身強體館乃是前館後庭，佈置得極為清雅，薛師傅介紹道：「今年咱們的會費又漲了，一年交足十貫，才有資格上後頭園子來逛哩。」

平常人家一個月的收入只得三貫，這裡一年的會費卻要十貫，真真是走的高端路線。健身強體館和山中莊子都是小圓的陪嫁，但收益卻是一個天上，一個地下，小圓感嘆道：「什麼時候莊戶能和健身強體館的雇工賺得一樣多就好了。」

不多時，午哥和辰哥學完了健身操，一人拿著本冊子跑過來道：「娘，我們都學會了，孫大郎還給了我們教習冊子，說要是忘了動作就翻看。」小圓謝過薛師傅，一家人重坐了轎子，朝城東錢夫人所居的別院去。

阿雲正在門口張望，見得他們下轎，連忙迎了上去。小圓打趣她道：「咱們晚上逛夜市時再與妳置辦嫁妝，莫要心急。」阿雲心急如焚，連害臊的時間都無，也顧不得講規矩，一把扯住她就朝宅裡拽，急道：「少夫人，趕緊趕緊，大姊為了你們，正和夫人打架。你們要是再遲幾步，怕是要鬧出人命來。」

小圓和程慕天一聽，三步併作兩步奔進二門，果然程大姊和錢夫人正扭作一團，頭髮也散了，衣裳也破了。小圓連忙叫下人們將她們拉開，程慕天卻袖手旁觀，道：「怎麼，最近興打人？」程大姊見他們來了，便住了手，一面喚人來為她重新梳頭整衣衫，一面道：「今兒賣花婆婆上我們家賣花，告訴我說，因你們的妾被人調戲，繼母到處幸災樂禍，生怕別個不曉得。」

雖此事是作假，但妾室被人調戲，講出去終歸是樁醜事，程慕天本來就恨錢夫人，此時更是惱怒不已，沉著臉吩咐了幾個下人：「夫人累了，且扶她進去歇息。」

錢夫人見他們每次一來就先軟禁自己，立時哭鬧不休，程大姊可不是什麼良善的人，豈會由著她性子，尋來一團亂布塞進她嘴裡，叫人拖了進去。她收拾完繼母，又來向小圓求證道：「你們的妾果真是讓鄰居給調戲了？那鄰居是什麼來路，真該一頓亂棒打死。」

楊老爺搬來山中的緣由與何耀弘相關，小圓自然不願講實情，只搖頭說不知。有程慕天在這裡，程大姊坐得不自在，藉說打架打累了，要回去歇息，起身辭了去。

余大嫂帶了仲郎來行禮，那孩子雖學會了作揖，卻是不會喊人。程慕天見了他癡癡呆呆的模樣，很是惱火，臉一沉眼一瞪，把他嚇哭起來。小圓連忙過去哄小叔子，嗔道：「你在姊妹兄弟面前就不能和善些？你看他們，個個都怕你。」

程慕天不以為意，聽那哭聲鬧心，揮手叫人領了他下去，斬釘截鐵道：「明年把他接上山上學，我親自管教他。」午哥爬下椅子，興奮地揮了揮拳頭，道：「我來管他，包管聽話。」小圓拍了他腦袋一下兒，斥道：「那是你小叔叔，休得沒有上下尊卑。」

他們枯坐半晌，阿雲才端出了四盞飲子上來，抱怨道：「夫人如今小氣得很，什麼都藏在房裡，我翻了好半天也沒翻出茶葉來，只好到門口尋賣飲子的小販買了幾碗飲子。」程慕天眉頭一皺要發話，小圓卻道：「節省總比奢侈好，不然爹留下來的那點子錢，根本花不到仲郎成年。」

午哥和辰哥嫌外頭賣的飲子味道不好，鬧著要喝荔枝膏水，程慕天正好也不想在此久留，便道：「咱們還是上外頭走一走，吃過晚飯，逛罷夜市再回來歇息。」小圓曉得他在這裡看著繼母和兄弟只有鬧心的，就依了他，帶著孩子們出去坐轎子，又把阿雲叫上，領她去置辦嫁妝。

阿雲平日裡講起成親諸般事，臉都不紅一下，真到了這時候，卻扭捏起來，道：「我去看作什麼？少夫人作主就是。」小圓幫她正了正頭上的仿生花，道：「成親過日子的是妳，不買些實用的，合妳心意的，怎麼成？」阿雲這才羞答答地低聲應了，喚過路邊的一個滑竿坐了，跟在小圓的轎子後頭朝街上去。

程慕天本打算全家人先去正店吃飯，但大的小的全吵著要去夜市嘗小吃，他雖為家主，在這種時候卻也拗不過娘子和兒子們，只得轉了方向，徑直去夜市。

夜市上的攤位雖多，但全是按貨品不同的用途或門類擺在不同的區域，形成了一個個專門的商業區。算卦謀生的在一處，做小吃的在一處，手藝人在一處，舞文弄墨的讀書人又在一處。除此之外，還有些推車的、挑擔兒的小生意人，在夜市各處流動吆喝，還有人在頭上頂個大盤子，盛滿食品，隨處叫賣。

宋人叫賣吆喝，時興「吟唱」，那些賣小吃的生意人各有其獨特的叫賣聲，在夜市上此起彼伏，交相互應，煞是熱鬧。程慕天怕餓著了家人，先帶著他們上眾安橋，給孩子們買了澄沙糕和十色花花糖，又到獅子巷口給小圓買了雞絲粉。待得眾人將肚子填了個七八分飽，正式動身去逛夜市，意見卻生了分歧。

小圓要帶阿雲去置辦嫁妝，孩子們卻要去看雜耍，本可分兵兩路，但程慕天卻是哪邊都放心不下，於是只得買了輪盤兒給愛玩的午哥，買了糖蜜糕給愛吃甜食的辰哥，哄得他們先陪娘親去逛店鋪。

小圓帶著阿雲一家家店鋪挨著看過，先買了頂黃草帳子，再買了件背心兒，又將那諸般日常用具都置辦了一份。阿雲嫁得比前頭兩個丫頭都好，小圓有意要偏著她些，又怕挑起了她們的矛盾，想了一想，還是罷了。

辦齊嫁妝，雇了幾個人力，叫阿雲領著先挑回別院去，小圓和程慕天陪著孩子們接著逛，途經賣卦的片區，聽見有個賣卦人口中叫著「時運來時，買莊田，娶老婆」，滿街招攬生意，小圓衝程慕天一笑，道：「二郎，你要不要去卜一個？」

程慕天笑道：「我莊田老婆都齊全，已是時運來了，不消算得。」小圓趁著人多天黑，藉袖子遮掩，悄悄伸出小指頭，勾住程慕天的手。後者微微動了動，到底沒有掙脫，小圓心中欣喜立時就滿溢了出來，直覺得夜市上的燈火分外的明亮。

五間樓前大街的瓦子前面，有個賣茶水的茶婆婆，臉上點著三朵金花，敲著個響盞兒，搖晃著腦袋打著節拍叫賣，引來過路客和遊人的陣陣笑聲；有個賣糖人一邊唱著好聽的曲兒，一邊賣糖。

午哥和辰哥見那樣的攤子，全都挪不開步，就連程四娘也圍過去看。好不容易出來一趟，雖然曉得糖吃多了不好，小圓還是狠不下心來拉他們走，便取了幾個錢出來，給他們一人買了塊楊梅糖，又另外多包了幾塊，預備捎回去給仲郎。

夫妻倆一人牽著個兒子，奶娘則牽著程四娘，一直逛到三四更才回別院安歇。第二日一早，小圓將楊梅糖交給余大嫂，又囑咐阿雲幾句，一家人結束了「端一」之行，登車回山。

到得家中，小圓開始忙碌起來，帶著廚娘們將菖蒲、杏梅、李子、紫蘇等物切得細細如絲，撒上鹽曝曬，做成名為「百草頭」的端午果子。又將梅子用糖蜜浸漬，做成釀梅香糖。午哥和辰哥一邊一個挨著娘親，不時偷吃顆杏子，又偷摸粒梅子。家中什麼零嘴兒沒得，偏要擠在這裡偷嘴，小圓覺得好笑，偏心中又暖暖的，便只當作沒看見，任由他們這般沒規沒矩。

端午這天，廚娘們將各種粽子搭成樓閣亭台式樣和車船形狀，放在廳中以供觀賞。小圓親自盯著漏刻，一到午時，便命下人們用青羅做「赤口白舌帖子」的帖子，拿釘子釘到牆上，口中稱「赤口白舌盡消除」。

幾張帖子還未釘完，阿彩捧了一盤子粽子進來，奇道：「少夫人，楊家莊竟使人送了粽子過來。」小圓亦是驚訝，叫她把盤子放到桌上，細細一看，角粽、錐粽、菱粽、秤錘粽，各種形狀的都齊全，不像是敷衍了事。她越發覺得奇怪，命人一一打開，九子粽、松栗粽、胡桃粽、薑桂粽，一樣一個，剩下的全是麝香粽。

她取了一個麝香粽子在手，又是氣又是好笑，「我已有兩個兒子，就是吃點子麝香粽子又何妨？倒是她，不怕聞多了麝香味，再也生不出兒子嗎？」阿彩道：「她不過是妒忌少夫人有兒子罷了，理她作什麼？」

程慕天還是覺得奇怪，將麝香粽子端去給程慕天看，道：「我們與他家的官司，明擺著他要輸哩，為何還這般囂張？」

程慕天心中一直有疑問沒有講出來，見楊家把麝香粽子都明目張膽送到了家裡來，終於忍不住問道：「娘子，姓楊的為何要調戲妳？」小圓一時未明白他的意思，臉漲得通紅，反問道：「你什麼意思？難道也同那些下人一般不相信我？」程慕天見她誤會，慌忙擺手，解釋道：「別個偷情，都是生怕被人瞧見，他卻是恰好相反，非要當著眾多下人的面，妳不覺得奇怪？」

經他這一說，小圓也疑惑起來，「還真是這麼回事兒。我跟他通共才見過一回面，什麼交往也沒得，他為何貿然來調戲我？而且那盒子官粉，他是交給你的，不是交給我的，又在你面前稱是楊夫人所贈，為什麼那天在下人們面前偏偏要說成是他私贈給我的？」

程慕天拍案而起，「我看他就是想誣陷妳。」小圓不解道：「他弄壞了我的名聲，對他有何好處？」這個程慕天卻也是想不明白，兩人正欲分析一番，兒子們卻是尋了來，稱肚子餓了，要吃飯。夫妻倆無奈對視一笑，一人牽了一個，走去飯廳吃粽子。

午哥愛吃有肉的，程慕天幫他剝了個豬肉鹹蛋粽，又動手剝給辰哥，辰哥卻道：「我要吃蒿粽蘸飴糖」。小圓朝桌上看了看，便道：「你總吃甜食，小心牙壞掉。」辰哥低了頭不說話，程慕天愛小兒，忙命廚房砍竹子做蒿粽，小圓嗔道：「看他被你慣的。」責怪歸責怪，她還是認命地站起身，親自去廚房挑了辰哥愛吃的棗子、栗子和核桃，和到糯米裡，預備裝進竹蒿裡蒸。

等她重新落座時，砍竹子的小廝已回來了，手中卻未拿竹蒿，只道：「楊家莊的人在偷砍咱們的竹子哩，想必是也要做蒿粽。我本要上前呵斥，卻聽見他們在議論少夫人，就沒顧上砍竹子，先偷聽了一路。」程慕天忙道：「不怪你誤了差事，趕緊講來聽。」那小廝道：「那幾個楊家莊的小廝說他們家主母傻，還以為他家老爺是真的與我們少夫人有私，特特使人送麝香粽子來，其實他們老爺是因為與我們家少夫人有仇，才存心要弄壞她的名聲來報復哩。」

「有仇？」程慕天與小圓對視一眼，又問：「他們可曾說是什麼仇？」小廝搖頭道：「他們還未曾說這個就砍完竹子走了，因此我沒能聽見。」他抓了抓頭髮，又問：「少爺，要不要帶幾個護院打上楊家莊，討回竹子？」小圓笑道：「當場沒抓，這時候去有什麼用？咱們家的竹子上又沒作記號。你且還去砍竹子，今日之事就當作沒聽見。」

程慕天待得那小廝走後，冷哼道：「這一片山只有我們家有竹子，告他一個盜竊又何妨？」小圓笑道：「你沒聽田大媳婦講過嗎？鄉間習俗與城裡不同，鄰裡間拔幾棵菜吃，砍幾株竹子，並不叫偷。」

程慕天不甘心地嘀咕道：「什麼破習俗。」午哥挪呀挪，挪到他耳邊，故作低聲道：「爹，既是鄉下偷竊不算偷，那我去偷他家的菜吧。」程慕天笑著扯了扯他的耳朵，道：「那幾棵黃蔫蔫的菜，送給我都不要，虧你還想去偷。」

小圓將剩下的幾個粽子攢了一盤，道：「她家送了麝香粽子來，咱們拿什麼還禮？」程慕天將桌子一按，站起身來，到房中磨墨寫了幾個字，出來遞給她道：「去將官衙開堂的時間告訴她，就當還禮了。」小圓亦是和他一樣，被楊家氣得不輕，真個兒將那紙整整齊摺了，使個描金盒子盛著，叫人送了去。

楊老爺的傷雖還未完全好，但早就可以下地行走了，他為了拖延開堂的時間，一直裝著病，這回收到了程慕天的那張「最後通牒」，連忙起來，問旁邊的通房丫頭道：「妳可曉得程家為何等不住了？」那通房丫頭朝楊夫人住的正房努了努嘴，道：「夫人送了盤麝香粽子去給程家，準是程家少夫人生氣了。」

「糊塗。」楊老爺抬臂將一盤子粽子撥到地上，命那通房丫頭將楊夫人叫來。通房丫頭走到正房門口，挨在門框邊上回話：「夫人，老爺請妳過去。」楊夫人見她不敢近前，先生了三分氣，問道：「尋我何事？」

通房丫頭怎會說是自己告的密，站在那裡只搖頭。楊夫人也不再問，攏了攏頭髮，起身朝西廂去，路過門口時，冷不丁將根簪子扎進她的手，罵道：「小賤人，老爺傷還未好，妳就霸著他。」通房丫頭不敢當面頂撞她，默默地將那疼痛受了。

楊夫人將那根還帶著血的簪子重新插到頭上，扶著小丫頭的手走到楊老爺跟前，問道：「老爺，可是嗚姐惹妳生氣了，告訴我，我罰她去。」楊老爺一語未發，先抬手將她扇了兩掌，打得她眼冒金花，怒罵道：「妳竟敢背著我朝程家送麝香粽子。」

對於他與小圓有私情，楊夫人本還是猜測，此刻見他當著自己面維護小圓，就將這罪名落了實，捂著臉苦勸道：「老爺，你要什麼樣的女子，我替你買到家裡來便是，何苦去勾搭別人家的娘子？你調戲程家的妾室，被他告到官衙，這狀紙還沒撤呢，怎的又惦記起人家的正妻來？」

楊老爺被她這番話氣得血氣直朝頭上湧，悔道：「我楊某人當初定是瞎了眼，怎的娶了妳這麼個蠢貨。」楊夫人不敢頂嘴，心道，你還不是看上了我那頗豐的陪嫁。楊老爺將程慕天寫的那張紙遞給她看，罵道：「程家說三天後就叫官衙開堂，都是妳那盤麝香粽子害的。」

楊夫人將那紙看了一遍，見白紙黑字寫得清楚，這才害怕起來，連聲問楊老爺該怎麼辦。楊老爺橫她一眼，「現在曉得怕了？往後給我放老實，不然休了妳。」他將楊夫人趕了出去，喚回通房丫頭，準備歇覺，那通房丫頭伸了流血的手給他看，哭道：「老爺，夫人扎的。」

楊老爺本覺得，讓正房夫人出氣是一個通房丫頭應盡的職責，但這雙手卻叫他想起了被迫送出去的素娘她生母，一時間氣惱難耐，衝到楊夫人房中，將她狠揍了一頓，這才回西廂摟著通房丫頭睡了。

第二日楊老爺起來，叫通房丫頭打水來替他梳洗了，便走到楊夫人房中，命她將厚禮備了一份。他左手提著禮盒，右手故意拄了個拐杖，帶著幾個家丁上程家求見程慕天與小圓。

小圓正準備送兩個孩子去上學堂，聽說楊老爺提著禮物登門，料想是他收到紙條作的反應，命奶娘送午哥和辰哥去上學，再叫程慕天去會楊老爺，自己則在裡間躲著偷聽。

楊老爺沒見著小圓，頗有些失望，將禮物盒子擱到桌上，隨隨便便朝程慕天作了個揖，道：「連日多有得罪，還望程少爺海涵。」程慕天只當聽不懂，端著盞子吹茶沫子。楊老爺見他跟泥塑似的端坐，只得主動道明來意：「這山中只有我們兩家作鄰居，鬧僵了有什麼好處，不如各自退一步，予人方便，自己方便。」

程慕天未放下茶盞，目光卻在不動聲色地打量面前的楊老爺。他頭上一頂皂白逍遙巾，身上一件同色的涼衫，腳下穿的是厚底靴，端的是個講究人，可講出來的話，怎的如此厚顏無恥？

楊老爺許是感覺到他鄙夷的眼光，裝作漫不經心的口吻問道：「泉州市舶司的何耀弘，程少爺可認得？」程慕天先驚訝後恍然，怪不得小廝說他與小圓有仇，原來是與她三哥有仇，遷怒於她。他擱了茶盞子，決定將此事講清楚，道：「何耀弘是我家娘子三哥，但他是何家人，我娘子如今是程家人，何家人與你的恩怨同程家何干？」

楊老爺心裡不以為然，管他何家人還是程家人，反正何四娘是何老三的親妹子，他偷了我的愛妾，我就要壞他妹子名聲。不過這個復仇計畫，如今怕是完成不了了，因為何耀弘一事，要拿來與程慕天作個交換。

「程少爺，你將官衙狀紙撤回，我便不提狀告何耀弘的事，如何？我被你們安放的罪名，正好同他的一樣，你們也不吃虧。」

裡間將耳朵貼著門的小圓記起來了，那天楊老爺調戲她時，口中喚的不是程家少夫人，而是何娘子，想必他早就知曉了她與何耀弘的關係，可惜她當時驚詫莫名，竟未察覺。

門突然被輕輕推開，她未有留意，一個踉蹌朝後倒去。幸好程慕天反應快，及時將她撈了起來，勸道：「這也是沒辦法的事，不過水田一事我並未答應他。」小圓莫名其妙道：「什麼事？」

程慕天笑起來，「還以為妳是聽到了我答覆他的話，才作如此形狀。」小圓將那天楊老爺喚他何娘子的事告訴他，道：「原來他是有蓄謀的。」程慕天安慰她道：「有蓄謀又如何，他的謀劃怕是實現不了了。他已將妳三哥的事拿來與我作了交換，咱們撤狀紙，他就不告妳三哥。」小圓氣道：「這是交換？這明明是要脅。」

程慕天看她一眼，無奈道：「拿妳三哥無法，奈何？」說完又搖頭嘆氣，「妳三哥被人家牽著鼻子走哩，那座莊子他立的不是以莊子換妾室的字據，而是一張借條，所以楊家人才這般有恃無恐。」

小圓苦笑起來，道：「罷了，就當是我也替他做一件事。咱們手裡有了楊老爺的把柄，想必他不敢再打三哥的主意。」她坐到桌邊，將一盞熱茶貼到面上，閉眼良久，問道：「二郎，水田又是什麼事？」

程慕天挨著她坐了，摟住她的肩，笑道：「還能有什麼事，不過就是他得知咱們將水田包了圓場，想要分幾畝罷了，但我並未答應。妳也莫要為此事生氣，實當幸災樂禍才是。據說他家來臨安前，產業已盡數變賣，如今只有些死錢，這下又失了口糧田，往後日子艱難著呢，總有來求咱們的一天。」

小圓嘴角也露出笑來，握拳輕輕捶了他一下，嗔道：「你是個壞人。」

程慕天就勢捉住她的手，朝嘴邊啃了一口，啃完猶自覺得不過癮，又朝她嘴上香去。兩人癡纏了好些時，小圓笑問：「嘴裡為何那般的香？」程慕天臉上紅了紅，取了荷包來與她瞧，原來是塊雞舌香。那是以丁香為原料調製而成的，可含在口中，令口氣芬芳。

他可是從不弄這些花哨的東西的，這是怎麼了？小圓坐到他腿上，勾住他的脖子，半是撒嬌半是詢問，逼他講實情。程慕天的臉越發紅起來，不想說，卻被她跟八爪魚似的纏得緊緊的，只得貼著她的耳朵小聲道：「妳如今能見外客，想必覺得許多人都比我強吧……就連那姓楊的，都打扮得人模鬼樣……」

小圓忍住笑，看著他的眼睛，問道：「你這是擔心我移情別戀？」程慕天的臉皺了起來，不滿道：「有這樣朝自個兒潑髒水的嗎？」

小圓只望著他不講話。過了一時，程慕天深深地將臉埋進她的脖子裡，啞聲道：「娘子，非是我要將妳想歪，我只是……是我自己……」小圓截住他的話，道：「二郎，休要講些自卑自棄的話，我對你的心意如何，你當曉得。」她輕輕撫著他的背，忍不住又玩笑道：「我被你三個孩子套得牢牢的，還能有什麼別的想法。」

「三個？」程慕天疑惑抬頭，頓了頓，悟了過來，驚喜地去摸她的肚子，「娘子，妳又懷上了？」小圓含笑答道：「這個月月事沒來，想必是有消息了，本想喚郎中來把了脈再告訴你的……」

「我去喚郎中，順路問問他是男是女。」程慕天不待她說完，跳了起來，一路衝了出去，轉眼將嚴郎中帶到了她面前。他們進山時，以為嚴郎中僅會醫治小兒疾病，因此帶了兩個郎中上來，後來發現他各科都有鑽研，就乾脆打發了另一個回家，只留了他在山上。

嚴郎中替小圓診過脈，先道了聲恭喜，正要講結果，程慕天打斷他道：「是兒子還是閨女，可能診出來？」嚴郎中愣在了那裡，開始斟字酌句，小圓見他為難，嗔程慕天道：「虧得你還是略懂些醫術的人，才個把月的胎，還未成形呢，哪裡診得出來？」

程慕天樂呵呵傻乎乎地摸了摸頭，笑道：「是我糊塗。」他領嚴郎中去隔壁開過安胎方子，走回來向小圓道：「方子雖開了，但我曉得妳不會吃，我叫廚房另為妳燉雞湯？」

小圓笑道：「懷一個，你緊張一回，這都第三趟了，還這樣？」程慕天將她攔腰抱起，放到榻上，道：「這個不一樣。」小圓奇道：「怎麼不一樣？」

「這個是閨女。」程慕天將耳朵貼到她肚子上，肯定地道。小圓樂道：「我看你是擔心那麼些杉木花不出去。」程慕天竟不否認，聽完她那根本還聽不出動靜的肚子，走到桌前去翻帳本，念叨著，待到十七年後，坡上的杉木正好成材。

十七歲，大概是宋人嫁女的極限年齡了，小圓又是一陣暗笑，心道，若真生個閨女，怕是午哥和辰哥都要失寵。

程慕天還記掛著她懷辰哥時，因為勞累差點小產的事，因此這回就對她實行了保護政策。早上她要送午哥去上學，不許；課間她要親自去送小點心，不許；中午給辰哥做個菜，還是不許；就連晚上陪孩子們玩一會兒，他都以孕婦不宜太過勞累為由，硬生生將她攔住。

如此幾天下來，別說小圓受不了，兩個孩子也覺得受了冷落。他們並不曉得娘親懷了身孕，對她最近的變化很是不解，於是湊到一直嘀嘀咕咕，辰哥問道：「哥哥，娘親為何不理睬我們了？是不是我不乖？」午哥嘿嘿一笑，「就是你不乖，誰叫你每日背一首詩的，娘肯定是嫌你背多了。」辰哥癟了癟嘴，垂著小腦袋想對策。

午哥從自己的桌子上跳下來，走到他桌子前，將那些詩詞歌賦的書扔了老遠，道：「往後這些詩呀詞呀，只許隔一天背一首。」說完，拽著他的胳膊出門，徑直朝山上走。爬到半山腰，再從另一面下來，直朝小河邊去。

他們一出門，就有小廝跟了出去，另有人回話，報與程慕天和小圓知曉。這時候是下午，本來就不是上學的時間，因此程慕天很大度地揮了揮手，只命小廝們小心照管，任由他們去耍。

小圓憂心道：「必是他們覺得受了冷落，才自個兒到山上去玩。」程慕天幫她吹著養生補血湯，道：「我是怕小孩子嘴不嚴，把妳懷了身孕的事講出去了，這才瞞著他們。」

小圓亦是曉得，懷孕未滿三月不可叫旁人知曉，但哪能懷了小的就不理大的？她不滿地道：「郎中都說我胎象極穩的，偏你不放心，我陪幾個孩子玩一會子，能怎的？」程慕天嚴肅地回答道：「老人們講過，懷著身子時，見著什麼就像什麼，妳若是成日讓兩個調皮兒子在跟前，生的必定還是兒子。」

這是什麼歪理論？小圓伏在桌上笑了好一會子，道：「要不，咱們把三娘子家的妞妞借來養幾日？我天天看著閨女，想必就生得出了。」她一句玩笑，程慕天煞有其事起來，摸著下巴自言自語：「三娘子的妞妞太小，不如妳妹妹雨娘……」

小圓又是暗笑不止，不過他提雨娘，倒是叫她想起件事來，喚來阿彩吩咐道：「使人去薛家問問陳姨娘，看看雨娘有無穿舊的小衣裳，搜羅幾件來。」程慕天親自去翻箱子，道：「這裡不是還有？」小圓道：「家裡的都是男娃娃式樣的，我是去討些女娃娃穿的鮮亮衣裳來。」程慕天不樂意了，「作什麼穿人家的舊衣裳，我下山扯布，做新的給她。」

「爹，你要做女娃娃的衣裳？正好，也做兩件給素娘吧。」午哥赤條條水淋淋的，不知從哪裡鑽出來，後頭還藏著個同樣沒穿衣裳，渾身精光的女娃娃。小圓兩口子定睛一看，居然正是他口中所說的素娘。

奶娘將午哥、辰哥和素娘領下去洗澡穿衣裳，緊跟著趕來的小廝氣喘吁吁，驚魂未定，稟道：「少爺、少夫人，楊老爺在後頭追來了，其他人正攔著他呢。」程慕天惱道：「快些把他女兒送出去，好似我們拐騙一般。」奶娘得了他的催促，澡也顧不得給素娘洗，取了件午哥的舊衣裳為她穿了，交由小廝帶出去。

不料楊老爺接到女兒，不僅不肯離去，且見了她身上的衣裳，更是不依不饒起來。程慕天無奈之下親自出門問他，原來午哥同素娘兩個脫光了衣裳在河裡戲水，被路邊的楊老爺瞧見了，他認定午哥敗壞了他家女兒的名聲，要來討個說法。

楊老爺拉扯著素娘身上的衣裳，憤慨道：「你家兒子誘騙我家閨女也就罷了，還給她穿自己的衣裳，是何居心？」程慕天被他氣得樂起來，笑道：「我是個講究規矩的人，卻也曉得男女七歲才不同席，你家閨女同我家兒子才五歲，在一起游個水能怎的？再說你憑什麼說是我家兒子誘騙了你家女兒，我還說是你家女兒誘騙了我家兒子呢。瞧瞧我家娘子三哥的下場，就是你家誘騙的，家風擺在那裡呢。」

楊老爺沒料到他口齒如此伶俐，罵起人來髒字都不帶，愣了愣才反應過來，還擊道：「一同游水是沒什麼，但他為何要脫光了我家閨女的衣裳？」

午哥為何要脫光素娘的衣裳？這個問題，程慕天卻也不知，但相比楊老爺的著急上火，他是氣定神閒，反正他的午哥是男孩子，怎麼也不吃虧。楊老爺一見程慕天的表情，就猜到了他在想什麼，攥起拳頭衝過去想揍他。程福一個箭步跨過去，攔到他二人中間，道：「楊老爺，這事兒我雖不知詳細，但素娘是自個兒上河邊去的，是也不是？既然她是自願的，出了事兒，當先怪你這做父親的照管不力，怎的倒怪起五歲的小鄰居來了？」

這話讓楊老爺理虧，講不出辯駁的話來，他又見程家小廝們開始操起棍棒鐵鍬，趕忙抱起素娘往回走，邊走邊留話：「你們休想仗勢欺人，這門婚事也休想賴掉，我明日就尋媒人來。」

程慕天回房將他的這番話當作笑話講給小圓聽，且諷且笑道：「楊家人行事，個個都詭異得很，莫非腦子有毛病？」午哥換好衣裳，溜達出來，道：「除了素娘。」

程慕天揪過他，嚇唬他道：「你為何要脫自己和素娘的衣裳？不怕別個送你去官府？」他這樣講究規矩的人，居然沒有出手教訓孩子，小圓暗暗稀奇。

午哥大叫冤枉，道：「我和弟弟脫光，是為了游水不把衣裳弄濕，我們碰見素娘時，她已脫了衣裳，正在掏蘆葦叢裡的鳥蛋呢。」

「掏鳥蛋？」程慕天有些不相信，「那孩子雖是庶出，但楊家會放任她這般的野？」奶娘接話答道：「聽說楊夫人從沒讓素娘吃飽過，她只好偷偷溜出來掏鳥蛋烤著吃。」

小圓聽了這話，在旁唏噓不已。程慕天卻是向來對別人家的孩子沒有什麼同情心，只再次問午哥：「這樣說來，今日之事同你毫無干係？」午哥答了個「是」，程慕天又問：「那你為何光溜溜地帶了她回家來？」午哥抓起桌上的頻婆果狠狠啃了一口，憤慨道：「才碰見素娘，話還未講幾句，她爹從河邊路過瞧見了我們，就罵我是小浪蕩子、小登徒子。我雖不怕他，卻擔心素娘被他打，因此招呼小廝們攔住他，自己帶著素娘跑回來了。」他說完又問：「爹、娘，浪蕩子和登徒子是什麼意思？」

程慕天毫不猶豫答道：「就是素娘他爹那樣的人。下回他若再罵你，你就罵回去。」小圓雖然也生氣楊老爺那般惡毒地罵自家孩子，但還是輕拍桌子責怪道：「有你這樣教導孩子的嗎？方才你以為素娘的衣裳是午哥脫的，卻沒因此打他幾下，我已覺得奇怪，這會兒還教起他這樣的渾話來。」程慕天不以為然，道：「是他家女兒不守規矩跑到河邊去，午哥又不曾做錯什麼，我打他作什麼？」

小圓怔道：「原來你所謂的規矩都是給女人守的，輪到男人這裡，就沒得『規矩』一說了。」「當然有。」程慕天坐到她旁邊，向午哥教導規矩，「不許去楊家莊尋素娘，聽見沒有？」

小圓衝他們父子倆翻了個白眼，扶著阿彩的手站起來，準備去看看阿雲的成親宴準備得怎麼樣了。程慕天及時發現了她的意圖，強行拉她坐下，連酒水單也不許她看，免得她費神。

小圓無奈地倚到楊背上，道：「我不過是看看，又不親手做什麼，哪裡就傷神了？倒是楊家莊不住地上門挑事，該想個法子才是。」程慕天命奶娘將午哥帶了出去，喚來程福，吩咐他加派人手守宅子，不許楊家人靠近。

他們這回卻是料錯了，楊老爺並不是要藉著素娘的名聲挑事，而是真的上門提親來了。

程慕天和小圓兩口子目瞪口呆地望著廳中來人，竟是一個穿紫背子的上等媒人，手裡拿著一份帖子，對他們行禮微笑。

小圓穩了穩神，道：「咱們家無適齡小廝，有位夫子倒是單身，可惜馬上就要成親了。」那媒人對她的話很是不滿，道：「少夫人看我身上的服色，也當曉得我是為主人提親來的。」說著將手中的帖子遞過去，道：「這是楊家素娘的生辰八字，少夫人且拿去找算卦人和一和，若是合適，咱們就把草帖給換了。」

程慕天見她講得定定的，一盞子茶差點端不穩，驚道：「哪個要與他家作親？休胡說八道。」

紫背子媒人奇道：「楊家老爺不是已與你家議定了嗎？我今日來，也不過走個過場。」小圓只覺得荒謬，道：「我家兩個兒子，大的五歲，小的三歲，妳認為哪個到了成親的年紀？」紫背子媒人笑道：「哎喲，少夫人，指腹為婚的都不在少數，娃娃親算得了什麼？」

程慕天奪過小圓手中的八字，幾下撕了個粉碎，怒道：「回去告訴姓楊的，休要打我家兒子的主意，小心我叫他吃不了兜著走。」

八字被撕，差事辦砸，不僅收不到錢，名譽也會受損，紫背子媒人著急起來，道：「程少爺，你非要我把事情挑明？你家大兒欲對楊家素娘圖謀不軌，楊家老爺可是親眼所見，你不娶人家閨女，是想把她往死路上逼？」

程慕天不願與一個媒人鬥嘴，喚了田大媳婦來罵她。田大媳婦同阿彩一邊一個拽了媒人的胳膊，拖到大門口扔了出去。田大媳婦站在臺階上嘻嘻笑道：「紫媒人，咱們山裡的男娃娃女娃娃，光著屁股到處跑的多的是，照妳這般說，都得結個親家？」

紫背子媒人自覺得受了奇恥大辱，爭辯道：「楊家老爺的閨女乃是正經小娘子，怎能同山裡娃娃一般看待？」阿彩自上回見識過老爺的德性之後，對楊家莊的人都無什麼好感，一口啐到她臉上，嘲諷她道：「還正經小娘子，自個兒脫光了衣裳去掏鳥蛋，倒要誣陷咱們午哥，好不要臉。」

這話傳到小圓耳裡，她頗有些不快，責備阿彩道：「素娘是個苦命的，不去掏鳥蛋，難道等著嫡母將她餓死？楊老爺雖可惡，咱們卻不能遷怒孩子，那不是厚道人的做法。」阿彩本不是刻薄的人，實在是被楊家莊的行事作派氣暈了頭，聽了這番批評自是無話可說，當即低頭認錯，答應再不將大人間的事牽扯到孩子身上去。

且說那有資格穿紫背子的媒人，臨安城通共也無幾個，她們長年行走在達官貴人和有錢富豪之家，極是好臉面和名譽。那替楊家上程家提親的媒人，自認為丟盡了面子，氣呼呼地撐著清涼傘到得楊家，將楊老爺好一番數落，怪他道：「楊老爺是信不過我這一張嘴？既是八字還沒一撇，就實話告訴我，我好去與程家好生說道說道。我千不該萬不該信了你的話，什麼他程家要面子，必會答應這樁親事，我呸，我是被人架在丟出來的，這張老臉算是為你們楊家丟盡了。」

楊老爺犯了迷糊，疑道：「他程家曾是臨安城鳳凰山下赫赫有名的富商，我在城中找了些三教九流的人問過，都道他家程二郎最是講究規矩要面子的一個人，他怎麼不同意這門親事？」

紫背子媒人重重拍了大腿，叫道：「哎喲，我的楊老爺，不是我嫌棄你們泉州村人，那再怎麼規矩，也是給女人講的。他家午哥是個男孩子家，就算不是五歲而是十五歲，見著了你家閨女沒穿衣裳的模樣，丟臉的也是他的臉，不是程家。」

楊老爺一張臉臊得通紅，急道：「我怎會曉得小女偷跑到河邊去玩耍，必是下人看管不來所致。」紫背子媒人酬金還未拿到手，不好繼續奚落他，緩了口氣安慰他道：「你家素娘不過才五歲，偶爾被人瞧見了身子也不是什麼大不了的事，莫要傳出去就是了。」

楊老爺還是急，道：「萬一傳出去呢？我最心愛的閨女就這麼一個，可不能因為此事斷了她終生的幸福。」楊夫人在簾兒後頭偷聽多時，終於忍不住衝了出來，拍著桌子一把鼻涕一把淚道：「一個庶出的賤丫頭，你將她說成是你最心愛的閨女，把我們嫡出的紫娘置於何地？」

楊老爺恨極她在媒人面前給自己丟臉，一把揪住她的衣裳，將她拎進裡屋，拳打腳踢一頓，怒罵道：「要不是妳刻薄素娘，令她缺衣少食，她又能怎會耐不了飢餓跑去河邊偷鳥蛋吃？若不是去河邊偷鳥蛋吃，又怎會被程家的兒子看了個精光？妳害了她的生母，如今又要來害她？」

他又一腳踢中了楊夫人的肚子，令她疼痛難忍，眼前一黑，差點暈死過去。她一手捂著肚子一手撐地，強辯道：「偷鳥蛋和脫光衣裳有什麼關係，她就是同她生母一般，是個下賤貨。」楊老爺一想到這個，更是心痛難忍，一巴掌扇到她嘴角流血，罵道：「她是擔心弄濕了衣裳被妳責罵，這才脫光了下水。」

楊夫人還要辯，腹中突然一陣絞痛，再也忍不住，慘叫一聲暈了過去。楊夫人娘家在泉州有些勢力，楊老爺著急了，連忙喚來通房丫頭將她扶到床上去，又催小廝去程家請郎中。

嚴郎中還記恨著楊夫人稱他是「江湖郎中」，坐在桌前不肯動身，道：「我只是個『遊醫』哩，醫治不好她這尊大佛，且叫她另請高明吧。」阿彩責怪他道：「所謂醫者父母心，你怎能如此行事？」嚴郎中彈了彈袍子，不以為然道：「我只聽命少東家。」

小圓懷著身孕的人，心思敏感，聽說楊夫人腹中疼痛，下體流血，擔心她是小產，連忙推了推程慕天。程慕天亦不是那般惡毒之人，做不出見死不救的事體來，便以主人身分下了命令，叫阿彩替嚴郎中拎著藥箱子，上楊家莊去瞧病。他怕楊夫人有個好歹，賴在程家頭上，又喚來了幾個練過功夫的護院家丁，命他們一路護送。

小圓沒有料錯，楊夫人的確是小產了，她躺在床上面如死灰，嘴裡絮絮叨叨：「老爺一個月僅有兩三天是在我房裡，我哪裡想得到是有喜了？還道是月事不穩……」楊老爺心有愧疚，躲著不敢來見她，只叫兩個閨女去床前伺候。楊夫人見了素娘，眼都氣紅了，不顧身下血水未止，探起身子揪住她，下死命扇了幾掌。

素娘才五歲，臉蛋粉嫩粉嫩，叫她這幾掌一扇，立時紅腫起來，她雖拚命忍著沒叫出聲，但還是讓楊老爺曉得了。他捧著小閨女的臉看了一時，竟摟著她哭起來，「我沒護住妳娘，叫她受了算計，如今又護不住妳，真是枉為妳父親。」

他越哭越傷心，竟命人備了滿滿三擔子貴重的禮，取了素娘的生辰八字，親自到程家去提親。

楊老爺去程家提親，毫無意外地吃了個閉門羹，守門的小廝說天色已晚，主人家不見外客。楊老爺抬頭望了望，雖說已近晚飯時分，但天還未黑，怎的能叫「天色已晚」？然而守門的小廝是不聽他分辯的，將大門哐噹一聲關緊，再也不露面。他沒辦法，只好叫跟來的下人將那三擔子禮物挑了，重新走山路打道回府。

程慕天和小圓兩口子此時正忙得不可開交，辰哥大概是吃多了糖，牙齒疼起來，連飯都吃不下。小圓抱著哭泣的小兒子一籌莫展，恨不得陪他一起哭。程慕天安慰他們道：「許是他現在用的刷牙子和牙粉不好，明日我去城裡金巷子的傅官人刷牙鋪，買最貴的來給他。」

過了一時，嚴郎中自楊家回來，聽說辰哥牙疼，便取出個偏方來，使人搗了花椒，讓辰哥咬於壞掉的牙齒處，暫時緩疼痛。他聽小圓說要下山買刷牙子和牙粉，建議道：「平日使用的是要買，但這顆牙齒還是去尋陳牙醫拔掉的好。」

辰哥一聽說要拔牙，嚇得抱著小圓的脖子大哭道：「娘，我再也不吃糖了，我不拔牙。」小圓也是個怕拔牙的人，又是急又是心疼，不知怎樣安慰他才好。嚴郎中笑道：「陳牙醫之所以有名，就是因為他有一種以山茄花和火麻花研磨製成的『睡聖散』，只消服一錢，即可令人昏睡，待到牙齒拔完，被拔牙者還不知牙齒已掉。」

小圓暗忖，這「睡聖散」大概就是同麻醉劑差不多的東西，只是全身麻醉對孩子有無害處？她不再猶豫，辰哥捧著腮幫子又在喊疼。大宋可沒有局部麻醉一說，她將牙一咬，替辰哥拍板道：「明兒叫你父親帶你去陳牙醫那裡，服了『睡聖散』好拔牙。」辰哥賴在她身上扭作一股兒糖，嘟囔道：「我不去，不去，不去……」

午哥最見不得他這般黏黏糊糊的模樣，一把將他揪下來，點著他的鼻子一責備道：「不就是拔顆牙，沒什麼好怕的。」辰哥最服兄長的管教，低了頭，乖乖地由他牽著手下去了。

程慕天不放心那「睡聖散」，同嚴郎中討論起來，小圓在旁聽了一時，心中不免忐忑，扯了扯程慕天的袖子，道：「沒有別的麻醉方子了嗎？」程慕天便問嚴郎中道：「這『睡聖散』乃是新方，沒得『麻沸散』？」嚴郎中點了點頭，自他的藥箱底層尋了本唐人所編集的《華佗神醫祕傳》

出來，翻到「麻沸散」配方一頁，遞到他們手中。

程慕天接過書來，小圓湊在他旁邊一同瞧去，按書中所述，麻沸散的成分是羊躑躅、茉莉花根、當歸和菖蒲，後頭幾種藥材小圓都認得，只有羊躑躅沒有聽說過，向嚴郎中一問，原來就是黃色映山紅。她從程慕天手中拿過書又看了一遍，歡喜道：「就是這個麻沸散，還要勞煩嚴郎中配藥。」

嚴郎中笑道：「我上山來可不就是做這個活兒的。」他收好書，當即去將藥材配齊，第二日天不亮，便由阿彩打下手，將麻沸散煎了一碗，使個瓷罐裝了，帶著程慕天和辰哥尋陳牙醫拔牙。

陳牙醫與嚴郎中相熟，故意怪他道：「怎麼，嫌棄我的『睡聖散』，還特特地自己帶藥來？」嚴郎中此番是領小主人來拔牙，不敢大意，拱手道：「辰哥還小，怕疼哩，勞煩下手輕些。」陳牙醫大笑道：「你這是不相信你的『麻沸散』？」

他雖說笑，到底還是格外上了心，先撫慰了辰哥一番，餵他服下半碗「麻沸散」，待得他睡得沒了痛覺，這才將一根沸水煮過的絲線纏到他壞牙的椿部，使足了勁兒乾脆利索地一扯，一顆小牙齒便隨著絲線被拉了出來。他將牙齒擱到盤子裡，馬上取了止血的藥粉敷到牙床處，又提筆寫了藥方子交給程慕天，叮囑他這幾日藥讓辰哥按時服藥。萬事妥當，程慕天拿起那顆牙齒瞧了瞧，只見上頭一個大洞，他皺了皺眉頭，心道，看辰哥往後還敢不敢吃糖。

過了一時，辰哥醒來，但還是迷迷糊糊狀，程慕天親自抱了他，上刷牙鋪買了上好的刷牙子和牙粉，坐車回山。才行至半道，辰哥拔過牙齒的地方疼痛起來，哭著要娘親。程慕天哄了他好半天也止不住他的淚，急得手足無措，好不容易到家，他抱起辰哥跳下車就朝裡衝，大喊：「娘子，快來哄妳的寶貝兒子。」

小圓接過辰哥輕輕拍著，卻顧不上哄他，向程慕天道：「你去了這一整天，楊老爺就來尋了你一整天，還道你是故意躲他的。」程慕天嗤道：「躲他？我犯得著？」說完又緊張地問：「妳沒放他進來吧？」小圓掏了手帕子給辰哥拭淚，道：「他連咱倆宅子邊兒都沒碰著，程福帶著幾個護院把他攔在田邊了。他不知是不是中了邪，明知程福不會放他過來，還三番兩次地去問，一副不見到你不甘休的模樣。」

程慕天得意地大笑道：「看來我兒子吃香，才五歲就有小娘子哭著鬧著要嫁他。」午哥跟著奶娘來探望弟弟，聞言問道：「爹，哪個要嫁我？」程慕天把他朝辰哥面前一推，道：「你才幾歲，曉得什麼叫嫁什麼叫娶？你弟弟今兒受了苦，你好好陪他玩一玩是正經的。」

午哥自荷包裡掏出一粒糖來，使兩個指頭捏住，到辰哥嘴邊晃了晃，笑問：「哥哥特意留給你的，吃不吃？」辰哥嘴裡還在隱隱作疼，又捨不得那粒糖，含著淚，眼巴巴地看了又看。小圓瞧著直好笑，道：「真不知你是不是和管糖的神仙一天生的，你哥哥怎麼不似你這般愛吃糖？」說著拍了午哥的手一下，嗔道：「明曉得你弟弟這幾日不能吃，還來逗他。」

午哥將糖塞進自己嘴裡，鼓著腮幫子道：「哪個叫他刷牙不仔細？他若能分出一半背書的心來好好刷一刷，也不至於爛了牙。」小圓聽了他這話，立時喚過奶娘來問。原來奶娘老思想，認為小孩子不似大人，刷不刷牙的無所謂。程慕天今兒親眼看了辰哥拔牙的「慘狀」，本就心疼不已，此時聽說是奶娘的疏忽才造成了這個後果，惱怒非常，執意讓小圓把她辭了。

小圓亦是生氣她不聽主人的話，讓辰哥小小年紀就受那拔牙這苦，便依了程慕天，叫田大媳婦領了她下去結工錢。辭退個奶娘本不是什麼大事，但余大嫂如今不在，去了這一個，就無人照管小哥倆，小圓望著程慕天笑道：「今晚咱們帶著兒子們睡？」

程慕天看了看她微凸的小腹，皺眉道：「小孩子睡覺不老實，踢著妳了怎麼辦，不如今兒我帶他們睡一晚，明日派人去把余大嫂接回來。」小圓問道：「沒了余大嫂，仲郎怎麼辦？」程慕天道：「反正阿雲成親後也要回山，不如讓她們帶著仲郎一起回來。」他見小圓臉上露出不悅的神情，連忙補充道：「仲郎和辰哥同歲，也該啟蒙了，我也讓同四娘子住一進院子，煩擾不到妳。再者，他讓繼母那般教導著，萬一長成個惹事生非的人，將來是要給午哥和辰哥添麻煩的。」

小圓無奈苦嘆道：「都說長嫂如母，我這膝下孩兒，可真夠多的。」程慕天自覺得虧欠了她，便將今日在城中買的刷牙物事拿出來獻寶，道：「我買的不是牙粉，乃是牙膏。這個綠瓷盒子裡裝的是將沉香、白檀香、蘇合香、甲香、龍腦香和麝香搗成粉，再用熟蜜調成的。」

為小叔子傷了夫妻感情多不值當，小圓順了他的意，將方才的話題拋到了一旁，微笑著接過盒子來瞧了瞧，道：「有麝香呢，給孩子們用。」

程慕天另取了個紫花描金盒子給她，道：「這是用黃熟香、沉香、檀香、藿香、甘松、麝香、甲香和丁香皮搗成的粉，用蘇合香油和熟蜜調成的。」說完，不待小圓應聲，先自嘲起來：「瞧我這腦子，這裡頭也有麝香，怎的忘了妳在孕中？」

多年夫妻，心事不消講出口，自是明瞭的，小圓寬慰他道：「方才是我任性，其實家中下人甚多，照顧仲郎根本無須我傷神。」說著牽了他的手，放到自己的小腹上，笑道：「必不負你眾望，天塌下來我也不理會，只替你把閨女安安穩穩生下來。」

程慕天感激一笑，將那兩個盒子放到一處，道：「午哥一盒，辰哥一盒。」小圓見包袱裡還有個圓圓的小盒子，卻是玉雕的，盒面上浮起小朵茉莉花，十分精緻。她打開來聞了聞，香氣撲鼻，便問程慕天這個是什麼。程慕天拍了拍腦袋，笑道：「差點把它忘了，這是特特買給妳的，龍腦香、乳香和青鹽搗成粉，用熟蜜調成的糊糊，就這個裡頭不含麝香，我在刷牙鋪挑了好半天呢。」

小圓將雕了茉莉花的玉盒子打開，用小指頭挑了一丁點兒的香料熟蜜牙膏嘗了嘗，笑道：「又香又甜，辰哥恐怕會把這個當糖吃。」程慕天聞言，把另兩個盒子裡的糊糊也挑了點兒嘗了嘗，同樣是香甜可口，他笑著搖頭道：「果然好吃，不過這樣的牙膏本來就是清新口氣用的，對於防止壞牙並無多大用處。」小圓將三個盒子疊起來，隨意擺到桌邊，道：「辰哥是要防蛀牙，你得想輒呀。」

程慕天取了幾個小紙包出來，道：「我找陳牙醫討要了兩個牙粉方子，專防壞牙的。妳且先去睡，我來給辰哥配製。」小圓靠在他身旁，將臉貼在他胳膊上，低聲笑道：「一個人睡不著，我陪著你製牙粉。」程慕天笑話了她幾句，取了個縫了湘妃竹面兒的軟墊來給她坐，這才動手配製牙粉。他先將曬乾搗末的松脂和茯苓用個小小的篩子篩了一下，裝進一個胖娃娃形狀的白瓷罐裡。接著又取了曬乾搗末的苦參粉，同樣拿小篩子篩細，裝進一只淺口盒子裡。

小圓感嘆他這父親做得真稱職，連牙粉還特特備兩樣不同的。程慕天謙遜地笑道：「松脂茯苓粉雖好，卻不是和刷牙子配合用的，因此另配了一樣。」他見小圓一雙眼好奇地盯著那粉，便當場演示了一遍。用小勺子舀了一勺配好的牙粉，倒進嘴裡，再喝一口水，咕嘟嘟漱幾下，然後吐出來。

小圓笑道：「這哪裡是刷牙，不如說是漱口。」程慕天點了點頭，取了淺口盒子在手，道：「妳教辰哥拿我買的刷牙子蘸清水，灑上這苦參牙粉，早晨晚上各一次，能防壞牙。」小圓撒嬌道：「那我也要用。」程慕天甘願受這樣的驅使，任勞任怨又篩了兩盒子，一盒子給午哥，一盒子留給他兩口子自用。

小圓歡歡喜喜捧了苦參粉回房，取了程慕天新買的刷牙子來刷牙，平日她使的刷牙子的柄是玳瑁做的，這回新買的刷牙子卻是象牙材料，長柄上還雕了花紋防滑，頭上鑽了兩排小孔，用絲線紮著馬尾毛。她愛這物事的精緻，又不免埋怨貴重奢侈太過。程慕天也不解釋，只以手示意，讓她試一試再說。

小圓依著他方才所教，拿刷牙子蘸了清水，灑上苦參牙粉，放進嘴裡刷了幾下，驚喜道：「這刷牙子的毛比平日使的軟。」程慕天笑道：「現在曉得好了？這馬尾毛是用藥水泡過的，不似咱們以前用的，一不小心就刷出滿嘴的血，也不怪辰哥不愛刷牙。」小圓刷完牙，問道：「象牙刷牙子價格不菲吧？」

程慕天正含著刷牙子，含含混混答道：「還好，這象牙成色不算好，一柄只需一貫錢，午哥與辰哥用的那種小的，更是只消半貫。」小圓愣了愣，這位大少爺還真是改不了奢侈習性，看來更是要加緊賺錢才行了。

第二日早上起來，程慕天去喚程福，叫他下山接仲郎，小圓則去監督辰哥刷牙，教他如何灌水，如何灑苦參牙粉。苦參的味道可不怎麼好，辰哥把刷牙子才放進嘴裡就拿了出來，抓起杯子一陣猛漱，然後抬頭：「娘，我刷好了。」小圓望著他半晌沒言語，心道，你和你哥哥某種程度上還真是相像，不愧是親兄弟。

午哥跑完步從外頭回來，一巴掌拍在辰哥頭上，作為兄長對弱弟打招呼的方式，辰哥似乎習以為常，擱了杯子和刷牙子，規規矩矩向他行禮。小圓腦中靈光一閃，拉住午哥道：「你弟弟不好好刷牙，這事兒我交給你管，如何？」

午哥欣然領命，磨拳擦掌，衝辰哥道：「趕緊刷牙，待我練完拳再來檢查，若是有一顆牙齒沒刷乾淨，下午放了學就不帶你去河邊玩。」辰哥就怕這樣的威脅，老老實實重新端起杯子，拿起刷牙子開始刷牙。小圓衝午哥樂道：「好兒子，別忘了還要盯著他練那健身操，辛苦你這做兄長的了。」

午哥拍著胸脯道：「娘儘管放心，哪個叫我是做哥哥的呢？」小圓一路笑回房中，向程慕天講了方才情景，道：「原來生兩個有這般好處。」程慕天有些心不在焉，答道：「那妳以後省心了。」

小圓見他神色不對，連忙問緣故。程慕天指了指外頭，道：「姓楊的又來了，我雖不怕他，可這樣成日來鬧，我連門都不敢出，生怕被他纏上了。」小圓道：「那不如請他進來，將事情講個清楚。」程慕天深思片刻，點頭道：「也好，我已有了說辭，妳只在房裡坐著，且等我去會他。」

楊老爺在那田埂處等得焦急，見田大帶了人請他進宅子，大喜過望，下山時踩著了自己的袍子角，差點跌個跟頭。進了程宅，田大媳婦請他到廳上坐了，端出一盞龍井茶，卻是清清淡淡，什麼也沒有加。他不禁暗忖，難不成程家果真窮了，服侍的下人連點茶的手藝都沒得。他坐了一時，程慕天還沒出來，只好無聊地打量起屋子來，手邊的小几上插著一瓶子野花，牆上掛著一副繡品，繡工甚是粗糙，幾樣家什也不是檀木，倒像是不足年的杉木所造。他屈指敲了敲椅子扶手聽那聲響，心裡有些打退堂鼓的意思。

他雖犯嘀咕，但目光還是繼續掃呀掃，突然被圓桌上的三個盒子吸引住了，一個綠枝白瓷盒、一個紫花描金盒，還有一個竟是上好的羊脂玉所雕，他禁不住心中好奇，不由自主站起身，走到桌邊取了那玉盒子，掀開蓋兒聞起來。

他只覺得這盒子糊糊香氣撲鼻，卻不認得是什麼物事，但這盒子都能值十幾貫，想必裡頭盛的東西更為值錢。他那搖擺不定的心突然就穩了下來，所謂瘦死的駱駝比馬大，將素娘嫁入這樣的人家，她該是有福享的。

程慕天站在簾子處，盯著他看了好一會兒，才朝旁邊的丫頭抬了抬下巴，小丫頭打起簾子，他微微低了頭走進去，踱到桌子旁，道：「怎麼，楊老爺對牙膏感興趣？」

這是牙膏？楊老爺不好意思說自己不認得，便問道：「我瞧這成色不錯，哪裡買的？」程慕天答道：「金巷子口的傅官人刷牙鋪，應有盡有。」楊老爺有心要打探，又問：「不知幾個錢能買一盒？」程慕天看了看他手中沒捨得放下的白玉盒子一眼，道：「這個四十五貫。」再指了指紫花描金盒，「那個三十貫。」最後將綠枝白瓷盒掂了掂，「這個最便宜，只需二十貫。」

程家在泉州富甲一方，看來這臨來的散枝也極有錢，楊老爺暗地將程家的家產與他家的比了比，發現他楊家的家產僅夠多買這樣幾盒牙膏的。他想起頭一回見面鬥雞的事體，楊夫人嫌程家無錢，將三貫一局換作三文一局，想必已叫程家人笑掉了大牙。

程慕天見楊老爺將那白玉盒捏了又捏，恨不得將他的手剁下來，幾步跨到主座上坐了，大聲問他的來意。楊老爺回過神來，忙把盒子小心放下，自袖子裡掏了兩張帖子來遞過去。程慕天接過來一看，一張是素娘的生辰八字，他毫不客氣擲到地上，道：「這個東西，那天我已經撕過一回了，不想再撕。」另一張，卻是一份嫁妝單子，上面列著些日常器皿動用之物。程慕天一點兒情面也不留，抖著帖子嗤笑道：「楊老爺這是嫁女還是嫁丫頭，我娘子的貼身大丫頭過幾日正好要出嫁，要不要將她的嫁妝單子給你瞧瞧？」

楊老爺會錯了意，還道他不答應這門親事，是嫌嫁妝少，忙道：「來得匆忙，未曾寫全，我回家另備份厚的來。」

程慕天吹了吹茶，慢慢啜一口，道：「不怕你嫌我勢利，我程家如今雖落魄，但也不是你高攀得起的，你想把閨女塞到我們家也不是不行，且等有能耐備一份襯得起程家聘禮的嫁妝再說吧。」

他方才那般折辱楊老爺，楊老爺卻未生氣，此時卻被他這一句話講得臉色大變，道：「我家閨女被你兒子見著了身子，你不娶也得娶。」程慕天慢悠悠地道：「我不否認我兒子見著了你閨女的光身子，但看見那場景的好像不止我兒子一個吧。」說著朝外招了招手，簾子一動，走進一長串小廝來，齊聲道：「我們是那日跟著午哥去河邊的人，我們全瞧見了。」

程慕天忍著笑，向楊老爺道：「請楊老爺好生瞧一瞧，中意哪個，我叫他娶你閨女，聘禮絕對配得起你這嫁妝。」

楊老爺緊緊抓著椅子扶手，額上青筋暴起，一副想揍人的模樣。程慕天將那張嫁妝單子撕得粉碎，扔到他身上，冷聲道：「別以為我不曉得你打的什麼主意，自家窮得揪不開鍋，就想把閨女嫁進我家來吃白食？」

楊老爺一掌拍到小几上，震得茶水四濺，怒道：「姓程的，休要欺人太甚。我不過是心疼素娘在家受嫡母的委屈，想要早早兒地替她尋個好人家。」程慕天不慍不火地道：「你急什麼，我又沒說不相信。只是你閨女受嫡母欺負關我程家什麼事？你自己護不住庶女，就要黏上我家，作何道理？」

楊老爺張大了嘴，覺得喘不過氣來，一張臉鐵青鐵青，自牙縫裡擠出幾個字來：「程二郎，你狠。」程慕天客氣地拱了拱手，道：「彼此彼此。若不是楊老爺接連設計我娘子的三哥與我娘子，我也不曉得我還有做惡人的潛質。」他見楊老爺還有話要講的樣子，抬手止住他，道：「我奉勸你一句，莫要將話講死，也莫要將事做絕，不然有你求我的時候。」說完朝外喝道：「上湯，送客。」

小圓在裡間聽得外頭沒了動靜，走出來奇道：「二郎，你今日怎的這般淩厲，講話一點兒不饒人？」程慕天扶著她坐下，道：「我曉得妳憐惜那素娘，可這個姓楊的不是什麼好人。」小圓道：「可憐天下父母心，他也是為閨女著想。」程慕天哼了一聲：「為閨女著想？可能是有這原因，但絕不是全部。」小圓疑惑道：「不是因為這個，還能是什麼？」

程慕天很是開心娘子的腦筋又因為懷孕不靈活起來，快活地摸了摸她的肚子，問道：「會子又貶值了，妳可曉得？」小圓點頭道：「我當著家呢，雖沒下山，怎會不曉得這樣的大事？不過咱們家除了鐵錢、銅錢，就是金銀，會子極少的，受不了什麼大影響。」

程慕天揉搓著她的手，笑道：「對咱們家沒影響，但於某些人家來說可是影響大著呢。」小圓仔細想了想，恍然大悟道：「楊家千里迢迢搬來臨安，鐵錢、銅錢和金銀都不便攜帶，定是全換成了會子帶來的。」

程慕天越發笑得歡快，「他們還沒來得及將會子兌換成實打實的錢，會子就又貶值了，聽說現在一張會子只能兌到兩百多文，還不一定兌得著。」小圓感嘆道：「這些年會子一直在貶值，稍微有些辦法的人家，都是尋機會兌成了實錢藏起來的，楊家這回真是吃了大虧了。」程慕天道：「他們在泉州被楊家老大追打，一路逃到臨安來的，哪裡想得起這回事？再說他們沒及時把會子兌出來，也是因為急著與我們爭搶水田，想用會子打發村長呢。」

「那個村子已是窮得緊，他還想用不值錢的會子糊弄人家？真真是想害人才害了己。」小圓將最後一點憐憫之心收起，斬釘截鐵道：「往後不許午哥同素娘來往。」

程慕天笑話她道：「妳真是說風就是雨，咱們的是兒子，他們的是閨女，又吃不了虧。小孩子一處玩一玩，什麼要緊？」小圓詫異道：「你先前可不是這樣講的，你不是教導午哥，見了素娘要繞道的嗎？」

程慕天取了張大幅的紙來，上頭繪著他們所居的這座山方圓好幾里的地形圖，他指著紙上的各種符號，得意地解釋道：「這一片山，只有咱們買的那幾畝水田，村子裡雖還有幾畝地，卻是要留著做口糧的；其他的水田都離楊家莊頗遠，他們就算買下來種了糧食，也運不到這裡來。」

他說著說著一抬頭，正好瞧見桌上的三盒子牙膏，忙喚人來將那白玉盒子拿出去好生擦一擦，再才接著道：「楊家莊現在受了窮，又沒得糧食種，鬧饑荒的日子多著呢，不怕他不求著咱們。妳別看姓楊的提親時囂張跋扈，其實是因為心裡怕得緊，生怕沒法子與咱們搭上關係，來日要餓肚子。妳且叫午哥放心大膽地去同素娘玩，楊家絕不敢藉機生事。」這真是三十年河東，三十年河西。小圓想了半日，只想出這一句。

程慕天將地形圖捲好，親自去書房放置。午哥跟著他進屋，央道：「爹，若楊老爺是想把素娘嫁給我，你就允了罷。素娘好可憐的，小雞雞都被她嫡母割掉了。」

程慕天沒聽明白，問道：「什麼？」午哥在自己身上比劃著，道：「那天素娘光著身子，我瞧見了，她沒有小雞雞。我和弟弟都有的呀，為何她沒有？可不是讓她嫡母給割掉了。」

程慕天這回聽明白了，刷的一下，從臉紅到了脖子根，欲大聲吼他，又恐被他人聽見，只好指著門哄他道：「問你娘去。」

午哥心道，原來還有爹不曉得的事體。他出了書房，蹦蹦跳跳地來尋小圓，將方才問程慕天的問題又向她問了一遍。小圓暗暗把程慕天罵了好幾遍，才斟酌著開口道：「等你長大就明白了。」

這話不僅無法糊弄鬼機靈的午哥，甚至連她自己都鄙夷，虧得她自詡是受過現代教育的穿越人士，遇到兒子提這種問題，一樣的犯窘，一樣的不知如何作答。

午哥還在反覆地念叨：「我不要長大了才明白，我要現在就明白。娘，素娘是不是很可憐，我們娶她回家來呀，那樣她就能吃飽飯了，再把小雞雞長起來。」

還重新長起來，你當她是壁虎嗎？這念頭才閃出來，小圓馬上「呸呸呸」呸了三下，沒將兒子說服，倒被他的觀念感染了，就算有再生功能，也沒法長出來呀，那是女孩子嘛。

她想到這裡，突然有了主意，再次斟詞酌句向午哥解釋道：「你和弟弟是男孩子，所以有小雞雞，素娘是女孩子，因此沒有。」

「為什麼呢？」午哥大有打破沙鍋問到底的架勢。小圓頭疼起來，決定以其人之道還治其人之身，哄午哥道：「娘懷著你妹呢，不宜太費神，這問題你且問你爹去。」

午哥很是期待這個妹妹，因此乖乖地轉身，又去問程慕天。程慕天那個尷尬，那個惱火呀，繞著書桌走了十來圈，才想出了權宜之計，自書架子上將最厚的書抽出一本，遞給午哥道：「今日晚飯前若能把這本書從頭到尾背下來，我就告訴你答案。若是背不出來，此事休要再提，小心別個又罵你小登徒子。」

午哥懵懵懂懂地點了點頭，卻沒有接書，噘著嘴道：「爹，你就是不想回答，偏弄個這般厚的書來糊弄我。」程慕天的心思被他猜中，又羞又惱舉手欲打，嚇得午哥哧溜一下竄出書房，奔到小圓處，一頭撲進她懷裡，「娘，我不問小雞雞的問題了，你們把素娘娶回家來吧，就當可憐她了。」

小圓摟著他坐在搖椅上慢慢搖著，笑問：「你是叫我和你爹娶她？你不要？」午哥撥弄著她腰間的荷包，點頭道：「我又養不活她，自然是爹和娘娶。」小圓忍不住笑出聲來，原來她這個傻兒子，不但弄不清男女之別，連娶媳婦的含義都不甚明瞭。

程慕天端著一碗野雞湯走進房，將午哥從她身上扒下來拍了兩下，「旁邊待著去，莫要妨礙你娘喝湯。」小圓嗔怪地看了他一眼，拉過午哥，把湯先給他喝了一口，稱：「幫娘嘗嘗鹹淡。」程慕天怪她道：「妳也太寵他了。」小圓拿著帕子替午哥拭著嘴角，道：「我小時候，姨娘想寵著我卻還得看嫡母臉色，那才叫心痛呢。既我有這能耐寵一寵他，為何不行？咱們午哥也不是那不知好歹的孩子。」

午哥把湯碗推到小圓嘴邊，道：「素娘沒娘寵。」

小圓將他方才的稚言稚語講給程慕天聽，她也是當笑話講的，程慕天卻沒當笑話聽，唬著臉教訓午哥道：「今日的話再也不許提，若是讓楊老爺曉得你想娶素娘，必定又要黏上咱們家。」午哥聽不懂，問道：「爹，咱們娶了素娘，她爹就要害咱們？」程慕天想了想，嚇唬他道：「對，若你娶了素娘，她爹就要把你的玩意、零嘴兒、槍棒盡數搶走。」午哥嘟著嘴爬上椅子，懸空踢著兩條小腿兒，嘟囔道：「她爹真是壞，素娘真是可憐……」

小圓心一軟，同程慕天商量道：「素娘那孩子的確可憐，再說咱們家如今不怕楊老爺使壞，不如接她來家附學，給她吃兩碗飯。」

接她來附學，只是為了讓她填飽肚子？程慕天怔怔地看著小圓，彷彿回到了十幾年前，那裡的小圓就同素娘一般，吃不飽穿不暖，他為了有機會接濟她，也曾想過要把她接到程家來附學，可惜程老爺和姜夫人都不答應，才未能成行。

小圓見他那副模樣，曉得他是憶起了往事，便抓著他的手輕輕搖了搖。程慕天馬上緊緊反握住她的手，答了個「好」字。

然而，就如同天下庶女的處境都是相同的，天下嫡母的態度也都一樣，楊夫人怎麼也不肯讓素娘去程家附學，稱楊家的女孩子只用學女工學廚事，至於讀書，自己在家教導兩個字認一認就已經很好了。

程慕天接到這消息，安慰小圓道：「許是泉州風氣與臨安不同，女孩子不上學的。」畢竟是別人家的孩子，小圓也不好說什麼，只能對午哥時不時送吃食給素娘的行為，睜一隻眼閉一隻眼。

程慕天對楊家的經濟狀況分析十分精準，第二日，楊老爺就使人來借糧。小圓奇道：「總還有點子積蓄吧，這樣快就到了借糧度日的田地？」程慕天道：「這是在投石問路，探一探咱們的態度呢。」小圓問道：「那這糧食，咱們借還是不借？」

程慕天一笑，喚來田大吩咐他把莊戶們吃的高粱挑幾擔子送去給楊家。小圓笑道：「極是，水田要明年才插秧，咱們莊上現在就只有這些。」所謂人窮志短，楊老爺收到程慕天的高粱，明白了他的意思，再行起事來收斂了許多，免得得罪了程家，將來連高粱都借不到。

又過了一天，晚飯做好的時候，仲郎到了，小圓命余大嫂幫他洗淨了手臉，直接上桌吃飯。仲郎雖呆頭呆腦，倒是不認生，自顧自趴到桌上，一手抓起一塊羊骨，一手抓起一把炒筍子，還沒餵進嘴，先弄了一身湯汁淋漓，看得程慕天想揪過他拍幾掌。午哥在一旁煽風點火道：「小叔叔到底輩分高，待遇也高，這若要是換成了我，定要挨爹一頓罵。」

程慕天看了余大嫂一眼，後者忙解釋道：「仲郎還不會使筷子。」程慕天猛地端走仲郎面前的飯碗，遞給余大嫂道：「旁邊另設個桌子，餵他吃飯。」仲郎哇的一聲大哭起來，小圓忙哄他道：「你乖，侄子們都去陪你吃，好不好？」

午哥看了看黑著面的程慕天，又看了看一臉急色的小圓，彷彿突然明白了父母的無奈，主動來牽仲郎的手，道：「小叔叔，走，我餵你吃飯去。」仲郎甩開他的手，飛起一腳踢在他的小腿上。午哥「哎喲」一聲蹲下身子，罵道：「小小年紀，勁道倒不小。」小圓低頭一看，原來仲郎穿的是雙防水的油鞋，是硬皮子縫的，怪不得午哥喊痛。

她連忙起身，將午哥拉到一旁，捲起他的褲子細看，那小腿上赫然青了一大塊。

午哥平日裡摔摔打打慣了，自己還不覺得，小圓卻是覺得心都在疼，一面替他抹藥膏，一面衝程慕天吼道：「程二郎，你管不管？」

程慕天見兒子受傷，亦是難受，但嘴上卻道：「妳連鄰居家的庶女都能憐惜，為何不能容忍仲郎些？他可是我的親弟弟，叔叔打侄子，本也沒什麼不對。」

仲郎還未接上山時是一套說辭，現下落屋了，馬上換了另一套，小圓氣道：「我給素娘一碗飯吃，她還曉得感激我，我好聲好氣對仲郎，他卻來打我的兒子，你叫我如何容忍？」

程慕天嘆了口氣，道：「他腦子糊塗，妳莫同他一般見識。」

程四娘見哥嫂為了仲郎吵架，忙另盛了一碗飯，夾了些菜，走到仲郎面前餵他。不料仲郎卻是六親不認，一巴掌扇落了飯碗，又朝程四娘頭上抓。

小圓向來把程四娘當閨女看待，見狀越發惱火，命余大嫂將仲郎帶到後頭院子去單獨開飯，又喚丫頭取梳子來幫程四娘把頭髮理好。程四娘扯了扯她的衣襟，道：「嫂嫂，仲郎嘴上不會說，脾氣才如此暴躁，還望嫂嫂多擔待。」

小圓讓她這一席話講得不好意思起來，忙道：「我拿他同妳一般看待的，方才不過是見他踢了妳侄子，難免心急。」說完，把桌上的菜挑了兩盤子，叫阿雲端去給仲郎吃。

程慕天幾口扒完飯，朝後頭院子去了。小圓帶著幾個孩子到午哥房裡，講故事給他們聽。程四娘惦念著仲郎，道：「嫂嫂，我把弟弟也叫來吧，想必他還未聽過。」小圓點了點頭，使了個小丫頭去了。午哥歪在椅子上道：「要是爹娘許我打他，必叫他聽話。」小圓瞪了他一眼，道：「他是你小叔叔，不許對他無禮。」午哥問道：「那他要是再打我，怎辦？」辰哥接道：「那你就上樹。」屋裡的人都笑起來，午哥也不害臊，一個筋斗翻到中間，學起猴子上樹，將一套猴拳耍得有模有樣。

程慕天領著滿臉是淚的仲郎出現在門口，道：「我沒許他吃飯，何時想通，何時再吃。」小圓訝然道：「我不過是氣頭上才牢騷了幾句，你才是真狠心呢。」程慕天指了指程四娘旁邊的座位，仲郎馬上跑過去坐了，動作比午哥還敏捷。小圓不知他使了什麼法子，叫一個小霸王轉眼變作了乖寶寶，心下實在佩服得緊，趕緊給孩子們講完了孫悟空大鬧花果山，回房問緣由，外加討教經驗。

程慕天嘴上護著仲郎，心裡其實是偏著娘子，生怕她方才被氣著了，親手倒了茶水給她，又輕輕幫她揉了揉腰，才道：「都道那孩子腦子不好使，當教導的不教導，這才把他給耽誤了，我看他心裡明白得很。」原來他對仲郎說，不承認錯誤就沒晚飯吃，仲郎剛開始又哭又鬧，待到他真個兒把飯菜都端走，馬上安靜下來，講什麼聽什麼了。

正說著，余大嫂在外面回話，說仲郎乖乖地向程四娘道過歉了，問要不要再去向午哥賠不是。程慕天看了看小圓，正要答個「好」字，後者已向外出聲道：「罷了，他到底高出一輩，沒得長輩與晚輩道歉的理。」余大嫂又問：「那仲郎可以吃飯了？」小圓忙道：「廚下還有菜，叫廚娘揀他愛吃的，重新做兩個。」

余大嫂應了一聲，朝廚房去了。

程慕天心下感激，攬了小圓在懷，道：「難為妳了。」小圓拍了拍他的手，笑道：「教好他，對咱們百益無害，這道理我懂，方才不過是偏心眼了。」程慕天將頭埋在她胸前輕笑道：「我也偏了，妳看我何時罰過兒子們不吃飯，生怕他們少吃一口長不高。」

小圓笑話他道：「你一向都偏心，瞧瞧四娘子就曉得了，她來咱們家這樣長時間，你可曾問過冷暖？」程慕天不以為然道：「她是女孩子，同仲郎不一樣。」小圓挺了挺已小具規模的肚子，嗔道：「產婆說我懷的也是女孩子，你是不是也要另眼看待？」程慕天笑呵呵地伸手去摸，點頭道：「是，另眼看待，更偏她些。」

且說仲郎，被程慕天管教了這一回，老實了好些天，但他到底是在家橫行霸道慣了，沒過幾日又舊病重犯，哭鬧著不肯去上學。程慕天和小圓趕去看時，他正賴在苗圃裡，雙手抱著一株小樹，兩腳不停踢騰，已是濺了一身泥，旁邊還有唯恐天下不亂的午哥拍手叫好。

程慕天伸手打了午哥幾下，吼道：「上學去，你弟弟已背了一篇書了。」地上的仲郎突然安靜下來，抓起旁邊髒得一塌糊塗的書包，撒腿就跑，跟在午哥的後頭朝學堂去了。程慕天愣道：「這是怎麼了，我還沒教訓他呢。」小圓笑道：「定是怕你也打他幾下。」

程慕天忍不住笑了，「這小子其實機靈得很，真不知繼母以前是怎麼教的。」小圓喚了花匠來整理苗圃，嘆道：「孩子是好孩子，可惜出生的時候傷了腦子，到現在還不怎麼會講話。」余大嫂在旁接過話，道：「可不是，就是因為心裡明白，嘴上卻不會講，這才養了個暴躁的脾氣。」小圓嘆道：「可憐，心裡一急，可不就想打人，換了誰也一樣。」

程慕天內心深處覺得仲郎的缺憾是程家之恥，不願她們繼續這個話題，便藉著被毀的苗圃心疼那幾朵花兒，「這幾株茉莉和素馨好不容易才養活，卻被他幾腳給踢斷了。」小圓把他拉回房中，笑道：「二郎，可不曾見你憐過花兒。」程慕天道：「妳曉得什麼，閨女總是愛花的，咱們院子裡僅有幾棵果樹，怎麼能行？」他生怕來年開春，閨女出生時見不到滿院子的花開，忙走出去吩咐程福，叫他領著花匠進城，把各種名貴的花兒再買幾盆子。

轉眼九月底，一場大雪白了山莊，天氣寒冷起來，莊中反季菜蔬和肥羊，正是賣價錢的時候，莊戶們的日子好過了許多。楊家又來借過一回糧，為了生計，再不敢生事。仲郎來到山中這幾個月，在程慕天的教導下，懂事了不少，他又極愛有人陪著他玩，整天跟著午哥，竟成了他的小尾巴。家裡家外都如意，程慕天兩口子過得極為舒心，忙著準備過冬的衣物和吃食，將小日子過得紅紅火火。

這日，還沒到中午，幾個孩子就回來了，嚷嚷著要吃飯。小圓忙問：「怎的這般早便下學了？」程四娘紅著臉回道：「夫子家中有些事情，便提前放學了。」午哥幾下踢掉鞋子，爬上軟榻，補充道：「阿雲師娘懷上娃娃啦，夫子一聽說這消息，歡喜得書都捧不住，只好放咱們回來了。」程四娘聽了這話，臉色越發紅起來，深深將頭埋了下去。小圓見了她這副害羞模樣，雖不以為然，卻也曉得這才是大宋小娘子的正常反應。

她教導午哥道：「以後不許在小姑姑面前講這樣的話。」

不用上學，心情賊好，午哥連緣由都不問，脆生應了個「好」字。他接過阿彩遞過來的葡萄，丟了兩粒到嘴裡，忽見辰哥走到軟榻邊，想要朝上爬，便連忙擱了葡萄盤子，伸手叉到他腋下，連拖帶拽，把他弄了上來。

旁邊明明有腳踏，非要費心去幫忙，小圓弄不懂兒子們表達兄弟情誼的方式，暗自腹誹。仲郎羨慕他們都上了暖暖的軟榻，穿著鞋子就從腳踏往上跳。午哥生怕他弄髒了墊子，忙輕輕推了他一把。這一幕正巧被進屋的錢夫人瞧見，立時大吵大鬧起來，稱程慕天兩口子苛待了小兄弟。

小圓望著她，有些發怔，好一會兒才起起來，因明日就是十月初一，山上下了大雪，欄裡又出了肥羊，她前幾天便下了帖子，請城中幾位親戚進山來過暖爐會，只是好像並未請錢夫人呀，她怎的自個兒跑了來？

程慕天黑著臉站在門口，極想拎起錢夫人扔出去，但仲郎比先前曉事了些，他不願當著小兄弟的面動手，便道：「小銅錢，扶夫人出去。」錢夫人本是在小圓跟前吵鬧，聞言馬上轉向了他，怒道：「我來瞧瞧我兒子，你竟敢趕我？」

小圓見仲郎一副被嚇傻的模樣，心中微微嘆息，連忙扯了個謊，道：「本來就是要請娘來過暖爐會的，帖子恐怕已在路上。」錢夫人撿了些面子回來，臉上神色緩了緩，自到主座上坐下，招呼仲郎過來瞧了瞧，想挑出些刺來，無奈仲郎比先前還胖些，臉色又紅潤，身上穿的還是新做的棉襖，她左看右看挑不出毛病，便拉起他衣裳的布料揉搓幾下，不滿道：「怎的不是緞面兒的，你們做兄嫂的也太摳門。」

小圓忙解釋道：「小孩子們愛鬧騰，棉布的結實，午哥與辰哥，穿的也是這個呢。」錢夫人朝軟榻上瞧了瞧，果然如此，就不好再提，轉問仲郎道：「哥嫂可曾打你？」仲郎搖了搖頭。她又問：「這裡住著不如家裡舒心吧？咱們回家去。」

仲郎極不愛上學，聞言便點點頭。錢夫人大喜，連聲叫小銅錢去幫他收拾衣裳。小銅錢在小圓面前不敢亂動，輕聲道：「夫人，仲郎是要在這裡上學的哩。」錢夫人惱道：「我家請不起先生？」小圓笑道：「小兄弟在這裡住著，花的是我們的錢，娘竟不滿意？非要他回去花妳的嫁妝錢才好？何不就讓他在這裡住著，妳把錢替他攢好，將來娶媳婦用。」

錢夫人想了想家中的錢的確所剩無幾，便沒有吱聲。小圓接著問仲郎：「學堂上的課間小點心可還中吃？」仲郎點了點頭，伸手向她討要。小圓自桌上盤子裡揀了幾塊夾心餅乾塞進他手裡，道：「你若是回去了，雖不用再上學，但這些餅乾糕點可也是吃不著了，你真想跟著娘回去？」仲郎看了看錢夫人，又看了看手中的餅乾，正在躊躇之時，忽然聽得午哥一聲高呼：「堆雪人去囉。」馬上就不再猶豫了，攥緊餅乾跟了出去。

錢夫人想留他，一個探身沒抓住，空垂著手頗有幾分落寞。小圓雖厭惡她，見了她這副模樣又有些不忍，便好言好語勸慰了她幾句，命人多收拾一間房出來，叫小銅錢扶她去歇息。

程慕天極愛看錢夫人願望落空，笑著坐到爐子邊烤火，道：「說來也怪了，午哥向來不給仲郎好臉色瞧，仲郎卻就是愛跟著他玩。」小圓取了塊羊肉到火上烤，道：「不奇怪，你兒子那日耍了套功夫，把他震住了，仲郎這孩子就是佩服比他拳頭硬的人。」程慕天接過她手中的鐵絲網夾子來回翻烤，奇道：「不是有煙道，為何生了爐子烤火？」小圓好笑道：「沒得爐子能叫『暖爐會』？又是煙道又是火爐子，我嫌熱得慌，便命他們把煙道停了，等晚上睡覺時再燒。」程慕天正想說不熱呀，突然想起來，她有身子的人，溫度高些，便閉了嘴沒有作聲。

他能體諒娘子，錢夫人卻受不了，在給她收拾的廂房裡待了還沒半個時辰，便高聲喊冷。小圓命人將煙道提前燒起，程慕天攔她道：「故意尋歪呢，她住的別院根本就沒得煙道，怎不見她喊冷？」阿彩亦道：「特意給她生了兩個大爐子，我才去過一趟，熱得我直冒汗。」

小圓見他們這樣說，於是作罷，只叫人送了兩壺熱酒去。

錢夫人在房內鬧騰了一陣子，不見有人來理她，只好親自尋了來，責道：「你們連繼母都苛待，何況對小兄弟，我要帶他回家。」

好不容易有了幾天清靜日子過，程慕天懶得與她廢話，起身披了件衣裳，道：「『暖爐會』便是『寒衣節』呢，我娘子懷著身孕行動不便，繼母且隨我去給爹上墓祭拜吧。」

錢夫人結巴了起來：「你爹不、不在這座山哩，現在去，恐怕趕不回、回來。」程慕天冷冷地盯著她，道：「繼母房裡燒著兩只大爐子，猶自嫌冷，我爹在山上沒得火烤呢，咱們不去送送棉衣？難道繼母嫌外頭冷？」

他們早就想好明日才去祭拜的，小圓曉得他是在嚇唬錢夫人，忙裝了責怪他的口吻道：「外頭飄著大雪呢，繼母年紀也不小了，把她凍壞了如何是好？」程慕天哼了一聲，將頭別開。小圓喚來小銅錢，吩咐道：「趕緊把夫人扶回去烤火，明日再去給爹上墓。」

錢夫人不僅沒討到好，反被嚇唬了一番，氣惱非常，回了房中，摔摔打打個不休。小銅錢撿了這個，護不住那個，急得頭上直冒汗，苦勸道：「我的好夫人，這是在少夫人家裡哩，砸壞了她的物件要咱們賠，怎生是好？」錢夫人拎起一個白釉八卦壺就朝地上砸，怒道：「她敢！」小銅錢慢了幾步，沒有接住，眼看著那壺在青石板地上跌得粉碎，急道：「夫人，妳不為自己，也該為仲郎想一想。我看他在這裡住了這幾個月，懂事不少，不僅會聽話，還不愛哭鬧了，他能有出息，夫人妳不高興？」錢夫人怎會不盼著兒子有出息，她呆呆地望著一地的碎瓷渣子，良久嘆了一句：「罷了。」

第二日大雪初霽，天色晴明，程慕天命人去請錢夫人進山掃墓，見她安安靜靜，沒了頭天跋扈的模樣，不禁暗暗稱奇。小圓早聽小銅錢講過了頭晚的情形，錢夫人能想轉過來當然是好事，她早就盼著一家人能和和睦睦，便叫小丫頭取了一件織錦的披風給她繫了，喚仲郎來陪著母親去給父親掃墓。

十月一，送寒衣，午哥與辰哥捧著楮衣之類進來，預備一同進山，給已仙逝的祖父上墓。小圓問程慕天道：「四娘子不去？」程慕天看了她一眼，沒有作聲。小圓明白了，程四娘是女孩子，沒資格一同去的。她撥了撥爐子裡的火，摟過程四娘，道：「咱們且先烤肉，等親戚們到了就開飯。」

程慕天替她溫上一壺酒，柔聲道：「我們晚上回來吃晚飯，記得多做些豆飯。」小圓的臉被炭火烤得紅紅的，起身為兩個孩子理了理衣裳，一手牽著辰哥，一手搭著程慕天的胳膊，將他們送上車。

下午時分，幾位親戚到了。陳姨娘是獨身來的，因為雨娘跟著薛師傅走薛家親戚去了。甘十二一家到齊，除了他們兩口子，還帶著兩歲的千千。這孩子之所以取了這樣怪的一個小名兒，皆因生她那會兒，甘十二趕巧在做一個名為「千千兒」的玩意，他頭一回當爹沒經驗，順口就千千、千千的叫上了。

丫頭將他們引進廳裡，小圓起身相迎，又朝後望了望，問道：「大姊沒來？」程三娘笑道：「大姊肚子只比妳小一個月，不好坐車，因此沒來，不過託我捎了幾件她親手做的小衣裳來。」說著取過丫頭手中的兩個包袱，打開來，全是女娃娃穿的小衣裳小鞋襪，上頭紮著顏色鮮亮的花呀朵的。

陳姨娘笑得前仰後合，眾人正不解意，她也取了個包袱出來，打開一看，一模一樣的小衣裳。小圓笑道：「妳們都曉得我針線上缺能耐，所以將孩子三歲上的衣裳全都備齊全了。」

程三娘領著千千到火邊烤了一會兒，問道：「大姊家的八哥只比午哥小一歲吧？」小圓想了想，答了個「是」字。程三娘道：「那午哥的衣裳他該穿的，嫂嫂有沒得不要的，撿幾件出來，我捎回去給他。」小圓沒有作聲，將那羊肉烤得兩面金黃，遞給千千。程三娘曉得她是猜到了，嘆了口氣，道：「都不是外人，我也不瞞著，大姊的胎已經診出來了，是個男孩兒。」後頭的話她沒講，程大姊自從曉得這消息，就把八哥當作了眼中釘肉中刺，缺衣少食是輕的，動不動還要伸兩下手。

小圓自己是這樣過來的，程三娘不說她也曉得，望著陳姨娘苦笑道：「我們有個鄰居，家中庶出小女兒，三天裡頭有兩天是餓著的，全靠午哥偷偷給她送些吃食，倒像是我們家養的。」說話間丫頭來回話，說這樣冷的天，素娘在外拾柴火，問她要不要遞些吃食。

陳姨娘忙道：「怎麼不拉她進來烤火？」小圓撿了幾塊糕餅交給丫頭給素娘送去，向陳姨娘解釋道：「不好明著關照她，若是讓她嫡母曉得，又是頓打。」甘十二憤慨問道：「娘不是親娘，爹總歸是親爹吧，他就不管管？」陳姨娘能明白小圓的話，苦笑道：「後宅是女人的天下呢，嫡母打庶女，天經地義，再說她定是背著官人打的，怎會叫他曉得？」甘十二聽了這話，也苦笑起來，道：「幸虧我立志不納妾，不然也有這樣可憐的娃娃。」

晚飯前，程慕天一行趕了回來，只不見錢夫人的身影，說是半道上折回城裡去了。小圓叫他陪著客人們，自己拉著午哥到他房裡，問他有哪些衣裳是穿不著的，收拾了滿滿幾包袱，預備讓程三娘捎回去給八哥。

待她重新回到廳裡，屋內已是一片酒香，甘十二左手烤肉，右手熱酒，大快朵頤，高呼過癮。程三娘嫌他太過粗鄙，正在那裡說他，小圓笑道：「暖爐會就是圍著火爐烤肉吃酒的，不然還做什麼？」程慕天見她進房，忙命人將外頭的箱子搬來，親手掀開蓋子，眾人探頭瞧了瞧，原來是一箱子瓷瓶子。

甘十二是愛此物的人，驚喜叫道：「這是瓶裝的好酒呀，哥哥哪裡討來的？」程慕天還是與他不對盤，斜了他一眼，不冷不熱道：「你去討一個來我瞧瞧，五貫銅錢這樣一小瓶。」

甘十二搓著手，一副「我想喝」的模樣，咂舌道：「五貫錢哪，大概只夠我喝兩口的。」小圓瞧見他那副饞模樣，塞了一瓶到他手中，笑道：「那你試試，能用兩口吃盡？」甘十二捧著瓶子細瞧，歡喜道：「這樣的好酒，哪兒能兩口吃了，要細細品嘗才是。」

程慕天見不慣他這副德性，離他遠遠兒地坐了，喚丫頭來熱酒，頭一杯就斟給了小圓。小圓的臉紅了起來，這裡還有長輩在呢，怎能先給她斟酒？忙擺手道：「我不愛吃烈酒，再說懷著身子呢。」程慕天明白過來，連忙把程姨娘面前的杯子也斟滿，笑道：「這酒是甜的，妳且吃一口，看妳嘗不嘗得出是什麼味兒。」

小圓見他講得稀奇，便淺淺抿了一口，入嘴一股酸甜味道，再一聞，竟是青蘋果的芬芳，她驚訝道：「這是頻婆果釀的酒？」程慕天笑著點頭，道：「我在店裡吃了幾杯，覺得甜膩膩的，但那店家說娘子們愛好此物，我便買了幾瓶子回來。」

甘十二忙問是哪家店，他也要去給程三娘買。程三娘紅著臉，抓著千千的小手打了他一下兒，嗔道：「我賣多少朵仿生花賺得來五貫錢，莫要亂花。」

小圓本來另取了兩瓶子酒出來，準備各送他們一瓶的，聽了她這話，就故意放了一瓶回去，笑道：「叫他買去，家裡一有錢，男人就要納妾，不能讓他得逞。」她本是打趣甘十二，卻無意捎上了程慕天，被他狠狠瞪了一眼才反應過來，忙舉了杯子道：「為咱們家的男人都不納妾，碰一個。」

肉吃了幾盤子，酒喝過了幾瓶兒，晚飯端上了桌來。暖爐會少不了豆子加工做的菜，素雞、素鴨、素魚、素火腿，滿滿擺了一桌子。辰哥好了傷痛忘了疼，吵著要吃豆泥骨朵。豆泥骨朵即是豆沙餡的包子，廚房裡蒸了這個，小圓卻不想給他吃，嚇唬他道：「那東西是甜的，你又想壞牙齒？」程慕天疼兒子，不滿道：「好好刷牙便是，怎能因為壞牙齒就不許他吃甜的？」小圓理虧，忙命人端了一桌子豆泥骨朵來，給孩子們一人分了一個。

幾個孩子方才吃了不少烤肉，根本就不餓，在飯桌上待了沒多大會兒，全都溜下了凳子，再以午哥打頭，跑回了廂房。廂房裡的家具，全部顧及了午哥與辰哥的身高，統統小一號。幾個箱子裡裝滿了玩意，地上還散丟著幾個。千千是頭一回來，見桌上擺著幾個毛絨絨的長耳朵兔子，伸手就要拿。辰哥取了一個塞到她懷裡，道：「這是給我娘肚子裡的妹妹買的，給妳一個抱著玩吧。」

午哥剛上了軟榻，笑得直打滾，「平日裡都是我哄你，如今你也有人哄了。」辰哥比他臉皮薄，聞言羞紅了臉，挨著榻角不講話。仲郎見千千有了新玩意，他也想要，便自己走到桌前，伸手欲拿。午哥飛快地丟了個抱枕過去，打到他的手，喝道：「不許碰，那是買給我妹妹的。」仲郎有些怕他，不敢再伸手，重複他的話道：「妹妹。」午哥笑道：「那是我妹妹，不是你妹妹，你該叫她侄女。」仲郎不明白，固執地叫道：「妹妹。」午哥所見的都是聰明孩子，被他這副腦筋急到了，跳下軟榻朝他腦門上彈了一下，繼續教他：「侄女。」

「妹妹。」仲郎十分執著。

千千看著他們，覺得很有趣，指了仲郎，咯咯笑起來。

午哥生為長子，雖然平日調皮搗蛋，內心裡卻與程慕天有些想相像，覺得千千笑話仲郎，就是在笑話程家。他恨仲郎不給程家長臉，便朝他屁股上踢了一腳，吼道：「站牆角去，不想明白不許動。」千千見他又是踢人又是大吼，嚇哭起來，辰哥忙掏了小手帕替她拭淚，牽著她的手去尋小圓。

小圓乍見千千這副模樣，還以為是她受了欺負，責備辰哥道：「怎麼不照顧好妹妹？」辰哥委屈道：「是哥哥打小叔叔，把她嚇哭的。」程三娘「啊」了一聲，突然又閉了嘴。程四娘瞧了瞧她臉上的神情，又看了看小圓，替嫂子解圍道：「侄子和弟弟鬧著玩，不留神碰了幾下，也是有的。」

程三娘聽得小妹這般講，暗暗責怪自己沒把嫂子往好處想，忙道：「孩子們玩鬧呢，定沒什麼大事，是我們家千千太膽小。」程慕天已是沉著臉掀起簾子朝廂房去了，小圓怕不分青紅皂白打兒子，連忙跟了過去。

他們進房時，仲郎還老老實實站在牆角，小身板挺得筆直。小圓見了這情景，又是惱午哥不守規矩，又是忍不住好笑。她挺著肚子攔在程慕天面前，讓他碰不著兒子，問道：「為何要打小叔叔？」午哥此時還是氣惱難耐，將仲郎一指，「妳自己問他。」

小圓便扭頭喚仲郎，不料他卻不肯動，直到午哥去拉他，才走了過來。午哥指著桌上的公仔玩具問他道：「這是買給誰的？」仲郎答道：「妹妹。」午哥見他還是不開竅，氣得又想伸手打人，小圓朝他頭上彈了一下，教訓他道：「他再怎麼著，也是你小叔叔，你沒權力打他。」說完指了指牆角，「換你去罰站。」

午哥二話不說，就朝角落裡面向牆壁站了，口中道：「我站一夜都沒什麼，只是你們得讓他這榆木腦袋開開竅，不然又在人前丟咱們程家的臉。」程慕天本來一直在琢磨用什麼樣的方式揍他一頓，聽了這話卻來了興趣，問道：「你曉得什麼是程家的臉面？」午哥將方才千千笑話仲郎的事講給他聽，辯道：「我是氣極了才動手的。」

程慕天若有所思，摸著下巴不出聲。小圓走過去拍了他一掌，道：「為了什麼也不能動手，欺負長輩的名聲傳出去，好聽呢？他腦子轉不過彎，你不會好好教他？」程慕天一直苦惱午哥沒有做長子的覺悟，今日聽了他那番話，十分欣慰，好言好語給他講道理：「你想的沒有錯，但就像你娘剛才講的，方法確是沒使對。千千笑話咱們程家人，那是她的錯，不是你小叔叔的錯，明白不明白？」

小圓擰了他一下，嗔道：「有你這樣教導孩子的？你讓他去教訓千千？」午哥糊塗了，問道：「那我該怎麼辦？」小圓身子沉重，不耐久站，尋了把椅子坐下，摟著他耐心教導：「小叔叔不擅講話，你是曉得的，這不是他的錯，再說他自己也不願意呀，怎能為這個責怪他？該當耐心教他才是，對不對？」待得午哥點頭，她繼續道：「至於千千，她才兩歲，什麼是嘲笑都還不懂得呢，不過是覺得你們鬧得有趣，這才笑了。乖兒子，你過完年就六歲了，又是家中老大，須得學會分辨什麼是真心，什麼是假意才是。」

程慕天越聽越覺得她講得比自己好，他自認為被娘子搶去了風頭，嫉妒心作祟，酸溜溜道：「真心？假意？娘子，妳扯遠了。」

伍之章　教兒養女傷腦筋

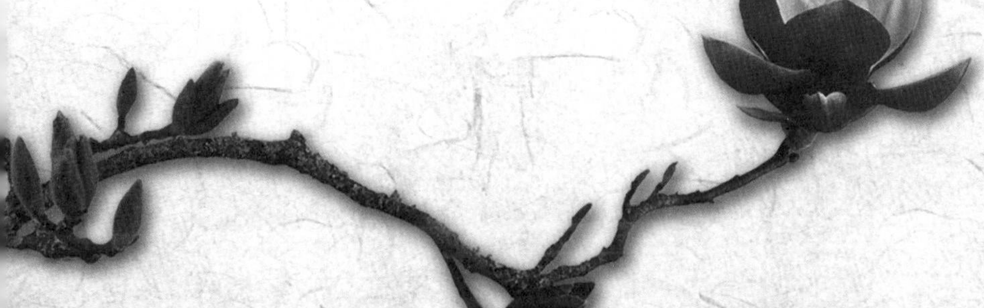

午哥經小圓教育了一番之後，待仲郎格外耐心了一些，雖偶有被氣極而伸手的時候，也能控制住力道。而仲郎一如既往地服從於比他強勢的人，挨過打，不但不告狀，反而更黏午哥。於是，常常能聽到不堪其擾的午哥在院子裡高呼：「仲郎，小叔叔，離我遠些。」

但這日，任憑仲郎如何騷擾午哥，他也無動於衷，只滿面焦急地盯著那扇門，帶著些許期盼，又帶著些許喜悅，一旁的程慕天和辰哥臉上，皆為如是表情。仲郎拉扯了午哥幾下，不耐煩起來，大聲道：「玩。」午哥不動，轉頭向程慕天大喊：「爹。」程慕天馬上提溜起仲郎，把他拎出了院子，命余大嫂照看住他，並關上了院子門。

他們在院中又候了好些時，終於看見產房門打開，兩個產婆神情有些畏縮，挪著腳不敢上前。

程慕天的心猛地一緊，衝進去撲到小圓床前，急問：「娘子，妳怎麼樣？」小圓臉色尚好，笑道：「什麼事也無，如你所願。」程慕天狂喜，起身接過產婆懷中的小襁褓，一陣猛親，惹得那粉粉的小肉團放聲大哭。他很是尷尬地將襁褓交給跟進來的奶娘，責怪幾個產婆道：「賞錢也不來討，害我以為出了事。」產婆瞧著他是歡喜的樣子，笑道：「生了個閨女，我們以為少爺你不喜歡，生怕挨罵呢，哪裡還敢討賞錢？」

田大媳婦端著個盤子站在門口，笑道：「上等封兒哩，咱們少爺盼個閨女盼了好些年。」幾個產婆喜出望外，朝著程慕天福了又福，出去領賞吃茶去了。

程慕天見閨女不再哭鬧，將她又接了過來，揮手叫奶娘下去。午哥謹記著娘親過年時教導他的話，大了一歲，人前要守規矩，方才便沒有亂來。此刻見房內只剩了他們嫡親的五口兒，就如同脫了繩套的猴兒，上竄下跳地嚷嚷著要看妹妹，要抱妹妹，要親妹妹。他如今已六歲，個頭不小，天天練武，力氣也足，但程慕天還是不放心將寶貝閨女交給他，便哄他道：「你小叔叔還在等著你去陪他玩呢，快去。」

小圓見了他這副小心翼翼的樣子，笑道：「你又當一回父親，他不也是又當一回兄長，只許你開心，不許他歡喜？」娘子才受了苦，娘子最大，程慕天沒有反駁，指了個椅子讓午哥坐了，將小襁褓放到他懷裡，自己則蹲下了身子，張開雙臂在一旁護著。

辰哥羨慕到眼紅，向程慕天作了揖，道：「爹，我是頭一回當哥哥。」程慕天愛他這副知書達禮的模樣，伸手去接午哥手中的小襁褓，道：「給你弟弟抱一抱。」午哥嘟了嘟嘴，把小妹妹讓給辰哥抱，自己跑到小圓跟前，問道：「娘，我教妹妹打拳好不好？」小圓笑道：「你妹妹要繡花，沒得功夫打拳。」辰哥在旁道：「我教妹妹背書。」小圓臉上笑容愈盛，「好是好，只是得再等兩年。」

程慕天見他們倆都很有做兄長的覺悟，便把他們趕去書房制訂妹妹培養計畫，自己則抱著閨女占據了小圓床頭的位置，興致勃勃地與她暢談起往後十七年的宏偉目標。

他為這個小閨女準備了太多的東西，可惜小圓尚在月子中，無法出得房門去瞧。好不容易待到滿月洗兒禮畢，程慕天頭一件事就是拉著小圓去看滿院子的花兒。青青的竹子紮成籬笆，圍著兩個苗圃，裡頭種著茉莉、素馨、劍蘭、朱槿、玉桂、紅蕉等名貴花種。小圓瞧了花一眼，感嘆道：「你這父親還真下得本錢，單憑這幾盆兒花，已能作個小戶人家的嫁妝。」

「我程家的女兒能與小戶人家的相提並論嗎？」程慕天不以為然，指著苗圃裡的各樣花朵問她道：「我想給閨女以花為名，妳說哪個好些？」小圓踮著腳瞧了瞧，指了那枝條柔長的素馨道：「就叫素馨，如何？」程慕天搖頭道：「重了楊家閨女的名兒了，再說這花太過柔弱，還不如茉莉。」

程茉莉？小圓摸了摸開始起雞皮疙瘩的胳膊，連連搖頭。紅蕉？玉桂？太俗。兩口子站在苗圃前商議了半天，也沒挑出滿意的花名兒來，正發愁之際，忽聞辰哥在為小妹妹念詩：「繁枝容易紛紛落，嫩蕊商量細細開。」程慕天雙手一拍，「就叫蕊娘吧。」當他們把這個決定告訴孩子們時，辰哥樂瘋了，抓著一本詩詞集在屋內來回打轉，逢人便道：「妹妹的名字是我取的。」

程慕天坐在灑滿春日陽光的房間裡，將他給閨女準備的好物事一一拿出來，獻寶似的給小圓看。一面「小兒弄影戲」的銅鏡，鏡背紋飾中一小兒雙手各持偶人，坐於幕後，幕前有五個小兒圍觀。「嬰戲懸絲傀儡」的三彩陶枕，皂衣白褲的孩童吹橫笛、綠衣黃褲的嬰孩擊鑼，和著那耍懸絲傀儡的娃娃。

小圓摸了摸光滑的陶枕，不想打擊程慕天的興致，但還是忍不住張口道：「二郎，這陶枕好是好，但是不是冰了些，硬了些？」程慕天愣了愣，「那，和妳的枕頭一樣，加個枕套？」小圓朝外努了努嘴，「你給她種了那麼些花兒，採些花瓣曬乾，做個花枕，又軟又香，多好？」程慕天喜道：「好主意，我這就去摘花。」

程慕天的全副心思都在閨女身上，小圓卻不願冷落了兩個大的，便叫奶娘將孩子們帶來聽故事。平日這種時候，都是午哥跑得最快，今天先進來的卻是辰哥。他手舉著一本書，跑得小臉通紅，問道：「娘，為何不許我吃糖？」小圓看了看奶娘，奶娘答道：「他今兒已吃了三塊了，少爺和少夫人給他定的是五塊，剩下的兩塊，我想留到他晚上再吃。」

小圓俯下身子，問辰哥道：「可聽清了？糖吃多了對牙不好，你一天吃五塊，已是很多了。」辰哥辯道：「可書上不是這樣講的。」

「書上還寫這個嗎？」小圓好奇地接過他手中的書，原來是本《糖霜譜》，大概是他們研究農事時買的，辰哥作了記號的那一頁上頭赫然寫著：「糖是消痰、除心煩熱的佳食。」

她將這句子念出聲來，忍俊不禁，笑罵一旁看熱鬧的午哥，「你弟弟也變得滑頭起來，是不是你教的？」午哥大呼冤枉：「我向來不看書的，哪裡曉得這個？」

程慕天捧著一包花瓣進來，順手敲了他一下，「向來不看書？趕緊回房背書去。」午哥見他臉上是帶笑的，便曉得他是在說笑，站在那裡紋絲不動，「娘，我還要聽『大鬧天宮』。」小圓撲哧笑道：「猴兒，『大鬧天宮』你哪日不耍一齣？」

辰哥覺得自己被忽視，抓起《糖霜譜》開始撒嬌，「娘，我要吃糖。」小圓奇道：「你在父親面前規矩得很，為何一到娘親跟前就黏糊起來？」午哥抓了把鹽豆兒給他，道：「拿這個磨磨牙吧，別老惦記著吃糖，許多人家連飯都吃不上呢。」

小圓聞言大為驚訝，他這麼錦衣玉食的小少爺，竟有這樣的覺悟？程四娘輕聲一語道破天機：「我們才去尋素娘，可素娘說她不得閒，要去地裡撒種，不然沒得飯吃。」

「撒種？」小圓撫了撫額角，「看來我生了孩子、坐完月子，外頭的事通是不知了。」

程慕天遞了盞參茶給她，解釋道：「楊家去年就沒得糧食收，今年早早兒買了幾畝旱地，準備學咱們種小麥。」小圓笑道：「咱們種小麥是為了磨白麵做酒麴，他種小麥作什麼？咱們南邊的人又不慣頓頓吃麵條和饅頭。」程慕天現在完全不把楊家莊放在眼裡，道：「理他們呢，反正今年他們若還是沒糧食吃，我這裡可沒得借的。」

他們兩口子閒聊之時，阿彩已給孩子們講完了「大鬧天宮」的故事。午哥挨到小圓旁邊，道：「娘，妹妹的玩意實在太多了。」小圓笑著與程慕天對視一眼，十分默契地沒有理他。午哥又挪到程慕天那邊，故作不可理解的驚訝狀，「爹、娘，素娘竟說她沒見過公仔，你們說稀奇不稀奇。」

小圓忍不住悶笑，兒子，若不是你娘親機緣巧合來到這大宋，你也一樣不曉得公仔是何物。

程慕天見午哥黏著不肯走，眉頭皺了起來，「那丫頭有什麼好，雖生了一副好樣貌，可身上沒有哪天是乾淨的，不是灰就是泥，你送他一個公仔，也是落個髒撲撲的。」

午哥張大了嘴，「爹，你怎的曉得我想送她一個？」

小圓終於忍不住笑出了聲，「你那點子小聰明，在你爹面前不值一提。」

程慕天得了這樣的讚揚，身輕得似要飛起來，大度地一揮手，允了午哥的要求，讓他挑了個惢娘最不愛的「米老鼠」，送去給素娘。午哥抱著「米老鼠」轉身欲跑，小圓叫住他，又遞了一隻更大的過去，道：「大的給紫娘，小的給素娘，不然她一個也落不著。」午哥接過大一號的公仔，從娘親這裡又學了一課，自此再與素娘送禮物，必要備一份更好的給紫娘。

四月裡，程大姊生的兒子擺滿月酒，小圓因蕊娘還小，去不得，只派程慕天作代表，帶著兒子們去坐了坐。待到六月底，孩子滿了一百天，程大姊特特發了帖兒進山，邀小圓一家上西湖遊船。

小圓看完帖子，笑道：「程大姊的鑫哥才過一百天，她就惦念著出來逛了，想必是坐月子把她憋悶壞了。」程慕天道：「一百天是個坎，只要過了，大人就放心了。蕊娘亦過了百日，可以出得門，西湖妳又還沒去過，不如咱們帶了孩子們，出去逛逛吧。」小圓故意逗他道：「不怕我見外客了？西湖上人不少吧？」

程慕天彷彿料到她有此一問，得意笑道：「金九少自家有大船，妳坐船艙裡，任誰也瞧不見。」小圓賭氣道：「那我不去了，坐在艙裡，什麼也看不到。」程慕天進山這兩年，看開了許多，見娘子生氣，忙湊過去哄她，許她上船頭瞧風景。

午哥聽說要去西湖玩，樂得找不到北，催著奶娘替他收拾衣裳，說要在船上多住幾日，又跑來問小圓，能不能把他的那些玩意帶上船。小圓想起金家可憐的八哥，同他商量道：「午哥，你玩意不少，帶些去送給八哥，好不好？」午哥向來是大方的，再說他玩意著實不少，便點了點頭，轉身去翻揀。

辰哥在旁咬著一塊小麻糖，問道：「娘，我還有糖，也帶幾塊去給八哥？」小圓很欣慰兒子們都有一顆憐憫人的心，摸了摸他的腦袋，輕輕點頭。

程慕天抱著蕊娘進來，東翻翻西翻翻，問道：「娘子，上回做的小提籃在哪裡，將閨女放在裡頭，提去船上。」小圓接過蕊娘拍著，笑話他道：「生怕別個不曉得你有個閨女似的，服侍她的奶娘丫頭一大堆，還需要你用籃子提著？」

程慕天臉上一紅，搶過蕊娘，掀簾兒出去了。小圓笑著搖頭，打發了田大媳婦去最後一進院子幫程四娘和仲郎收拾東西，自己則和阿彩開了箱子，挑出幾樣金銀兒童飾物，預備給鑫哥作見面禮。

幾個孩子都十分興奮，鬧騰到半夜才睡去。程慕天有些愧疚，躺在床上還在念叨，以後要多帶他們出去玩，不然真像個沒見過世面的土包子了。

第二日天公作美，風和日麗，雖然天氣有些熱，但他們起得早，一路上還是非常涼快。孩子們頭天沒睡好覺，一上車，全部倒頭就睡，只有程四娘還強撐著，直到小圓勸了又勸，她才挑了個角落的地方蜷著睡了。小圓暗自感嘆，到底不是親娘，嫂子對她再怎麼好也只是嫂子，她還是一如既往的小意兒，不似午哥和辰哥，無事也要撒兩回嬌。她又看了看午哥腳跟前的仲郎，旁若無人四仰八叉地躺著，不禁啞然失笑，看來遲鈍也有遲鈍的好處，哪裡都和家裡一樣自在。

到得西湖岸邊，他們棄車徒步，沿著一行垂柳慢慢走著。湖中各式各樣的大小船隻，穿插交錯，往來如織。許多商販高聲吟唱，叫賣著臨安土特產。還有些雜耍藝人，揀那人多的地兒擺開了場子。

午哥興奮地拉著辰哥的手，後頭跟著他名義上的書僮喜哥，和比他還小的小叔叔仲郎，這裡看會子關撲，那裡看會子頂缸，哪裡人多，他往哪裡扎。程慕天生怕他跑丟，一把抓住他，牽他到個扛鬧竿的老漢面前，哄他道：「給你們一人買一個香包拿著玩，莫要亂跑，可使得？」幾個孩子大叫：「那是女娃娃玩的。」

程慕天這幾個月盡為閨女操心，竟忘了男孩子愛玩的玩意同女娃娃不同，給午哥和仲郎一人買了一個，又尋了個賣糖魚的，買了兩條分給辰哥和喜哥。小圓看了看程四娘，見她神色雖平靜，眼裡卻掩飾不住豔羨，忙招過扛鬧竿的，給她買了個香包繫在腰間。

孩子們都得了實惠，終於肯好好走路，一家人得以儘快趕到了碼頭邊。這裡的景色同方才所見又有不同，水面上的船隻成百上千，形形色色，小船船尾固定著大櫓，由船夫用腳來搖，快船則由車輪或踏板推進；還有大型方底船，足有五六丈長，可乘坐二十餘人。

午哥迫不及待想上船，指著停靠在碼頭邊上的一排「羅船」、「劉船」、「何船、」與「黃船」問道：「爹，金姑父的船，可是在那裡頭？」

金家接客的小廝已迎了上來，但程慕天有心要考一考兒子，便道：「你金姑父的船名為『百花』，你且找找看。」午哥指著另一排船念起來：「七寶、十樣錦、金獅子……」

小圓趁著他還在找尋，好奇問程慕天道：「自從金九少中美人局失了財，不是窮了嗎，家裡怎的還有大船？」程慕天見那小廝在近旁，壓低了聲兒笑道：「鋪子都捨得賣，就這艘船捨不得哩。妳可知這船為何取名『百花』，皆因這船上載伎女最多的時候，足有上百人。」小圓的眉不自覺地微微皺起來，今日這船上不會也有伎女吧？可別帶壞了孩子們。

不多時，午哥認出了「百花」二字，得意洋洋來炫耀，程慕天很是欣慰他這幾年的書沒有白念，親自牽了他的手，帶頭登船。

這艘「百花」大且精巧，雕欄畫棟，船的上部飾著各色彩繪，小圓先前還想著要到船頭看風景，原來根本沒這個必要。這船艙兩側開窗，置著舒適的桌椅板凳，他們坐在艙中，不消動得半步，湖中美景便盡收眼底。

程慕天一上船，便不知被金九少引到哪裡去了，小圓坐了一時，吃了幾口茶，程大姊才迎了出來，懷著歉意道：「鑫哥哭鬧，非要我去哄才消停，沒得辦法。」小圓叫幾個孩子上去見禮，笑道：「這有什麼，我家蕊娘也是離不得娘。」又問她道：「三娘子一家沒來？」

程大姊取了幾個玩意出來，分發與孩子們去玩，埋怨道：「她被那幾支仿生花纏住了腳，如今竟是哪裡也不去。」小圓能理解程三娘，替她解釋道：「她和咱們不同，做一天才有一天的錢得，不然柴米油鹽醬醋茶，就要缺幾樣。」程大姊還是不滿，道：「他們家如今全靠三娘子撐著，這怎麼能行？妳看她累的，上回好不容易懷上了個哥兒，三個月上流掉了。」小圓大吃一驚，「我住在深山，又生養孩子耽擱了幾個月，竟是沒有聽說這等事體。我看甘十二不像是只靠娘子吃飯的人，他沒想想轍？」

程大姊撇了撇嘴，道：「他想又有什麼用，有心無力，他這二十幾年，除了讀個半吊子的書，就是在做手藝活，這兩樣哪樣能賺到錢？」小圓坐在那裡，與她兩個相對嘆氣。

程慕天推了艙門進來，道：「三娘子的仿生花作坊又不是沒有雇工，她怎會那般辛苦？」經他這一點，小圓也納悶起來，便問程大姊知不知情。程大姊也是照管過幾年家中生意的人，想了一想，道：「大概是因為她沒請個管事？」小圓一拍手，恍然：「怪不得，她身兼東家和管事兩職，說不準時不時還要親自上陣去做花兒，不累著才怪。」

程慕天搖頭嘆氣，「虧得她生在程家，一點兒經商的天分也無。」小圓偷偷瞪了他一眼，程老爺在世時，何曾管過這個閨女，她沒有餓死已是萬幸，哪裡會懂得經商的道理？既然明白了癥結所在，小圓便託程大姊得閒時去程三娘家一趟，與她講一講雇管事的整體。程大姊自己也是作坊股東，自是沒有二話，滿口答應下來。

小圓透過窗子，瞧見孩子們在外頭來回瘋跑了好幾趟，卻未見著八哥的身影，便向程大姊問起。程大姊似乎不願提起這個，含含糊糊說是他被開水燙了，在家養傷，隨即將話題引開，問程慕天道：「二郎，怎的沒隨金九少去耍？」

不提還好，一提程慕天就惱了，強壓著怒氣道：「他既然是請了伎女上船，就別讓我們帶孩子來，要是我兒子們問起，我怎麼作答？」小圓朝窗外探了探頭，果見船頭船尾皆站著幾個彩衣伎女，滿頭的珠翠，引得過往船隻紛紛放慢了槳，朝這邊張望。她連忙將幾個孩子叫進船艙裡來，哄道：「小妹妹見你們在外頭玩，豔羨得很哩，你們何不就在艙內玩，也叫她瞧瞧？」

這話兩個兒子極愛聽的，馬上圍到奶娘身邊，一個要抱蕊娘，一個要親蕊娘。仲郎不大願意地嘀咕了一聲，被午哥敲了個爆栗，安靜下來。程四娘好心替他揉額頭，卻被他啪的一聲打在手上。

程大姊看不明白，疑道：「仲郎這孩子怎的怪怪的？」小圓無法為她解釋仲郎的強勢服從心理，只道：「他們男孩子總在一處打鬧慣了，親熱著呢。四娘子平日不同他們在一處玩，自然疏遠些。」她見程大姊對方才程慕天的話無動於衷，忍不住指了外頭的花紅柳綠，問她道：「大姊，妳看得下去？為何要由著金九少的性子胡來？妳如今有了親兒子的人，總不會怕他吧？」

程大姊笑道：「沒親兒子的時候我也不怕他，不過是看在他這兩年事事順了我的心的分上，許他快活一回。」原來自從美人局後，金九少就再沒納過妾，連程大姊在孕中和生產時也沒領人回來，程大姊心存感激，便許了他今日邀伎上船。

女人辛苦延續子嗣，男人不該安分收心？明明是該做的事，卻硬是變作了恩賜，這是什麼世道？小圓早就曉得世情如此，但心中還是不舒服，便扭頭看湖面的風景，不再開腔。

粼粼波光的西湖上，無數小腳船，專載賈客伎女，又有載了唱耍令曲及投壺打彈百藝等的船，見有大船靠近，不呼而自來。除此之外，還有成群結隊的小船，裝載著各種貨物往來於南北湖南，菜蔬、水果、時花、美酒、羹湯、茶果……真個兒是無所不包，應有盡有。在離湖岸邊不遠的水面上，小釣魚船正在垂釣，湖中又有撒網打魚船、放生龜鱉螺蚌船。

程大姊也在窗前張望，見有個賣羹湯的小船過來，便道：「我去廚下瞧瞧飯食，再買些孩子們愛吃的甜湯上來。」

程慕天待得程大姊去了後艙，笑話小圓方才的反應，說她是專情的男人見多了，遇到這樣再正常不過的反倒不習慣起來。多嗎？小圓掰著指頭數了數，除了程慕天，親戚中沒有納妾的，就只有甘十二一個。薛家幾兄弟不算，那是因為沒得錢，誰曉得有了錢又是什麼景象。

程慕天口中那樣說，其實心裡最瞧不起金九少，抬起胳膊將她碰了一下，輕聲道：「妳瞧金九少與那個青衣伎女的親密勁兒，一看就不是頭回見面。大姊說他這兩年沒往家裡領人，可誰曉得他在外頭有沒有偷腥？」

小圓極恨金九少當著孩子們的面摟抱伎女，站起身道：「咱們回家去吧，待到金九少不請伎女時再來。」她沒有刻意壓低聲量，故意叫艙外的金九少聽見了，他連忙鬆開伎女走了進來道：「這就遣去，這就遣去。」小圓還是站著不動，他見她不是說笑，忙又走出去，叫小廝拿錢來分給眾位伎女，打發她們去了。

他依依不捨地與一個伎女捏了一會兒小手兒，走進艙來笑道：「弟妹，妳將二郎拘得太過，如今哪個少爺遊湖時不招幾個伎女相陪，沒人陪的惹人笑話呢。」他說著說著，隨手朝窗外一指，「妳瞧那船上，不是一人摟著個伎女？」

小圓順著他指的方向一看，那是一艘小腳船，艙裡對坐著兩個男人正在飲酒，各自懷裡抱著只裹了一層薄紗的伎女。她還在那裡一面瞧，一面想著用什麼話來駁金九少，程慕天已是認出了人來，道：「那個賊眉鼠眼的，不就是楊家的那個？」

小圓再往小腳船上細瞧，那一身麻布袍子，戴麻布頭巾的，果真是楊家的楊老爺。她不禁奇道：「楊家不是窮得掀不開鍋了嗎？看楊老爺身上穿的也甚是寒酸，怎的還有錢招伎女？」

金九少雖然不認得楊老爺，但是卻瞭解男人，笑道：「那樣的下等伎女，召一個花不了幾多錢，只要家裡還過得去，出來逍遙快活會子又何妨。」

小圓和他話不投機半句多，閉了嘴不言語，程慕天也是只看風景不說話，幸好程大姊帶了幾個丫頭端著托盤進來開飯，才不至於冷了場。

程大姊知道辰哥愛吃甜食，特意準備了糖蒸茄，給午哥做的是一條蒸魚，程慕天面前照例是一份盞蒸鵝。金九少笑話程慕天道：「你吃來吃去就愛這一樣，不嫌膩？」程慕天搖了搖頭，「學不來你見一樣愛一樣。」

金九少討了個沒趣，端著一杯酒起身，走到窗前繼續看小腳船上的伎女，看了一時，突然叫道：「那個你們說的楊老爺，怎的和老鴇吵起來了？」他似乎對人家為伎女吵架很感興趣，酒杯子都沒放下就跑去船頭看熱鬧。

小圓和程慕天就坐在窗邊最好的位置，稍一側頭，也能瞧見外頭的情景，只見楊老爺所乘的小船旁邊，另停了一艘裝載伎女的船，那個老鴇看似剛剛跳到楊老爺船上，扯著他的衣衫不放，口中罵著：「窮鬼，你要贖銀姐做妾也不是不行，但錢不能少給。」

程慕天悄聲向小圓道：「姓楊的自從進山就沒再納妾，定是忍不住了。」小圓不解道：「他沒兒子，納個妾也沒什麼，只是買個良家女子不好嗎，非要買伎女，家宅不寧呢。」程慕天指了指裝載伎女的那艘船，道：「他連妻女都養不活了，拿什麼來買良家妾，只能拿幾個鐵錢出來胡亂買個這樣隨水漂泊的便宜伎女。」

小腳船上的楊老爺到底還是顧著些面子，不願被老鴇一口一個窮鬼的叫喚，便多數了幾個錢出來打發了她，叫船家將船靠岸，拉著那個伎女上了一輛破破爛爛的車，大概是回家去了。

小圓夾了一塊魚挑魚刺，問程慕天道：「二郎，你說楊老爺會不會為這個妾擺酒？」程大姊給舀了一碗湯程四娘，接話道：「一個妓女而已，定是做了姬妾了事，怎麼會擺酒抬作正經妾室？」程慕天面露嘲諷，道：「看著吧，肯定會擺酒的，藉機收幾個禮金。」小圓正把挑好的魚肉往午哥碗裡放，聽見他這話，笑得手一抖，差點把魚肉甩到午哥身上去，「楊家在臨安又沒親戚又沒朋友，擺酒收禮金，那不是明擺著要敲詐我們幾個錢？」

程大姊也覺得好笑，道：「楊家人當初那樣囂張，還敢調戲二郎的妾，沒想到如今落得個向你們借糧過活的下場。」她說完又悄聲問小圓：「當初那個妾呢，被妳賣了？」小圓將筷子轉了一轉，沒有講實話，順著她道：「對，賣了，換了一口袋高粱呢。」程大姊愛這樣乾脆俐落的手段，端起酒杯與她碰了一個。

小圓記起此行的另一目的，問她道：「大姊，妳是幾歲開始學女工的？」程大姊想了想，答道：「大概六、七歲吧。」她看了看程四娘一眼，「四娘子該學著些了，不說織布裁衣，花兒總要會繡幾朵的，不然將來被婆家瞧不起。」

這話影射了小圓，程慕天筷子重重一擱就要發話，小圓連忙丟了個眼色過去，悄聲道：「大姊向來是個有口無心的，與她置氣作什麼？」說完又問程大姊：「可曉得城裡有哪位大嫂擅針線？我請回家去教導四娘子。」

程大姊笑道：「還用特特請人？妳家不是有針線房嗎？隨便拉個人來教教她便得。」小圓拍了拍腦袋，「瞧我這糊塗的，現成的師傅在家裡呢。」

他們邊吃邊看風景，不知不覺太陽落山，趕不回山裡去了，所幸早有預料，衣物都是帶齊了的，便別了金九少兩口子，拖家帶口地到城東別院歇下。

錢夫人去年在山中經過小銅錢的那番苦勸，明白了許多道理，這回見他們來，雖愛理不理，倒也沒找碴。仲郎見了親娘，自然是歡喜的，一頭扎到她懷裡不肯出來，小圓見了不免有些心酸，若錢夫人能早些曉事，把仲郎教好些，又怎會骨肉分離。

程四娘也是想念親娘，拎了包袱到丁姨娘房裡，將裡頭的糕餅糖果掏出來塞到她手裡，道：「姨娘，嫂嫂每日都給我發零嘴兒，我沒捨得吃完，捎來給妳嘗嘗。」

丁姨娘捧著零嘴兒看了看，突然抱著她哭了起來，「做妾苦呀，連閨女都不得留在身邊，四娘子以後一定要做個正室。」她哭了一會子，淚還未乾，又笑起來道：「正室又如何，妳嫡母還不是留不住兒子。」程四娘曉得好歹，辯解道：「那是哥哥嫂嫂擔心仲郎學壞，仲郎自從去了山上，規矩了許多，連字也勉強能認得幾個。」

丁姨娘拉著她的手瞧了瞧，白嫩嫩的，想來程慕天和小圓沒讓她受什麼苦，她放下心來，問道：「妳如今還是上午上學，那下午作什麼？」程四娘答道：「以前下午陪嫂嫂閒話，再回房玩會子，不過往後要開始學針線了。」丁姨娘笑道：「妳嫂嫂自己都不會拿針，怎麼教妳？」程四娘答道：「家裡有針線房，針線娘子多著呢，姨娘無須操心。」丁姨娘有些發怔，閨女雖還是貼心，但這話聽著總覺得多了些生分，她慢慢地將程四娘的手摩挲了一陣子，道：「姨娘針線活兒做得不差哩，進山去教妳吧。」

能和親娘住在一起，程四娘自然是願意的，當即欣喜道：「我去與嫂嫂講。」說著拉起丁姨娘，奔去尋小圓。

小圓聽明瞭她們的來意，好一會兒沒出聲。丁姨娘對待自己閨女，自是沒話說，但這並不等於她是個好對付的人，讓她進山，誰曉得日子久了，她會不會生出什麼么蛾子來？程四娘見嫂子只垂頭吃茶不作聲，明白了七八分，拉了拉丁姨娘的手，輕聲道：「姨娘，咱們走吧。」

小圓又一次感嘆，嫂子終究是替不了親娘，但人生不如意十之八九，就是她自己，也有許多的無奈呢，這一次，註定是要讓程四娘傷心了。

丁姨娘不肯走，在地上站得定定的，道：「少夫人，我針線上是好手哩，又會做飯，讓我去教四娘子，多好的事。」小圓不想理她，但當著程四娘的面，總要給她幾分面子，耐心解釋道：「我家有針線房，想必四娘子已和妳提過了，至於廚下之事，我家廚娘也很多。」

丁姨娘辯道：「那些下人，哪裡會有生母教得好？」小圓心道，妳當初若沒有設計過我，我如今也不會這般防著妳。她還在想著如何能駁回丁姨娘的話，又能不傷著程四娘的面子，錢夫人已站在門口罵道：「妾是用來服侍正室的，不是去教導女兒的，再說妳有女兒嗎？程家兒女都是在我的名下。我還好好活著呢，妳竟當我是死人，要偷偷摸摸進山去？」

仲郎進山後，她本就覺得寂寞，如今見丁姨娘也要走，除了惱火，還有三分怕在裡頭。她越罵越生氣，喚來小銅錢，就要把丁姨娘朝柴房裡拖。

程四娘撲上去，抓住小銅錢的手，不許她動丁姨娘。錢夫人見人人都不聽她的話，親自走過去朝程四娘的胳膊上掐了幾把，罵道：「我看妳在山裡學壞了，不如回來我教。」

丁姨娘挨不挨打，小圓懶得理會，但程四娘她卻是心疼的，忙命奶娘把她拉過來，捲起袖子一看，胳膊上已是青了幾塊。她不好說得錢夫人，只好站起身，欲領著程四娘回房。

程四娘卻不肯動，抱著她的腿苦苦哀求道：「嫂嫂，救救我姨娘。」丁姨娘自己不會奉承正室，小圓如何救得，這真叫她好生為難，無奈之下只得命人上去拉架，向錢夫人求道：「娘，給媳婦一回面子，且饒她一回吧。」

仲郎住在山上，仰仗哥嫂的日子還長著，錢夫人雖不情願，還是叫小銅錢鬆了手，但卻不肯留丁姨娘單獨在這裡，喚過她來扶住自己，一路罵，一路朝正房去了。

程四娘想到她在山上享福，生母卻在嫡母這裡受苦，不禁悲從中來，蹲在地上嚎啕大哭。搖籃裡的蕊娘本在熟睡，被她的哭聲嚇醒過來，哭鬧不休。程慕天從外頭箭一般衝進來，抱起蕊娘拍著哄著，眼睛朝屋裡一掃，盯住了程四娘，怒問：「哪個許妳哭的？嚇壞了蕊娘，妳擔待得起？」

小圓見他還是一如既往的偏心眼，瞪了他一眼，悄悄將方才的事情講與他聽，道：「丁姨娘想跟著咱們進山，我不願意，繼母也不許，她這才哭了。」程慕天有些不解道：「丁姨娘有什麼好的，四娘子竟想讓她跟去？」小圓笑道：「丁姨娘再怎麼不是，那也是四娘子的生母呀。她才七歲，自然是想同親娘在一處的。」

程慕天看了程四娘一眼，冷冷地開口：「想和親娘在一起，容易，這回就把她留下吧。」此話一出，程四娘驚呆了，滿面是淚地抬起頭來望著他。小圓把她從地上拉起來，哄道：「妳哥哥講的是氣話，莫要被他嚇住了。」

此時六月天，程慕天的臉上卻好似覆了層冰霜，氣道：「我好吃好喝把她供著，還花費心思來教她，她卻只想著和親娘在一處，也不瞧瞧她那親娘是什麼東西，當初仗著懷了身孕，就敢拿螃蟹來誣陷妳，還妄圖奪取管家權，這要是讓她上了山，咱們家還有寧日？」小圓嗔怪他道：「大人間的事，四娘子又不曉得，她才七歲，能不想著和親娘住一起？若是換做你的兒子們，指不定怎麼哭鬧呢。」程慕天不以為然地哼了一聲，但也沒再發脾氣，抱著蕊娘上外頭看風景去了。

小圓不知如何安慰程四娘，只能把這一切歸結於「規矩」二字，嘆著氣取了藥膏來替她塗抹。

程四娘接過藥膏自己抹，抹著抹著，淚又掉了下來，「嫂嫂，我不是存心要給你們添麻煩，我姨娘實在是苦呀。」

小圓掏了帕子替她擦眼淚，道：「嫂嫂也是姨娘生的，自然曉得這個苦處，但女子一旦做了妾，又哪有什麼出路可言呢？唯有好生奉承正室，好少挨些打罵。」程四娘若有所思，塗好藥膏，去尋到丁姨娘，勸她在錢夫人面前小意兒些，莫要惹她生氣。經錢夫人那一鬧，丁姨娘也明白過來，小圓那裡不收她，錢夫人這裡不放人，她這輩子是沒有和閨女相處的機會了，她悲從中來，竟是晚飯也不吃，躲在房裡嚶嚶地哭。

飯桌上，錢夫人拿起筷子，頓了頓，「丁姨娘怎麼沒來伺候？四娘子怎麼沒來吃飯？」小銅錢回道：「丁姨娘在房裡傷心呢，四娘子在勸她。」這小銅錢也是不會講話，這無異於朝火上澆油，錢夫人冒起怒火來，摔了筷子道：「她們把我這正室嫡母置於何地？」

小圓連忙朝奶娘遞了個眼神，讓她把丁姨娘和程四娘帶來吃飯。丁姨娘接到奶娘的信兒，才曉得錯過了飯點，趕忙把淚抹了兩把，連粉也來不及重新撲，拉著程四娘匆匆趕到飯廳裡去。

錢夫人好久沒找到發飆的機會，哪裡肯放過，一頓飯把丁姨娘折騰來折騰去，看得程四娘眼淚汪汪。錢夫人和丁姨娘兩個都不是善碴，小圓不介意隔岸看戲，卻是可憐程四娘，稍微吃了幾口便稱飽，領著程四娘回房去了。

程慕天也是看得鬧心，索性帶著一家大小上酒樓另吃了頓，又逛了會兒夜市，估摸著那兩位大概鬧消停了，才回別院歇息。

才過了一晚上，錢夫人又挑起丁姨娘的事兒來，他們一家人幾乎是捂著耳朵落荒而逃，爭先恐後跳上車，連連催車夫趕路。小圓撫著胸口道：「不就是丁姨娘想進山嗎？多大點事，繼母竟能從昨天鬧到今天。」程慕天悶笑道：「許是她太久沒尋到由頭了。」

程四娘呆呆地看著車窗外，一言不發，小圓嘆了口氣，將她喚到身邊，問道：「妳想讓妳姨娘過好日子？」程四娘慢慢垂下頭去，怯聲道：「自然是想的，但我沒那個能耐，自己都要靠哥哥嫂嫂養活呢。」小圓笑道：「日子還長著呢，妳急什麼？這事兒我們幫不了妳姨娘，但妳卻是可以的。」

程四娘驚喜抬頭，眼睛一眨不眨地望著她，連程慕天都朝這邊看了一眼。小圓道：「妳好生學本事，將來嫁個好人家，待到自己能當家做主，拿些私房錢出來替妳姨娘贖個身又如何？」

程四娘彷彿看到了曙光，一雙眼睛亮了起來，竟比往常精神許多。

回到家中，程慕天忍不住質疑道：「妳這是在教唆四娘子得罪夫家？」小圓笑道：「我哄孩子呢，你竟當了真？待到她出嫁，那是十年後的事兒了，那時候繼母也老了，大概也就想通了，肯放手了。」程慕天翻著桌上的一張帖子，道：「恐怕那時丁姨娘自己不願意被贖了，她得了自由又如何，缺衣少食，還不如在程家受些委屈，好歹有碗飽飯。」

世間事往往就是這般，總是不讓人有如意的時候，小圓暗自嗟嘆一番，隨口問道：「誰人發來的帖子？」程慕天笑道：「還能有誰，楊家要納小妾，大概就是咱們在西湖上瞧見的那個叫什麼銀姐的。」小圓接過帖子瞧了瞧，大笑道：「真個兒讓你說中了，他們為了收禮金，竟把個伎女抬作妾，不知楊夫人有無被氣得冒煙。」

程慕天在屋裡邊走邊看，故作煩惱狀，「送什麼好呢？咱們也是家徒四壁……」

小圓忍著笑，附和他道：「可不是，稻子還沒收，小麥在地裡，要不送幾顆菜蔬去？」田大媳婦在外間聽見，不曉得他們是在開玩笑，接過話道：「少爺和少夫人不曉得山間禮節，若有人家要娶妻納妾，就是拿些酒菜去相賀，不需要送貴重物件的。」

程慕天樂了，自掀了簾子走出去，吩咐她將莊戶們釀的高梁酒備幾罈子，再宰上一頭羊，預備去楊家莊吃酒。田大媳婦愣道：「少爺，這禮是不是重了些，楊家又不是什麼好人。」程慕天也愣了，「這還重？再少拿不出手吧？」

小圓揮手叫田大媳婦下去準備，笑話他道：「闊少爺想藉機奚落別人，卻無奈大手大腳慣了，生生叫薄禮變作了厚禮。」程慕天見孩子們都在屋裡，不好去捏她的臉作懲罰，便道：「怕什麼，咱們家人多，到時候都去坐席，吃窮楊家。」

小圓當他是笑談，不料七月裡楊家開席的時候，他真個兒把大小四個孩子全帶上了，除了還在吃奶的蕊娘，一行人浩浩蕩蕩來到楊家，只見楊家宅子門首紮著些不紅不綠的彩紙，兩個吹彈手吹著嗩吶，卻是有氣無力，生生將一首歡快的曲子吹成了喪調。程慕天皺眉道：「想要讓我們出血，也須得下些本錢，這般寒磣模樣，真真是……幸虧我只備了酒和羊。」

說是請客，楊家哪有什麼親戚朋友，除了外頭有幾個陪吃酒的，就只有程慕天一家。楊夫人帶著兩個閨女迎出來，將小圓和孩子們引進去坐了。

小圓瞧了她幾眼，只見她臉上的笑比哭還難看，一身打扮也無法與一年前相比，再低頭看茶水，自然不再是龍井，而是一盞子黑乎乎，不知怎麼熬出來的粗茶。

小圓道了聲「恭喜」就不知再講什麼，楊夫人卻是一副極想與她套近乎的模樣，特意沒有坐主座，而是在她旁邊揀了個座兒坐了，笑道：「我們大人雖有過節，所幸孩子們還是有緣分的，過不了幾年怕是要結親家，不如就近挑個吉日，把草帖換了？」

小圓看著盞中的黑茶水，很是無奈，這都過去一年多了，楊家人怎的還惦記著她的小午哥？她微微抬眼，見楊夫人滿臉的希冀，絲毫沒有放過她的打算，只好將程慕天抬出來做惡人，道：「素娘的帖子不是已被我家官人撕過一回了嗎？鄉里鄉親的，又是鄰居，何必鬧成這樣？楊夫人也該看開些。」

楊夫人似是受辱一般，誇張地朝地上啐了一口，道：「一個庶出的女兒也值得我替她操心？我指的是你家午哥同我家紫娘。」小圓看了看正在塞糖給素娘的午哥，道：「我家兒子娶親，是要遂他們自己的意願的，且等午哥成人再說吧。現在還是孩子，哪裡瞧得出來？」

楊夫人笑瞇了眼，「怎麼看不出來，你家午哥對我家紫娘好著呢，三天兩頭的送吃食，送玩意來。」小圓一愣，的確有這麼回事，那還是她教導的，「小孩子，作不了準，他不是也送給素娘了？」

楊夫人一副「妳不知情」的表情，高高興興地取了兩個「米老鼠」出來，笑道：「妳瞧，大的是給紫娘的，小的才給了素娘，想必是午哥那孩子怕羞，不好意思只送一個來，就拿了素娘作幌子。」

小圓一盞作樣子的茶差點端不住，她的紫娘才是作幌子的那一個吧，再說午哥怕羞……她扭頭又看了看大兒，想起他撒嬌耍賴的模樣，心道，這世上恐怕沒誰有他臉皮厚了，連甘十二都得甘拜下風。

楊夫人見她不作聲，只將午哥看了又看，還道她是動心了，忙道：「擇日不如撞日，正好媒人在這裡，咱們把草帖換了？」小圓正不如如何拒絕熱情的她，聞言終於逮著了機會，沉了臉道：「妳那是接妾進門的下等媒人，怎有資格替我兒子作親？趕緊休要再提。」

「哎哎，是我糊塗，我糊塗，你們程家富足，自然要上等媒人換草帖。」楊夫人連連點頭，竟有奉她為未來親家的架勢。

又枯坐了好一會兒，席面終於抬了上來，早已餓壞了的孩子們蜂擁而上，一人占了一個座兒，眼巴巴地瞧著楊夫人，等著她說開席。楊夫人卻不慌不忙，吩咐丫頭道：「新進門的妾呢，叫她來伺候著。」丫頭低聲回道：「夫人，她今日新婚，在新房裡坐著呢。」楊夫人將桌子一拍，震得盤兒碗兒跳了一跳，「一個妾室，哪裡來的新房？再不過來，一頓棍子打出去。」

那個名喚銀姐的妾卻很是玲瓏，未等丫頭去喚她，自己就來了，挪著一雙小腳，腰身扭得如同楊柳搖擺，站到楊夫人身側福了下去，笑道：「老爺勸酒，多吃了兩杯，竟來遲了。夫人有度量，想必不會同我一個妾計較。」

楊夫人就是存著要同她計較的心思，卻生生被她這番話堵了回去，憋得好生難受。小圓暗道，這個妾的段數比楊夫人高明多了，看來楊家要雞犬不寧幾日了。她卻是低估了身經百戰的楊夫人，只見她端起面前的茶盞子，遞給身後的銀姐，漫不經心地道：「茶涼了，且與我換一盞來。」銀姐應了一聲，伸手去接茶，不料那茶盞子底下不知黏了個什麼銳利的物事，在她端盞子的瞬間，將她的手劃得鮮血直流。

小圓看得心驚膽顫，連忙捂住了程四娘的眼睛，又叫其他幾個孩子都背過身去，莫要看這鮮血淋漓的場面。

大喜的日子見了血，很是不吉利，眼看著銀姐就要忍不住，楊夫人罵一旁的通房丫頭道：「看看人家銀姐多有本事，一個伎女進門就是妾，妳在我們楊家混了幾年還只是個通房，也不曉得學著點。」

那通房丫頭受了這挑撥，恨得牙根癢癢，上前攙住銀姐，連扶帶拖將她弄出門去，口中還道：「姊姊，別看妳是個妾，其實和我這通房丫頭差不多，正房夫人打罵，妳就得忍著……」

楊夫人掏出塊帕子出來擦了擦手，隨手扔到地上，揮了揮手，馬上有丫頭婆子上來，轉眼收拾得乾乾淨淨，一點兒都看不出這裡才發生過流血事件。

男孩子們心思粗放，倒不覺得有什麼，程四娘卻是被嚇得不輕，心道，原來妾都是能隨意打罵的，丁姨娘的待遇還算好的了。

小圓見她小臉白白的，知她是受了驚嚇，便拿了筷子想夾個好菜撫慰撫慰她，不料一隻胳膊舉了半晌，也沒尋到一碗瞧得出模樣的菜來。她沒得辦法，只好不恥下問，指了離自己最近的一個盤子向楊夫人請教。

楊夫人道：「那是蘿蔔皮，脆生著呢，妳且嘗嘗。」酒釀蘿蔔皮，小圓還是吃過的，但這一盤子大概是才洗淨了泥就刨下端上來的吧。她又指了程四娘面前的一碗糊糊道：「這個是菜糊？」楊夫人道：「早上才挖的，嫩著呢。」

吃罷酒席回家，幾個孩子都喊沒吃飽，午哥和辰哥更是嚷嚷著要吃在西湖上吃過的菜，小圓想了想，一個是蒸鰣魚，一個是糖蒸茄，便走到廚下去問。廚娘從水缸裡掏出一條肥厚的鰣魚，笑道：「這東西雖精貴，卻是野魚，咱們河裡就有。」

小圓點頭，站在一旁瞧她如何行事，只見她將鰣魚去了腸子，卻留下魚鱗，再用乾淨的布擦去血水。打下手的另一個廚娘揀來花椒和醬等物事研磨碎了，加水、酒、蔥拌勻味兒，再將這各種調料和鰣魚一起上鍋蒸。

這邊的鰣魚蒸好去鱗的時候，那邊的糖蒸茄還未得，小圓喚廚娘來問，廚娘笑道：「少夫人，這東西費時費力著呢，咱們現在才動手做，要想吃進嘴裡，還得等上三日哩。」小圓奇道：「一個茄子這般費時？」

原來這糖蒸茄，是要挑那茄子中嫩且大，開闢如牛奶子的，不去掉蒂把兒，徑直切成六棱，拌醬攪勻後下到開水中，顏色變後再控乾，把薄荷、茴香末摻和在裡面。這還不算完，拌好的茄子還得同二斤砂糖一起放進半盅醋裡，浸泡三個晚上後曬乾。

小圓聽得直咂舌，廚娘卻道：「曬乾的茄子還得放進鹵汁中，反覆拿出來曬，一直到鹵汁用盡，茄子曬乾，最後壓扁了藏起來，要吃時再取。」小圓嫌費事，本想另換個別的菜做，無奈廚娘的茄子已拌過了糖蒸茄的作料，只得由著她們做完。

這茄子一時還吃不了，廚娘另換了個甜菜做了，端上去給辰哥，小圓在廚房裡轉了一時，道：「還做個鳌蒸鵝吧，少爺想必也是沒吃飽。」果然，程慕天是空著肚子吃了幾杯高粱酒，回來直道身上不爽利，小圓忙忙地熬了醒酒湯餵他服下，又將鳌蒸鵝夾了幾筷子給他吃了，方才好些。

過了幾日，程家竟來了幾個穿黃背子的中等媒人，口稱受了楊夫人的委託，來與午哥換草帖。

小圓這才記起那些被她當作了戲言的話，向程慕天笑道：「楊夫人瞧上你大兒子哩，一心想把她親生的閨女紫娘嫁過來。」

程慕天根本沒讓那媒人進門，漫不經心道：「好呀，嫁過來做個妾吧，虧不虧待的就不好說了。」小圓老實不客氣地拍了他一掌，嗔道：「咱們家怎能有妾？家宅不寧哩。」

她以為楊夫人吃了閉門羹，還要接著上門來騷擾，不料過了小半個月，也未曾見動靜，叫人一打聽，原來是楊家新進門的銀姐了得，進門幾日就霸占了楊老爺多少天，楊夫人天天在家幹仗，根本無暇分心其他。

小圓藉機教導了家中一大兩小三個男人，細細闡述了妾的危害。午哥卻道：「這個妾納得好，因為有了她，楊夫人顧不上折騰素娘，這幾日素娘能吃飽飯了呢。」小圓不與他分辯這話的對錯，直接瞪眼，「不許納妾，這是家規。」午哥摸了摸腦袋，想不起他們家家規中有這麼一條，不過還是很聽話地點了點頭。

雖然楊家暫時沒有來糾纏，但程慕天卻萌生了退意，與小圓商量道：「娘子，若長久待在山中，午哥與辰哥見到的頂多是些山野村姑，難道待他們再大些，真要娶紫娘、素娘那樣的小娘子進門？反正現在官府搜刮大戶的風聲已小，不如我們搬回去？」小圓輕輕捏著蕊娘沾了口水的腮幫子，笑問：「怎麼，紫娘和素娘不好嗎？」程慕天湊到她身旁看蕊娘，道：「她們哪裡配得上我兒子，更是無法與我閨女比。」

蕊娘見爹娘都注視著她，開始哼哼著要人抱，小圓笑罵了一聲「小人精」，將她抱起來塞給程慕天，道：「要回去也容易，咱們老宅並不曾賣，我遣人回去收拾打掃幾日，年前就搬回去。」程慕天有些意外，道：「我還以為妳捨不得這山裡。」

小圓笑道：「是捨不得，但午哥明年就到了可以入學的年齡了，袁夫子的學問雖好，到底只是一家之言，還是該讓他去見識見識別的夫子是如何授課的。再者，若一直待在家中小學堂，他沒法子見到什麼新人，實應尋個學院，讓他學學如何與其他孩子相處。」

程慕天直呼娘子有大見解，抱著蕊娘出去尋兩個兒子，告訴他們要回城的消息。

小圓遣了一多半四局六司的人先回老宅，做些灑掃清潔的前期準備工作。田大媳婦聞訊，來尋她問道：「少夫人，水稻和小麥還在地裡呢，如何是好？」小圓笑道：「地裡的活兒，田大不是比我更熟悉，妳只問他去，秋天時若沒有進帳，我是不依的。」程慕天補說了一句：「謹防楊家莊偷糧食便得，秋收時咱們還要回來一趟的，教你們將稻米和白麵做成酒麴。」小圓囑咐道：「筍子只要還賺錢，作坊就得一直開著，叫他們莫要偷懶。今年高粱種得少，若口糧不夠，等年底賺了錢，買些糧食來吃吧。」田大媳婦一一應了，轉身去知會田大，叫他按著少爺、少夫人的指示行事。

楊夫人聽說他們要回城，急急忙忙地帶了紫娘來挽留，一進房門，就見地上擺了一溜子的大箱子，上頭已紮好了麻繩，她失望道：「你們真要走？」小圓正忙著，很是討厭她來添亂，有些不耐煩道：「咱們家本來就在城裡住，這裡才是別院。」

楊夫人聽了這話，不知想起了什麼，復又歡喜起來，道：「我曉得你們嫌我們家窮，但難得午哥與紫娘從小玩到大，知根知底，咱們做尊長的怎好拆散他們，不如訂個親，妳早些接我們紫娘過門呀。」

小圓見她越講越離譜，便搬了禮教規矩出來，義正辭嚴道：「自古以來，只有父母之命媒妁之言，小孩子私底下的交往怎能作數？」楊夫人滿心想讓紫娘跟著程家進城，竟腆著臉皮道：「他們已交換了信物，是……」小圓打斷她的話道：「私定終身只能做個妾，這規矩楊夫人不會不懂吧？若妳真願意讓閨女做妾，那就寫個賣身契來，不過我醜話可講在前頭，只要進了我家門，要打要罵，乃至於轉手賣掉，就只能由著我了。」

楊夫人家有妾的人，哪裡肯讓親閨女做妾？又聽了她講的「私定終身」，一張臉立時紅一塊白一塊起來。小圓見她臉色雖變，卻還沒有要賣的意思，十二萬分的惱火起來，大聲喚小丫頭端湯上來，送客。

程慕天待她趕走了楊夫人，才從裡間轉出來，笑讚她道：「娘子今日威風得很。」小圓一面吩咐丫頭們將辰哥的「糖蒸茄乾」打包，一面道：「我真是弄不懂楊家人，家裡窮了，不想著如何掙錢，盡惦記些歪門邪道。」

程慕天趁著丫頭們彎腰給繩子打結的空檔，飛快地低頭香了小圓一口，在她耳邊悄聲笑道：「妳以為誰都和妳家官人一般能幹？」小圓動作也是飛快，飛快地踩了他一腳，笑道：「不知羞。」程慕天忙道：「是，主要是娘子妳賢慧，持家有方……」

他好不容易誇讚娘子一回，卻被猛衝進來的午哥打斷：「爹、娘，我不回去。」程慕天很是惱火，怒道：「為何不想回去？捨不得可以讓你瘋玩的山，還是捨不得楊家的素娘？」午哥不知父親如此瞭解他，張了張口，竟沒話好講，只得慢慢點了點頭。

程慕天見他乾脆俐落地承認了，氣得伸手就想打，小圓忙把午哥拉到自己身前，哄他道：「你在山裡通共也沒幾個人同你玩，等到回城進了學院，那裡的小夥伴不多些？」午哥的眼睛開始發亮，問道：「能多到蹋蹴鞠嗎？辰哥長胖了，踢不動，小叔叔又笨手笨腳，只有我和喜哥踢不起來。」

小圓笑著點頭，「多到可以讓你辦場比賽呢。」午哥高興起來，抱著她的腰，扭著身子開始央求道：「娘，那咱們把素娘也帶去。」程慕天的巴掌又伸了過來，小圓側身一擋，繼續哄午哥：「帶走沒問題呀，但須得簽個賣身契，做了咱們家的妾再帶走，不然楊家要告我們拐騙呢。」

午哥雖然覺得妾是個好東西，素娘不就是因為楊家有了妾，生活境況才好轉的嗎？但銀姐被楊夫人的茶盞子劃得鮮血橫流的場面，他一直都忘不了，於是深深地垂下了頭去，沮喪道：「那算了。」小圓不忍他太過傷心，安慰他道：「你不要急，等到你二十歲，若還是願意和她在一起，娘自與你做主，三媒六聘地接她過門。」

「真的？」午哥的頭又抬了起來。

小圓點了點頭，又叮囑他道：「這話你自己曉得便是，莫要講與楊家聽，連素娘也不許說。」

午哥不解問道：「為什麼？」

不讓楊家人曉得，是怕他們又糾纏不休；不讓素娘曉得，是怕她存了勾引的心思。但這些小圓無法與他講得，只好繼續哄他道：「楊夫人一心不讓素娘好過，你若讓楊家人曉得了些事，她能不打素娘？至於為什麼不告訴素娘，是要等到以後，給她一個驚喜呀。」

午哥聽明白了，歡喜應著，抓起個包袱跑出去了。小圓估摸著他是去與素娘告別，便看了一旁的奶娘一眼，奶娘會意，連忙回道：「只是些小孩子的玩意，玉佩等私物我都收好了。」小圓點頭，誇了她幾句，繼續看丫頭們清點物事。

程慕天讚道：「娘子果然細心，不然我程家的信物若被他無心送了出去，今後又是糾纏不清的麻煩事。」小圓暗自腹誹，你兒子小小年紀就「招蜂引蝶」，我這做娘的不細心點能成嗎？不然家中娃娃親都要排成行了。

要回城了，孩子們都很喜悅，尤其是程四娘和仲郎，一想到可以經常見到親娘，跳上車的速度超過了猴子般的午哥。小圓體諒他們的心情，特意另派了一輛車給他們坐，進了城門，就直接送他們去城東別院，與各自親娘住幾日再回來。

程慕天站在闊別已久的老宅門前，看了許久，冒出一句：「大，實在是大。」小圓捂嘴偷笑，比起山中那三進的小別院，這帶了東西跨院的五進大宅自然是大得很了。她喚來管家娘子細細吩咐，最後一進院子給程四娘住，第四進院子住仲郎，第三進院子住午哥與辰哥，自己則和程慕天帶了小蕊娘住了第二進院子。

她站在院子裡，一邊看著小廝們搬箱籠，一邊笑道：「人多還是好些，終於把家裡擠得滿滿當當了。」程慕天卻皺眉道：「不多，待得蕊娘再大些，還沒得單獨的院子給她住。」

小圓笑道：「咱們家每進院子都不小，到時候在四娘子的院子裡另闢個單獨的小院給她住。」程慕天面露不滿，嘴裡嘀咕著「讓我閨女受委屈了」。小圓正欲笑話他幾句，阿彩來報，說丁姨娘帶著程四娘來了。

小圓奇道：「不是說想念生母的嗎？怎的才住了一日就回來了？」阿彩看了看院門口，回道：「我看她是來找碴的，一臉的忿忿不平，走到門口時還罵了幾句，我叫婆子把她攔在門外了。」程慕天沉了臉，氣道：「她以為她是什麼身分，到我家擺起譜來了？先拖到柴房去敲幾棍子。」

小圓嗔道：「你這口氣和繼母差不多了，總要給四娘子留幾分臉面。」說完吩咐阿彩：「把四娘子領到她自己的院子裡去，大人的事，小孩子莫要摻和。再叫丁姨娘在偏廳候著吧，待我忙完了再去見她。」阿彩應著去了，小圓繼續看下人們安置家什，直到家具歸位，器皿擺好，才扶著小丫頭的手朝偏廳去。

丁姨娘在廳裡候得極為不耐煩，又不敢發作，好不容易看到小圓的裙襬出現在門口，連忙拉著程四娘的手快步迎了上去。小圓沒理會她，責罵阿彩道：「不是叫妳把四娘子領回院子裡去的嗎？」

丁姨娘忙道：「我就是為四娘子的事來的，因此沒讓她走。」小圓見程四娘低垂著頭，暗自奇怪，走到主座上坐下，問道：「四娘子有什麼事？」丁姨娘答道：「眼見得天氣涼了，該給她纏腳了，本來四、五歲上就該纏的，那裡她在山裡，我管不著，現在離得近了，我總要講幾句的。」

這話極沒有規矩，小圓為了程四娘，忍住了氣悶，她不是沒想過要給程四娘纏腳，只是將來他們是要出海的，纏了一雙小腳，能去得哪裡？丁姨娘見她不作聲，急了：「妳不會是故意不給四娘子纏腳的吧？自己一雙大腳，就見不得別個纏雙金蓮？」程四娘見小圓的臉色越來越難看，連連拉丁姨娘的衣角，丁姨娘卻正在氣頭上，對她的暗示沒有反應，反而忿忿不平地別過了頭。

小圓握緊了茶盞子，問程四娘道：「妳自己也想纏？」

毫無意外，程四娘點了點頭。

小圓本想隱晦地把出海的計畫講給她聽，好打消她纏腳的念頭，但轉念一想，出海至少還是二十年後的事，那時她早就出嫁了，進了夫家，哪裡還是她管得著的？這般想通，她也不惱了，心平氣和地道：「七歲纏腳不算晚，纏太早也不是什麼好事。阿彩，領四娘子回房，喚余大嫂去幫她纏腳。」

丁姨娘忙道：「我會纏，我來便得。」小圓看了她一眼，冷冷地道：「送客。」

阿彩命兩個小丫頭把丁姨娘轟了出去，還是氣不過，問小圓道：「少夫人，方才妳怎麼不叫我打她幾下？四娘子的臉面固然重要，可丁姨娘也著實可惡，一點兒規矩也不講。」小圓苦笑道：「她跟咱們已是兩家人，只要夫人不發話，我能動她？她這是以為我故意不給四娘子纏腳，不願她將來嫁個好人家呢。小人眼裡瞧小人，看誰都是小人，理她呢。」

她雖氣丁姨娘，但到底放心不下一手帶大的程四娘，便到第五進院子裡去瞧她。程四娘此時正坐在一張矮凳子上，余大嫂一邊幫她洗腳，一邊笑道：「還是我們粗人好，不用受這纏腳之苦。」

程四娘小臉紅紅的，低聲道：「姨娘說，纏了小腳才好尋個好人家，我不怕疼。」小圓站在門口聽見這話，也不進屋，問道：「四娘子也在怪我沒給妳纏腳？」

程四娘連忙起身，站在腳盆裡向她行禮，道：「嫂嫂，我絕沒有這個意思，我哪裡曉得幾歲該纏腳？」小圓暗道自己太過多心，走過去扶她坐下，道：「是嫂嫂錯了，嫂嫂一直以為可以照顧妳一輩子，沒想到妳終歸是要嫁人的。」

余大嫂笑道：「我才來程家做工時就說少夫人是好心人，近些年越發好心起來，好心必有好報的。」小圓笑道：「承妳吉言。」又問：「這歲數纏腳，還能纏出三寸金蓮嗎？」余大嫂奇道：「七歲正是纏腳的好年紀，不過三寸哪裡纏得出來，一般都是四寸。」原來宋人纏腳不過是圖個「纖且直」，是不把腳板弓壓彎的，自然也就達不到三寸金蓮的標準。

余大嫂幫程四娘洗淨腳，趁著腳尚溫熱，把除大腳趾外的其他四趾朝腳心拗扭，再在腳趾縫間撒上粉，最後用布鬆鬆的裹了。小圓見程四娘臉上並無痛苦表情，還以為不把足弓壓彎就不疼，余大嫂卻道：「這只是試纏，等過幾天加緊，疼的時候才開始哩。」

果然，四、五日後，隨著裹腳布慢慢收緊，程四娘的腳越來越疼，雖然她耐性好，沒有叫出聲來，但卻漸漸地不愛出房門了。

轉眼就是秋收時節，小圓和程慕天進山教莊戶們製酒麴，順路帶上了孩子們，讓他們秋遊一趟。程四娘的腳正是疼的時候，沒了這個福氣，只能留在家中。

楊夫人聽說他們回莊，興奮不已，帶了紫娘來迎。小圓以前在山中，為了裝窮，能簡則簡，如今沒了顧忌，全副的陣勢就擺了出來，大群的奴僕前呼後擁，根本沒給楊夫人靠近她的機會。

楊夫人懊惱不已，回家就拿銀姐出氣。銀姐如今懷了身孕，氣勢強了些，扭頭就告到楊老爺面前。楊老爺罵楊夫人道：「蠢貨，人家是有錢人，妳要求見是要遞名帖的。」說著親筆寫了個帖兒交到她手裡，叮囑道：「若是紫娘的事兒不成，素娘也是好的。」

楊夫人點頭應了，照著他的吩咐將兩個閨女都帶上，心裡卻道，若是我親閨女不能嫁過去，庶出的就要靠邊站，哪怕程家主動求娶，我也要攔著。

她走到程家門首，將楊老爺的名帖遞了，不料看門的小廝接過去掃了一眼，又遞還給她，道：「主人有吩咐，不見楊家人，妳請回吧。」楊夫人不信，道：「我看是你貪圖門敬，你一個看大門的小廝，哪裡讀得懂帖子上的字？」

小廝笑道：「哎喲，楊夫人，咱們程家上上下下，粗使婆子都能識得幾個字。不怕妳惱，我寫幾筆，比妳這帖子上的狗爬字怕還強些。」

楊夫人被氣得不輕，拉了紫娘轉身就走，回家將帖子扔到楊老爺面前，稱程家嫌他字太醜，不收他的帖子，把楊老爺也氣了個倒仰。

其實小圓兩口子此時根本就不在家中，而是在作坊裡忙著教莊戶們做酒麴，幾個媳婦子拌麵的拌麵，裝罈的裝罈，忙得熱火朝天。程慕天監督完最後一道工序，拉著小圓出來，笑道：「差不多都會了，咱們回去吧。真正製好還得等些日子呢，到時讓田大來報一聲便得。」

小圓道：「昨日才來，今日就回，趕路呢？孩子們好不容易出來散一散，且讓他們痛快玩幾日再回吧。」程慕天不大願意，道：「蕊娘還在家裡……」

小圓笑看他一眼，嗔道：「你如今心裡只有你閨女，也不怕兒子們吃醋。」程慕天湊到她耳邊，悄聲道：「我心裡還有妳，妳不吃醋就行。」小圓望了望遠處的丫頭婆子們，飛快地在他唇上點了點，害得好不容易講情話的程慕天紅了臉。

他們沿著蜿蜒小路下山回家，門上小廝來報，說楊夫人來過，被他攔在了門外，程慕天隨手丟過去幾個賞錢，笑道：「攔得好。」

晚上午哥領著一幫孩子們汗流浹背地回來，手裡還拎著個粗布書包，小圓喚過去一問，原來是素娘親手縫了贈與他的。六歲多的小女孩就會做針線活，小圓暗自佩服，接過來一看，針腳雖算不上細密，倒還整齊，她問午哥道：「你過完年進書院，打算就拎這個去？」午哥點頭。小圓便喚過余大嫂，幫他把書包收起來。

又住了兩天，程慕天再也忍不住，親自盯著小廝們套好車，把一家大小塞了進去，飛奔回家看他的寶貝閨女。一進門，就聽得蕊娘驚天動地的哭鬧聲，兩口子飛也似的奔進去瞧，一個去哄孩子，一個責問奶娘。

奶娘低著頭道：「都怪我，不該抱她去瞧四娘子。」原來程四娘這幾日開始「裹尖」，即裹腳趾，四隻腳趾頭被纏得緊緊的，硬擠進尖頭鞋裡，疼痛難耐，偏還必須到處走動，以壓彎腳趾。方才奶娘抱著蕊娘去瞧她時，她正扶著院中的石桌子挪步，滿臉是汗，表情痛苦扭曲，嘴裡還不時呻吟幾聲，這副模樣嚇著了蕊娘，這才讓她大哭起來。

程慕天還不相信，親自走到第五進院子去瞧了瞧，回來時滿臉受驚嚇的表情，問小圓道：「娘子，咱們的蕊娘長大後也要纏腳？」小圓故意道：「我怎麼曉得？父親做主。」程慕天抱起蕊娘親了親，道：「定有同我一樣不嫌棄娘子大腳的人。」

小圓瞧她不是打算給蕊娘纏腳的樣子，笑道：「瞧這單子，都被你揉爛了，也沒見你挑出一家滿意的書院來。」程慕天抓了抓腦袋，苦惱道：「不是夫子沒名望，就是環境不大好。」小圓忍不住笑了，「你兒子不是考科舉的料，饒了他吧，選個離家近的便得，免得他脫了韁，越發野起來。」

程慕天聽不慣這話，卻也明白是這個理，便坐到桌前，一手抱蕊娘，一手拿單子，道：「好閨女，咱們來替你大哥挑書院……」

午哥從門外直衝進來，癱倒在地，吐著舌頭叫道：「嚇死我了，小姑姑嚇死我了，余大嫂在幫她緊腳，她叫得跟殺豬似的。」小圓朝後頭院子的方向望了一眼，嘆了口氣，將午哥拉起來道：「起來站好，別又惹你爹生氣。」

午哥跑到程慕天面前，道：「爹，你以後可別給妹妹纏腳。」程慕天「嗯」了一聲，語氣十分平靜，道：「站沒站相，坐沒坐相，去牆角罰站一刻鐘。」

午哥哭喪著臉挪到牆角罰站，過了會子，突然問小圓：「娘，素娘送了書包給我，我應該回什麼禮呢？」

送什麼禮？小圓愣了愣，反問道：「你有什麼打算？」午哥摸了摸腦袋，欲順勢轉過身來，被程慕天瞪了一眼，又縮了回去，面朝牆壁答道：「她總是吃不飽，送一塊羊肉去給她吧。」程慕天提筆在單子上圈下一家書院，道：「送羊肉可以，你自己出錢。」

午哥沒有作聲，似在思考。

他這一沉默，程慕天就曉得自己的擔憂根本沒必要，他還是小孩子心性呢，雖嚷嚷著要娶，卻根本不曉得「娶」的含義。

小圓覺得奇怪，坐到程慕天身旁，悄聲問道：「午哥竟這般小氣，他不是有零花錢嗎？」程慕天搖了搖頭，同樣低聲道：「誰曉得？你問他。」小圓咳了兩聲，向午哥提出疑問。午哥答道：「過完年不久便是妹妹的生辰，我攢的錢是給她買禮物的，不能讓辰哥比了下去。」

小圓啞然失笑，原來素娘竟比不過他的面子，不過這性格倒是隨了他爹。

秋盡入冬，轉眼又是過年。家中孩子們多，又多年沒回城裡，小圓有心要過個豐富熱鬧的新年，大筐的菜、大筐的肉，流水似的朝家裡搬，當然還少不了午哥的玩意、辰哥的糖。至於仲郎和程四娘，則應錢夫人與丁姨娘的要求，送回城東別院去了，待過完年再回來。

待到忙完年，守完歲，程慕天終於趕在出正月前替午哥定下一家「錢塘書院」，元宵節過完便將他和喜哥一同送了去。

上學頭一天，午哥晚上回來，匆匆請過安便一頭扎進他自己房裡，翻箱倒櫃尋個不停。小圓忙喚余大嫂去給他幫忙，問道：「午哥，可是忘了帶書本？」午哥正翻著一口大箱子，頭也不抬地回答：「娘，我是不是有個繡了『孫悟空』的書包？」小圓親自開了櫃子拿給他，奇道：「你不是有素娘繡的書包嗎，怎的又想起這個來？」

午哥氣憤道：「那不是繡，是縫。」小圓不解道：「這有什麼區別？」

午哥跺腳，「今兒喜哥拎了個緞面兒繡葫蘆娃的書包，我卻拎個粗布沒繡花的，他們都說我是小廝，來給小主人陪讀的。」余大嫂自小就帶他，見不得他被人瞧不起，忙將粗布書包裡的書全倒出來，裝進「孫悟空」書包裡去，哄他道：「咱們不要這粗糙書包，趕明兒奶娘為你繡個西遊記全套的。」

午哥重新露了笑臉，抱著她的胳膊晃起來，「奶娘，現在就繡，現在就繡……」余大嫂疊聲答了三個好字，問過小圓，牽著他的手去挑料子。

小圓撿起地上被踩了一腳的粗布書包，嘆道：「這也是個可憐孩子，只可憐不是一路人。」第二日午哥回家時，身上背的是超豪華的雙面繡書包，連小圓都止不住感嘆道：「太過奢侈了，余大嫂和針線房娘子們怕是趕了一夜的工吧。」程慕天頗不以為然道：「錢賺來就是花的，沒得放著家財，卻叫兒女們受苦的道理。」

小圓笑道：「那你可得多教他些賺錢的本事，免得將來受窮。」程慕天道：「算盤教了，算帳正在學，外國話也學得像那麼回事，就算沒有咱們的家底，他也餓不死。」午哥笑嘻嘻地站到他們面前，道：「我現在就會賺錢。」說著抓出一把鐵錢來，自誇道：「我入了書院的蹴鞠社，頭一場就贏了錢。」

小圓大驚失色，「你才進書院兩天就開始賭球？」

程慕天道：「是書院裡的蹴鞠社，兩幫子人蹴鞠，其他學生下賭，贏了的蹴鞠人也有分紅。這是合理合法的，夫子無事還拿出幾個束脩玩一回呢。」

午哥連連點頭，興奮得臉通紅，拉著小圓的手講個不休。原來臨安有不少民間社團，如耍詞的文社、唱清樂的女童清音社、射弩的錦標社……這些社團本是大人們的娛樂，但因為太受歡迎，書院裡的學生也紛紛仿造，成立了孩子們的社團。

午哥掏出一張紙，挺著小胸脯道：「等我長大了要入齊雲社。」小圓接過紙來一看，原來是一份《齊雲社規》，上頭不僅講了蹴鞠時該如何運球，如何手腳協調，甚至細化到如何理鬢、解鞋脫靴、怎樣使氣、怎樣變化。

程慕天對蹴鞠也很感興趣，湊到旁邊看了一時，誇獎午哥有志氣，還許諾要買個更好的氣球給他。一家人正在說笑，阿彩進來稟道：「少爺、少夫人，聽說錢家的辛夫人不大好了，請少爺和少夫人去一趟。」

辛夫人年歲高了，大去之日將近也不是稀奇事，但這與程家有什麼關係？程慕天很忌諱去探望將死之人，不願意動身。無奈辛夫人這回十分執著，隔一會兒就派個人來催，他煩不勝煩，只得攜了小圓朝錢家去。

辛夫人已是病入膏肓，一張臉乾癟得似核桃，錢夫人正抓著她的手伏在床前哭泣，旁邊還立了個穿黃背子的媒人。

小圓朝那媒人打量了幾眼，暗道，這是要的哪一齣？程慕天亦是奇怪，卻不便相問，只道：「辛夫人可是藥材不夠吃？上我們家藥鋪抓去。」辛夫人緩緩搖頭，命人搬了個沉甸甸的匣子擱到他們面前，道：「這是一匣子金銀，換我閨女自由身。」說完喚那個媒人近前，叫她把一張填好的草帖遞給程慕天，道：「你若是同意，就在上頭簽個名兒。」

程慕天高舉了金銀匣子摜到青磚地上，震得眾人一抖，「既入了我程家門，就生是程家人，死是程家鬼，要改嫁，休想。」

辛夫人艱難地探起身子，辯解道：「寡婦再嫁是義舉，你娘子的生母能改嫁，為何我閨女就嫁不得？」

程慕天冷笑道：「若是繼母在我程家安分守己，或許我還放她一條生路，可她不僅不賢，還使那歪門邪道害死了我父親。若不是看在仲郎的分上，我早就把她送去官府查辦了。她只該老老實實替我爹守節，改嫁一事，想也別想。」

辛夫人一急，劇烈咳嗽起來。錢夫人抓著她的手只會喊娘，還是小銅錢上去幫著捶背撫胸，才叫她緩過了氣來。

程慕天將地上散落的金元寶踢了一腳，拉了小圓轉身就走，一路黑著臉沉默不言。進了家門，他徑直去了程老爺的牌位前，將門緊鎖，連小圓都不讓進。

小圓在外站了一會兒，嘆著氣回房。她是極希望錢夫人改嫁的，錢夫人離了程家門，她能少多少事？想想都叫人開心。但程慕天的態度堅決，心情還十分低落，她無法勸得，只能躺在榻上長吁短嘆。

阿彩明白她的心思，出主意道：「少夫人，妳是程家媳婦，不好講話，不如請親戚們來幫忙勸勸呀。」小圓苦笑道：「請誰？他的幾個姊妹都怕他，仲郎又還小。」阿彩道：「少夫人還記不記得程東京？」小圓笑道：「他已升任族長了，我能不記得？」阿彩道：「少夫人何不去信跟他說，請他寫一封信來勸一勸少爺？」小圓搖了搖頭：「背著少爺與他人講家務事，不像樣子，我還是尋機會自己勸說吧。」

程慕天悶了幾日，終於緩過神來，卻不許任何人提這件事，不然他便發脾氣。小圓無法，只得將勸說他的念頭壓下。

家主心情不好，一家人都小心翼翼，飯桌上，幾個孩子都埋頭扒飯，只有午哥膽大，絮絮叨叨地講他的社團，時不時蹦出幾句詩詞來。辰哥奇怪問他：「哥哥，你不是入的蹴鞠社嗎，怎的講起詩詞來？」午哥甩了甩頭，道：「那是哪年哪月的事了，我早就改投文社了。」

小圓一口飯差點笑噴，「如果我沒記錯，五天前你剛剛立下大志，誓要踢出個名堂，好加入齊雲社。」

午哥絲毫不覺得羞，拿筷子將程慕天指了指，道：「爹不是希望我多背書，加入文社，想必他更歡喜。」程慕天盯住他的眼，問道：「你果真是為了讓我高興才加入文社的？」午哥讓他看到心虛，低了頭道：「他們都改投文社了……」

「為何？」程慕天問道。

午哥飛快地瞟了他一眼，又低頭：「聽說山長的閨女愛好填詞，時常會去文社與人切磋……」

山長的閨女，即是私立學校校長的千金。

程慕天的臉上露了些笑意，道：「聽他們胡扯，你們山長頗有名望，怎會讓女兒拋頭露面去文社？」午哥小聲嘀咕：「管他呢，去了再說。」

小圓一口飯又差點噴出來，悄聲向程慕天道：「你兒子真是見一個愛一個。」程慕天卻道：「錢塘書院山長家的千金是我們高攀了，午哥有眼光。」小圓笑道：「小孩子的心思哪裡做得了準？你瞧瞧素娘，他現在可還記得起來？」程慕天也笑了起來，道：「做父母的難免心急些，也罷，隨他自己折騰吧。」

小圓瞧著他心情變好，便大著膽子問道：「二郎，繼母改嫁一事，你是否再考慮考慮？」程慕天的反應很激烈，筷子一摔，起身就走。小圓在孩子們好奇的目光中顯得十分尷尬，程慕天許是感覺到了身後的氣氛，伸出手碰到簾子的那一刻，又轉身折了回來，道：「先吃飯。」說著夾了一筷子魚到她碗裡。

小圓鬆了一口氣，但也不敢再提起此事。

自從程慕天摔了辛夫人的金銀匣，錢家又派人來求了幾回，全讓得了吩咐的小廝攔回去了。二月底，蕊娘滿周歲，被錢家煩擾了多日的程慕天終於得以展顏，擺了幾桌子酒席大宴賓朋。即是周歲禮，自然少不了抓週。與先前兩個兒子的不同，錦席上沒有筆墨紙硯、算盤秤桿等物，而是擺著些果木彩緞、花朵針線。抓週還未開始，午哥跑過來，將個立耳、圓睛、翹嘴的褐釉小狗放到席子上，道：「這是我送妹妹的生辰禮。」辰哥不甘示弱，將一盒子「戲劇糖果」放到小狗旁邊，道：「我的比哥哥的好。」

小圓正要誇他們幾句，程慕天斥道：「就曉得照著自己的意願買，也不看看妹妹喜不喜歡。」小圓詫異問他：「蕊娘喜歡什麼？」程慕天神神祕祕一笑，朝外招了招手，丫頭們提進一只籠子來，眾人一瞧，原來是隻黃白相間的長毛獅子貓。

小圓埋怨道：「養這種獅子貓可費時費力了，還不得要撥個專人照管。」

程慕天不滿道：「妳這是偏心眼，兒子們都護著，到了蕊娘這裡就馬虎。」

甘十二笑道：「偏心兒子的不少，偏心閨女的倒是少見。」

他們兩口子到如今也沒能生個兒子出來，程慕天怕一開口，被誤認為是炫耀，便岔開了話題，抱過蕊娘來抓週。蕊娘本來就喜歡毛絨絨的貓貓狗狗，午哥送的雖也是個狗，卻是冷冰冰的。她見了這能跑能跳能喵喵叫的貓咪，自然是驚喜笑著，揮著小手要去抓。

蕊娘還不大會走路，程慕天忙一手攬住她，一手抓起一把貓食，將那貓引了過來，逗得她咯咯直笑，不住叫喚著：「爹，貓，貓，爹……」眾人見她把程慕天和貓排在一起，大樂。程慕天卻不以為忤，反倒覺得他閨女很聰敏，臉上十分有光。

程大姊猶豫著開口問道：「抓週呢……這貓便是她抓的物事？」程慕天反問：「不行嗎？」程大姊瞧他面色不好看，嚇得朝椅背上靠了靠。小圓忙解圍道：「大姊的意思是不夠鄭重，難不成蕊娘子要養一輩子貓過日子？」

程慕天將蕊娘親了幾口，道：「我的閨女想做什麼就做什麼，養貓又如何？」

程三娘也是個溺愛閨女的人，便道：「閨女們是該嬌養些，見慣了富貴場面，眼皮子才不會淺。哥哥這貓食是哪裡來的？我們家也養了隻花貓，卻是沒吃過這東西。」

程慕天很滿意她這番話，笑道：「早市上買的，除了貓食，還有貓窩呢。」

眾親戚都咂舌，直道他家養個貓也金貴。

抓週完畢，外頭的酒席也該開場了。程慕天起身，請了甘十二、金九少到外頭去吃酒，小圓同幾個女客在內開了一席，團團圍坐，瞧那專為孩子們準備的皮影戲。

一排好幾個孩子，身上穿的都是新衣裳，只有金家八哥，上頭一件灰不溜秋的短衫，下頭的褲子大概還是去年的，短了一大截，露出腿杆子來。小圓看著心酸，問程大姊道：「妳好歹也把他捧在手心裡疼了這麼些年，忍心這般待他？」

程大姊看了看奶娘懷裡的鑫哥，問她道：「妳家若有個妾生的兒子，妳捨不捨得把家產分他一半？」小圓沒作聲，良久，勸道：「分不分的，那是大了後的事，他現下還小，好歹也是金九少的親骨肉，妳莫要待他太薄。」

程三娘也幫忙勸道：「大姊，養個孩子花費不了許多，不過是吃飽穿暖罷了。妳待他好，他總會感激妳的，將來鑫哥大了，有個哥哥相互扶持，總是一樁好事。」

程大姊有些動容，卻道：「我不是沒這樣想過，可一見著他在我眼前晃，我就止不住的來氣。」小圓笑道：「這個簡單，同我家午哥一樣，送到書院裡去，妳見不到他，便不會煩了。」

程大姊認真想了想，覺得這主意還真不錯，便向她打聽了學費等事宜，準備擇日將八哥送去。皮影戲那邊，孩子們的陣陣歡笑傳來，仲郎的笑聲尤其大。程三娘看了他幾眼，道：「嫂嫂把仲郎教得不錯。」小圓沒接話，似笑非笑地看她，她被看得不好意思，終於講了後半截話：「聽說繼母想改嫁？」此話一出，程大姊也來了興趣，急急忙忙把嘴裡的嚥咽下，道：「是辛夫人的主意吧？她想趁著還有口氣，把閨女的後半輩子安排好？」

她們兩個並不曉得程老爺的死是錢夫人間接造成的，因此不覺得這事兒有什麼不妥，相反的，還以為程慕天會爽快答應下來。當她們聽說了程慕天怒砸辛夫人的金銀匣子，當場拒絕了在草帖上簽名一事，便詫異道：「把這個刺頭請出門，你們好過清靜日子，多好的事兒，二郎為何不答應？」

小圓不願多講上一輩的祕辛事，舉杯敬了她們一杯，欲將此話題揭過。程大姊卻沒眼力勁，一個勁兒地追著問緣由。程三娘打了幾回眼色給她都不得行，只好拿別的話來打岔，道：「聽說薛家在鬧分家？薛大嫂和薛二嫂好幾日沒上作坊來做工了。」程大姊被轉移了注意力，道：「怪不得今日不見陳姨娘，她是薛家最有錢的主兒，薛老三又有健身強體館的股份，想必是被薛大和薛二盯住了。」

小圓嘆氣道：「可不是。以前窮的時候，一家人親親熱熱，臉都不曾紅過，慢慢地曉得了我姨娘有幾個錢，就開始不安分起來。」程三娘安慰她道：「薛家二老已逝，分家是遲早的事，只要不吃虧，早些分了也好。」小圓點頭道：「是這個理，他們的錢都在我姨娘名下，薛大、薛二討不了好去。」

程大姊與程三娘吃完酒辭去的時候，因為還是不理解程慕天為何不答應錢夫人改嫁，不免就把他多看了幾眼。程慕天察覺了出來，便問小圓道：「大姊和三娘子為何這般古怪？」

小圓不願在好日子惹他發脾氣，便編了幾句謊話想混過去。程慕天豈是那樣好糊弄的主兒，拉了她回房，仗著酒興將她親了個嬌喘吁吁，壓倒在榻上，一邊動作一邊問：「到底是什麼事，不敢叫我曉得？」小圓微閉著眼，掐了他一把，嗔道：「掃興。」程慕天大笑起來，加快了速度，待得把她伺候舒服了，摟在懷裡慢慢撫著，才又重提方才的問題。

小圓見他這般執著地發問，奇道：「為何追問不休，莫非你猜到是什麼事兒了？」程慕天沉默了一會兒，沉聲道：「辛夫人去世了，聽說臨終前沒有閉眼。」小圓正在他胸前劃圈的手停了下來，問道：「是為繼母改嫁的事？」

程慕天沒有作聲。小圓斟酌了一番，道：「大姊和三娘子不曉得繼母與爹的過節，都奇怪你為何不把繼母這尊神請出去呢。」

「都不曉得？」程慕天反覆低喃，突然問道：「妳很想讓繼母改嫁？」小圓抱住他開始撒嬌：「誰人願意有個婆母管著？雖然分了家，她也沒少給我添亂。你把她嫁出去吧，就當可憐可憐你娘子，我被她折騰了這些年，也受夠了。」

程慕天坐起身披衣裳，道：「不知辛夫人給她挑的是什麼人家。」

這便是同意的意思了，小圓大喜，抓住他繫腰帶的手道：「你急什麼，繼母還需為辛夫人守孝一年呢。」

「不急。」程慕天輕輕推開她的手，道：「聽說錢家亂作一團了，我去瞧瞧，不能讓人傳我的閒話。」小圓明白了，麻利地幫他將衣裳整好，道：「順路把草帖上的名兒簽了，再傳出話去，就沒人說三道四了。」

程慕天點了點頭，帶著程福先去了趟錢家，見一幫子錢家親戚都圍在那裡，鬧哄哄地要過繼。喚來管家一問，這喪禮除了有一副楠木棺材，別的物事一概未準備。程福袖著手感嘆：「比起錢家來，咱們家真算清靜了。」

程慕天瞪了他一眼，再朝那群錢家親戚抬了抬下巴。程福會意，走上前去，大喊道：「諸位，聽我講一句，辛夫人已逝，他們這一房過繼兒子是理所當然。」他是個外人，錢家親戚本欲趕他，但這話卻是偏了他們，便靜了下來聽他講。

程福繼續道：「於法於理，總歸只能過繼一個兒子，不能過繼多個吧？你們這般吵嚷，究竟要過繼誰好？依我看，你們不如上後頭院子裡去，推舉也好，抓鬮也好，抽籤兒也好，待得商議了再行事，豈不便宜些？」

錢家親戚都覺得這話有理，一群人你推我我推你的湧到後院去了。

靈堂終於安靜下來了，程慕天叫程福在這裡坐鎮，自帶了錢家管家上紙馬鋪去置辦物事。錢家管家不住地謝他道：「多虧程少爺趕來，咱們家連個主事的人都無。」程慕天問道：「我繼母不在？」管家苦笑道：「她從來沒經過事，哪裡曉得這些？以前我們老太爺過世，不是你家少夫人幫忙操持的？」

這話教程慕天想起了往日的恩怨，冷哼了一聲，不再講話。

他領著管家，先到紙馬鋪買了些紙錢，以及紙糊的奴僕、宅子、車轎等物，又使他去廟裡請一幫和尚來念經，預備做水陸道場。

忙活了大半日，辛夫人的喪禮總算有了模樣。錢夫人由小銅錢扶著，伏在靈前哭得死去活來。程慕天極是瞧不慣她這萬事不會，只曉得哭的模樣，命小銅錢扶起她來，問道：「草帖在哪裡，拿來我簽個名兒好回家去。」

錢夫人正在拭淚的手頓住了，似乎不敢相信，「你、你同意了？」

程慕天極為不耐煩地伸手，「趁我還沒後悔。」

錢夫人自懷裡掏出草帖來遞給他，有些嘮嘮叨叨：「那戶人家雖然不在御街上，但離你們的住處並不遠，我可以時常去探望仲郎。我的陪嫁要帶走，但我這把年紀定是不能再生養，將來這些都是仲郎的。仲郎是你的親弟弟，你須得善待他，將來替他娶門好親……」

程慕天將簽好名兒的草帖丟給她，怒喝一聲：「閉嘴。」

他轉身欲走，程福湊過來道：「少爺，後頭那幫子錢家親戚？」程慕天雖然簽了草帖，心情卻非常不痛快，看了錢夫人一眼，道：「既然知道自己一把年紀了，也該曉事了。就妳這副不通世事的模樣，嫁到哪裡都是當不了家。」說完，甩了袖子便走了。

他和程福一走，錢夫人就慌了，後頭那幫子親戚如狼似虎，她根本招架不了，無奈之下，只得求助於官府。所幸這種情況下的絕戶財，官府是可以分得一杯羹的，因此很樂意分憂。幾個官差到錢家親戚中間轉了一圈兒，挑那塞錢最多的過繼到了錢氏族中一位長輩的名下，再將錢老太爺和辛夫人留下的財產一分為三，一份給了那過繼的兒子，一份給了錢夫人，另一份收歸了官府。

消息傳到程家，小圓笑道：「繼母有長進。」

程慕天正扶著蕊娘學走路，道：「她那是被逼的。」

小圓瞧了會子，憂心道：「這孩子開口講話比午哥和辰哥都早，走路卻比他們遲，要不要請個郎中來瞧瞧？」余大嫂笑道：「女孩兒們都是這樣呢。我看蕊娘這也差不多了，再過個把月必能學會。」

余大嫂沒有料錯，一個月後，蕊娘果然不消人攙著走了。再過了幾個月，小小人兒跑起來，比纏了腳的程四娘快多了。

陸之章 庶妹昏聵把心橫

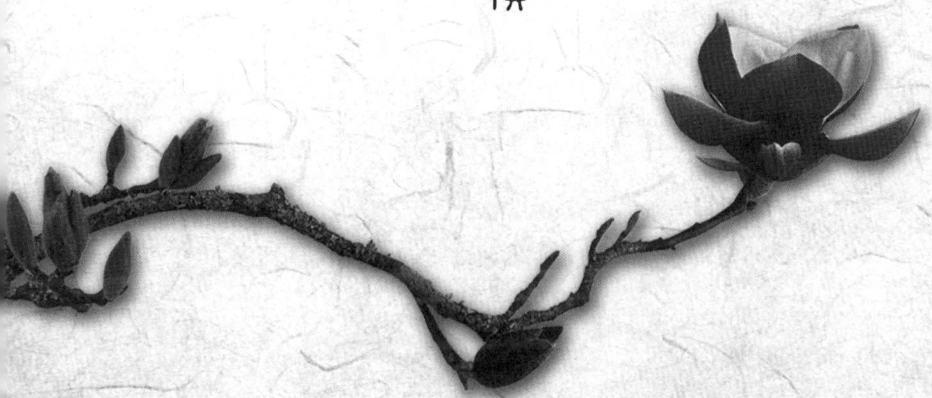

時光飛逝，轉眼三年過去。

這日，已四歲多的蕊娘，將一根孔雀羽毛拖在地上，引逗著獅子貓隨著羽毛跳來跳去，玩得很開心。程四娘扶著個小丫頭，顫巍巍地走來，笑問：「蕊娘，妳這貓兒可有名字？」蕊娘抱住獅子貓，上前行禮，嬌聲道：「牠叫富貴娘子。」

程四娘摸了摸富貴娘子圓溜溜的腦袋，笑道：「小姑姑繡個花錦旗給妳逗牠，可好？」

小圓在裡面聽見動靜，笑道：「別慣著她，已叫妳哥哥慣壞了。」程四娘重新扶了小丫頭的手，走進去笑道：「蕊娘很懂事，嫂嫂謙虛了。」她行過禮，在小圓身旁坐了，拿出幾幅繡品遞過去，問道：「嫂嫂，瞧瞧我這手藝如何？」

小圓接過來一看，頭一幅繡的就是富貴娘子撲繡球，活靈活現不說，那貓毛好似能數出根數來。她由衷讚道：「妳小小年紀，針線如此了得，比起針線房的娘子們也差不了多少。」

程四娘謙虛了幾句，又問：「嫂嫂，妳說我這幾樣針線可能賣到錢？」小圓想了想，這個月的零花錢才發過，奇道：「妳缺錢花了？」程四娘連忙搖頭，道：「只是想看看我的手藝價值幾何。」

小圓想起自己小時候，連夜畫出飛行器圖紙，也是迫不及待地託人拿去問價，便笑道：「六月初六是天貺節，大姊和三娘子都要回娘家，到時嫂嫂給妳辦個撲賣會如何？」程四娘大喜，稱要趕著再多繡幾幅繡品出來，急急忙忙地回房去了。

六月六，家家曬紅綠，丫頭婆子們忙著開箱子，將藏在箱底的衣裳拿出來曬，免得染上了黴。小圓站在廚房裡，一面看著廚娘們將麵粉摻了糖油，製成糕屑，一面防著辰哥偷嘴。

六月六，貓兒狗兒同洗浴，蕊娘蹲在一只大銅盆前，欲拿加了香料的肥皂水給富貴娘子搓毛，無奈富貴娘子甚是怕水，喵喵叫著不肯近前。

她一抬頭，瞧見程大家的八哥在旁站著，忙叫著：「八哥哥，來幫我抓貓。」

八哥很聽話，幫她強按住富貴娘子，道：「貓兒都怕水哩，意思意思便得。」蕊娘「嗯」了一聲，也是心疼富貴娘子，稍稍沾了沾水便將牠抱了起來，拿個乾巾子裹著，一面細聲安慰牠，一面餵牠吃貓食。

富貴娘子身形富態，八哥怕她抱著累，便將貓接了過來，蹲下身子，方便小人兒餵牠。

程三娘站在窗前瞧見，向程大姊笑道：「這對表兄妹倒是兩小無猜。」程大姊不願意八哥與蕊娘走得近，忙推了推鑫哥，叫他去與蕊娘玩。她瞧著鑫哥出門，朝窗外望了望，道：「妳家千千與辰哥也玩得好。」程三娘黯然道：「嫂嫂瞧不上我們家千千呢，不許辰哥與她一起玩。」

果然，沒過一會兒，小圓便從廚房裡出來，將辰哥重新拉了進去，隨身看管。程大姊不解道：「表兄妹做親多好的事，難道她嫌棄妳家窮？」程三娘搖頭稱不知，心下大概是不舒服，坐在窗前不言不語起來。

程四娘察言觀色，見場面冷下來，忙喚人擺上撲賣的物事，又將繡品拿出來給她們瞧，道：「兩位姊姊，咱們來撲賣呀。」程大姊與程三娘兩個都憐惜她，願意送幾個錢給她使，便裝了歡喜的樣子，擲頭錢的擲頭錢，投飛鏢的投飛鏢。過了會子，孩子們也來湊熱鬧，嘻嘻哈哈地鬧騰。

小圓端著糕點進來時，屋裡已是氣氛熱烈。她將糕點分給孩子們，開玩笑道：「原來只有我一人忙碌，妳們都躲在這裡快活呢？」程大姊與程三娘笑道：「六月六回娘家，就是來躲懶的。」她們洗淨了手，也來吃糕點。幾個孩子見籤筒和飛鏢空了出來，蜂擁而上，小圓忙向兩個兒子道：「去把你們不大玩的玩意拿出來撲賣，多有趣。」午哥與辰哥歡呼著衝出門去，蕊娘不甘落後，也跑回房去搜羅她的公仔。

小圓見程四娘眼裡有羨慕，便向她道：「妳小時玩過的物事呢？反正是閒置著，何不也拿來撲賣？」程四娘早有此意，只是不敢，聽了這話，歡喜非常，忙忙地扶著小丫頭去翻尋。

程三娘見著她，就想起了自己待嫁之時的情景，問小圓道：「繼母改嫁這些年了，丁姨娘還是一個人住在別院？」小圓受夠了她這種講話只講半截的性子，只點了點頭，並不接話。程三娘討了個沒趣，只得重新開口：「何不將賣身契還她？」小圓還未答話，程大姊先駁道：「她又不是什麼好人，為何要還她？依我看，賣了倒合適。」小圓笑道：「她年紀也不小了，賣給誰去？」程大姊道：「做妾沒人要，做個老媽子總是可以的。」

小圓正要接話，程四娘進來了，便住了口，笑問她尋到了些什麼好東西。程四娘自丫頭手裡接過一個包袱，打開來給她們瞧，笑道：「全是嫂嫂送的物事，都是好的。」

小圓探過身了去瞧了瞧，幾個玩舊了的布娃娃、一只小抱枕、兩雙棉拖鞋，還有個小小的雕花填漆盒子。她取了盒子打開來看，裡頭一把銀梳、一支金釵。怎的將首飾也拿出來撲賣？她心下奇怪，不免多看了程四娘幾眼。後者許是感覺到了她問詢的目光，深垂著頭，卻沒有要把首飾收回去的意思。

當著客人們的面，小圓不好問她，也不好駁她的面子，只能眼睜睜看著她將那兩樣首飾撲賣了一個賤價錢，她在心裡不住地安慰自己：「好歹都是至親，肥水不流外人田。」

她嘆著氣朝廳內瞧去，午哥是人精，曉得不好向親戚開高價，只拿了幾樣不值錢的玩意出來，仲郎在一旁幫他吆喝。辰哥是個小書迷，搬了幾部書出來，卻是無人問津。蕊娘是小霸王，雖拿出幾樣貴重玩意，卻是把起步價開得高高的。

鑫哥瞧了眼紅，哭鬧著也要玩，程大姊愛他，從頭上現拔了一根簪子下來，交給他去耍。程三娘家這幾年雖算得上衣食無憂，卻比不得程、金兩家寬裕，千千捏著幾個鐵錢，看了又看，最終只在辰哥那裡撲賣了幾回，見無所獲，也就收手。

八哥這幾年上學，總來程家蹭飯，一年三百六十五天，倒有三百天是在這裡，小圓早就拿他當半個兒子看，見他孤零零站在一旁，便起身過去，悄悄塞了幾個錢給他，叫他去與其他孩子同耍。

程三娘向來心細，將這一幕收歸眼底，心裡酸溜溜的。同樣是表親，為何她只愛八哥，不愛千千？她越想越委屈，竟牽了千千的手提前告辭了。辰哥見千千要走，欲上前挽留，被小圓一個凌厲的眼神嚇住，忙垂了手站立不動。

程大姊見程三娘走了，她一人留下無趣，沒坐會子也便辭去。撲賣會結束，程四娘大概是賺了幾個，喜笑顏開，告了個罪，回房數錢。仲郎得了午哥丟給他的「工錢」，歡聲叫著，衝出門去尋挑擔兒的。

小圓坐在椅子上吃茶，瞧著站頭們收拾廳中物事，三個孩子圍坐在小几旁，開始比誰賺的錢最多，數來數去，竟是蕊娘拔了頭籌。小圓笑道：「午哥，你這做大哥的怎的落在了後頭？」午哥正忙著哄蕊娘，叫她把錢分自己一半，嘴甜得勝過蜜糖，道：「咱們蕊娘模樣端正，性子又好，誰見了不愛？自然都到她這裡來撲賣，送錢給她。」

小圓笑罵：「把你妹妹誇得好似一朵花兒，到底有何企圖？」她見蕊娘已將一把錢塞到午哥手裡，又問：「你向你妹妹討錢作什麼，難道零花錢還不夠你使嗎？」午哥不答話，起身欲溜。小圓可不是小腳婦人，幾步就追上了他，揪住問道：「作什麼去的？不講清楚不許出門。」

午哥瞧了她幾眼，見她不像玩笑的樣子，只好吐露實情：「小姑姑問我借錢，我的零花錢自己都不夠用，哪裡有多出來的？反正蕊娘小，有錢也沒處花，正好勻給我去接濟小姑姑。」

小圓鬆了手，問道：「你可知你小姑姑是為了什麼借錢？」午哥搖頭稱不知，道：「咱們三個都被她借過了，她再三叮囑我們不要告訴妳和爹，妳可千萬要裝作不曉得。」小圓低聲自言自語：「她要這麼些錢作什麼？胭脂水粉不夠用嗎……」

午哥趁她走神，轉身跑了。

小圓坐了一會子，到底放心不下，走到程四娘房中去閒話，藉機到她的照臺前看了一回，見那上頭，胭脂還是一滿盒，擦臉的油膏也還有大半。外頭院子裡，翻曬著衣裳，四季的都齊全。程四娘並不像缺衣少食的樣子，為何要四處籌錢？她越發疑惑起來。

晚上她將這疑問去向程慕天講，程慕天不耐煩理會妹子的雜事，責怪她道：「我的書房曬了一整天的書，妳不去幫忙也就罷了，還盡操心些有的沒的。四娘子不過是女兒家，等再過兩三年，我給她挑戶人家，送出門子，任務也就了結了，這些瑣碎小事，理她作什麼？」

雖然程慕天不讓小圓管程四娘的事兒，但她當家多年，不習慣家中有事不在自己的掌控之中，便開照盒取了自己的一支金釵，走到程四娘房中送給她。程四娘接了金釵，驚喜道：「不年不節的，嫂嫂送我這個？」小圓瞧著她臉上的神色，笑道：「我看妳常戴的那支昨兒已撲賣掉了，往後見客時，就戴這支吧。」

程四娘臉上一紅，慢慢垂下頭去，將那支金釵轉了又轉。小圓很有耐心，一點一點地啜著茶，但直到茶水涼去，程四娘也沒有開口，她只得暗嘆一口氣，欲起身回房，程四娘卻突然問道：「嫂嫂，我聽說有許多人家的小娘子，偷偷繡了繡品，拿到夜市上去賣哩。」

小圓看了她幾眼，道：「這是有的，有的人家家中拮据，便繡了活計讓奴僕拿去賣，換些錢來貼補家用。」程四娘扭捏道：「嫂嫂，妳看我繡的那些物件能賣錢嗎？」小圓奇道：「昨日撲賣不是都賣空了？」程四娘起身掀開她床頭的一口箱子，裡頭全是繡品，道：「我一雙小腳，又出不得門，成日在房裡繡花兒，昨日那幾幅不過是拿出來投石問路。」

小圓不甚明白她的心思，故意道：「咱們家還養得起妳，不消妳賣繡品掙錢，傳出去多不好聽。」程四娘的臉又紅了，道：「嫂嫂莫誤會，我沒得那個意思，不過是覺得這些繡品白放著黴壞了，不如去換幾個錢來得實惠。」小圓有心想弄清楚她到底要作什麼，便答應了她的話，喚了阿繡進來，讓她派人去夜市上賣繡品。

阿繡喚了兩個小丫頭將那箱子繡品搬到門口，正巧遇到了程福，便叫他去賣。程福開箱子翻了翻，道：「也就上頭幾幅好些，底下的還不如妳繡的呢。」阿繡道：「四娘子把這幾年繡的物件全攢起來了，最早的一幅還是剛拿針的時候繡的呢，自然水平不怎麼樣。」程福奇道：「那還搬出去賣？」阿繡笑道：「準是少夫人哄她開心呢。你隨便搬到哪裡換幾個錢交付差事便得。」程福應下來，將箱子拖到夜市，半賣半送，通共換了百來個錢，回來交與阿繡。

阿繡帶著這錢去尋小圓，問道：「少夫人，只賣了不到一百錢，要不要添些再給四娘子送去，讓她高興高興。」小圓搖頭，道：「妳只送三十個錢去，就說如今繡品不值錢了，只能賣到這個價，看她作何反應。」

阿繡照著她的吩咐到程四娘房中走了一趟。程四娘掩不住滿臉的失望，握著錢喃喃自語：「賣不起價嗎，這可怎生是好？」阿繡問道：「四娘子可是有要用錢的地方，何不與少夫人講？」程四娘慘然道：「我自己都是靠哥哥嫂嫂的恩德，怎好拿別人的事情去煩擾他們？再說，嫂嫂與她有過節，必然不肯幫我，就算我攢夠了錢，她答不答應還不一定呢。」阿繡聽不懂她講的話，只好原封不動向小圓轉述了遍。

小圓略一思忖便猜了出來，必是為丁姨娘賣身契的事體，她嘆道：「是個聰敏孩子，這事兒怎的想不明白？」余大嫂問道：「可是為了丁姨娘的事？四娘子略提過幾句，我只當她是開玩笑，才沒與少夫人講，實在是沒想到她竟是認真的。」

小圓苦笑：「她孝心是有的，但沒用對地方，也不問問丁姨娘自己想不想離開程家。也罷，我來點醒她吧。」說著便讓小丫頭去將程四娘請了來。

程四娘端坐在椅子上，看著自己的腳尖不說話。小圓不願與她兜圈子，開門見山問道：「四娘子缺錢使嗎？還是嫌我給妳的月錢不夠？為何連攢了幾年的繡品也賣了？」程四娘驚看她一眼，慌忙起身，垂首道：「嫂嫂，我沒有那個意思……」

「那是什麼意思？」小圓緊緊追問。

程四娘偷偷看了她一眼，見她目光灼灼，不好再瞞下去，斷斷續續道：「我想……替我姨娘贖身……錢卻不夠……」

小圓見她這樣快便吐露實情，心下稍慰，叫她重新坐下，道：「就憑妳的月錢，的確不夠。」

程四娘聽她並沒有反對的意思，暗自驚喜，道：「可不是，本以為賣幾幅繡品能攢夠錢，沒想到卻賣不起價。」

小圓故作為難狀，「那可怎生是好？」

程四娘見她一心為自己著想，就大著膽子問道：「嫂嫂，妳和哥哥是不是替我備了嫁妝？」

小圓的心有些發沉，強迫自己不改變面部表情，微笑著作答：「多年前便答應過妳，自然不會食言。」程四娘思忖再三，還是開口道：「嫂嫂，我不要那些嫁妝，妳將它換做錢，贖回我姨娘的賣身契，好不好？」

小圓只料到了她要贖丁姨娘，卻沒料到她竟有這樣的念頭，心裡突然覺得堵得慌，不由自主閉了眼，不想作答。

余大嫂看不下去，向程四娘子道：「四娘子，妳有孝心沒有錯，但拿哥嫂的錢去給別人花，算什麼本事？」

阿彩也道：「妳覺得那嫁妝反正是妳的，給誰花都無所謂，但那可是妝點門面的呀。到時沒有箱籠抬到夫家去，妳讓別個戳少爺和少夫人的脊梁骨呢。」

程四娘哇的一聲哭起來，也不要人扶，獨自衝了出去。小圓不忍，吩咐余大嫂去追，「她是小腳呢，走路都不穩，當心摔了跤。」余大嫂卻不動身，道：「少夫人太慣著她了，這四娘子什麼都好，就是忘不了娘，妳再這樣寵下去，煩惱還在後頭。」小圓苦笑道：「我心裡也是不痛快，可能指責她什麼？有孝心又不是什麼錯處，我還記得當初二郎替我姨娘贖身之時，我簡直就覺得身上少了道枷鎖。」

程慕天自外頭回來，掀了簾兒問道：「四娘子怎麼了，抹著淚欲出大門，被我斥了幾句，卻只曉得哭。我瞧著煩人，索性與她派了個轎子，隨她願意去哪裡。」小圓道：「她還能去哪裡，必是去尋生母了。」

她料的一點兒沒錯，程四娘此刻正在丁姨娘房裡，不過為了不讓她替自己擔心，早已抹去了淚痕，將一個小包裹塞到丁姨娘手中，道：「姨娘，我又攢下幾十個錢，妳留著花吧。」丁姨娘把錢推了回去，道：「妳月錢也不多，自己留著花吧，我又沒得什麼開銷。」

程四娘不接那錢，笑道：「姨娘，其實這是我賣繡品賺的錢，妳還沒花過我自個兒掙的錢呢。」丁姨娘臉上卻沒有笑容，摟了她落下淚來，「我的兒，寄人籬下的日子不好過吧？妳且再忍忍，待得出了嫁，自己當家作主便好了。」

程四娘替她抹著淚，抹著抹著，自己也哭起來，「嫂嫂待我如同親生，我心裡只有感激的，可她寧願在我身上花十份錢，也不肯分丁點兒與姨娘呢。妳與她的那些過節已過去這麼些年了，怎的還是放不開？」

丁姨娘苦笑道：「什麼過節不過節的，全因為我只是個妾。妳看妳繼母，為難她的時候不比我多些，還不是帶著嫁妝改嫁了，如今過得風風光光。」程四娘見她難過，強打起精神安慰她道：「聽說繼母上頭還有婆母，且甚愛刁難人，她過得並不怎麼如意呢。倒是姨娘，住在這別院，一人獨大，我看比她倒還好些。」

丁姨娘指了指自己的屋子，道：「好什麼？一個妾，有敞亮的正房也不能住，只能睡偏屋，吃的是份例菜，穿的是粗布衣，還哪裡也去不得。」程四娘想到自己錦衣玉食，生母卻在受苦，心裡不禁一陣陣揪緊，道：「我今日向嫂嫂討嫁妝，想換成錢給姨娘贖身，嫂嫂卻不願意。」

丁姨娘大驚失色，道：「糊塗，哪裡叫妳這般做的？沒了嫁妝妳怎麼尋個好人家？我千忍萬忍這些年，不就是為了妳有個好依靠。妳這話講出去，定是將少夫人得罪大了，往後如何在她家自處？」

她越想越怕，拉起程四娘，就要去尋小圓道歉。程四娘拽住她問道：「姨娘，妳不想有個自由身？」丁姨娘哭笑不得，「傻孩子，我在程家能吃飯能穿暖，要來那自由身有何用？」

程四娘驚訝得無以復加，她總聽見丁姨娘抱怨這個抱怨那個，還以為她唯一的心願就是脫離程家，恢復自由身，原來卻不是。從七歲到十一歲，她一直朝著這個方向暗自努力，目標卻在頃刻間粉碎，那眼神不由得就空洞起來，臉上一片茫然。

丁姨娘瞧著她神情不對，連忙推了推她，喚道：「四娘子，四娘子，快隨我去與妳嫂子道歉，興許還有效。」程四娘經這一提醒，回過神來，額上不由自主沁出冷汗，站久了的一雙小腳也疼痛難忍，結結巴巴道：「怕、怕是回不去了。」

是的，回不去了。程慕天得知了消息，正在家中大發雷霆，「孝心？丁姨娘不過一個妾，根本沒有資格養孩子，她的孝心使錯地方了吧？」他在房內轉了幾個圈子，吩咐小圓道：「她既然想這樣替丁姨娘贖身，那就成全了她，使人將她與丁姨娘趕出家門。」

小圓的指甲在桌子上慢慢劃著圈，半晌沒有講話。程慕天曉得她心裡難受，摟了她安慰道：「妳沒有做錯什麼，人心向來都是如此，得了一分，還想得二分。」

小圓的手沒有停下來，輕聲道：「其實我能理解她，只是胸口堵得慌。」程慕天輕輕拍著她的背，正欲再安慰她幾句，小丫頭來報，說丁姨娘拉著滿臉是淚的程四娘請罪來了。

程慕天怒道：「還有臉來？趕出去。」

小圓卻攔住他，吩咐小丫頭道：「叫進來，我倒想聽聽四娘子到底怎麼想的。」

丁姨娘今日還真是抱著請罪的心來的，一進門就撲通跪倒在地，道：「四娘子年紀小不懂事，有口無心……」

小圓打斷她道：「叫她自己說。」

程四娘頭一回見到她臉上冷冰冰的表情，不禁愣了愣，低聲道：「我一直以為我姨娘想得自由身……是我錯了……」

小圓道：「原來妳把嫂子想得這般壞，若不是她離了程家無法活命，我作什麼不成全她？」

程慕天冷笑道：「妳以為我很願意留著妳姨娘？養活她不花錢的？」

程四娘淚流滿面，跪在地上伏下了身子去，哭道：「是我錯了，望哥哥與嫂嫂原諒……」

程慕天哼道：「現在曉得錯了？遲了。」

他當場喚來余大嫂，命她帶著程四娘回房收拾衣物，要將她與丁姨娘趕出程家。

小圓不忍心，閉眼良久，卻也想給程四娘一個教訓，便沒有出聲，任由程慕天去安排。

丁姨娘苦勸多時不得法，索性大哭起來，坐在地上開始撒潑。小圓冷聲道：「別以為妳這副模樣咱們就怕了妳，大宋向來重男輕女，我們不養仲郎，有人詬病，不養四娘子，妳且去看看有無人說閒話。再這般沒規矩，一頓板子賣了去。」

程四娘已然嚇傻，任由小丫頭把她拉起來，攙出門去了。丁姨娘扶著程家側家的圍牆哭了好一會子，終於反應過來。此事已成定局，便茫然問程四娘道：「閨女，咱們何處去？」程四娘哪裡曉得這樣的事情，望著懷裡的包袱喃喃道：「不曉得……姨娘，是我害了妳……」

丁姨娘重重嘆了口氣，道：「事已如此，講這個還有什麼用？妳且把包袱給我，看看有無值錢的物事，先拿去當了，換些錢，租間樓房住。」

程四娘將包袱遞給她，她先隔包袱皮捏了捏，發覺裡頭有硬物，打開來看，是程四娘的首飾匣子。程四娘掀開那雕花填漆蓋兒，小圓贈與她的金釵赫然就在裡頭，她忍不住哭了起來，捧著匣子重新走回程家門首，求那小廝放她進去，「嫂嫂還是疼我的，我去再認個錯，她就原諒我了。」

小廝不曉得出了什麼事，只道：「四娘子，罷呀，定是妳欺我們少夫人好性兒，才盡挑錯事兒做。不過既然錯了，就要有擔當，別再來連累我們。」另一個小廝連連點頭道：「可不是，我們放妳進去容易，可這一放，誰曉得會不會丟了差事？我們家中可都是有老有少的人，一大家子人要養活呢。」

程四娘心生絕望，呆呆地望著那兩扇緊閉的大門，久久不肯離去。丁姨娘被日頭烤得受不了，拿了包袱遮著太陽，將她拉到樹蔭底下站著，自己則去雇了一頂小轎兒，兩個擠著坐了，來到樓房林立的貧戶區。

程四娘看了看那三棟被院子圍起來的樓房，隱約覺得有印象，道：「這是咱們住過的。」丁姨娘點頭道：「這裡乾淨，又有茅廁，咱們去問價錢。」

她們走進院子裡，尋了一樓一家賣醬油的店鋪打聽房主，那店主指點她們道：「房主不大來，只有個崔老漢負責收租，這裡最外邊的樓空了一層還沒有租出去，他想必就要來了。」

外頭酷熱，程四娘是小腳，不耐久站。丁姨娘見那崔老漢還沒蹤影，便找店主借條板凳坐。那店主好心與她們講消息，卻連一聲兒謝都沒聽到，嘴角就耷拉了下來，將幾條板凳盡數收起，道：「我這裡還要做生意哩，妳們擋在門口怎生是好？」

丁姨娘認為他是欺負人，插著腰罵道：「我們不過借一條板凳到樹蔭下坐坐，怎麼就妨礙你做生意了？」旁邊店鋪的店主紛紛過來圍觀，指指點點，有個好心的勸丁姨娘道：「這位鴇兒，做妳們這行的不是最會察言觀色的，怎的這點子彎都轉不過來？妳買他一瓶子醬油，不就把板凳借給妳了？」

程四娘深閨裡長大的小娘子，沒聽出深意來，拉了拉丁姨娘的袖子，小聲道：「咱們在外頭過生活，總歸是要吃醬油的，不如就買他一瓶子。」丁姨娘卻無暇應答她的話，撲上去揪住那個喚她「鴇兒」的店主，舉手就打。眾人吃了一驚，忙忙地將她拉開，皆道：「妳這個老鴇好不講理，我們好心好意提點妳，妳不感激也就罷了，竟還動手打人，真是沒得王法。」

丁姨娘急得直跺腳，「妳哪隻眼睛瞧出我是老鴇的？」挨了打的店主撿了塊石頭砸到她腳下，指著程四娘，罵道：「不是伎女，怎會裹著一雙小腳？妳領著她，不是老鴇是什麼？」程四娘不知「老鴇」之意，伎女二字卻是聽明白了，一張臉漲得通紅，辯駁道：「我們是大家出身，我爹做過官的……」

眾人哄笑起來，指著她道：「大戶人家的小娘子會來這裡耍？哄人呢。」醬油鋪的店主突然想起她們是來租樓房的，問道：「既是老鴇和伎女，不會是打算在這裡開『私窠子』吧？」眾人一聽，全慌了，他們雖不介意逛私窠子，但樓房裡住著他們的親眷孩子，若是她們在附近扎了根，這影響可不得了。他們越想越怕，撿石頭的撿石頭，操板凳的操板凳，竟一擁而上，將丁姨娘和程四娘趕出了院子去。

丁姨娘護著程四娘，胳膊上挨了幾下，疼得齜牙咧齒。程四娘幫著她揉著胳膊，臉上卻是茫然，她到現在還沒弄明白這是怎麼一回事。丁姨娘見她不解，道：「窮人是不纏腳的，她們那是嫉妒妳呢。」程四娘啜泣道：「早曉得有被趕出來的一天，當初就不纏腳了，免得被人當作伎女。」丁姨娘摟過她拍著，安慰她道：「是妳哥哥嫂子太狠心，同妳沒得關係，樓房多著呢，這裡租不了，咱們換一家。」

她們卻是低估了流言的傳播速度，接連問了好幾家，都被人拒絕了。丁姨娘扶著程四娘，唉聲嘆氣朝回走，欲到巷子口雇頂轎子上別處去看看，不料卻在一個擔兒前頭偶遇了陳姨娘。

陳姨娘認出了她們倆，吃驚打招呼道：「妳們怎的在這裡？二郎又裝窮了？」丁姨娘曉得她是小圓的生母，沒好氣道：「妳閨女沒良心，把咱們趕出來了。」

陳姨娘不明白此事是真是假，卻是單純為這句話氣著了，道：「我閨女是欠了妳的錢，還是欠了妳的人情，作什麼就該養著妳們？妳能講出這句話，足見是妳自己沒良心。」

丁姨娘沒料到陳姨娘口齒如此伶俐，張口結舌不曉得如何反駁。程四娘忙道：「嫂嫂是生了我的氣，是我不好。」她想通過陳姨娘向小圓求個情，便上前行禮，將事情前後一五一十講了一遍。她們站的地方正是那一棟樓房的院子門口，人來人往，將程四娘的話聽了個詳細，不少人側目戳戳點點。

陳姨娘連忙將她們帶到樓房的一間空房間裡坐了，皺眉道：「四娘子真是讓我閨女慣壞了，一點兒不曉得處世之道，這樣的家務事怎能站在外頭講？」

程四娘一時心急，沒考慮那麼多，差點急哭起來，問道：「不會給嫂嫂添麻煩吧？」

陳姨娘嘆氣道：「錯了，不是給妳嫂嫂添麻煩，而是給妳自己添麻煩。」

程四娘不解其意，眼睛一眨不眨地望著她。陳姨娘一向信奉明哲保身之策，才不願教導她，起身道：「妳們在此處歇歇吧，我還有事，先走一步。」

丁姨娘見她們坐了這一會兒並沒有人來趕，便拉住她問道：「妳可是認得這裡的房主？」

陳姨娘暗道：原來丁姨娘不曉得這三棟樓房是她的產業，她也不點破，只道：「前幾年妳們住在這裡時，是我出面尋的房主，因此打過幾次交道。」

丁姨娘大喜，道：「既然妳認得樓房，幫咱們租間屋，可使得？」

陳姨娘又是生氣又是好笑，這個丁姨娘真不曉得是臉皮太厚，還是覺得天下的人都虧欠她？才罵了人家的閨女，一轉頭又來提要求，也不怕別個大嘴巴子扇她。

陳姨娘心裡，閨女最重，就是官人都要靠邊站的，她最見不得別人講她閨女的不是，便起了教訓丁姨娘的心思，思忖道，方才程四娘將她們被逐出程府的事傳了出去，若是還住在這裡，必有她們的苦頭吃，不如應下來，全當替閨女出氣了。

她腦中轉了幾轉，臉上現出為難表情，道：「畢竟不是我的樓房，房主給不給這個面子可說不準。」丁姨娘認為她的身分和自己的差不多，就不客氣地催她道：「那妳趕緊去問問。」

瞧她這副頤指氣使的德性，陳姨娘強壓下喚人來打她的衝動，轉身下樓，叫過崔老漢來哈啦了幾句，上轎子離去了。

崔老漢在樓下轉悠了一圈兒，上樓來尋丁姨娘，道：「陳姨娘求了我們主人半晌，總算是同意妳們在這裡住了。」他本以為丁姨娘要感謝兩句，不料聽到的卻是：「我們又不是不付租金，租給誰不是租。」

崔老漢長年出租，跟賴房租的打交道久了，脾氣不大好，重重地叩了兩下門板，大聲道：「租給誰也比租給被趕出家門的人好，誰曉得妳們是不是犯了什麼事？就算沒犯事，定也是不會做人，才被趕了出來。」

丁姨娘雙手一插，又要開罵，程四娘卻很是高興崔老漢沒有拿她們當「私窠子」的人看，便勸她道：「姨娘，天色眼見得黑了，趕緊將屋子租下來是正經。」丁姨娘也是不想再奔走，便就了這個臺階兒下了，叫崔老漢帶她們去看房子。

崔老漢是得過陳姨娘吩咐的，領著她們將面街的第二屋樓看了一遍，道：「只剩這一層了，要租就趕緊，許多人等著要呢。」這棟樓丁姨娘是住過的，因此並無什麼不滿意，便指了最裡頭的一間道：「我們就租那一間。」

崔老漢笑了起來，「還真是大戶人家出來的姨娘，連租樓房的規矩都不懂。這樓房不論大小，不論房間多少，要租就是一層，沒得拆開了租的道理。」

丁姨娘不信，與他爭辯起來，樓上一層的住戶聽見動靜，下樓看熱鬧，勸道：「莫吵嚷了，崔老伯講得沒錯，任妳走遍臨安城，樓房都是論層租的，妳只租去一間，剩下的叫人家貼本呢。」

丁姨娘不信，轉身欲上別家去問，程四娘今日走了不少的路，此刻只要挪動一下，腳尖就鑽心的疼，忙拉住她道：「姨娘，何不問問左鄰右舍，瞧瞧別家是不是也租了一整層？若確是這樣的規矩，咱們就照著辦吧。」

丁姨娘見她站不穩的樣子，便聽了她的話，上後頭兩棟樓房裡去問了問，果然租樓房都是租整層，她沒辦法，只好罵罵咧咧地轉回來，向崔老漢問價錢。

崔老漢伸了一根指頭，道：「一貫錢，按月交付。」丁姨娘叫了起來：「一貫錢？」崔老漢不解道：「妳不是大戶人家出來的妾嗎，怎的跟沒見過世面的一般？一貫錢不過七百文，讓妳住上一個月，不算貴吧？」

丁姨娘心中揪結了一番，最終屈服在「大戶人家的妾」那頂大帽子下，開始數錢。她積攢的月錢和程四娘積攢的零花錢，總共只有四百五十文，離一貫錢還有兩百五十文的缺口，好在崔老漢是受過囑咐的，也不同她們為難，約好三日後再來取剩下的租金，又好心指給她們看了取水的小河，這才一搖三擺地哼著小曲兒離去。

丁姨娘看了看這並排三間屋子，突然笑道：「咱們也當家做一回主，且分個堂寢出來。」她依次推開門瞧了瞧，最靠近樓梯口的一間作見客的廳，中間一間作臥房，最後一間欲學當初的小圓，擱個馬桶做淨室。

她想得很美好，但這幾間房空空如也，別說桌椅板凳，連個床也無，如何分得出堂寢來？程四娘的腳又酸又疼，見了此情景，心裡著急，卻不知如何是好。幸虧丁姨娘曉得些居家過日子的整體，忙探頭朝外望了望。

此刻天還未黑透，樓下還有不少挑擔兒的買賣人，她打開隨身的包袱，挑了兩件見客的衣裳，去跟賣家換了一個提桶、一個涼床、一個馬桶，她瞧了瞧那長長的涼床，她一人決計是搬不上去的，拿凳兒的手只好縮了回來。

幾樣家什歸置完，丁姨娘不顧勞累，又去小河邊提來半桶水，讓程四娘坐在涼床上，幫她脫鞋子，解裹腳布泡腳。程四娘泡著泡著，突然道：「姨娘，妳以後莫要同人吵架，沒得丟了身分。」

丁姨娘正捧著她的腳在洗，手下緩了緩，問道：「妳這就嫌姨娘給妳丟人了？」程四娘連忙搖頭，心裡卻想起永遠都以微笑示人，從不大聲講話的小圓，慢慢地就將腳從提桶裡拿出來，低聲道：「我睏了。」

丁姨娘幫她把腳擦乾，又問了她幾句，卻得不到回應，只得就著她洗過的水胡亂擦了擦，娘兒倆背對著背睡去，一夜無話。

第二日，報曉的頭陀還未敲響木魚，程四娘便醒了。丁姨娘聽到動靜，問她道：「怎的這樣早就起來，可是擇床？」程四娘搖頭道：「這床太硬，姨娘沒得被褥嗎？」丁姨娘嘆道：「咱們房租還未付清呢，哪裡來的錢買被褥？妳也莫要急，等到天亮了，我將妳那金釵拿去當了，就有錢買了。」程四娘不願意，道：「嫂嫂先前送我的那支釵，已被我不懂事撲賣了，這一支說什麼也不能當。」

丁姨娘拍著床板急道：「她都不要妳了，妳還惦念她作什麼？不當金釵，咱們喝西北風呢？」母女兩人為一支金釵頭一回拌了嘴，眼見著天色發亮，肚子也咕咕直叫，程四娘最後沒能拗過去，由著丁姨娘將金釵拿到質鋪當了個死當，留下付房租和柴米油鹽的錢，剩下的添了些桌椅板凳、面桶腳桶、被褥蚊香等物。

辦完這些事，已是中午時分，程四娘早上只吃了半個饅頭，早就餓得慌，便問丁姨娘道：「姨娘沒雇個做飯的嫂子回來？」丁姨娘自嘲道：「有那閒錢，不如雇我。」

程四娘聽了這話，不禁羞慚，忙站起身道：「廚房在哪裡？我幫姨娘做飯去。」丁姨娘按了她坐下，道：「我是個妾，生來就是服侍人的。妳且坐著，我去做。」

程四娘聽了這話，心裡很不是滋味，坐了一會兒，終是坐不住，站起身來，扶著牆慢慢挪下樓去，在樓房搭就的偏屋裡尋到了丁姨娘。丁姨娘見到她來，忙道：「妳來得正好，在這裡看著我的菜，別讓人偷拿了去，我去買個小缸灶兒就來做飯。」原來這是個公用廚房，但裡頭的器具動用等物都是各家使各家的，丁姨娘方才借了一圈兒的灶台，沒人願意借給她，惱了，這才叫程四娘看著菜，自己去買。

她一走，一個後腦勺挽著髮髻的嫂子便啐了一口，道：「什麼玩意兒，誰稀罕她的菜。」一個只穿著褲子沒有繫裙的嫂子就住在丁姨娘她們樓上，抬頭不見低頭見的，忙出來打圓場，跟程四娘解釋道：「咱們都要做飯，實在是騰不出灶台來借給妳娘。」程四娘尷尬得漲紅了臉，想了老半天，終於還是輕聲道：「不是我娘，是姨娘。」

前頭的嫂子聽她這般講，突然就熱絡起來，笑道：「原來是個妾，怪不得無禮，倒連累妳這小娘子了。」說著拾掇了一個凳兒，拿袖子抹了兩下，遞給她道：「妳是程家小娘子吧，快些坐下，莫站疼了腳。」

沒繫裙的嫂子道：「我姓鄭，就住妳們樓上，缺什麼物事儘管去拿。」另個嫂子笑道：「別個是富貴人家出身，什麼沒得，還消妳接濟？」程四娘不慣與這般「粗鄙」的人打交道，低了頭只看鞋尖。那兩個嫂子見她不作聲，只道是小娘子害羞，也不再理她，聚到外邊擇菜邊閒話，不時吃吃發笑，還不時瞟她一兩眼。

程四娘如坐針氈，好不容易待到了丁姨娘領著賣小缸灶兒的回來，忙不迭地上樓去了。她坐在硬邦邦的凳子上，瞧了瞧屋內陳設，四面牆光禿禿的，沒有裝飾字畫。靠窗一個桶架、一個盆架，還有一個小几充當了照臺，上頭擱著一面不怎麼亮的銅鏡、幾樣胭脂水粉，還是自程家帶來的。這邊一張涼床，對面一張桌子，除此之外別無他物，她想起自己原來極盡奢華的閨房，不自覺地開始落淚。

過了會子，丁姨娘端著托盤上來，她忙抹去了淚，上前幫忙擺碗筷。一盤清蒸魚、一盤炒青菜，程四娘有些不相信，問道：「就這兩個菜？」丁姨娘自小鍋子裡盛了一碗飯給她，道：「我曉得委屈了妳，可咱們的錢只夠頓頓吃這個。其實這還算好的了，我看她們做飯，煮的都是粥，那米湯清得跟水似的，簡直能數清米粒兒。」

程四娘勉強吃了兩口便擱了筷子，哽咽道：「是我做事太魯莽，連累了姨娘。」丁姨娘安慰她道：「那是妳的孝心，我高興還來不及，切莫再自責了。」她苦勸著程四娘，好歹讓她多吃了兩口。

娘兒倆吃罷午飯，收拾了碗筷，對坐相視，竟尋不出事情來做，正商量著是不是要買些絲錢回來繡活計賣錢，後頭摟上的後腦勺梳著髻的嫂子端著一碗醃菜下樓來，笑道：「自家做的，且拿去嘗嘗。」

丁姨娘瞧不上那醃菜，卻很高興自己有機會待一回客，忙撇了方才廚房的恩怨，把她讓到廳裡坐下。說是廳，也不過一張小几、兩把椅子、三個凳子，那嫂子驚訝道：「空著這麼個屋子作什麼，還不如擺幾張機織個布。」丁姨娘聞言就紅了臉，不好意思說這是廳，藉著上茶的機會將話岔開，問道：「妳家靠什麼生計？」

那嫂子也正有意搭話，答道：「我男人是賣糖粥的，大兒如今謀了個好差事，當上了『傾腳頭』。」傾腳頭不就是掏糞的？這還是好差事呢。丁姨娘忍不住捂嘴而笑。那嫂子瞧了端坐的程四娘一眼，道：「丁姨娘別瞧不起這傾腳頭，賺錢著呢，不知多少人爭搶著做這份工。」丁姨娘笑出聲兒來，「賺再多錢有何用？回家來還是一身臭味兒。」

那嫂子黑下臉來，道：「妳們也不過是被趕出來的，沒得好陪嫁，還一雙小腳，看能嫁到哪裡去？瞧不上我兒子，我還瞧不上妳閨女哩。」

丁姨娘這才反應過來，敢情她是上門求親來了？她的四娘子竟淪落到一個傾腳頭都敢上門提親的地步，她又氣又急，抓起門後的掃帚就朝那嫂子打。那嫂子吃痛，尖聲叫喚起來，她家的兩個女兒正在樓下廚房洗碗，聞聲忙跑上樓，見娘親挨打，趕忙幫忙。

她們人多勢眾，幾下就將丁姨娘打翻在地，程四娘挪著小腳，什麼忙也幫不上，急得抱住丁姨娘直哭。她家女兒還要朝程四娘身上招呼，那嫂子拉住她們道：「莫要打壞了小娘子，你們大哥甚是稀罕她，要我尋媒人來提親哩。」她大閨女奇道：「娘，妳既是看上了人家閨女，為何要打人家的娘？我看這門親做不成了。」一窩絲嫂子笑道：「傻妮子，我在大戶人家幫過幾天工，曉得其中門道哩。她們雖被趕出府，但這小娘子的婚事卻不是她一個妾能作主的，我只去跟程家提親，打打她又何妨。」

她大閨女還是不解，又問：「程家高門大戶，會將小娘子嫁入我們家？」丁姨娘越聽越氣，兩眼直發黑，忙道：「呸，二郎決計不會答應這門荒唐婚事。」那嫂子又笑了，教兩個閨女道：「她們若是討得家主喜歡，又怎會被趕出來？說不準已是程家主人的眼中釘肉中刺了。我使個媒人上門說和說和，這事兒一準兒能成。」說完領著兩個閨女下樓去了，說是要去尋一個好媒人。

丁姨娘眼睜睜看著她們離去，想追又追不上，急得直捶地板。

程四娘癱倒在她身上，哭道：「我要回去，嫂嫂為什麼不要我？」

鄭嫂子出現在樓梯口，見她二人皆倒在地上，忙上前去扶，問道：「這是怎麼了，不就在廚房裡拌個嘴嗎，多大點子事？」丁姨娘搖了搖頭，將方才那嫂子提親的事講給她聽，急得連聲道：「如何是好，如何是好……」鄭嫂子一手挽了一個，將她們二人攙進屋裡坐下，笑道：「莫怪我說話不中聽，妳這就是操淡心。程家再怎麼不待見妳們，也不會由著妳閨女嫁給傾腳頭，不嫌丟人哩，臉面總歸是要的。」

丁姨娘覺得她講得十分有理，復又高興起來，連程四娘也稍稍安心，臉上消了愁容。

鄭嫂子見程四娘身上的衣裳用料上乘，暗道，到底是富貴人家的小娘子，即便是被趕出來，穿的也比尋常人家好許多。她又朝丁姨娘看了幾眼，故意嘆氣道：「本來還想與妳家閨女介紹一門好親的，卻沒想到妳作不了主。」

程四娘見她和那嫂子一般提親事，臊紅了臉，起身躲出去了。

鄭嫂子笑道：「到底是大家出身，知禮節哩，配得上李家少爺。」丁姨娘本以為她也要說一門低賤的親事，正想起身趕人，沒想到她口中所稱的卻是一位少爺，就不由自主地開口道：「哪裡的李少爺？家世如何？」

鄭嫂子勾起了她的興趣，卻不往深了講，只道：「妳又作不了主，講給妳聽有何用？」丁姨娘拍著小几道：「我生的閨女怎麼作不了主？妳且講來就是。」鄭嫂子一喜，正要開口編幾樣好話，丁姨娘卻又搖了搖頭嘆氣，「罷了，講了又如何，我們如今備不起像樣的嫁妝。」

鄭嫂子笑道：「這個妳無須操心，李家家大業大，不講究這個。」哪裡有不講究陪嫁的人家？丁姨娘不信，心裡提高了警覺，問道：「這李少爺年紀、品行如何？」鄭嫂子先問：「妳閨女年方幾何？不如妳先講，若是不相配，我也就不提了。」

丁姨娘心道如此甚好，便道：「我閨女排行第四，今年才只得十一歲，嫁人嫌早了點兒，若是有好人家，先定個親倒是使得。」

鄭嫂子拍著巴掌笑道：「哎呀，真真是天作之合，那李家少爺比妳家四娘子只大三歲。他脾性是個頂好的，家裡有錢，人也上進，如今正在錢塘書院裡念書呢，說不準將來還能中個狀元。」

丁姨娘明白她們現在是什麼處境，本以為這李家少爺不是年紀太大就是癡呆，不然怎會不嫌棄程四娘無嫁妝，此刻聽說他條件如此的好，心裡又是高興又是忐忑，問道：「他不會是要納妾吧？」

鄭嫂子怔了怔，旋即信誓旦旦地保證道：「絕對不是納妾。若是做妾，妳來找我。」

丁姨娘得了保證，一顆心落地，取了幾個錢走下樓，請代寫書信的秀才幫忙寫了程四娘的生辰八字，交給了鄭嫂子，千恩萬謝地將她送出門去。她事情辦妥，急不可耐走去隔壁，把這好消息告訴了程四娘。

程四娘垂著頭紅著臉聽她講了這門親事，將信將疑道：「哪裡會有這般好事，姨娘想是聽岔了吧？」丁姨娘道：「鄭嫂子打了包票不是做妾，妳還擔心什麼？」程四娘怔道：「只要不做妾便好嗎？」丁姨娘道：「那是自然，誰拿妾當人看呢，就連妾生的兒子都被人瞧不起，妾生的閨女更不用說，大多都因為沒有好陪嫁，胡亂出了門子。」

程四娘頭一回聽見丁姨娘講庶出女兒家的命運，不禁問道：「既然大家都是如此，為何哥哥嫂嫂還許諾陪嫁給我？」丁姨娘語塞，磕磕絆絆道：「許、許是怕旁人閒話。」程四娘想了想，搖頭道：「不對，既是世情如此，哪裡來的閒話講？」

丁姨娘不作聲，程四娘自問自答道：「原來陳姨娘講得對，哥哥嫂嫂又不欠我的，為何要養我？不過是宅心仁厚罷了。我卻仗著哥哥嫂嫂寵愛，逾越太過。」她幡然醒悟，可惜這世上卻無後悔藥可吃，她越想越難過，伏在枕上大哭起來。

丁姨娘哄她道：「好閨女，莫要難過，待得妳結一門好親，也好昂首挺胸地回去見妳嫂嫂。」

程四娘抬頭，緩緩看了看四周光光的牆壁，心道，嫁人恐怕是唯一的出路了，便點了點頭，小聲道：「但憑姨娘作主。」

丁姨娘如今什麼都能作主，倒是有些慶幸被程家趕了出來，歡歡喜喜地取了錢，上街扯了幾尺紅布弄些絲線來，捧回家向程四娘道：「雖沒得陪嫁，嫁衣還是需得好生做一套。」

程四娘明白，如今是不會有針線房娘子代勞這些了，便顧不得害羞，同丁姨娘兩個人一人一塊布，埋頭繡了起來。

如今過了幾日，鄭嫂子那裡還未有消息傳來，丁姨娘有些發急，趁著做晚飯的機會，在公共廚房裡攔住了她，問起李家少爺娶親的事體。鄭嫂子生怕被旁人聽了去，一口氣把她拉上樓，關上門才道：「我的丁姨娘，莫要聲張啊，朝李家遞生辰八字的人排著隊呢，這要讓別人曉得，又要多個敵手。」

丁姨娘只道是自己莽撞，連連點頭，問道：「那我家四娘子的生辰八字可遞了進去？」鄭嫂子唉聲嘆氣道：「如今的人都勢利眼，那收生辰八字的婆子只認得我，誰家給的賞錢多，就先收哪個的帖子。」丁姨娘聽後，氣得跺腳大罵，罵來罵去，卻不提送錢的事。

鄭嫂子深恨這人不懂事，只好將話挑明了講：「丁姨娘若想讓四娘子的帖子早些遞進去，不如也送些錢給那婆子？不然要是還沒輪上妳家四娘子，李家夫人就已為李家少爺挑定了人選，那豈不是可惜了。」

丁姨娘這才開了竅，問道：「依妳看，要塞幾個錢？」鄭嫂子本想伸出三個指頭，但偷偷將她打量了幾眼過後，料得從她身上明著是榨不到油水的，便將三個指頭變作了五個，伸到她眼前晃了晃。丁姨娘問道：「五十文？」

鄭嫂子眼神裡帶了些鄙夷，道：「你們大戶人家求人辦事通路子就只得五十文？」丁姨娘掂量了一番家底，十分無奈地開口：「五百文我可拿不出來，房租還未付清呢。」當日她與崔老漢交付房租時，鄭嫂子也在場，很清楚她還欠多少錢，聞言就洩了氣，道：「妳欠的錢還不少呢，看來是無錢替閨女打點了，這事兒就此罷了。」

她轉身欲走，丁姨娘連忙拽住她的胳膊道：「房租錢我早已湊齊了，只是妳要五百文，我實在是拿不出。」鄭嫂子復又燃起了希望，勸她道：「房租重要，還是閨女的終身大事重要？妳只要攀上了李家這門親，還怕他不給妳結房租？」

丁姨娘叫這話講得心思活絡，竟神使鬼差地將付房租的二百五十文掏了出來，又把買菜的錢挪了五十文，湊了三百文交給鄭嫂子。鄭嫂子想榨五百，最後還是只得了三百，非常懋悶，拿了錢，敷衍兩句，上樓去了。丁姨娘猶自在她身後喊著：「鄭嫂子，有了好消息，及時來告訴我。」

鄭嫂子得了錢，辦事快了許多，沒過幾日，主動上門來了，一見丁姨娘和程四娘就唉聲嘆氣道：「上回遞了錢進去，我又腆著臉皮講了一籮筐好話，總算打聽到了些消息，原來那李家少爺是嫡出哩，這事兒可就不好辦了。」

丁姨娘不解問道：「這是好事呀，怎的不好辦？」鄭嫂子看了程四娘一眼，為難道：「妳家四娘子的模樣、脾性都是沒得挑，只可惜是個庶出呀。那李家因為有錢，不計較陪嫁厚薄，但卻是挑剔出身，非嫡出小娘子不娶哩。」

丁姨娘曉得她是所言不虛，別說大戶人家，就是小門小戶，能娶嫡出女時，也不會要那庶出的。程四娘聽得眼淚汪汪，又見丁姨娘垂首不語，便知鄭嫂子的話是真的了。她怕淚流了出來惹人笑話，忙站起身，推說身上不爽利，回臥房歇息去了。

鄭嫂子見丁姨娘要跟過去的樣子，忙道：「這事兒也不是沒有回轉的餘地。」丁姨娘這回有了經驗，主動問：「需多少錢？」鄭嫂子很滿意她的態度，特意沒喊高價，道：「這事兒說簡單其實也簡單，嫡出庶出憑的不都是一張嘴說，妳再拿三百文出來，買通李家夫人的貼身丫頭，不讓李家夫人曉得四娘子是庶出便成。」

丁姨娘不相信，質疑道：「李家夫人身邊想必奴僕成群，那麼多張嘴，豈是封得了的？再說她還有交際應酬，稍稍一打聽就曉得實情了。」鄭嫂子沒有料到，丁姨娘到底是在錢夫人身邊待過幾年的，這樣的事情糊弄不了她，一時間詞窮，只得故意嘆氣惋惜道：「既然妳不信我，那也只得罷了，可惜了這門好親事，不知多少人翹首盼著呢。」

丁姨娘也是捨不得，就沒有急著送她走，坐在那裡埋首想主意。鄭嫂子的眼睛掃了一掃，見桌上有幅沒繡完的活計，拿起來瞧了瞧，心裡有了主意，問道：「這鮮亮的活計是四娘子繡的？」丁姨娘自豪答道：「是，我家四娘子手巧著呢。」

鄭嫂子誇幾句，道：「這樣的巧手人兒，哪個不愛？不如由我領著她到李家夫人面前讓她瞧一瞧，若是有幸入了她的眼，哪裡還會管庶出不庶出？」丁姨娘直稱這主意妙，起身便要與程四娘講。鄭嫂子咳了一聲兒，道：「李家門可不是想進就進的，上上下下都得打點到。」

丁姨娘好似被潑了盆冷水，底氣不足地問她要幾多錢。鄭嫂子怕把她嚇住了，還是只說了三百文。這數目並未超過丁姨娘的底線，她舒了口氣，將錢取來交給鄭嫂子，把她送到了樓梯口才回轉，去尋程四娘。

程四娘聽到她推門的聲響，抬起頭來，淚眼婆娑地問道：「鄭嫂子講的不是真的，對不對？不然大姊和三姊也是庶出，為何全做了正房夫人？」丁姨娘哄她道：「確是她渾說，妳也是要做正房夫人的，不消羨慕大姊和三娘子。」

她話講得越好，程四娘反而越是不信，非拉著她要她講實話。丁姨娘被她逼得無法，只得道：

「大姊是因為有好陪嫁，妳爹偏心眼，送了她差不多小半個家當呢。至於三娘子，是因為妳爹捨不得給她置辦嫁妝，才想把她遠嫁到泉州去，卻沒想到甘十二賴在了臨安，不過她家有什麼好羨慕的，甘家二老不肯給錢，全靠妳三姊撐著家，辛苦著呢。」

程四娘傷心道：「爹臨死也沒給我們留嫁妝，想必也是因為捨不得錢吧？看來我同三姊一樣，不討他的喜歡。」丁姨娘想起當初「洗兒」之事，一陣心寒，咬牙切齒道：「妳爹不是什麼好人，休要提他。」

程四娘隱約曉得些「洗兒」的事情，也曉得程老爺因為她的出生而將丁姨娘趕出家門。她無意勾起了丁姨娘的傷心事，忙轉移話題道：「既是這門親事無望，姨娘怎的還與鄭嫂子講了好一會子？」

丁姨娘一進門就被她抓著問這問那，這才想起還有門喜事，連忙將鄭嫂子要帶她去見李家夫人的事講了一遍。程四娘聽了也很是歡喜，但又有些擔憂，問道：「若是李家夫人瞧不上我，豈不是很丟臉？」這一問，丁姨娘也猶豫起來，考慮了一會兒，道：「無妨，我與鄭嫂子講，只說是帶妳去串門子的，那樣就算不成，也沒大妨礙。」

程四娘又問：「姨娘，妳陪我同去嗎？」丁姨娘搖頭道：「我要是一去，豈不就露餡了？」程四娘害怕單獨去李家，抱了丁姨娘的胳膊道：「姨娘，咱們去同嫂嫂講一聲，叫她借個丫頭陪我去，可使得？」丁姨娘氣道：「她已狠心把咱們趕出來了，還要去求她作什麼？」她不忍過多斥責程四娘，又安慰她道：「妳也莫怕，到時我跟著妳們，就在大門口守著，如何？」程四娘聞言稍稍安心，點了點頭。丁姨娘便去翻包裹，替她挑見客的衣裳。

如此又過了幾日，鄭嫂子喜氣洋洋地上門來，說已打點了李家上下，將程四娘領了去。丁姨娘欲跟去，不料卻不湊巧，崔老漢上門催房租來了。

丁姨娘求他再寬限幾日，崔老漢把眼一瞪，道：「本來約好三日交租的，我催了又催，妳卻總說沒錢。我不過是替主人家做事的，妳不交錢，拖累我哩。」

任他怎麼說，丁姨娘還是拿不出二百五十文錢來，崔老漢沒得辦法，只好如實回稟陳姨娘。陳姨娘就是要讓她們吃虧，聽了這消息只有高興的，先叮囑崔老漢隔三差五去催租，再坐了轎子上小圓家去，把這個好消息告訴她。

小圓聽陳姨娘講了丁姨娘和丁姨娘如今的處境，沉默了一會兒，道：「說到底是我沒教好，讓她得些教訓便可，過些日子我還是把她接回來吧。」陳姨娘感嘆道：「怎麼教？那不是妳的親兒，想打就打，想罵就罵，妳把她丟在外頭自生自滅沒得人說妳，妳要是將她嬌養，卻時不時打罵，就會有好事的娘子們講閒話了。」

小圓問道：「那依姨娘看，我該如何？我好歹養了她這麼些年，難道真讓她流落在外？」陳姨娘道：「不如待她吃些苦頭，接到別院去養活，反正她過不了幾年就要出嫁，妳也多不了許多事。」小圓想了許久，嘆道：「橫豎養不親，也只能如此了。」陳姨娘勸慰她道：「我曉得妳心善，一心拿她當親閨女看待，但她畢竟和蕊娘比不得，妳早些讓她曉得身分地位，不是什麼壞事。」小圓輕輕點頭，「只是苦了她了。」陳姨娘笑道：「她在外頭過幾日，恐怕就不覺得苦了，反要感激妳仁義呢。」

午哥大概是剛剛踢完氣球回來，滿身是汗，一面朝屋裡衝一面高聲喚娘親，突然瞧見陳姨娘在這裡，連忙緊急煞車，行禮，拐彎，一溜煙回房換衣裳去了。陳姨娘樂道：「午哥還是小時候那般跳脫。」小圓笑著搖頭，「他父親打也打過了，罵也罵過了，總是改不好，拿他沒辦法。」

辰哥手捧著幾本書進來，交及閘邊的丫頭，上來規規矩矩行過禮，問了幾時開飯，出門洗手。直到開飯時，陳姨娘也沒見著程慕天和蕊娘，忙向小圓問詳細。小圓答道：「三娘子的公婆帶著二兒子一家來臨安了，二郎帶她作陪客去了。」陳姨娘笑道：「二郎還真是寵愛蕊娘，別個都是帶兒子出門，他卻是帶閨女。」

小圓心道，寵愛倒還是其次，主要是她不願辰哥與千千走得近。午哥捧著碗，不時偷瞄小圓，一副我有話要講的模樣，更為稀奇的是，辰哥也同他差不多的模樣。小圓思忖，大概是他們礙著陳姨娘在此，不好開口。

果然，待得飯畢，陳姨娘告辭，午哥和辰哥兩個馬上圍了上來，順便還遣退了屋中下人。小圓奇道：「你們哥倆搗什麼鬼？」午哥拿胳膊肘撞辰哥，道：「你愛讀書，你說。」辰哥不滿道：「這和讀書有什麼關係，你是哥哥，你說。」

小圓捏了捏辰哥的胳膊，突然講了句題外話：「辰哥，你好像又胖了。」辰哥馬上臉色通紅，一頭鑽到了她身後去。午哥大叫：「娘，你偏心。」小圓瞪眼道：「到底說不說，不說我可走了。」午哥忙道：「說，說……娘，妳可曉得，什麼叫通房丫頭？」

小圓奇怪地看他一眼，「通房丫頭就是妾呀，只不過比妾更不如罷了。什麼是妾，你不曉得，還非要裝一副神祕的樣子？」辰哥轉到她面前，臉上紅撲撲的，小聲道：「李蛐蛐說，他娘給他尋的通房丫頭，是專門教導、教導……哥哥，你說。」

午哥將他的腦袋拍了一下兒，道：「沒出息，不就是……就是……就是……」他「就是」了無數聲，也沒敢將後頭的話講出口，原來程慕天抱著蕊娘回來了。

程慕天將熟睡的蕊娘交給奶娘帶下去，問午哥道：「就是什麼？怎的一見我回來就不說了？」午哥將辰哥一拉，兩人轉身欲跑。程慕天一手揪住一個，責罵午哥道：「瞧你這哥哥當的，把弟弟都帶壞了。」

午哥不服氣，嘀嘀咕咕道：「是他自己要跑的，我可沒教他。」程慕天沒繼續追究這個，讓他們倆站在面前，道：「把剛才的話說完。」

午哥開始看腳尖，辰哥有樣學樣，也看腳尖。程慕天氣極，「下午都別上學了，午哥去罰站，辰哥去院子裡跑步，什麼時候想說了，什麼時候停。」

午哥與辰哥都曉得程慕天是言出必行，你看我，我看你，終於還是午哥膽子大些，用蚊子一般的聲音道：「房事。」

「什麼？」程慕天險些從椅子上跌下來。小圓將他們前後的話連了起來，問道：「你們說的那個李蛐蛐，他娘尋了個通房丫頭教他房事？」程慕天瞪了小圓一眼，慌忙岔開話題：「什麼人？竟叫李蛐蛐？」

午哥答道：「是我們家親戚呀，三舅娘的娘家弟弟，極愛鬥蟋蟀的那個。」原來是李五娘的娘家兄弟，程慕天想了想，沒什麼印象，起身道：「娘子，我才吃了酒，先去歇一會兒。」

想溜？沒那麼容易。小圓一把抓住他，按在椅子上，向兩個兒子道：「你們也不小了，今日你爹就與你們講一講什麼叫通房丫頭。」她語速極快地講完，不待程慕天反對，提起裙子一路小跑出去，順手將門帶上，再將耳朵貼在門上偷聽。

程慕天被娘子陰了一把，滿臉無奈，瞧了瞧面前的兩個兒子，全眨巴著眼睛盯著自己。看這架勢，不解釋清楚是脫不了身了。他端起茶盞子，藉著吃茶掩飾臉紅，裝了個漫不經心的樣兒，問道：「不好好上學，怎的問起這個？」午哥道：「就是上學時聽李蛐蛐講的。他今年十四，他娘就要尋一個通房丫頭教他……那些。爹，等我到了十四歲，你會不會也尋一個通房丫頭給我？」辰哥補充道：「聽說那個通房丫頭，還是大戶人家的庶出小娘子呢。」

程慕天先認真地回答大兒子的問題：「這個我要問你娘親商量才成。」再駁斥小兒子道：「盡道聽塗說，有哪個大戶人家的小娘子會去做通房丫頭？即使是庶出，再不濟也是個妾。」午哥幫腔道：「他沒說錯，李蛐蛐就是這般講的。說起來那小娘子同我們還是本家呢，也姓程。」

「也姓程？」程慕天一個激靈，「叫什麼？」

午哥同辰哥齊齊搖頭道：「不知，今日才去李家呢，李蛐蛐也只是早上偷偷聽到了幾句。」

程慕天心中湧起不好的預感，將他們趕去書院，欲上李家瞧瞧。小圓自門外走進來，道：「她們就住在我姨娘的樓房裡，我使人去打聽打聽。」程慕天點頭道：「趕緊去，若真是四娘子，就將她帶回來。」小圓應了，將他送到門口，又喚過阿繡，將李家之事大略講與她聽，派她去樓房打探消息。

阿繡領命而去，尋到丁姨娘問道：「四娘子何在？」丁姨娘正在繡程四娘的嫁衣，聞言笑成一朵花兒：「跟著鄭娘子去李家見夫人了。」

真是去李家了，阿繡心裡一涼，忙問：「何時去的？」丁姨娘答道：「早上。」阿繡奪下她手裡的繡綳子，急道：「妳還知道早上去的？這都下午了，人還沒回來，妳這做生母的，不曉得著急？」丁姨娘認定她這是嫉妒，罵道：「你們就是見不得我們過得好，四娘子沒回來，定是李家夫人喜歡她，留她吃飯。」

阿繡從未見過這般糊塗的人，一口氣憋在胸口，回罵道：「妳當著這許多年的妾，還沒弄明白妾的身分？一個通房丫頭而已，有同李夫人同桌吃飯的命？服侍她吃飯還差不多。」

丁姨娘笑起來，「就曉得你們是妒忌，四娘子是去做正房夫人，不是通房丫頭。」

阿繡上下打量了她幾眼，又將屋子裡的陳設看了看，問道：「妳替她備齊嫁妝了？」丁姨娘道：「李家有錢，不稀罕嫁妝，別以為誰都同你們似的。」阿繡天生就是爆脾氣，忍她這樣長時間已屬難得，聽了這般無理的話，哪裡還忍得，上前「啪啪」兩下，巴掌扇得無比的俐落。

她的速度太快，丁姨娘愣了幾秒才覺出疼，尖厲叫道：「我已不是妳家的妾，妳打不得我。」阿繡笑道：「哪個說的？若我沒記錯，妳的賣身契還在我們少夫人手裡吧？」丁姨娘驚得連退兩步，後背死死抵在牆壁上。她這些日子當家作主慣了，竟忘了被趕出來和獲得自由身完全是兩碼事。

這時左鄰右舍聽到動靜，都上樓圍了過來，站在走廊上瞧熱鬧。阿繡可不怕人圍觀，上前拉扯丁姨娘道：「還不跟我回去領罪？」丁姨娘哪裡肯動身，死命摳住身旁的門板，不讓阿繡拉動她。

鄭嫂子的閨女也在人群中，她曉得自家還要靠丁姨娘賺錢，便向阿繡道：「妳這嫂子不講道理，既是把人家趕出來了，又拉回去作什麼？」阿繡道：「若不是她以下犯上，妳以為我願意來拉她？又不是什麼好差事。」

鄭嫂子的閨女駁她道：「這話更沒道理，這姨娘住在這裡，通共沒出過幾回院子門，哪裡犯得到你們主子？」阿繡見她三番兩次來打岔，狠狠剜了她一眼，道：「妳是哪家人，倒管起我家事來？我們四娘子是主子，她一個妾竟敢偷著替她許下婚事，這還不叫以下犯上？」

妾不是主人，不能養孩子，不能替孩子的婚事做主，這些道理就是貧民也懂得，圍觀的人紛紛點頭，道：「確是做得不對，該回去領罪。」

鄭嫂子的閨女還要再爭辯，阿繡一把推開她，朝樓下喊道：「程福，還不趕緊帶人上來，記得拿繩子和抹布。」程福領著兩個小廝爬上樓來，將一塊破布塞進丁姨娘嘴裡，抱怨道：「一個妾而已，耽誤我們多少事。」

兩個小廝也是不滿丁姨娘耽誤了他們的正經活兒，一個按住她，一個捆繩子，一會兒功夫就將她綁了個結結實實，扛在肩上下樓，扔進了車裡。

回到程府，阿繡擔心丁姨娘撒潑，乾脆沒解繩子，將個人肉粽子搬到了廳上。小圓見只有丁姨娘一個，程慕天又還沒回來，暗道一聲不好，一顆心猛得提溜起來。

阿繡上前將丁姨娘私自為程四娘定親，卻被鄭嫂子欺騙的事講了出來，氣道：「上不得檯面的妾，將自己賣了還要賣四娘子，少夫人須得好生敲打敲打她。」

小圓讓小丫頭去了丁姨娘口中的抹布，問她道：「阿繡講的可是真的？」丁姨娘心裡驚慌不已，不曉得是鄭嫂子的話真，還是阿繡的話真，急道：「我要見四娘子。」

阿繡踢了她一腳，罵道：「四娘子被妳賣到李家做通房丫頭去了，妳上李家見去呀。」

話音剛落，門口傳來一陣哭聲，原來程四娘跟在程慕天身後邊回來了。她撲通一聲跪在地上，爬到小圓身前，抱住她的腿哭道：「嫂嫂救我。」阿繡和阿彩兩個一左一右拉開她，道：「四娘子定親之時怎麼沒想到來知會少夫人？這會子出了事，倒想起來了。咱們少夫人生來就是給妳收拾爛攤子的？」

小圓見她衣衫整齊，料想她並不曾吃什麼虧，就將她晾在了一旁，問程慕天道：「李家可曾刁難？」程慕天吃了口茶，答道：「不曾，到底是姻親。」他講這話時，面容十分平靜，小圓奇道：「你怎的不生氣？」程慕天笑道：「本來是氣的，但李家說了，看在咱們的面子上，就算做了通房丫頭，也會抬她為妾室。李家與我們家門家戶對，以她這樣的身分，去做個妾室又不委屈，我作什麼生氣。」

程四娘的臉，刷的一下變得慘白。小圓注意到了她的臉色，再看了看氣定神閒吃茶的程慕天，急問：「二郎，你同李家講了什麼？」程慕天擱下了茶盞，答道：「丁姨娘已將四娘子賣入李家了，我還能講什麼？」

丁姨娘人還捆著，但嘴裡沒了東西，大叫：「胡說，我沒有賣四娘子。」小圓很是氣惱她胡來，不客氣道：「妳是沒有資格賣她，自己還是個奴呢。」說完又向程慕天道：「她賣的哪裡能作數，頂多算個拐騙。」

程慕天隱隱有些生氣的架勢，瞪了程四娘一眼，道：「生辰八字也交了，李家門也進了，這事兒還講得清楚？」

生辰八字多麼重要的物事，丁姨娘竟隨手給人？小圓氣極，吩咐阿彩將她拖去柴房狠敲幾板子。程四娘猛撲到丁姨娘身上，擋在她與阿繡中間，慌道：「不是姨娘的錯，全怪我。」

小圓問道：「妳曉得丁姨娘無權做主妳的婚事？」程四娘沒有作聲，良久才道：「聽樓房裡的一個嫂子講過，也不曉得對不對？」小圓道：「是我沒教全，這事兒不怪妳，但丁姨娘明知故犯，打幾下還算輕的，我就算把她一頓打死，又值什麼？」

程四娘驚慌失措地抬頭望她，雙手卻緊緊拽著丁姨娘。阿繡沒什麼憐惜之心，強行掰開她的手，勸道：「四娘子，別降了自己的身分。」

程四娘跌坐在雕了花枝的青磚地上，喃喃自語：「身分？我到底是什麼身分？」小圓見她還是糊塗的，狠下心道：「以前嫂子總怕妳受傷害，不忍讓妳受一丁點委屈，不曾想卻是害了妳，如今也該讓妳明白些事理了……」話還未完，被程慕天打斷：「還有什麼講頭，過幾日李家的轎子就要來了，尋個懂事的人與她講一講為人妾的道理倒還罷了。」

程四娘的臉，更白了幾分，撲到小圓腳下，哭道：「嫂嫂，我不要做妾。」相比她的慌亂，小圓很鎮靜，因為她明白，這若是三媒六聘地作妻，事情到了這一步確是棘手，不過一個妾，怎麼都有回轉的餘地，但她不想直白地告訴她。

這幾年，她把程四娘保護得太好了，讓她變作了一株溫室裡的花朵，經不起大風浪。她把程四娘趕出家門，是對她的懲罰，又何嘗不是對自己教育方式的反思？

道理都明白，可真要照著做，何其之難？小圓看了看趴在自己腳下的程四娘，再將目光移向別處，「既然不想做妾，行事就要有氣度，妳這副沒有骨頭的樣子，誰家願意聘妳作正妻？」

程四娘從未聽小圓講過這般的重話，不敢置信地睜大了眼睛，但小圓的目光始終沒有落在她身上，她只好自己爬了起來，雙手握在身前站好。

程慕天讚許點頭，「早該讓她明白自己的身分了。」小圓苦笑，她一直捨不得，沒想到反而害了她。原來在這樣一個人吃人的社會，禮教不是沒有道理的，安於各自身分，才不會覺得失落。

程四娘低垂著眼簾，不知在想什麼，輕聲道：「謹聽嫂嫂教誨。」阿彩還是好心的，搬了個凳兒欲放到程四娘身旁，小圓卻道：「讓她站著吧。」程四娘狀似有些驚訝，睫毛猛地動了幾下。小圓道：「非是我要罰妳站，我也曉得妳是一雙小腳，但妳若是做了人家的妾，婆母也好，正頭娘子也好，可不會因為妳是小腳就憐惜妳。她們站著的時候，妳得站著，她們坐下，妳還是得站著。」

程四娘已忍不住啜泣，小圓的話還沒講完：「這還不算什麼，規矩而已。若是運氣不好，碰上個善妒的正室夫人，動輒打罵，不順心時將妳提腳賣掉也是有的。」

程四娘又想跪下去，又怕小圓說她，一雙腿發起抖來，哭道：「嫂嫂，我不做妾呀。」

小圓見她這副模樣，於心不忍，咬了咬牙，將頭偏向另一邊，問道：「不願做妾，那妳想做什麼？」程四娘忙道：「我不奢望同大姊一樣，但過三姊那樣的日子我也是願意的。」小圓問道：「妳不怕辛苦？」程四娘苦笑道：「做妾也辛苦。」

聽她這般話，小圓稍有所慰，側頭問程慕天：「二郎，四娘子固然有錯，但我也不是全對，不如給她個機會？李家一事，可還有迴旋的餘地？」程慕天不屑道：「一個妾，什麼餘地不餘地的？就算簽了賣身契，也可以再買回來。」他看了程四娘一眼，補充道：「妳要接她回來可以，但不能再嬌慣她了。」

小圓點頭道：「我姨娘也對我講過這些道理了，我省得。她既然想過三娘子那樣的日子，我就把她送到仿生花作坊去做活，如何？」程慕天道：「如此甚好，自養自身，這才是她這個身分該做的事。正好甘家二老還在臨安暫住，明兒咱們就帶了孩子們過去拜訪，順路把四娘子送過去。」

小圓點頭，起身去打點禮物，程四娘突然問道：「嫂嫂，那我姨娘怎麼辦？」小圓的腳步頓了頓，卻沒有停下來，頭也不回地道：「這不是妳該操心的問題。以後到了夫家，記住要慎言慎行，不是每個人都像嫂子一般能容忍妳過問當家主母的事情。」

她一口氣走回房內，癱倒在榻上。阿彩嘆氣道：「四娘子怕是要悶些日子來想轉今日的話了。」她說完一抬頭，見小圓已是滿面淚水，暗道：原來點醒她的那個人，心裡也是不好受。余大嫂勸慰小圓道：「四娘子終歸會明白少夫人的苦心的。」小圓抹去臉上的淚水，道：「明不明白的倒無所謂，只要她以後到了夫家立得住，不要枉費我養她一場就成。」

阿彩開了箱子，取出一匹葵花紋樣的蜀錦，請示小圓道：「少夫人，送這個可使得？」小圓瞧了一眼，道：「姻親而已，送這般貴重的物事作什麼？」阿彩笑道：「聽說甘家有一位小少爺，年齡與四娘子相仿呢。」小圓苦笑道：「別只看到甘十二家窮，甘家在泉州可是有錢的大戶。」余大嫂點頭道：「就算甘家沒錢，這有錢沒地位和有地位沒錢的，多的是。」她說完又嘆氣，「四娘子被丁姨娘這一鬧，高不成低不就，人家難尋呀。」

小圓亦是嘆氣，「好在她才十一，還有些時間來慢慢探尋。」

阿彩聽說四娘子與甘家是結不了親的，便將蜀錦放了回去，另取了幾盒子酒麴，問道：「少夫人，這個可使得？」小圓點頭笑道：「很好，就送自家出產的物事。」阿彩得了誇獎，將酒麴包起，又把莊上送來的醃筍子、乾筍子等物裝了兩盒子，預備明日帶到甘家去。

晚上孩子們回來，聽說明日要去拜訪甘家而不用上學，都是歡欣不已。辰哥想到可以見千千，雖還是端坐吃飯，面上卻不自覺帶了微笑。午哥一臉的興奮，匆匆扒了兩口飯，稱要去準備蛐蛐，捏了一把蕊娘的臉，拍了一下辰哥的腦袋，躍身而去。

程慕天被他這般沒規矩已氣了十來年，已經沒了脾氣，只扭頭吩咐奶娘：「去跟他講，寫完一百篇字才許睡覺。」小圓問道：「去甘十二家與蛐蛐有何關係？」程慕天道：「秋天到了，他除了到玩具店做工，又沒得別的事情，不鬥蟋蟀作什麼？」

小圓暗自感嘆，這世上果真是人無完人，甘十二為了不納妾，不惜與家人鬧翻，但在賺錢一事上卻是沒有天分，程三娘每日忙得腳不沾地，他卻無所事事，只能用些玩物打發時間。她仔細想了想自身，是願意要一個能賺錢、愛納妾的男人，還是願意要不納妾、不會賺錢的男人？想著想著，莞爾一笑，身旁坐著的這個男人，如此完美，替別個操什麼瞎心。

程慕天見她吃著吃著飯，竟傻樂起來，莫名其妙地拿筷子頭戳了戳她，道：「辰哥就吃這麼一點子，妳還笑？」小圓一抬頭，原來辰哥也吃完了，正在行禮，準備去書房。她皺眉問道：「辰哥，吃了幾碗？」辰哥答道：「一碗。」程慕天指了指椅子，「再吃一碗。」辰哥為難地搖頭，「實在吃不下了。」程慕天無奈，總不能逼著他吃，只得放他去了。

小圓發愁道：「他吃得這般少卻這樣胖，都是因為一鑽進書房就不出來，這成日地坐著不活動，怎生是好？」程慕天不嫌兒子胖，道：「似午哥那般上竄下跳就好了？窮人想長胖還不成呢，有什麼要緊？午哥一頓三碗飯，他只吃一碗，妳想辦法讓他多吃些才是正經的。」

蕊娘嚥下嘴裡的一口飯，道：「二哥不吃飯，是怕吃得太飽，吃不下糖。」小圓笑起來，「這孩子，脾性多年不改，還是愛吃糖，蕊娘是女孩子都比不過他。」程慕天笑道：「吃糖還分男女？」他想起辰哥小時候拔掉的那顆牙，忙道：「不能讓他吃太多，妳這做娘的要管一管他。」小圓替蕊娘擦了擦嘴，點頭道：「管，自然要管。少吃糖多運動，待得從甘家回來，我給他制訂一個減肥計畫。」

出發去甘家前，辰哥悄悄把一包糖果藏進了懷裡，不巧正被小圓發現，責罵他一頓後，不但沒帶他一同前往甘家，且將他趕去了書院上學，免得他偷會甘千千。程慕天有些不忍，替兒子辯護道：「不就是一包糖，吃點子又能怎的，至於這般罰他嗎？」小圓沒好氣道：「你以為是他吃嗎？程三娘家沒得糖？那是帶給千千的。孩子越大越不好管，還是不要讓他們見面的好。」

她不許辰哥與千千親近的主要原因，程慕天並不曉得，但他卻贊同道：「極是，千千哪裡配得上辰哥？婚姻大事，自古以來都是父母之命，妳管得對。」小圓見他和自己是同一戰線，十分高興，與他邊走路，邊討論孩子們的前程與婚姻，不知不覺走完了巷子，來到甘家門前。

程三娘已在大門口等著了，見到他們一家子，連忙迎上去，第一句問的是：「辰哥怎的沒來？」小圓答道：「那孩子是個書癡，非要去書院，拗不過他。」程三娘臉上掩不住的失望，欲張口講些什麼，最終還是沒出聲，默默將他們迎了進去。

小圓只當沒看見她臉上的表情，問道：「甘老爺與甘夫人何在？咱們去行禮。」甘十二捧著裝蟋蟀的竹籠子出來，道：「我娘去訪舊友，我爹趁機帶著我二哥逛勾欄院去了，哥哥嫂嫂先來瞧瞧我的蟋蟀？」

午哥歡呼一聲撲上去，取下腰間的銀絲籠子，道：「三姑父，我與你鬥。」程慕天沉了臉道：「就曉得玩，讀書怎的沒見你這般用心？」小圓輕輕拉他道：「又沒得孩子陪你玩，他不鬥蟋蟀能作什麼？」話音剛落，就瞧見個比午哥高一頭的男孩子從屋裡跑出來，追在甘十二後頭高喊道：「等等我。」

程慕天笑道：「孩子倒是有，全湊去鬥蟋蟀了。」小圓問程三娘道：「那是妳家二哥的兒子？」程三娘搖頭道：「二哥孩子們沒有帶來，那是二嫂娘家的侄子。」小圓笑道：「生得倒是壯實。」程三娘沒有作聲，倒是屋裡的甘家二嫂聽見，笑著走到門口，「這是十二弟妹的娘家嫂子？」程慕天見有女客，打了聲招呼，看甘十二他們鬥蟋蟀去了。

甘家二嫂大概是因為小圓讚了她的娘家侄子，對她分外熱情，挽著她的手將她迎了進去，倒顯得程三娘是個客。小圓邊吃茶，邊不動聲色地打量甘家二嫂，只見她旁邊跪著一群鶯鶯燕燕，數了數，足有四五個，暗道：「甘家的船想必很大，千里迢迢的還帶一堆妾來。」

甘家二嫂也在打量小圓，見她身後僅有一個丫頭，穿的倒是不差，便問道：「這個是通房？」小圓笑道：「快些打住，她已是許了人家了。」甘家二嫂奇道：「妳這出門怎的沒得妾服侍？」小圓如今一人獨大，也不怕有善妒的名聲，道：「原先也有個，瞧不上眼，賣掉了。」

甘家二嫂暗暗佩服，瞧了瞧她身旁坐著的程四娘和蕊娘，問道：「這是妳兩個閨女？」

程三娘見她亂了輩分，忙插話道：「大的是我妹妹，程四娘；小的才是侄女，蕊娘。」甘家二嫂從一個妾手裡接過兩對鐲子，遞過去道：「不是什麼好物事，拿著賞丫頭吧。」小圓命她們二人謝過甘家二嫂，將那鐲子接了，再交給身後的奶娘。

甘家二嫂想起方才送千千鐲子時，那孩子接過去就直接套在了手腕上，相比面前這兩個，好生無禮。她細細將蕊娘瞧了瞧，見她模樣生得好，坐得又端正，真真是越看越愛，可惜同她的娘家侄子年歲隔太遠，也只能在心裡想想罷了。

甘家二嫂與小圓閒話了幾句，又欲同程三娘搭話，程三娘卻不大願意理她，搶先開了口，問的卻是小圓：「嫂子，昨日晚上妳使人捎信來，說要讓四娘子在仿生花作坊做活兒？」小圓點了點頭，道：「可使得？」程三娘笑道：「自家妹子，有什麼使得不使得的，只是她吃得了那個苦？」小圓微微嘆氣道：「她自己選的路，別個幫不了她。」

甘家二嫂驚訝於她家小娘子還要上作坊做工，問了幾句，得知是庶出，沒得嫁妝，還不願給人做妾，連連搖頭，直稱她的苦日子在後頭。

過了一時，甘老爺與甘夫人一同回來了，程三娘起身去迎，奇道：「不是一起出門的，倒是一起回來，真真趕巧。」哪裡是巧，那是甘老爺機靈，特特派了心腹小廝與甘夫人的貼身丫頭暗通消息，甘夫人那裡一起身，他這裡便撤出勾欄院，帶著二兒子去與甘夫人碰頭，稱是特特來接她的，哄得甘夫人心花怒放。

老兩口本是心情大好，進門卻不見甘十二，四處一找，卻發現他帶著一群孩子在鬥蟋蟀。鬥蟋蟀本也沒什麼，頂多安個玩物喪志的名頭，但甘十二今日運氣背，甘老爺來到他身後時，他正在向午哥吹噓當年英勇逃避科考，寫信糊弄家人的事體。甘老爺將這話聽了個一字不差，氣得鬍子亂抖，一巴掌拍在他的後腦勺上，大罵一聲：「逆子。」

程慕天怕氣壞了老人家，忙上前勸說，將他攙到了廳中坐下。甘夫人聽說甘十二賴在臨安是想繼續逃避科考，糊弄雙親，亦是惱怒非常。她生甘十二的氣，卻不罵甘十二，只把程三娘叫過來責備：「十二貪玩不上進，妳不幫著勸，還哄著他留在臨安不歸家，有妳這般做媳婦的？」千千聽得這個沒見過幾次面的祖母罵她最親的娘親，上前趕甘夫人道：「妳走，這是我們家。」

甘夫人大動肝火，厲聲道：「既生不出兒子，又教不好閨女，留妳何用？」程三娘將千千護在身後，低眉順眼道：「千錯萬錯都是媳婦的錯，娘千萬息怒，別為媳婦氣壞了身子。」

程慕天聽甘夫人是想休掉程三娘的意思，心一急便要起身，小圓忙按了他一把，悄悄朝甘家二嫂那邊指了指。

果然，甘家二嫂站了起來，走到甘夫人身旁，遞過去一盞熱茶，笑嗔：「娘，妳以為天上的媳婦個個都似妳一般能幹？我在娘跟前學了這些年，還只學了些皮毛呢，依我看，娘把十二媳婦帶回泉州，讓她在妳身邊待些日子，自然就懂事了。」

這番話連吹帶捧，且沒傷著程三娘的面子，小圓暗自佩服，怨不得甘家二老出行只帶了老二一家，果然是有他的道理的。

甘夫人的神色緩和了下來，拍著甘家二嫂的手道：「還是妳細心，確實該讓他們回泉州了。」

甘老爺點頭附議道：「我看十二這樣子，科考是無望了，隨我們回去也好。」

甘老爺與已逝的程老爺交好，很給程慕天面子，便問他意下如何，程慕天自然是只有點頭的。

小圓巴不得甘十二一家趕緊帶著千千撤得越遠越好，笑道：「三娘子雖是程家閨女，可進了甘家門就是甘家人，在哪裡住，自然是聽公婆的安排，哪裡有我們娘家哥嫂插嘴的份？再說侍奉公婆本就是做媳婦的本分，她能到婆母跟前伺候著，那是她的福氣。」

甘夫人聽了這番話，深感她是個可親可愛的，便向她倒苦水道：「妳這小姑子也還算好的，只是多年來未能給十二添個兒子，還不許他納妾，實在是不像話。」

小圓絕口不提納妾之回事，只道：「她日夜在仿生花作坊勞作，不得歇息，生養難免艱難些。待得到了泉州，有甘夫人幫她細心調養，生兒子指日可待。」

甘夫人還欲提妾的事兒，甘家二嫂在她耳邊悄聲道：「這也是個屋裡沒得妾的。」甘夫人人老成精，一聽這話，就明白這話題不好再談，好在兒子馬上就要回到自己身邊，納幾個妾還不是她這個做母親的說了算。

甘家二嫂見她臉上帶了笑意，又附在她耳邊講了幾句。甘夫人微微點頭，問程三娘道：「妳二嫂的娘家侄子妳可見過了？我看那孩子不錯，千千也不小了，待得回泉州，就把親事訂了吧。」

程三娘什麼都可以答應她，唯獨閨女是她的底線，忙道：「千千才七歲，不用著急。」

甘夫人見不得她忤她的意，臉色又變了，「不過是定個親，又沒讓她現在就嫁過去，妳慌什麼？」程三娘當然是慌的，甘家二嫂的娘家侄子模樣雖不錯，可家中一無所有，若真結親，怕是連聘禮都要甘家二嫂資助。她將千千捧在手心裡養了這麼大，哪裡捨得讓她去窮人家受苦？那頭搖得好似撥浪鼓。

甘夫人根本就沒把她的意見放在眼裡，扶了甘家二嫂的手站起身來，道：「我累了，老二媳婦扶我進去歇息吧。待得回了泉州，叫妳娘家哥哥請媒人來換草帖。」

程三娘眼睜睜瞧著他們進去，急得哭起來，又去求甘老爺，可憐甘老爺哪裡做得了主，嘆了口氣，跟著甘夫人進去了。她想去尋甘十二，甘十二卻被甘老爺下令關了起來，不許任何人相見。這要是到了泉州，就是他人的地界兒，千千的婚事便只能由著祖母做主了，程三娘著急上火，團團亂轉。

小圓見她家家務事終於完結，拉了程慕天一把，起身告辭。程三娘彷彿抓到了救命稻草，緊拽住她的手，不肯放她走，求道：「嫂子，把我家千千許給辰哥好不好？他們青梅竹馬，又是表兄妹，咱們親上加親，再好不過了。」小圓用力掰開她的手，問道：「妳二嫂的娘家侄子哪裡不好了？竟讓妳視他為洪水猛獸。」

程慕天幫腔道：「我瞧著很不錯，你們又要回泉州了，將女兒嫁在近前，時時能看見，多好。」程三娘急道：「他家窮，哪裡養得活千千？」小圓氣道：「妳嫌他家窮，我還嫌棄妳家窮哩。跟妳講過多少回，我不同意這門親事，妳為何偏要苦苦糾纏不放？」

程三娘呆住了，「嫂子，妳真是嫌棄我家窮？怪不得妳只愛八哥，不愛我們千千。」

小圓曉得與宋人講近親結婚的危害是講不通的，只好道：「隨妳怎麼講吧。」程三娘怪他們兩口子嫌貧愛富，偏偏程慕天覺得嫌貧愛富是他的優點，道：「哪個說妳嫂子愛八哥了，不過是瞧他沒有生母，可憐他罷了。他長大後若掙不得一份好家業，照樣與咱們家結不了親。」

程三娘沒有心思繼續糾纏嫂子是否偏心眼，怔道：「那我的千千怎麼辦……」小圓還是心太軟，忍不住提醒她道：「妳家男人是作什麼的，擺設嗎？他有膽子不尊父命納妾，沒膽子替閨女做主？」程三娘喃喃道：「他被關著……」

「關一時，關得了一世？去泉州前總要放他出來的，棘手的事交給他辦去，妳一個女人撐起一個家雖讓人佩服，可妳自己不覺得苦？趕緊把賺錢的擔子轉到他身上，妳養好身子生個兒子才要緊，不然有妳的苦頭吃。」

小圓教導了她一番，與程慕天領著兩個孩子，轉身離去。走到門口，她突然想起，她才拒絕了程三娘，難免讓她心生怨恨，那把程四娘放在她這裡做活兒，是好是壞？

程慕天瞧她腳步越走越慢，笑問：「可是在擔心三娘子在四娘子面前講妳的壞話？」小圓被他猜中心思，有些不好意思，嗔道：「孩子們在跟前呢。」程慕天叫過阿彩，吩咐她去將程四娘喚來，一同回家。

小圓惋惜道：「還想把她放在這裡鍛煉鍛煉的。」程慕天抱起蕊娘，對她道：「妳娘犯傻了，三姑姑的仿生花作坊又帶不到泉州去，到時還不是她這個股東照管，自家的作坊想怎麼鍛煉妳四姑姑就怎麼鍛煉。」

小圓瞪了他一眼，暗道，有話便直說，有必要在閨女面前奚落我嗎？

蕊娘還以為鍛煉是什麼好物事，抱住程慕天的臉親了一口，軟聲道：「爹爹，我也要鍛煉。」程慕天忙道：「妳怎麼能去，爹爹捨不得……」

他當著人面，在娘子跟前裝古板，怎麼到了閨女這裡全變了樣兒？小圓納悶抬頭，眼角瞥見程四娘眼裡的一絲羨慕，她強忍住上前撫慰的衝動，裝作沒看見，只與嫡親的三口兒說笑，心裡卻滿是苦澀，有些東西一旦破碎，就永遠也回不去了。

柒之章

烈子怕纏惜春情

櫃子頂上、床腳、抽屜、書包、書籍……小圓站在辰哥房內，指揮著幾個丫頭婆子翻箱倒櫃。蕊娘拉了她的衣角，道：「娘，糖還能藏在書裡？」小圓牽著她的手去翻桌上的《詩經》、《論語》，道：「誰曉得呢？妳二哥看著老實，花花腸子不比妳大哥少。」

余大嫂帶著幾個下人把一大包糖呈到小圓面前，問道：「少夫人，這些糖如何處置？分給午哥和蕊娘吃？」小圓笑道：「他們每日都有份例，給他們吃也要將牙吃壞的，再變成個小胖子了。」她朝外望了望，看見午哥在院子裡頭，便喚他過來，讓他把糖帶去下人院子，分給那些平日裡吃不到糖的孩子們。

蕊娘出得門來，見富貴娘子躺在院中曬太陽，走過去摸了一把，胖乎乎的全是肉，便將牠費力抱起，帶去與辰哥一同跑步。貓哪裡是肯聽話的物事，一放下地就滿院子亂竄，蕊娘跟在後頭追得氣喘吁吁，也算是鍛煉了一回身體。

辰哥在小圓的監督下早晚跑步，每天只許吃一塊糖，幾天下來居然小有成效，原本圓圓的臉開始顯了下巴。小圓打趣他道：「看來出不了幾日，咱們家就要多個翩翩佳公子了。」

辰哥的性子像足程慕天，聽了這話，臉立時就紅了，偏還挨在小圓身旁不肯走，磨蹭了半日，問道：「娘，三姑姑一家真要搬去泉州？」

小圓看了他一眼，道：「不是搬去，是搬回。你三姑父本就是泉州人，在臨安乃是客居。」辰哥不知那日小圓斷然拒絕了程三娘的提親，大著膽子又問：「那千千也要跟著去？不能將她留下？」

一聽他提這個，小圓心頭的火氣就上來了，反問道：「她不跟著父母走，還能怎的？你倒是說說，你想怎麼個留法？」辰哥的臉越發紅起來，但卻沒有退縮的意思，小聲道：「若是娘同意，我可以娶她。」

「我不同意。」小圓語氣十分不善，「你同她是親表兄妹，若是成親，誰曉得會不會生出個傻子來？」辰哥不理解這樣的解釋，辯道：「天下中表親眾多，生傻子的卻在少數，再說，就算不不是中表親，也有生癡兒的呀，這同表兄妹並無什麼關聯。」

小圓氣極，書院為什麼不教教何為概率，難道要為了這個「少數」去冒一回風險嗎？其實她另有拒絕辰哥的理由，卻不願在孩子面前表現得「嫌貧愛富」，只道：「千千沒念過書，沒學過管家，沒學過算帳，這樣的女孩子進了我們家的門，讓人瞧不起。」辰哥道：「三姑父和三姑姑也曾教她認了幾個字，並不是大字不識，她還會繡花兒，會……」

小圓今日被他接連反駁，氣得直拍小几，總算嚇得辰哥閉了嘴。她在管兒子的事上缺乏能耐，只好將程慕天請了過來，揉著太陽穴道：「你兒子要娶千千，我說服不了他，怎辦？」

程慕天看了看神色恭順，眼裡卻倔強無比的辰哥，彷彿看到當年的自己。十幾年前，程老爺以庶出、無陪嫁之由，拒絕替他向小圓提親，他亦是這般恭敬地半垂著頭，嘴裡卻說著非她不娶。在挨過了幾次鞭子，幾頓板子後，終於逼得程老爺讓步，使了媒人去何家。

小圓雖是庶出，卻能算會寫，將兩個鋪子經營得風生水起，自掙了陪嫁帶過來，讓挑剔的程老爺也無話可講。千千哪裡能與她相比？既無禮數又無氣度，雖然還算懂事，但在大宅院裡當家，靠懂事能頂什麼用？程慕天從回憶到沉思，從深思到現實，出聲道：「百事何為先？」

辰哥欠身答道：「百事孝為先。」程慕天又問：「你違抗父母之命，欲強行求娶千千，可是不孝？」辰哥不敢接話，一個人若被認定是不孝子，不論作什麼都是要受人唾棄的。他見程慕天將「不孝」二字都搬了出來，心底一絲一絲生出絕望來，緊咬著下唇，動作僵硬地作了個揖，退了出去。

程慕天向小圓道：「妳與他講什麼道理？妳說，他聽，如此簡單。」

小圓還是愁眉不展：「他可不是午哥，大大咧咧什麼都放得下，得想個法子讓他徹底死心才好。」程慕天道：「千千馬上就要去泉州了，千里迢迢的，他不死心又能如何？頂多傷心些日子罷了。他今年才八歲，離成親還早著呢，這麼些年的時間，還不夠他來忘掉一個人的？」

小圓點頭笑道：「是我著急，竟忘了他們要去泉州了。說起來，辰哥為何總惦念著千千，還不是因為周遭沒有別的年齡相仿的女孩，不如咱們想些法子，讓他多接觸幾個？」

大戶人家的小孩子都養在二門後，豈是想見就見的？程慕天掃了她一眼，道：「相媳婦時才能見。」他也擔心辰哥繼續誤入迷途，便道：「他不能見，妳卻是能見的，何不與些娘子們多走動走動，替辰哥挑個好的？」深宅大院，諸多不便，便不如小門小戶自在，小圓嘆了口氣道：「也只能如此了。」

半個月後，甘老爺的勾欄院背著甘夫人也逛得差不多了，於是準備帶了甘十二一家回泉州去。甘十二辭了玩具店的活兒，同程三娘兩個把家裡收拾了一番，發現他們的家當少得可憐，幾乎全能打包打走，只有這個三進小宅和仿生花作坊放心不下。

程三娘還有些不死心，特意挑了辰哥放假在家的日子，藉著要與小圓商討仿生花作坊的事體，帶了千千回娘家來。小圓一見千千打扮得花團錦簇，就曉得程三娘安的是什麼心思，她對余大嫂打了個眼色，後者馬上悄悄退了出去，將兩位小少爺送去了金家耍。

程三娘上回得了小圓的教訓，這次不敢再貿然提辰哥，只藉了正在描紅的蕊娘扯閒話，恭維道：「嫂子將蕊娘教得好，這幾個字寫得極秀氣。」小圓謙虛道：「寫著玩呢，將來能記幾筆帳便得。」程三娘愣道：「還要教算帳？她又無須跟我似的操持生計。」小圓笑道：「妳以為嫂子是光靠一張嘴管家的嗎？家裡家外的事什麼都得懂，不然就要讓人拿捏了去。」

程三娘本是想藉蕊娘引出辰哥的話題，卻不想被這話聽住了。她想了想自己對千千的教育，感嘆道：「蕊娘真真是辛苦，我們千千每日裡只學繡花和織布，已是成天喊累了。」

小圓笑道：「蕊娘也不辛苦，女紅一事我只要求她能繡幾朵花兒便成，至於織布，更是不用學，她將來是要當家管事的，學那些沒有用處。」不論什麼，都是不怕誇，只怕比。程三娘聽得心裡不是滋味，開口道：「嫂子此話差矣，我在家的時候學了女紅，嫁到甘家，不是一樣把家裡管得妥妥當當？」

小圓暗笑，她那小宅子，通共不下十個下人，進帳開支都在一個本子上，那也能叫管家？她過慣了小日子，但泉州甘家可是富貴不下程家，等到她進了大家庭，就曉得今日的話是多麼可笑了。

程三娘見小圓垂首不語，還道她是認同了自己的話，便繼續深入話題道：「兒子可不比閨女，將來娶的兒媳要是與自己不貼心，惱火著呢，嫂子，妳說是不是這理？」

小圓看出了她的循序漸進，十分想把她趕出去，又不願在她臨行前還鬧翻臉，只好耐著性子點了點頭。程三娘歡喜起來，道：「千千是妳的親外甥女，有誰比她更與妳貼心？」

是什麼讓知進退的程三娘變成了牛皮糖？是生活的擔子太重？是對女兒的愛太深？小圓恍惚間覺得不大認識面前此人，不禁講出一句讓程三娘刺心的話：「自然有比她更貼心的，我娘家並不少內侄女，我三哥也快任滿回臨安了……」

為了讓程三娘死心，小圓故意裝出一副嚮往的模樣，凝望著窗外，抄手遊廊下掛著幾隻鳥籠，養著幾隻肥鳥，惹得比鳥更肥的富貴娘子躍躍欲試。程三娘鍥而不捨地在耳邊嘮叨，直到富貴娘子累趴下，小圓的脖子變僵硬，她才醒悟到自己是沒有希望了，於是絕口不提仿生花作坊的事體，牽了千千的手，滿懷不忿地離去。

蕊娘見她告辭，忙將小圓拉到軟榻上躺下，用軟軟的小手幫她捏脖子，嘟著嘴道：「三姑姑再不走，娘的脖子就偏了。」這麼個小人兒，居然瞧出端倪來了？小圓驚奇問道：「妳怎麼曉得娘是在敷衍妳三姑姑的？」蕊娘伏下身子，將小臉貼到她的臉上，道：「娘不是說過，若與人講話超過三句她還不應答，就不必再講了，她定是不想聽。」

「小人精。」小圓摟過蕊娘親了一口，又與她講些親戚間的恩怨糾葛，分析是非對錯，為她將來的婆家生活打基礎，更是暗暗感嘆，到底是親生的，不用忌諱什麼。若換了程四娘那裡，這些話如何敢講？一個不慎就被傳作了挑撥是非的長舌婦。

小圓也是被程三娘鬧騰的，竟沒有想起仿生花作坊的事兒來，直到他們回了泉州，宅子賣給了牙人，她才記起，程四娘還沒著落呢，總不能還像以前一樣嬌養在家裡，遂使了人去打聽。

去的人還沒回來，阿繡先來了，稟道：「少夫人，丁姨娘總不能一直關在柴房，送到莊上去做農活吧。」小圓慢慢摸著鑲在袖口的皮毛，將蕊娘喚了進來，問她道：「丁姨娘險些將妳四姑姑賣掉的事體妳也是曉得的，妳認為該如何處罰她？」

蕊娘翹了嘴巴，「四姑姑也不好，借了我的錢不還。」小圓笑道：「待她做活兒賺了錢，妳向她討去。」蕊娘高興起來，問道：「丁姨娘是妾呀？」小圓點頭，「是妳祖父的妾。」蕊娘想也沒想就輕鬆回答了她先前的問題：「既是妾，不乖了，就賣掉。」

小圓笑起來，向阿繡道：「原來是我糊塗了，還不如孩子明白。」

阿繡會意，出門尋了人牙子，將丁姨娘賣作了一個老媽子。

小圓有意讓蕊娘學著點，便取了個小算盤讓她坐到旁邊撥，一起等著打探消息的人回來。不多時，有人來回報，稱，程三娘的宅子雖空了，但仿生花作坊還在原處，牙人天天來催他們搬地方，但薛家大嫂和二嫂卻無錢拿出來另租場所。

小圓微微頷首，原來是交給了薛家兩位娘子。三年前薛家分家，那兩位沒從陳姨娘處撈到好處，如今連房子都買不起，哪有錢辦作坊？她吩咐阿彩道：「去問問薛家大嫂和二嫂賣不賣作坊，價錢幾何？」

阿彩領命而去，不料薛家那兩位娘子把對陳姨娘的怨恨轉嫁到小圓身上，將價錢抬得高高的，一副我就是要宰妳的嘴臉。小圓聽說了情況，笑道：「錢再多也不能被人宰一刀，她們既然沒有誠意要賣，也只得罷了，我另開一家。」

程三娘仿生花作坊的經營模式還是程慕天教授的呢，小圓要再開一個，真是再簡單不過。她將阿繡喚來，把她現領的差事交給旁人，任她做了作坊管事，教她如何進貨、如何銷賣及如何雇人。

阿繡原本就替她管過生意，一點就通，按著她的吩咐，準備將最後一道院子隔斷一半，對外另開一個門，用作做花的場地。她想著程四娘還在最後一進院子住，就稟明了小圓，讓她挪出去幾天，待院牆砌好了再搬回來。

程四娘重回程家後，不敢輕易出房門，這次藉了搬屋子的機會，悄悄尋人打聽丁姨娘的下落。丁姨娘被賣的事，小圓並未叮囑要瞞著，被問的婆子便照實回了她。

程四娘聽了這消息，險些暈過去，死死抵住夾道的牆壁才站穩了。她跟著錢夫人住時，要不是丁姨娘護著，早就被折磨死了。那個辛苦生她、護全了她性命的生母居然被賣掉了！她突然覺得一陣天旋地轉，眼前發黑，身子發軟。那婆子見她神色不對，忙上前扶了她，欲送去房裡。

程四娘卻強撐著道：「送我去嫂嫂那裡，我要問一問，我姨娘究竟被賣去了何處？」那婆子心道，賣人不都是一樣，天南地北，憑各人運氣，她怕把程四娘氣出個好歹來，不敢講出口，只好照了她的吩咐，將她扶到小圓跟前。

小圓正在聽阿繡講紡生花作坊的事體，並未朝她這邊看，她如今不敢造次，再有不滿也只能等著。小丫頭捧了一盞茶放到小几上，輕聲道了個「請」字。程四娘摸了摸盞壁，觸手光滑，乃是個上等精品。端起來淺啜一口，芳香濃郁，卻是她從未喝過的品種。她見小圓忙碌，有心從阿彩這裡套話，便問她這茶的名字。

阿彩不答她的話，卻取了張茶方，念道：「孩兒茶末和茶各一兩、檀香一錢二分、白豆蔻一錢半、麝香一分、砂仁五錢、沉香兩分半、冰片四分，再加甘草膏與糯米糊調和成茶餅。」程四娘納悶道：「我不過問個茶名，妳念這一串子作什麼？」阿彩道：「這是香茶，少夫人費了不少功夫才尋了個點茶高手來，調了這一盞子茶。」

程四娘奇道：「嫂嫂不是不吃這樣的茶？」阿彩道：「哪裡是少夫人要喝，這是特特為四娘子準備的。少夫人說了，四娘子將來去了婆家，少不得要隨婆母的口味，吃古方調和的茶水，不如現在就吃起來，免得到時候口味難調。」

程四娘望著手中的茶水，喃喃道：「嫂嫂……想得如此周到……」她一口一口將茶水飲盡，待到小圓忙完，問她所來何事時，她已不想提丁姨娘一事，起身行禮辭了去。

小圓詫異道：「特特跑來等了我這一會子，怎的不說話就走了？」阿彩微微笑道：「大概是想念少夫人了，過來看看。」小圓自然不相信這個說辭，但也未再追問。

幾日後，院牆砌好，仿生花作坊開了起來。薛大嫂、薛二嫂的那個作坊搬到了一個偏僻的位置，也還在繼續經營，但小圓沒有手軟，仗著本錢雄厚，支支花都賣得比她們便宜，沒出半個月就擠垮了她們，從此壟斷了小半個花鋪的供貨渠道。她做這一切時都將蕊娘帶在身邊，也不管她看不看得懂、聽不聽得懂，時常問她幾句，點撥她幾下。待到一切進入正軌，蕊娘繼續上她的富家小娘子培訓課程，程四娘開始進作坊做活。

程四娘是手巧的人，學起做仿生花來並不難，難的是要成日坐在桌子跟前，只有吃飯、睡覺、上茅廁才能歇息片刻，而且作坊實行的是計件制，超過限額有獎，做不完就只能領一半的工錢。

她本來只抱著學習的態度，沒將那幾個工錢放在心上，不料自從進了作坊，小圓就斷了她的月錢。頭一個月下來，她只賺了一半的工錢，窮到連胭脂水粉都買不起，她去找小圓哭訴，小圓卻稱，做活兒的婦人不興塗脂抹粉。她哭哭啼啼又做了半個月的工，漸漸習慣起來，早上天不亮就起床，拿涼水抹幾把臉，簡單梳個髮髻去作坊，中午就與其他雇工吃一樣的飯菜，一直忙到天黑才落屋。

轉眼要過年，山裡送了羊肉和筍子過來，小圓憐惜她吃了一個多月的苦，便使人喚了她來，一同吃個飯。蕊娘還惦記著找她討錢，低頭看到她指間的薄繭，想了想，沒有吱聲。

程慕天夾了一些塊薄如紙的羊肉到火鍋裡涮了，沾了醬料放到蕊娘碗裡，輕聲催促道：「快些吃，吃完爹爹帶妳上街辦年貨。」小圓碰了他一下，朝兩個兒子努努嘴，程慕天又燙了一塊肉，夾到她碗裡，道：「男兒頂天立地，還消我夾菜？」

小圓正欲反駁，午哥已將一塊肉放到程慕天碗裡，道：「哪敢勞動爹？該我孝敬你才是。」說著又夾了一塊給小圓。程慕天和小圓相視而笑，這個大兒最皮，卻也最討人喜歡。

程四娘端著碗默默吃著，覺得自己是個局外人，突然聽得小圓一聲問詢：「就要過年了，吃罷飯，四娘子過年挑幾塊料子，叫針線房做兩套新衣給妳。」程四娘問道：「可是要從我的工錢裡扣？」小圓本沒這個想法，聽她這一說，再細細一思量，便點了點頭，道：「也不為難妳，預支下個月的錢吧。」程四娘掂量了又掂量，搖頭道：「我的舊衣裳還沒穿遍哩，不消再做，多謝嫂嫂費心。」

程慕天讚道：「這才是小門小戶過日子的樣子，將來嫁入尋常人家，好討公婆喜歡。」程四娘無意得了哥哥的誇獎，驚喜沖淡了沒新衣穿的傷感，覺得碗中的飯格外香甜起來。

小圓看著她勾起的唇角，若有所悟，東西給的多了，得到的太容易了，反而不被珍惜，就像程慕天這偶然才得一見的讚揚，片刻讓她喜悅起來。若換成了她去講，定然沒有這效果。

飯畢，程四娘惦記著做工，趕去了仿生花作坊。小圓帶著三個孩子回房，給他們一人挑了兩塊料子，又喚針線房娘子來量尺寸。孩子們急著隨程慕天去辦年貨，好不容易耐著性子讓針線房娘子忙完，一個個拔腿就朝外跑。

午哥跑得最快，率先出了大門，大走了兩步，便見三丈開外蹲著個女孩兒，一身粗布衣裳補丁，臉上凍得紅紅的，隱約還能瞧見用頭髮遮住的凍瘡。

辰哥緊隨其後出來，見他看得專注，問道：「哥哥瞧什麼呢？」午哥指了那女孩兒給他看，問道：「你看她像不像素娘？」他們去年秋收時才去過莊上，辰哥瞧了幾眼，也認了出來，點頭道：「可不就是她，怎的跑到咱們家門口賣菜來了？讓娘看見，又要罵你。」午哥捶了他一拳，道：「她賣她的菜，娘為何要罵我？倒是你念念不忘千千，讓娘曉得，揍你個皮開肉綻。」

素娘聽到了他們的聲音，朝這邊望了望，驚喜喚道：「午哥？」

午哥摸了摸鼻子，走過去道：「去門房烤烤火吧。」

素娘「哎」了一聲，半躬起身子，欲去背那個比她人還高的菜筐子。試了幾下，卻沒背起來。午哥忙喚了門上的小廝過來，叫他們把菜搬到廚房去，向素娘道：「妳的菜我買了。」喜哥嘴裡含著糖，從旁邊鑽出來，數了錢給她，大方道：「不用找了。」

辰哥嫉妒喜哥總吃糖，卻又不壞牙又不長胖，便挑他的刺兒道：「價都不曾問，說不準給少了，還叫別個不用找呢。」喜哥回嘴道：「我常跟著我娘買菜的，自然曉得價錢，只有多的，沒有少的。」這兩人開始鬥嘴，一路鬥到了車上去，單把午哥和素娘留在了原地。

程慕天抱著蕊娘出來，見到這情景，想出口喚午哥，又想看看他如何行事，便將蕊娘送上車，叮囑孩子們別吵鬧，自己則悄悄走到一棵樹後躲著偷聽。

午哥低頭，見著了素娘一雙露著腳趾的單鞋，嘆了口氣，「快去烤火吧，叫婆子找雙好鞋給妳穿，就說是我吩咐的。」素娘歡喜應了一聲兒，卻沒挪步，只問：「你這是要去哪裡？」午哥答道：「去街上隨便轉轉，看看熱鬧。」

素娘瞧了瞧那輛大車，垂頭道：「我還沒逛過城裡的街……」午哥不經意地皺了皺眉，轉了話題，問道：「從山裡到這裡，就算快馬加鞭也得小半天時間呢，妳何時來的？」素娘雙臂交叉摟了摟緊，打著哆嗦道：「半夜裡趕路，天未亮就蹲在這裡了。」午哥又問：「妳一個人來的？」素娘落了淚，答道：「我跟家裡的老伯一起來的，他說天冷，先去街上吃兩杯……」

午哥明白了，必是楊家派了個老奴帶著素娘來賣菜，那老奴卻欺主，單留了素娘在這裡守著，自己溜去喝酒了。半夜趕路，清晨賣菜，穿得又這般單薄，應是很苦吧？他忍不住又嘆氣，問道：「吃飯了不曾？」素娘搖了搖頭，「兩頓沒吃了。」

午哥欲喚門上小廝，想了想，還是走進去叫了個婆子出來，讓她領素娘去換身衣裳，吃個飽飯，再送她幾個錢做路費回家。雖然素娘手上有賣菜的錢，但他曉得，那是不能動用的，不然就要挨楊夫人的打。

他安排好這些，轉身欲走，素娘卻拉住他問道：「午哥，我年年做書包給你，為何不見你用？」午哥掙脫她的手，有些吃驚道：「妳怎麼知道的？」

素娘看了他一眼，頗有些哀怨，「去年你們去山裡，喜哥與辰哥都這般講……」

午哥不好意思說是他嫌那些書包丟人，便敷衍她道：「我爹和弟妹們等我太久了，我得去了，回頭寫信給我吧。」他這無心之語，卻叫素娘記在了心裡，回家到處翻找筆墨，寫了一封讓人摸不著頭腦的信來，這是後話。

婆子領著素娘去吃飯、烤火，這些她能做主，但給她衣裳和錢，憑她一個下人辦不到，於是就將此事報到了小圓那裡。小圓正在翻看程慕天自編的外國語教材，聽到稟報，隨手從放零花錢的罐子裡摸了一把鐵錢出來交給那婆子，道：「我這裡沒有十來歲女孩兒穿的衣裳，去妳們自己住的院子裡尋尋，別拿太好的給她。」

婆子應著去了。阿彩將零花錢罐子的蓋兒放好，擔憂道：「這是午哥領回來的呀，少夫人怎的不著急？」小圓奇道：「不過領回來接濟一把，我為什麼要著急？」阿彩道：「那辰哥與千千的事，少夫人怎的急得好似熱鍋上的螞蟻？」

小圓笑嗔道：「把妳嫁了個多話的小廝，妳也變成話匣子了。辰哥能與午哥比嗎？那孩子心思細膩，容易放不開，不像他哥哥，拿得起放得下……扯遠了，我看午哥對那素娘根本就沒什麼意思。」阿彩贊同道：「我瞧著也是，若真有意接進門，哪兒會讓她上門房烤火，還是少夫人瞭解午哥。」

小圓微微一笑，重新捧了書讀起來。

天色將晚之時，程慕天帶著孩子們歸來，後頭跟著抬箱子拎包袱的小廝們。蕊娘跑在最前頭，將一支浮雕花的雙股金釵插到小圓髮間，大聲道：「這是爹爹買了送給娘的。」

這孩子絕對是故意的，小圓扶著金釵，抬頭去瞧程慕天，果真見他臉上一片通紅。

程慕天幾步走過來，捏了捏蕊娘的小臉，問道：「不是跟妳講好，說是妳送的？」小圓笑嘆道：「一把年紀了，老夫老妻的，送個釵子能怎的？偏你還害羞。」

她當著孩子們的面這般講，程慕天的臉更紅了，越發覺得羞得沒法見人，一頭扎進了裡屋。小圓欲跟進去，卻被孩子們纏住，只好命人將茶送進去，自己跟了幾個孩子去瞧他們買的過年物事。

孩子們買東西，不過是些吃食玩意等物，午哥拎了把六環刀，舞得虎虎生威，嚇得仲郎到處躲。辰哥想買糖，程慕天沒許，只帶了幾本閒書回來。蕊娘買的物事最多，足足裝了一箱子，泥人兒、小爐灶、小壺小罐、小瓶小碗，一看就是要玩過家家的陣勢。

小圓捂嘴而笑，指著丫頭手裡捧的鳥籠與鳥，問道：「蕊娘，怎的又買鳥雀？妳又不愛這個。」蕊娘指了指蹲在鳥籠下虎視眈眈的富貴娘子，撒嬌道：「娘，牠也要過年，我買個給牠耍。」

小圓讓她帶著富貴娘子出去玩，把兩個兒子和仲郎也趕了出去。程慕天聽見外頭安靜下來，方走出來開箱子，將他買給小圓的各樣事物拿出來獻寶，而小圓亦有心意相贈，繡了個新荷包給他，且沒將那顆紅心再繡變形。

掃塵、吃年飯、守歲、放鞭炮……除夕過完，轉眼又是一年春來到。

程家在臨安還剩了幾家親戚，正月裡閒得無聊，都起了要熱鬧過上元節的心思。小圓看了程慕天一眼，故意道：「家裡掛再多的燈也不熱鬧，熱鬧在街上呢。」這麼些年過去，程慕天的心態早已完成了從官宦子弟到商人的轉變，大方道：「上元節人人爭相去觀燈，咱們全家都去。」

此話一出，人人歡喜，幾個孩子湊到一處，開始商量過節那天要買些什麼玩意回來。此時才過完年，仿生花作坊還未開張，程四娘獨留家中無趣，也想去逛逛。小圓看了看她那雙小腳，斷然拒絕了她的要求。

元宵節未至，山中書信先到，原來是楊家素娘年前賣菜，將午哥的無心之語記在了心上，費了大功夫寫了一紙信，趁著賣菜的功夫交到了程家門房，再由小廝轉遞到了二門，再由二門上的婆子交到阿彩手裡。層層轉交，最後才到了午哥那裡。

午哥頭一回收到信件，十分高興，先高舉著在父母弟妹小姑姑小叔叔面前炫耀了一圈兒，才坐下來拆封筒。

仲郎伸手摸了摸那信紙，心直口快道：「粗、髒。」

一向厚臉皮的午哥竟紅了臉，辯解道：「她家窮，哪裡來的什麼好紙？」他躲開仲郎，一個人藏在角落裡將信從頭到尾看了三遍，越看越是一頭霧水，只好拿來請教小圓：「娘，素娘寫的信，我怎麼看不懂？」

小圓接過來一看，只見上頭寫著：「牛哥，上次賣彩，多虧你多多心好，把我的彩全買下，我才能早些回有。我又在給你瘋書包，大概圓夕節便能得，到時我與你關來，咱們一起去看燈。」

小圓越看，眉頭皺得越深，抬頭問程慕天：「素娘來我們家門口賣過菜了？」程慕天正要點頭，猛然記起，那天他是不光彩的偷聽偷看的，於是搖頭道：「妳問午哥。」午哥急著弄清那封信的意思，胡亂點頭道：「是是是，賣菜了，我只是叫人領她烤火吃飯了，並不曾亂了規矩。」小圓問道：「好端端的，上我們家門口賣菜作什麼？」午哥急道：「管她呢，反正我不曾逾了規矩。」

那天的情景，程慕天是瞧見了的，便衝小圓微微點頭。

小圓鬆了口氣，將那封錯字連篇的信遞給程慕天看，道：「女孩兒家私底下送個書包什麼的，我還睜一隻眼閉一隻眼，但開口邀男孩去看燈實在太過主動，忒不像樣子，叫人覺得沒教養。」

程慕天看那封信，越看越樂，笑道：「楊家人能教出什麼好孩子來？給午哥做妾我都瞧不上。」說著，高聲喚午哥：「牛哥，快來，這裡有彩。」

一屋子的人哄笑起來，仲郎大聲應和：「牛哥，牛哥。」程四娘一雙小腳顫巍巍地站不住，捂嘴一笑，竟跌倒在椅子上，還是笑個不停。辰哥走過去將那封信接過來看了看，一副學究派頭開始翻譯：「午哥，上次賣菜，多虧你爹爹心好……」還未翻譯完，午哥一把奪過信紙，奔了出去，撞得簾子擺動了好幾下才停下來。

元宵節那天，午哥一反常態，扭捏著不肯出門。程慕天兩口子猜出了一二，出門一瞧，果然大門外遠遠兒的站著楊素娘。她上頭一件藥斑布衣裳，洗得泛白，下面未繫裙，僅穿了條薄褲，被初春帶著寒氣的風一吹，左右飄蕩。

小圓暗自嘆氣，這樣的女孩子家裡窮，又有嫡母欺壓，要想過得好些，除了依附個好男人，也的確沒有別的出路。只可惜她用錯了方法，接連幾年的書包和那封信，讓小圓對她的幾分憐惜蕩然無存，此刻對她的定義只有一條：勾引我家兒子的女人。

既是如此，何必客氣？小圓看了門上的小廝一眼，道：「以後不許閒雜人等候在咱們家大門外。」當家主母相責，小廝慌了神，忙道：「我以為小少爺對她有意，要收個通房。」小圓不再與他講話，轉頭喚來管家，道：「咱們家居然有暗自揣度主人心意的人，是你失職。」

她語氣平淡，卻把管家嚇出一身冷汗，忙將門上小廝領去責罰，另換可靠老實的人來。另外幾個小廝見了這情景，哪裡還敢待著不動，一擁而上，將素娘趕出老遠。

程慕天搖頭罵道：「不知羞恥。」

小圓道：「她若本分老實，或許我還可憐她，讓她去仿生花作坊做活兒，可惜了。」

程慕天轉身，衝大門後喊道：「人走了，趕緊出來觀燈去。」

午哥自門後鑽出來，探頭探腦，見確是沒了素娘的蹤影，這才撫著胸口走出來，抱怨道：「好人真是做不得，我可憐她窮苦，不與她計較，她反倒黏糊起來。」小圓奇道：「你不和她計較什麼？」午哥道：「賣菜能賣到咱們家門口來？不點破也就罷了，她竟拿我當傻子耍。」

原來他什麼都明白，小圓自嘲道：「我可真是瞎操心。」程慕天道：「午哥大了，能自己分辨是非了，讓妳省心還不好嗎？」小圓嘆道：「眨眼功夫，孩子們就大了，我也老了。」

程慕天見孩子們已上了車，旁邊沒有別人，便講了些情意綿綿的話來安慰她，道：「我比妳大七歲，看著妳，總是覺得年輕的。」小圓眉眼帶了笑，卻要故意逗他，「我都忘了你的年歲，怪不得你已顯才了，觀燈時莫要走在我旁邊，免得惹人笑話。」

程慕天氣極，恨不得將她推翻在床，家法伺候，偏幾個孩子等不住，坐在車上連聲催促，他只得罵了一聲「沒得規矩」，先去登車，氣呼呼地走了幾步，又擔心小圓是真嫌棄自己，想了想，覺得這樣不妥當，遂轉身緊緊抓了她的手，生怕她跑了似的，將她一路「押」上了車。

元宵節，街道上人山人海，別說大車，連轎子都進不去，他們一家人只好在街頭下了車，由一群奴僕簇擁著，隨著人流，邊走邊看。

正月十四、十五、十六這三天乃是上元燈節，又名元宵節，這三天三夜正是月圓之時，臨安城的居民們盡情揮霍，爭相在各種裝飾和花燈上爭奇鬥巧。每座宅院的門廊皆懸掛起繡額、珠簾和彩燈，店鋪、廣場甚至最窄的小巷都張燈結綵。

程慕天生怕小圓真的嫌棄他老，便把寶貝閨女丟給奶娘，只緊緊抓住娘子的手不放，將那些燈一一指點給她瞧。小圓豈會不曉得他的心思，有意澄清幾句，又怕講開了，他反而鬆了手，於是只忍著笑，將身子貼近了幾分。

孩子們不甘受冷落，吵著要吃應節的食物，程慕天只好暫時鬆了小圓的手，尋到個小販，把那些乳糖圓子、水晶膾、韭餅、蜜煎、南北珍果等物各買了幾份，分給饞嘴的孩子們。

小圓照顧著小蕊娘，程慕天沒了事做，正好瞧見旁邊有個攤兒在賣應景兒頭飾，便走過去瞧，欲買幾個給娘子戴。有位大概二十才出頭的娘子亦在那裡買頭飾，見著程慕天俊俏，便起了「野合」之心，將一支大如棗栗、好似珠茸的燈球插到頭上，嬌俏問他好不好看。

說起這「野合」，乃是上元時節的「傳統」，有些男女雙方初識便意濃，在巷陌又不能駐足調笑，便到市橋下面「野合」尋歡，然後便道別分手。

這風俗，從小長在大宅院，成親後又自律的程慕天卻是不曉得，但那燈球娘子是在調笑，這個他還是看得出來的，當即紅了臉，挪到了旁邊的攤子上。偏生燈球娘子就愛這樣的男子，竟跟了過去，將那攤兒上的繒楮做成的玉梅、雪梅、菩提葉等飾物依次拿起來試，且試且向程慕天搭訕。

程慕天被嚇得目瞪口呆，想要撒腿就跑，但周圍密密麻麻都是人，根本跑不開，他欲招程福來招架，偏程福不知帶著喜哥上哪裡去了，他火急火燎，燈球娘子卻不慌不忙，挑了個菩提葉插到頭上，便邀他去橋下一聚。那攤主大概是見慣了這場面，一臉羨慕地望了望程慕天，低聲嘀咕：「好福氣。」也不知是指程慕天，還是指那燈球娘子。

燈球娘子見程慕天低垂著頭，緊攥著荷包，雖不動身，但也未出聲拒絕。她哪裡曉得他是被嚇得動彈不得，還道這是默許，就趁著人多沒誰注意，將個軟綿綿的身子悄悄貼了過去，低聲道：「冤家，這裡人多，咱們去橋下。」

小圓餵蕊娘吃完乳糖圓子，奮力擠過人群來尋程慕天時，看到的便是這樣一幅場景。這若放在幾年前，或許她會誤解一二，但多年夫妻，官人秉性如何她再清楚不過，當即裝了悍婦的模樣，上前揪住程慕天的耳朵，忍著笑罵道：「一下不見，就上這裡胡鬧來了？」

燈球娘子沒想到被正主兒撞個正著，羞愧難當，忙掩著面躲開了。程慕天大鬆一口氣，背上已是汗涔涔一片，被冷風一吹，忍不住打了個噴嚏。小圓忙鬆了揪他耳朵的手，關切問詢。程慕天不肯失了面子，故意道：「妳不是嫌我老，走在旁邊丟人的嗎？妳瞧不上我，自有別的人覺得我好。」小圓也不氣惱，手搭了個涼棚四處張望，「咦，那戴燈球的娘子呢，我去替你尋來……」

程慕天慌忙打掉她的手，將她拖入人群，氣道：「休得胡言亂語。」小圓掐他一把，問道：

「方才不是還得意的？現在怎的又怕起來？」程慕天不敢作聲，只將她攬緊了些。

小圓緊貼在他身旁，腰間被他緊箍到有些發疼，好笑問道：「那燈球娘子好不知羞，可是個假扮良家女子的伎女？」程慕天亦是疑惑，道：「瞧那樣子卻不大像，不知為何這般大膽，還約我去橋下。」

兩人討論了一陣未出結果，程慕天突然想起還未買頭飾給娘子，好在賣節物的攤子到處都有，便就近挑了個雪柳為她戴上。他還欲將支「火楊梅」插到小圓髮間，小圓卻是怕那冒著的火花，不肯要，倒是蕊娘膽子大，由著程慕天為她插了一支。

路邊，官府差出的吏魁用大口袋裝著楮券，只要遇上小販，便犒以數千錢。小圓瞧見好幾個小販中的狡黠者，用小盤子裝幾片梨、藕，一次又一次從密密的人群中騰身擠到吏魁面前，請支「官錢」，但那官吏雖然明知他是幾番來請支的，卻也不公開禁止。小圓很是好奇，便問程慕天，程慕天答道：「反正是朝廷的錢，發給誰不是一樣？圖個熱鬧罷了。」

兩人手牽著手，行至端門一帶，只見四處都是手拉手、肩並肩的少年少女，少說也有數千來對兒，毫無顧忌地在眾目睽睽之下觀著彩燈。小圓瞠目結舌道：「原來禮教只是給大戶人家遵守的，這些孩子真是……膽大……快活。」

程慕天卻皺了眉，拉著她朝來路走，稱不要帶壞了蕊娘。

怎的只提蕊娘？小圓朝後望了望，原來另幾個孩子早跑得無影無蹤了，她不禁擔心起來，這人多雜亂，可別出意外。程慕天笑道：「有人跟著呢，不消擔心，他們定是去瞧舞隊了，咱們也去瞧。」

在臨安城客店集中的地方，許多外來的商人及富貴之士雲集，當各個樓上的燈掛起來時，一隊隊的舞伎戴著狐狸皮花帽，半遮著描畫了金色飾物的額頭，穿著窄窄的西域短襖，披著輕逸的薄紗，爭相為坐在高樓上賞燈的富商貴人們獻藝助興。

那些個富商貴人們都是出手大方，只要來舞的，皆有賞賜。另有專門為此出巡的官吏，根據舞隊的大小優劣，發放錢、酒、油、燭等物，以示鼓勵。只見得到獎勵的舞隊，個個歡欣鼓舞，紛紛派了領頭的到官吏處取得領賞牌子，到城南的升陽宮領酒和蠟燭，到城北頭的春風樓領錢。

小圓邊瞧舞隊邊找尋兩個兒子，卻望了半天也沒見著。程慕天猜測：準是去瞧傀儡戲了。於是兩人又擠到演傀儡戲的地方，那裡正在演著「快活三郎」，一個泥捏的小人兒，藏了機關以動其手足，引了許多孩子們前來觀看，但是午哥和辰哥小哥倆卻還是沒見著蹤影。

兩口子有些著急起來，忙派了幾個小廝四下裡去找尋。街上人多，不大好找，直到更敲五鼓，京尹乘著小轎子由那些大大小小的舞隊前呼後擁，巡視全城的主要街道時，才有了午哥和辰哥的消息。小廝回報，說他們倆帶著仲郎正在西坊，等著瞧京尹判案。

程慕天拍著腦袋道：「怎麼沒想到那裡？定是午哥帶的頭。」兩口子匆匆趕去西坊，那裡的繁華熱鬧處已支起了幕帳，點起了大蠟燭，幾個似乎是在燈會上犯了法的囚犯，在各色燈光的照耀下，等待著京尹的判決。

程慕天與小圓由小廝們帶著，尋到幾個孩子時，他們正擠在人群中，踮著腳朝幕帳那邊看。程慕天本欲教訓他們一番，但見他們周圍有幾個奴僕圍著，覺得他們也不算莽撞，便消了火氣，與他們一同看完京尹判案，方才歸家。

程家大門口裝飾著五色琉璃燈，煞是好看，午哥似乎有些魂飛天外，癡癡地將那燈瞧了又瞧，竟隨著小圓進了第二進院子。程慕天喝斥他道：「什麼時辰了，怎麼不回房睡覺？」午哥愣了愣，開口問道：「爹，什麼叫『野合』？」

程慕天雖不曉得「野合」風俗，卻是知道這個詞的意思，當即漲紅了臉，舉手欲打。小圓忙攔住他道：「怎的不分青紅皂白打人？且先聽孩子怎麼說。」

午哥得了娘親保護，接著將事情講全。原來他在燈會上「偶遇」了素娘，素娘欲拉他去橋下相會，稱那是大宋習俗，名曰「野合」。午哥講完這個，臉紅似火，「我、我不知『野合』是什麼物事，便隨她去了，不料、不料她、她……竟動手解我的衣裳……」

程慕天又驚又恐，道：「那妮子竟無恥到這種地步？」小圓強壓著火氣，問道：「然後呢？」午哥低頭不肯說，卻也不走，讓程慕天兩口子好生奇怪。

小圓想了想，突然驚出一身冷汗，這小子不會半推半就……程慕天猜出了她心中所想，悄聲安慰她道：「莫急，橫豎不是咱們兒子吃虧。」

「怎麼不是他吃虧？咱們家都吃虧。」小圓打斷他的話，急道：「楊家是什麼人家，你我還不清楚？他們家雖窮，卻是良人，若午哥被他們告個姦淫之罪，怎麼了得？」程慕天道：「告官對他們又無好處，頂多藉這機會將素娘塞進我們家罷了。」

小圓越發著急了，「怎能讓那種女子進咱們家的門？」程慕天瞧了瞧一臉驚恐的午哥，好笑道：「出了這種醜事，正妻定是做不了了，頂多是個妾。妾是個人嗎？搓圓捏扁還不是由妳，不要慌，看妳嚇著了孩子。」

到底是男人，不把這樣的事體放在心上。平日裡午哥只要有個小錯，程慕天就要揪住懲罰的，此番卻輕鬆談笑，根本沒有責怪他的意思。小圓卻為兒子沒有自制力大為光火，喚來小廝，將午哥關進了柴房。

直到進房歇息，她還是怒氣難平，遷怒程慕天道：「那燈球娘子與你拉拉扯扯，存的也是『野合』的心思吧？」程慕天在無人之時，比誰都會哄娘子，當即答道：「我只揣度娘子的心思，她如何想，我怎麼知道？」

小圓苦笑不得，捶了他幾拳，抱怨道：「這個兒子怎的一點兒也不像你？」

程慕天任由她撒氣，笑道：「當初我也是這般想的，好不容易花了十年時間想轉，妳卻煩惱起來。」小圓噗哧笑出聲來，「原來你嫌棄了他這麼久。」程慕天攬了她到床頭坐下，道：「不像就不像，他還小，禁不起引誘，這也沒什麼，等大些給他挑個通房丫頭便好了。」小圓嘆道：「可惜我那未來的兒媳了，將來不知怎麼花心思管教官人呢。」

程慕天大笑起來，直稱她想得太遠，笑著笑著卻咳嗽起來，小圓忙端了水來給他喝，幫他捶著背。程慕天好不容易止住咳，道：「怕是被那燈球娘子嚇得流了一身汗，又吹了冷風，傷風了。娘子，妳且摸摸我額頭，看看燙不燙。」小圓依言摸了一把，果然有些燙手，她連忙喚阿彩，叫她去請郎中。

待得郎中診過脈，果然是傷風了，小圓看著他寫了藥方，叫人去藥鋪抓來藥，親自拿到廚下去煎熬。等待的空隙裡，又照著廚娘的指點，熬了止咳嗽的杏仁粥。

等她服侍程慕天服完藥，吃完粥，已是困頓不已，急急忙忙抹了把臉，寬衣睡下，把柴房裡的午哥忘了個無影無蹤。

第二日清晨，只睡了三四個時辰的小圓從被窩裡伸出手，摸了摸程慕天的額頭，體溫正常，她舒了一口氣，重新閉上眼睛準備補眠，這時窗外卻傳來議論聲，聽起來像是個小丫頭在問：「阿彩姊姊，小廝們來問，柴房裡怎的關了個病人？咳嗽了一夜，吵得他們不得安寧，想進去看看，卻又被鎖了門。」

小圓一個激靈坐起身來，匆匆披衣，昨日真是被氣糊塗、忙糊塗了，怎的把兒子給忘了？初暖乍寒的天兒，在柴房冷冰冰的地上睡一夜，不咳嗽才怪呢。她繫好腰帶，卻發現程慕天也坐了起來，正在穿衣，想必也是聽到了外頭的話，忙道：「你自己還是病人呢，趕緊躺下，我去瞧瞧就成。」程慕天一面穿鞋，一面道：「我不過受了些涼，藥也服過了，燒也退了，能有什麼事？」

小圓聽他鼻音不似昨日那般濃重，便也沒有再攔，同他兩個臉也不曾洗，吩咐了阿彩一聲去喚郎中，就匆匆朝柴房趕。管柴房的小廝早已將鑰匙拿在手中，只是不敢開門，正在臺階上候著，待得小圓疊聲叫開門，方才把鎖打開。

小圓提起裙子衝進去，只見午哥蜷在地上，縮成了一團，臉上燒得通紅，還在不停地咳著。她的心頓時揪到發疼，上前喚了兩聲，欲將他抱起，無奈午哥年歲雖小，個子卻大，長得又結實，她試了兩下竟抱不動，幸好程慕天在旁，接過手去，才將他抱了起來送去房裡。

郎中昨日就宿在程家，早已在房中候著了，診過脈，道：「午哥這病同少爺的差不多，我將方才的藥減些劑量，煎好給他服下。」

午哥服過藥，又吃了些粥，昏昏睡去。小圓摸著他依舊燙手的臉，自責不已。郎中說他的症狀與程慕天差不多，想必也是受了驚嚇。才多大點孩子，被那天殺的楊素娘引去「野合」，定是心慌大過歡喜。自己也直是昏了頭腦，不去責怪那勾引之人，反而體罰自家兒子。

程慕天將她扶到外間坐下，安慰她道：「午哥底子好，不會有礙。妳看我，吃了副藥，睡了一覺，不就好了。」

小圓拍了拍他的手，沒有講話。阿繡捧上銅盆來，服侍兩個洗漱了，又端上早飯來。小圓在碗裡攪了幾下，吃不下去，程慕天好勸歹勸哄著吃了半碗。

辰哥和蕊娘出現在門口，問道：「哥哥病了？好些了沒？」小圓招過辰哥，問他道：「昨日哥哥可有與你分開的時候？」辰哥答道：「他走開過兩回，頭一次離開，回來時紅光滿面。第二次回來時，臉上有些驚恐之色。我們問他出了什麼事，他卻怎麼也不肯講。」

「兩回？」小圓迷糊了，難道午哥與楊素娘到橋下去了兩次？可為何每次回來後的反應不一樣？橋下到底發生了什麼事情？

程慕天瞧出她的疑惑，道：「事已至此，妳想也沒用，總不能現在把他喚醒來問吧？且把心放寬，他是男兒家，又不是女孩兒，能出什麼事？就算出了事，也還有我呢。」

蕊娘雖然不明白發生了什麼事，卻能瞧出娘親臉上的不開心，便附到程慕天耳邊道：「爹，我去作坊給娘做個仿生花，好不好？」

娘子的煩惱豈是一支仿生花能解決的？但程慕天還是笑了，摸了摸蕊娘的頭，叫阿彩送她去仿生花作坊。他將蕊娘的孝心告訴小圓，道：「莫要愁眉苦臉了，本來沒什麼事，白叫孩子們替妳擔心。」這話說動了小圓，她強打精神，推了推辰哥，「去院子跑步去，不然又要長胖了。」

程慕天說的沒錯，午哥身體底子好，中午時分燒就退了，但小圓滿懷愧疚，仍不許他起床，親自端了碗餵他把飯吃了，再扶著他躺下，掖上被角，讓他多躺一會兒。

這要是放在以前，午哥哪裡躺得住，只要病稍好便要出門去耍，但這回不知怎的，對小圓的要求一句話也未反駁，乖乖地依她所言，躺下睡好。小圓撫了撫他的頭髮，輕聲安慰道：「安心養病，萬事有我和你爹呢。」

待她安頓好午哥，走出門去時，阿彩已在院子裡候著，上前來報：「少夫人，楊家老爺帶著素娘來了，少爺本不想讓他們進來，無奈他們站在門口穢言穢語，還口稱捏有午哥的把柄，少爺不得已，只好讓他們去偏廳了。」

對此，小圓早有防備，倒也不吃驚。依著楊老爺的德性，不來反倒奇怪呢。她悄悄走到偏廳瞧了瞧，只見程慕天坐在主座上不緊不慢地吃茶，楊老爺一個凳兒坐著，臉紅脖子粗，他身後站著衣衫襤褸的楊素娘。

她瞧了這情景，料想無事，加上她不想與楊老爺打照面，便轉身欲走，但阿彩卻道：「少爺吩咐過，讓夫人進去呢。」

小圓低頭一想，也是，自己如今是商人婦，什麼妖魔鬼怪見不得，須得裝出一副悍婦的模樣兒才好唬人。想到這兒，她進去時就捂了鼻子，看也不看楊家父女一眼，豎著眉毛罵程慕天：「越來越不像話了，什麼亂七八糟的人都朝家裡帶，叫花子也是能踏進咱們家的地？」

楊老爺朝身上看了看，出門時了好不容易尋的一件體面衣裳，並不曾打補丁，哪裡就像叫花子了？這程少夫人欺人太甚。

素娘的頭垂得更低了，挪著腳朝楊老爺身後躲，不想卻碰倒了一個小花瓶，在青磚地上砸得粉碎，嚇得她連連擺手，「我不是有意的……」

阿彩知曉小圓的心思，走上前，朝地上瞧了瞧，嘖道：「影青釉的蓮花瓶兒呢，賣了妳都賠不起。」

楊老爺自懷裡掏出一塊玉佩，朝小几上一拍，「妳看這個賠不賠得起？」阿彩探頭一瞧，大驚道：「這是午哥的玉佩，怎的在你這裡？」小圓聽這一說，定睛一看，果然是午哥腰間常掛的家傳玉佩，上面雕著程家特有的家族標記和一個程字。她心裡隱隱不安，抬頭去看程慕天，眼中亦有了慌亂。

楊老爺舉了玉佩，得意洋洋道：「這是你家午哥與我家素娘的定情信物。」小圓不是沒有彎彎腸子的人，不過平日行事總存二分善心罷了，如今到了這樣的關頭，還顧及什麼，只管使手段了。她故意激楊老爺道：「你說是就是了？誰曉得是不是到地邊攤兒買了塊劣玉，仿著胡亂刻的。」

程慕天亦反應過來，應和道：「我也是糊塗，還真被他唬住了，方才午飯時，午哥的玉佩不是還在腰間掛著嗎，怎會眨眼功夫就到了他手裡？」

楊老爺將那塊玉佩捏在手裡，道：「仿照？你程家玉佩式樣繁複，不拿著研究個三五天，誰人仿照得來？」小圓笑道：「那可說不準，你家素娘不知廉恥，整天兒地上我們家勾引午哥，誰曉得是不是她偷偷摸摸拿墨印了花樣兒去。」

楊老爺見她把話扯遠，連帶上了素娘的名聲，不但不惱，反而歡喜起來，道：「程少夫人早些承認，我也就不用費這番功夫了。既然事情妳也認了，那咱們就把這門親事說定了吧。」

程慕天大怒，罵道：「我娘子承認什麼了？休要胡言亂語。」小圓卻攔他，笑吟吟道：「我不曉得楊老爺他在講的具體是何事，但這樣的事體傳出去，別個只會讚午哥一聲風流少年，受辱的是他家閨女。」說著喚阿彩，叫她取來筆墨，當場來寫賣身契。

楊老爺傻了眼，「妳這是什麼意思？」小圓奇道：「你費盡心思，從山裡一路算計我家到城裡來，為的不就是這個？我成全你便是。」說著喚小廝來，「柴房裡的傢伙預備好，進咱們家門的妾，先領家法，再餓上兩頓學學規矩。」

楊老爺自家的妾平日待遇如何，他比誰都清楚，自然不願意讓閨女去受這個罪，忙將玉佩高舉，威脅道：「我有午哥玉佩在手，你程家不將素娘娶為正妻，我就去告官。」

小圓看都不看他一眼，嗤道：「假的。」說著，走到阿彩旁邊，催她快些寫賣身契。

楊老爺見嚇唬不到小圓，又去瞧程慕天，卻見他在低頭吃茶，也是不拿正眼看他。程家人不著急，他就自亂了陣腳，看了素娘一眼，暗道，莫非閨女偷取來的玉佩是假的？若真是這樣，可就虧大了。他煞費苦心，又是教她賣菜，又是教她「野合」，賠上了女孩兒家的名聲去勾引午哥，為的不就是偷來玉佩，好以此為要脅？若此計不成，以楊家如今的家世，素娘是怎麼也嫁不進程家的，就算進了，也頂多是個妾室。

不多時，阿彩的賣身契寫好，不等墨跡乾透便捧到楊老爺面前，請他按紅手印，笑道：「我們家少爺和少夫人最厚道的，曉得你家如今是破落戶，特特多給你十文錢。」

楊老爺自然不肯按手印，他被小圓激將了這些時，又被一紙賣身契逼到了牆角，只好把玉佩遞了過去，口稱讓他們好生辨一辨真偽。

小圓等的就是這一刻，既拿到了手，豈還有還給他的？當即讓人送到了後面去，攜著程慕天起身，吩咐阿彩：「賣身契他愛簽不簽，我和少爺忙著呢，沒這閒功夫與他們磕牙。」

楊老爺還道她是把玉佩送進去驗真偽，聽了這話才明白自己是上了當。素娘的名聲已經毀了，玉佩也沒了，難道要逼她去跳西湖？他十二萬分的不甘心，衝過去攔住程慕天兩口子的去路，意欲動粗。

然而，他的手還未落下，就聽得素娘一聲驚呼，轉頭一看，原來是午哥不知何時衝了出來，揪住素娘的領子一頓爆揍。他自小習武，拳頭落下去輕飄飄的，打在身上卻是實打實的疼。他的動作快速無比，等到楊老爺回過神來去拉他時，素娘已是倒在地上暈了過去。

事情發生得太快，程慕天兩口子也懵了，直到楊老爺大聲叫嚷，才想起去喚郎中。好在郎中為了程慕天和午哥的傷風，一直在程家候著，片刻功夫就趕了來，把了把脈，看了看傷，搖頭道：「這孩子大概長年沒吃飽過，身子骨弱，身上又有舊傷，再叫這一頓猛打，不調養個半個月，回不了神。」

素娘還未醒來，小圓瞧著她這副可憐模樣又不忍，便命人將她抱到下人房躺著，使了個婆子去煎藥，又叫下人院子的廚房熬點粥給她。楊老爺本來是自己想耍橫，沒想到碰上個更狠的午哥，一聲不吭先將他閨女打暈了過去。所謂惡人怕比他更惡的人，他此時不敢再吵鬧，跟在抱素娘的婆子後頭，欲跟到下人院子去。

小圓朝門外使了個眼色，幾個身強體壯的小廝衝了進來，將楊老爺按倒在地。楊老爺還以為他們要打人，但那些小廝並未動他，只抓起他的手指，在阿彩之前所寫的賣身契上按了個手印。

楊老爺急得大叫：「程二郎、何四娘，你們兩個騙子！」小圓沒理睬他，接過賣身契彈了彈，道：「總算可以睡個踏實覺了。」程慕天喝斥小廝道：「我們家怎麼還有閒雜人等？趕緊轟出去。」幾個小廝手腳麻利地堵上楊老爺的嘴，綁上他的手腳，準備將他搬出去扔了。

小圓出聲道：「慢著，好事做到底，多帶幾個人，套個車將他送回家，再幫他把家搬回泉州吧，臨安容不下他了。」楊老爺急得嗚嗚直叫，無奈口中塞有抹布，張不開嘴。程慕天笑道：「好主意，正巧李家明日有船去泉州，將他們全家都捆了，不到地方別放開。」說完，盯住楊老爺的眼睛道：「若是他不聽話，便來回報，我一定好生招呼他閨女。」

楊老爺渾身動彈不得，又講不出話，無法表達反對意見，只能由著幾個小廝將他抬了出去，扔到車上送回了山裡。

他一走，廳中安靜下來，小圓有些恍神，「這般快就解決了，真不敢相信。」程慕天道：「惡人本來就易做，妳當同做好人一般難呢？楊家現在無錢無勢，就是咱們腳下的泥，等他回了泉州，還有他兄長同他算陳年舊帳，有得他受的。」

午哥在旁看了這些時，見他們臉色尚好，怯生生地開口道：「爹、娘，你們不怪我？」小圓本有滿腹的疑惑，但事情已然解決，她反而不想問了，走過去摸了摸他的額頭，道：「看來燒是完全退了，憋壞了吧？明兒還在家歇一天吧，後日再去上學。」又問：「餓了沒，我叫廚房做飯去。」

午哥不敢置信，問道：「娘，妳不怪我打素娘？」小圓淡淡地回答：「打就打了，她現在是咱們家的妾，打死也沒人管。」

「妾？」午哥愣了，「娘，妳不會是當真的吧？這樣陰險的女人我可不要。妳可知我方才為何要打她，她昨日拉我去橋下，動手就解我的衣裳，說她在家過不下去了，遲早要被嫡母打死餓死，我一時心軟，就答應買她做個通房，好讓她有碗飯吃，哪曉得她如此貪心不足，竟偷了我的玉佩，上門要脅要當正妻。」

小圓明白了，他不顧情誼怒打素娘，一半是恨她，還有一半是心痛自己一腔好意用錯了對象。他既是答應了讓素娘進程家做通房，那同她到底有沒有發生什麼？小圓把程慕天看了一眼，帶著下人們走了出去。程慕天自然曉得她是什麼意思，待得房中無人，問午哥道：「你已將她收用過了？」午哥茫然道：「什麼是收用？」程慕天哭笑不得，「那你曉得通房丫頭是什麼意思？」午哥略帶羞澀，答道：「李蛐蛐去年收了通房，他對我們講過一些……我大概曉得……」

「那你昨日同素娘在橋下都做了些什麼？」問完這句話，午哥神色正常，程慕天的臉卻紅了。

午哥不明白父親為何突然臉紅，奇怪地看了他一眼，答道：「沒做什麼呀。」

程慕天突然有些惱火，「衣裳都讓別人剝了還沒做什麼？」

午哥更奇怪了，「昨日晚上，天兒那般的冷，由著她剝了衣裳豈不是要受寒？我自然是把衣裳重新穿起，然後給了她幾個錢，就去尋小叔叔和弟弟了。」

這個傻兒子，男女之事他到底是懂還是不懂？不過不管怎樣，可以肯定的是，他與那楊素娘並無什麼首尾。程慕天想起辰哥的話，繼續問他道：「既是與她沒什麼，你昨日那般驚慌是為哪般？」

午哥垂下頭，聲音也低了幾分，道：「要是被你們曉得我許諾了通房給她，不得被打死……」「就為這事兒？」程慕天不解，「你與她來往這些年，我們並未有二話，你為何擔心這個？」午哥道：「接濟她是一回事，買回家是另一回事，這個道理我還是曉得的。爹和娘定是不願讓她進咱們家的門吧？」

程慕天暗自感嘆，到底是長子，看著糊塗，心裡比辰哥明白多了。他拍了拍午哥的肩膀，教導他道：「許個通房給她不算什麼大錯，你要曉得，妾室通房都只是個物件兒，命在你手裡攥著，翻不出天去，但這件事你犯了個大錯，你曉得是哪裡？」

午哥的頭不敢抬起來，道：「我不該大意，讓她把玉佩偷了去。」程慕天搖頭，「這是錯，但她勾引你在前，你慌亂之下出了岔子，也不能全怨你。」午哥奇道：「那我錯在何處？」程慕天的臉色嚴肅了起來，「錯在知情不報。昨晚你若老實交代事情經過，怎會讓你娘擔驚受怕，還累得自己被關了一夜，生起病來？你若病出個好歹來，乃是大不孝。」

午哥跪下道：「兒子知錯了，請爹責罰。」

小圓未走遠，貼在門外聽了仔細，越聽越歡喜，推門進來道：「飯得了，午哥趕緊去吃飯。」程慕天也沒想要罰午哥，道：「你身子還虛著呢，餓倒了，還得煩你娘照料你。」

午哥扯著嘴角笑了一下，對他和小圓磕了個頭，爬起來出去了。

小圓衝程慕天一笑，「太好了，我還真以為要多個兒媳呢。」程慕天道：「她算哪門子兒媳？莫要抬舉了她。」又問：「妳打算如何處罰她？這樣的女孩子不能留家裡。」小圓道：「那是自然，且不能送回泉州，咱們手裡不捏個楊家的軟肋，他們以後是又要纏了來。」程慕天點頭道：「妳看著辦吧，莫心軟。」

蕊娘舉著一支仿生花跑了進來，撲到小圓懷裡，道：「娘，我給妳做的花兒，妳瞧瞧喜不喜歡？」小圓笑道：「我閨女的心意，不瞧也是喜歡的。」她蹲下身子，好讓蕊娘幫她把花兒插到鬢間。

程慕天吃醋道：「有了娘就忘了爹。」蕊娘連忙轉身朝外跑，「我給爹再做個去。」

小圓嗔道：「你別把她累著。」程慕天伸手，「那把妳頭上的給我。」小圓扭身躲開，笑道：「休想。」程慕天也不追她，道：「那還是辛苦閨女再給我紮一支。」小圓笑話他道：「你是想簪一支閨女親手做的花兒好出去顯擺顯擺？」程慕天紅了臉，上前欲撓她的胳肢窩，小圓叫著「學辰哥的招數，不知羞」，幾步躲了出去。

外頭站有下人，程慕天不敢追出來，小圓笑了一回，動身朝下人院子走去。余大嫂迎出來打起簾子，輕聲稟道：「少夫人，素娘已經醒了，餵她吃過些稀粥，我看她是餓了很久的樣子，不敢餵多。」

小圓微微點頭，走到桌前坐下。素娘躺在床上，見她進來，馬上坐直了身子，頭卻不敢抬起來。小圓問道：「那些個事體都是妳爹逼妳做的？」素娘迅速抬頭看了她一眼，然後搖了搖頭，「都是我自己的主意，跟我爹沒關係。」

小圓釋然了，這孩子還不算壞到了極點，若她將過錯全推到別人身上，倒要讓人失望了。她取過楊老爺按過手印的賣身契，故意道：「我沒那般狠心，非要留妳做通房。等妳身子好些，就把賣身契還妳，送妳去泉州。妳還不曉得吧，妳爹娘大概明日就要動身回家鄉去了。」

素娘一時恐慌，掙扎著下床，連連磕頭，「我不回去，我寧願在少夫人家做個丫頭。」

小圓輕笑道：「妳願意，我不願意。身子還未長開呢，就去剝我兒子的衣裳，長大了還得了。」素娘羞愧難當，沉默了一時，突然道：「午哥答應過我，娶我做通房的。」小圓將賣身契拿到她眼前晃了晃，道：「妳父親的妾不少，妳不至於不曉得通房是買的，不是娶的吧？莫要依仗我家兒子的善心，拿別個當傻子。若人人都似妳一般，這世上還有人敢做善事？」

素娘見她的話句句帶刺，捂著臉哭了起來，「我不過是想吃得飽穿得暖罷了，這點子願望都實現不了嗎？」小圓嘆道：「妳以為誰都是一生下來就錦衣玉食嗎？我小時候過得還不如妳呢。妳想法沒錯，方法卻用錯了，自己把自己逼到絕境裡，誰人能幫妳？」

素娘抬起頭，滿臉淚痕，央道：「少夫人既是不願留我，那就把我賣了吧。妾也好，通房也好，哪怕是個丫頭，只要有碗飯吃。」

小圓本是將她恨極，聽了這話，又不禁心酸，摺了那張賣身契朝門外走，道：「再說吧，妳且先把身子養好。」

余大嫂聽到這話，跟出去問道：「少夫人，妳要留下她？」小圓反問：「為何這樣想？」余大嫂道：「少夫人說要她養身子……」小圓道：「她現在風吹就倒，身上還有瘡，人牙子肯要？」其實她早就把素娘的去處想好了，待她傷好，就將她送給李蛐蛐，至於是做丫頭還是做妾，就看她的造化了。

程慕天得知她的主意，笑道：「送給李家？不錯，正好李蛐蛐還在廣招通房與妾室。而且李家同我們沾親帶故，若是楊家還不老實，拿捏起楊素娘來也容易。」

小圓躺到榻上，嘆了口氣，「昨日還在想著，見了楊素娘要怎麼怎麼作踐她，好替午哥出口氣，結果今日看著午哥揍了她，心裡還是不好受，那孩子既可恨又可憐，托生到那樣一個家裡也不是她所願。」

程慕天想起當時午哥的兇狠模樣，笑道：「我們的兒子往後怕是要變成鐵石心腸了。」小圓皺眉道：「你還笑？」程慕天道：「心軟如何做生意？見了乞丐就散財，不是聰敏人的做法。若是要發善心，就大大搭個粥棚子，既接濟了人，又能得了好名聲。」

小圓意欲反駁，卻又隱約覺得他講的有幾分道理，嘆了口氣，道：「往後兒子交給你教導吧，畢竟他們將來要走出家門去打拚，心軟的確不是什麼好事。」

程慕天坐到她身旁，拍了拍她的手，半是商量半是安慰：「程東京來過信了，有意今年讓族中海船重新開到臨安來，我想著孩子們也大了，正好缺鍛煉的機會，不如應下來。」這安慰很有效，小圓果然笑了，「好事，午哥又不願科舉，整日讀詩書也不是個事，我正愁沒地方讓他開眼界呢。孩子們見的人少了，就是容易犯糊塗。」程慕天摟住她道：「那把辰哥也捎上，那小子心眼兒實，還不如他哥哥，且讓他吃幾回虧去。」

半個月很快過去，素娘在程家養了半個月，不僅傷勢大好，而且臉色紅潤起來。凍瘡沒了，皮膚白了，一雙大眼睛又有了神采，重新現出美貌模樣來。她憑著生母留給她的好容貌，被送到李家的第二日就被李蚰蚰瞧上，當作通房丫頭養了起來，也算了卻了她的一樁「心願」。

寒食節前，小圓的娘家三哥何耀弘攜妻帶子回家來，那時節正是程家泉州海船重新開往臨安的日子，程慕天擔心泉州市舶司無人，影響海運生意，親自上門拜訪何耀弘。何耀弘卻讓他放寬心，稱市舶司有自己人，你道這自己人是誰，原來正是楊老爺的長兄。

程慕天不禁感嘆，好事還是做得的，若不是何耀弘當初出手援助，今日也不會多個得力的朋友，可見像楊老爺那般以怨報德，錯不在有德的人，而是那懷怨的人該打。

何老三歸家，小圓有了娘家人走動，十分高興。她高興，程慕天亦高興，便是談論著清明節，約了何耀弘一家出門去踏青。小圓奇道：「清明乃是上墳祭祖的日子，怎的好去熱鬧快活？」程慕天笑道：「世風如此，到時妳便知曉。」

小圓本還不信，到了那日才知，原來宋人是真把清明節當「節」來過的。自寒食節開始，西湖內就佈滿了畫船，頭尾相接，好似臨時搭建的一座浮橋。頭船、第二船、第三船、第四船、第五船、檻船、搖船、腳船、瓜皮船……小圓略略數了數，少說也有五百餘隻。

水中熱鬧，岸上亦是遊人如織、店鋪爆滿，有些賣酒食等吃喝的小商小販連坐的地方都無，只好在站邊搭個臨時需用的小木棚子。

小圓感嘆著宋人的玩興，程慕天稱，南北高峰諸山的寺院、僧堂、佛殿也都擠滿了遊人看客。小圓催著幾個孩子快些趕路，免得晚歸不得入城，程慕天卻道：「這幾日的城門直至夜闌更深、遊人轎馬絕跡方才關閉呢，莫要慌，且慢走慢看，好好樂一日。」

雖是與何老三相約，但因著清明，還需先去掃墓。一路上，許多男男女女肩擔手提，盒子裡裝著祭品和吃喝，轎子和馬車後頭掛著紙錢，撒得滿道都是。各個墳包前有磕頭作揖的，有灑酒祭拜的，有痛哭流涕的，還有給墳墓除草填土的。

程慕天帶著妻子兒女弟弟妹妹給程老爺焚燒紙錢，然後把紙錢壓在墳頭。他們掃完墓，直身遠望，有處墳頭光禿禿，沒有紙錢，孩子們向程慕天問緣故，程慕天道：「那是絕了後的孤墳呀。」

小圓曉得那是錢老太爺與辛夫人的合墓，奇道：「他們不是過繼了個兒子的，怎的連個掃墓的也無？」程慕天玩笑了一句：「那是摟錢的，哪裡是掃墓的？」

聽得幾個人都笑起來，他卻皺起了眉，原來是遠遠瞧見隨著新夫家來掃墓的錢夫人，小圓忙把他的身子轉過來，悄聲道：「已是兩家人，莫要白添堵。」已過去這麼些年，程慕天想得開，但仲郎瞧見了親娘，哪裡還有不叫喚的，撒腿就朝那邊跑。

這是在程老爺的墓前，程慕天豈容他這般行事？忙朝兩個兒子使了個眼色，午哥便幾步上前，一把捂住仲郎的嘴，辰哥則將他用攔腰抱住，死命拖回了車上去。

因著這一齣，程慕天與小圓不好久留，只得收拾了哀思，啟車去與何老三會合。這一路上，小圓又見識了些奇觀，大多數掃墓的人哭完了並不回家，而是尋棵大樹或園圃圍作一圈坐下，連吃帶喝，酩酊大醉。還有在墳前一展歌喉的，又哭又笑的。還有些長年遊四方的外客，無墓可掃，便在頭髮上插了個柳樹枝，漫遊田間橋上，真真是踏青了。

蕊娘坐在車上，隨小圓一起瞧著，突然道：「我聽丫頭們說，清明不戴柳，死後變黃狗。」小圓笑道：「盡瞎說。」程慕天寵溺女兒，忙道：「管它是真是假，又不是什麼難事。」說著朝外吩咐了一聲，隨即就有人摘採了一大把柳枝送進車來。他親自為小圓和蕊娘插了一枝，再把餘下的分給弟妹和兒子們。小圓亦幫他插上柳枝，趁機輕捏他的耳垂，將他捏了個面紅耳赤又不好開嘴。

何耀弘做了這些年的官，撈了不少錢，雖卸了市舶司的差遣，卻是在臨安另買了一個宅，因此排場不小，挑了塊寬敞的野地，周遭圍了高高的幔布，隔幾步就有人把守，閒雜人等一律不得進。程慕天和小圓都笑道：「到底是做了官的人，氣派不是尋常人能比的。」

幔布上開有門，一個作妾室打扮的女子上前來挑起簾子，笑著打過招呼，又向後嬌聲叫道：「三少爺，程家少爺和少夫人來了。」小圓略低了頭走進去，只見眼前一片花紅柳綠，妾與姬妾來往穿梭，有的端盤，有的執壺，足有十來個，僅有的三兩個丫頭打扮的婢女，看樣子也是收過房的。她向程慕天低聲笑道：「真是大開眼界。還好是自家三哥，不怕他順路塞幾個給你。」

兩人帶著孩子們上前與何耀弘夫妻行過禮，在客座上坐了。李五娘懷裡抱著親生的閨女，旁邊站著五個妾生的兒子，看得小圓又感嘆了一回。姑嫂兩個許多年未見，見面頭一件事自然是講些客套，與孩子們互贈見面禮。

李五娘本著一貫嫡庶有別的原則，給小圓親生的幾個送了明晃晃的金項圈，給程四娘的卻只是個琉璃鐲子，仲郎得的則是個銀錁子。小圓為了讓她高興，也學了她的樣兒，只給她親生的閨女送了兩匹蜀錦，其他五個庶出的兒子，一人一樣小玩意。

何耀弘見著妹子，心情很好，待得問過了程慕天，得知他並未納妾，心情就更好了，拉過三個外甥瞧了一回，樂呵呵地拈著鬍子道：「都是好孩子，我妹子相夫教子，持家有方，二郎是個有福的。」這話誇得小圓不好意思起來，推了他與程慕天去旁邊另搭的小帳篷吃酒。

李五娘想與小圓敘舊，便叫幾個庶子帶著妹妹和小客人們去草地裡抓蟲子玩，自己則坐到小圓旁邊，執了她的手問道：「我這酒水妳可吃得慣，我叫她們煮熱茶來？」

小圓回握她的手道：「吃什麼茶？叫她們散了，咱們說說話兒。」李五娘正有此意，朝一群妾們擺了擺手，遣了她們退下。小圓留神看去，那些花枝招展的妾們雖退了下去，卻只敢遠遠兒地在幔牆邊站著，並不敢進小帳篷裡去陪何耀弘。

她衝李五娘笑道：「三嫂治家有方。」李五娘嘆道：「什麼方不方的，不過是無奈之下，讓自己過得舒坦些罷了。這許多年我也想開了，男人的心就是天上的雲，哪裡抓得住？不如在這些妾身上下功夫，治住了她們，我和閨女好過清靜日子。」

雖然是無奈之舉，但總也好過抑鬱寡歡，小圓有幾分為她高興，卻又擔憂，「三哥沒為這個怪罪妳吧？」李五娘笑道：「妾是個物件兒而已，我收拾幾個娘子，就是碰壞了，他也說不起。」

小圓飲了一口酒，嘆道：「我一貫覺得妾的命苦，幾個月前的事兒才叫我曉得，原來許多窮苦人家把做妾當作唯一的出路呢。」李五娘回臨安後，是去過娘家的，曉得她感嘆的是何事，便道：「妳說的可是我小兄弟養的通房？」說著朝幔牆邊指了指，「你們進來時打簾的就是她的生母。」

方才進門時，小圓並未留意，此時順著李五娘所指瞧了幾眼，果見那個妾與素娘有幾分相像。李五娘道：「楊素娘勾引妳家午哥的事體我已聽說過了，真是什麼樣的人生什麼樣的閨女。她的生母最是個會哄男人的，將妳三哥迷得分不著南北，還好她已生不了孩子，不然我早將她賣了。」

小圓笑道：「妳嫌這樣的人不好，男人卻是愛呢。妳那小兄弟不是已喜歡上素娘了，我送過去的是普通丫頭，還沒出一天就變作了通房，將來開了臉，指不定還能掙個正經妾室做呢。」李五娘不屑道：「再怎麼往上爬也是個奴，上頭有正妻壓著呢，一輩子出不了頭。」

草地上，孩子們的歡笑聲傳了過來，小圓扭頭看去，他們卻不是在一處玩，而是分作了兩班，一堆兒是男孩子，一堆兒是女孩子，看來她這些日子給孩子們灌輸的「男女授受不親」思想起了作用。

程四娘小腳，沒玩一會子就累了，由個何耀弘的妾扶著，挪到凳子上坐了。

李五娘看了幾眼，皺眉道：「那不是妳公爹的妾生的閨女，妳給她纏個腳作什麼？過兩年尋親事，大戶人家嫌她無陪嫁，小戶人家嫌她腳小做不了活兒，有妳為難的時候。」

小圓望著杯中用發酵法做成的果酒，略顯得有些暈然，「她不是我親兒，執意要纏，我能怎樣？」李五娘有些明白過來，點頭道：「那時妳婆母還在呢，妳的確難為，不過小腳女子做個妾倒是吃香。」

小圓輕輕笑道：「她如今有志氣，不肯做妾哩。在我的仿生花作坊裡日夜做活，誓要自個兒掙出嫁妝來。」

李五娘聽了這話，羨慕道：「若真能尋個一心一意的，窮些倒無妨，好過我千百倍。」

小圓聽她這話語中有怨氣，怕她引到何耀弘身上去，便沒有接話，吩咐小丫頭帶蕊娘過來吃茶。蕊娘跑得滿頭大汗，撲到小圓懷中，就著她的手喝了兩口水，轉身又要去耍。小圓拉住她摸了摸背，觸手都是汗，忙命人取了乾巾子來給她隔上，才放她去了。

李五娘見蕊娘跑得快，仔細瞧了瞧，原來是對天足，她奇道：「妳是不當纏的纏了，該纏的卻沒纏，不怕她將來不好尋人家？」小圓看了看她裙下，笑問：「三嫂，妳自己可曾纏過？」李五娘道：「我與你們不同，我家世代經商，沒出過官宦，商人家的女兒自小幫著打點生意，纏腳作什麼？待到我族中兄弟紛紛做官的時候，我已錯過纏腳的年歲了。」

小圓遠遠地望了望嬉戲的孩子們，問道：「方才沒有仔細瞧，妳給妳閨女纏腳了？」李五娘道：「不曾纏，已將她許給泉州商人家了，省得腳疼得哭天搶地。」她說著說著，自己笑起來，「妳不會也是這般打算的吧？」小圓笑道：「我們家如今就是商人家，為她尋個做生意的人家，門當戶對，有什麼不好？」
李五娘親自執壺，為她斟了一杯酒，道：「是我糊塗了，臨安嫁女，只要有好陪嫁，任妳多大的腳，也有人爭搶著要娶。」小圓與她碰了一杯，又取了個果子吃了，道：「蕊娘還小，不消我操許多心，倒是兒子們大了，我心裡沒譜。」
李五娘曉得她擔憂的是什麼，笑道：「可是想結識些養了閨女的人家？這有什麼難的，辦個庚申會便得。」她在泉州時，那些官員夫人們在家閒坐無趣，又苦愁滿倉的錢沒處顯擺，於是輪流坐莊舉辦「庚申會」，又曰「鬥寶會」。每逢開會時，就攜了家中閨女，穿最好的衣裳，戴最好的首飾，上做東的人家去爭奇鬥豔，生怕被人比了下去。
小圓略想了想就明白過來，泉州嫁女雖不如臨安運船費錢，但定也是講究嫁妝的。「鬥寶」可不就能間接瞧出家中資財多寡，攀比的同時，也順路挑選個合意兒的兒媳回家。
李五娘見她嘴角勾起，料想她是動了心，便道：「妳三哥如今任著京官，想上我們家來套近乎的人不少，不如就先由我辦一場，讓妳學學樣子？」小圓想了想，道：「如此便麻煩三嫂了，只是嫁妝多少倒是次要，關鍵是家風要正。」
李五娘點頭，取了一盤酒果子給她，又講些泉州趣聞。
小圓也將這幾年臨安的變故一一說給她聽。
二人暢談正歡，幔牆邊的妾們卻站久了，一個個腰酸背疼，忍不住哎喲起來。小圓看了李五娘幾眼，欲提醒她也讓妾們歇息片刻，不料李五娘卻會錯了意，斥責那幫子妾道：「亂叫什麼？驚擾了客人。」
那些妾們不顧規矩出聲叫喚，存的就是提醒李五娘讓她們坐會子的心，不料不僅沒得逞，還惹來責罵，有些不服氣的，就將嘴翹了老高。
李五娘只當沒看見，繼續與小圓話家常，正當她有了些醉意之時，忽聞幔牆邊一片驚呼，扭頭去看時，原來是那素娘的生母身子嬌氣，不耐久站，暈倒了。其他幾個妾不敢動，只拿眼看李五娘，李五娘皺了皺眉，「什麼了不得的事情，抬到邊上歇會子，掐掐人中便好了。」

不料眾人折騰了好一會子，將她人中掐得又紅又腫，還是不見她醒來。李五娘無法，只好派人去城裡請郎中。

外頭這樣大的動靜，何耀弘卻是一直沒出來，小圓向李五娘道：「三哥倒是沉得住氣。」李五娘道：「這是託了妳的福，他不願在二郎面前現出寵妾滅妻的樣子來，免得帶壞了他，因此裝作不曉得。這若是擱在家裡，老早就要竄出來與我吵架了。」

她講這些話時，一派雲淡風輕的模樣，好似講的是別人家的事體。小圓不知她如今這樣是過得比先前好，還是更苦了，不禁暗嘆了一口氣，婚姻一事旁人窺不見詳細，只有冷暖自知了。

草地上，習過武的午哥，教了何家表弟們幾招把式，很快就成了領頭的。另一頭，兩個女孩兒正在玩踢毽子，看得程四娘豔羨不已。

不多時，郎中來了，替素娘的生母把過脈，恭喜李五娘道：「這是有喜了。」話音剛落，就見何耀弘奔了出來，抓住素娘生母的手，連聲喚道：「花枝，花枝。」

他的聲音好似靈丹妙藥，方才狠掐人中都不醒的素娘生母花枝，一聽他喚，立時慢悠悠睜開了眼，撲進他懷裡哭道：「還以為再也見不到你了。」

這戲演得也太假了些，偏生何耀弘就吃這一套，俯身抱起她，朝幔牆外走去，順路還狠狠瞪了李五娘一眼。小圓替李五娘擔著心，李五娘反倒安慰她道：「不妨事，我與他已經夠糟了，再糟糕也壞不了哪裡去。」

何耀弘做了官的人，脾氣大，只使人來跟程慕天和小圓講了一聲，竟是理也不理李五娘，帶著花枝驅車回家去了。

李五娘望著路上的兩道車痕，恨得咬牙切齒：「賤人，說什麼再也不能生育，原來是串通了郎中來哄我的。」小圓冷眼瞧了這一時，覺得花枝哄騙李五娘一事何耀弘是知情的，蒙在鼓裡的僅李五娘一人而已。

她禁不住替李五娘傷感起來，安慰著她，扶著她上了車，將她送回家去，又勸了何耀弘幾句，叫他不要為個妾與娘子爭吵。

回家的路上，程慕天笑話她道：「妳又白費了口舌，妳三哥的性子妳還不知道，面兒上答應得好好的，做起來還是按著他自己的那一套。咱們這一走，指不定兩口子在家怎麼鬧呢。」小圓苦笑道：「我又何嘗不知，但我們也不好久留，夫妻倆的事還需他們自己解決。」

幾個孩子顯然還沒玩盡興就被帶了回來，個個進門時還噘著嘴，小圓笑道：「你們幾個小男人，將來若是納一屋子妾，就是這個不得安生的下場。」幾個男孩子都吐了吐舌頭，拔腿回他們院子繼續玩去了。

蕊娘由程慕天背著，到底年紀小愛犯困，腦袋搭在他的肩膀上昏昏欲睡，小圓忙把她接過來拍了幾下，遞給奶娘抱去房中歇覺。

程慕天打了幾個呵欠，見周圍無人，就攬了小圓道：「今兒為趕路起得太早，咱們也補眠去。」小圓隨著他朝屋裡走，嘴上叮囑：「補眠就補眠，不許做壞事。」程慕天被這話撩撥，索性將她攔腰抱起，丟到床上，道：「讓妳看看我到底才不老。」

他在床上大展雄風，直到小圓求饒，抱住他咬耳朵道：「官人寶刀未老。」

兩人癡纏到天黑，重穿了衣裳去飯廳時，孩子們正眼巴巴地等著開飯，一個個臉上都寫著「餓」字。小圓臉上一紅，將手伸到程慕天背後，狠狠掐了他一把。程慕天忍著疼，神色自如，道：「到底年紀大了，出門耍一天，精神不濟。」

小圓正朝椅子上坐，聽得這話，腳絆住了椅子腿兒，差點跌跤。程慕天看了她一眼，道：「娘子也老了。」小圓藉著扒飯悶聲而笑，從來還不曉得他是這般記仇的人，元宵節一句無心之語，竟讓他惦記到了現在。

吃罷飯，孩子們明日都要上學，早早兒地去睡了。小圓坐在燈下，與程慕天一個看內帳，一個看外帳，順口喚了阿彩，叫她將莊上新釀成的酒，送幾罈子去給何耀弘。

哪裡有大晚上送酒的，阿彩明白這不過是藉個事兒去何家看一看消息，便挑了兩個小罈包裝精緻的新酒，一手拎一個，上何家去送禮。

她之所以挑了兩個小罈就是想親自送進去，藉這機會去何家三房的院子瞧一瞧，好回報給小圓。等她到了何家大門前才曉得這是多此一舉。何家門首擠滿了看熱鬧的人，紛紛議論著什麼「何家三少夫人打死了人」的事體。阿彩心一驚，這才小半天功夫，怎的就死了人？她也不急著進去，先向圍觀的人打聽了一番，原來李五娘回到家，何耀弘橫豎看她不順眼，責怪她善妒心狠，是故意要謀害何家子嗣。

李五娘本沒得這個心，聽得他這般污蔑，反被激起了性子來，心道，反正是背了黑鍋，不如大做一場，於是在廚房給花枝熬的參湯裡加了些料，令她一屍兩命了。

據稱何耀弘抱著花枝悲切，心疼他那未謀面就死去的孩子，李五娘卻站在門口冷冰冰地道：「現在曉得了，我要妾的命輕而易舉，你那五個兒子能落地都是我寬宏大量，以後莫要動不動就冤枉我。」

李五娘主動承認自己害死了人，阿彩絲毫不覺得奇怪，一個妾而已，拿點錢打點便能了事，但為何惹來這許多人圍觀？一個婆子瞧出了她的疑惑，指著何家洞開的大門道：「姜夫人藉著此事要出婦，何三少爺本也是這個打算，休書都寫好了，但聽得嫡母也這般講，他不願如了她的意，反將休書收了起來，現在何家鬧做一團呢。何三少爺兩口子相互爭吵，又連成一氣與姜夫人吵，旁邊還有添柴加火的，何老大兩邊拉架，何老二急得跳腳。」

婆子講的沒錯，何家三房的院子裡，何耀弘兩口子正關著房門在吵架。何耀弘摔了個盛茶餅的物事，怒吼道：「李五娘，妳不要得寸進尺。妳以前賣我的人，我當作不曉得也就罷了，如今竟膽大到敢當著我的面害死我的兒。」

李五娘嗤笑道：「你也曉得是當面？瞧瞧你這個官人當的，當著面都護不了她，與我吵個什麼勁兒？有本事休了我，兩下清靜。」何耀弘罵道：「不要逼我太甚，妳以為我不敢嗎？休書就在櫃子裡放著。」李五娘笑出聲來，「你去拿出來呀，我二話不說按手印。」

何耀弘不過是虛張聲勢，根本不想休妻，於是住了聲音。外頭的姜夫人卻很興奮，隔著門喊道：「三郎，這樣的婦人還留她作什麼？趕緊休了她，娘再給你尋個好的來。」

何耀弘還是沒有作聲，心裡卻有了想法，嫡母何曾這般親熱地喚過他三郎，還自稱是「娘」？若不是如今他官運亨通，這家裡有人瞧得起他嗎？就算要休妻，也不能在這時候，絕不能遂了他們的意。他打定了主意，對李五娘道：「咱們不是說好不吵了的，怎的又爭起來？妳也別愣著，去取錢來，連夜把這事兒打發乾淨，不然明日天亮我出門，惹同僚們笑話。」

不論怎樣，害死人的事情還是要解決的，李五娘也暫歇了火氣，開箱子取會子，，數了幾張出來遞給何耀弘。何耀弘見她取的是自己的嫁妝錢，心裡的氣就消了幾分，開了門朝外走時，關心她道：「早些歇著吧，莫要理睬夫人，我辦完事再回來。」

他出得門來，姜夫人要上前拉他，他停了腳步，恭敬行禮，道：「夫人，此事不辦妥貼，怕是要影響我的仕途。」如今何家敗落，就指望著何耀弘呢。姜夫人聞言不敢再攔，放他去了，轉而去尋李五娘，夾槍帶炮，口稱要出婦。

李五娘連與她吵鬧的心思都無，神色淡淡地道：「有本事就拿休書來，這些年我也受夠了，誰稀罕你們何家媳婦的破名頭。」

終之章　緣定三生道如今

小圓聽過阿彩的回報，吃了一驚，當初的兩個妾都生了兒子，李五娘也不過是將她們賣掉了事，如今行事怎的這般毒辣起來？伸手就是兩條人命。

程慕天對此事沒什麼感覺，正妻害死小妾，再正常不過的事。此等事體小圓見的也不少，但旁觀別人家的和自個兒親三哥家的，心情完全不一樣。比起那橫死的妾，李五娘也是苦命人，若不是被逼到了絕處，又怎會不顧被休而動手？

她為李五娘兩口子擔心，所幸隨後幾日何家還算風平浪靜，她也就慢慢放下心來。

這日，李五娘發來了帖子，邀她去參加庚申會。

阿彩取了一件櫻桃短金衫兒、一條黃羅銀泥裙給她換了，又給她插了滿頭的珠翠，取了鏡兒來照給她看。小圓嗔道：「打扮得似個女妖精。」阿彩笑道：「別的夫人都作如此打扮，少夫人要是太寒酸，別人怎會把閨女許給午哥？」小圓把已拔下的一根金簪又插了回去，無奈道：「也罷，為了兒子，我就犧牲一回。」

阿彩不懂「犧牲」的意思，又為她貼了個花鈿，扶她上了轎子。

何家三房屋內客人們都已到了，一個妾引著小圓到座位上坐，奉上茶來。李五娘將那幾位夫人向她一一介紹，那穿百花羅衫的是唐夫人，穿雲雁暗紋綢衫的是張夫人，還有幾位是李五娘的娘家親戚。小圓留神瞧了瞧，面前這幾位穿戴都與她無二，全身上下明晃晃的，但那位張夫人卻是素淨得很，雖說身上穿的都是好料子，但顏色並不鮮豔，頭上也僅插了幾支玉簪。

小圓暗自後悔，不該聽了阿彩的話，打扮得似個花蝴蝶，生生被這張夫人比了下去。她是這般想，別人卻不一樣。李家一位嫂子朝她這邊湊了湊，悄聲道：「庚申會是鬥寶的，她打扮得這般矯情算什麼？有本事就別來。」唐夫人也湊了過來，語氣頗有些酸溜溜的，「人家是書香門第，自然與咱們商人婦不同。」

原來打扮得俗氣不俗氣是次要的，關鍵是不能與眾不同。小圓暗地裡吐了一口氣，她雖厭惡自己的這一身打扮，但卻不願被人排斥。

李五娘也瞧不慣張夫人，但她身為主人，不好厚此薄彼，便開口向小圓道：「妳可曉得這位張夫人是誰？妳家午哥與辰哥見了她，得喚一聲師娘哩。」張夫人也不謙虛，微微頷首，原來她正是錢塘書院山長的夫人。小圓忙上前見禮，與她敘些閒話。她想起午哥提過這位山長夫人的閨女是愛好填詞的，女兒如此，想必母親也高雅，她回想了一番自己讀過的詞集，拿出些句子來與張夫人討論。

張夫人眼裡閃過一絲驚訝，不想這般粗俗打扮的人竟也懂詩詞。文人多直性子，張夫人嫁給了文人，也沾染了這習氣，心裡這般想，就講了出來。小圓好一陣尷尬，只得藉著吃茶掩飾。唐夫人與李家夫人很是排外，認為她在張夫人那裡受了委屈，連忙喚了她過來坐，七嘴八舌道：「假清高，嘴裡談的都是詩詞歌賦，收學費時也沒見少了去，理她作什麼？」

小圓奇道：「難道妳們沒有兒子或兄弟在錢塘書院上學，連山長夫人都敢不理會？」唐夫人撫了撫衣裳上的式樣，嘆道：「我同妳三嫂一些樣，只有閨女是自己生的。」李家一位嫂子道：「我們小兄弟諢號蛐蛐的，可是在錢塘書院讀書，但他不過是混日子罷了，得罪了山長夫人又值什麼？」

她們這邊聊得熱鬧，就又冷落了張夫人，李五娘只好再度出聲，使人端了一盤子紅珊瑚磨成的珠子出來，道：「我娘送了一株大珊瑚給我，不曉得用來作什麼？就磨了幾個珠子，妳們來幫我瞧成色，串幾個耳環可使得？」

李家三嫂見了那一盤子紅通通的珠子，笑道：「婆母果然是偏心的，這般好的珊瑚通共只有兩株，一株給了李蛐蛐，我道還有一株去了何處，原來是在這裡。」這本是一句玩笑話，李五娘卻有些不悅，轉頭去與唐夫人講話，把李三嫂晾在了那裡。

小圓就站在李三嫂旁邊，見她一臉的尷尬，忙拿了話來岔開，問她腰間鑲金的腰帶是哪裡來的。李三嫂明白她是救場，感激一笑，道：「她這就生氣了？往後嘔氣的日子還多著呢。那些和離回娘家的，雖不曾丟了嫁妝，但到底是丟臉面的事，我們家兄弟多，嫂子們的唾沫星子都能淹了她。」

小圓大吃一驚，「和離？這從何說起，我怎的沒聽到消息？」李三嫂拉了她到一旁坐下，笑道：「妳三哥不肯呢，自然不會跟妳講。」小圓握著腰間的玉佩，冰涼一片，幽幽嘆道：「雖說勸和不勸分，但我三嫂與三哥這些年不曾好過，她過得很是辛苦呢。」

「誰過得又不辛苦？」李三嫂不以為然，「她才害死了官人的妾，這節骨眼兒上要和離，不是授人話柄？若這事兒真成了，不出三天，滿臨安大街小巷就要議論說李家閨女是畏罪自請下堂的。」

唐夫人大概與李家走得近，曉得內幕，在旁聽了一時，沒有避諱走開，反倒湊了過來，笑道：「李三嫂，妳只講了一半兒，你們李家不肯讓李五娘和離，還有一半原因是捨不得何老三那個好女婿吧？」

李三嫂的臉紅了一紅，卻也不否認，道：「我們家雖也有幾個做官的，但都沒得何三爺有能耐。朝中有個自家女婿，多好的事兒，偏李五娘想不開。」

小圓眨了眨眼，她只曉得何耀弘的後院一團糟，倒不知道他在旁人眼裡是個官場得意的好兒郎，李家還把他當作了香餑餑，捨不得放手。

唐夫人覺得李五娘要和離就是一場鬧劇，官人不肯放手，娘家兄弟反對，僅憑她自己和想要趕她出門的婆母，這事兒怎麼都辦不成。她與李三嫂耳語了幾句，講得她連連點頭，笑顏大開，又轉頭羨慕小圓道：「咱們這幾人中，當數何夫人最有福氣，官人不納妾，兒女又齊會。」

小圓愛聽這話，心道，這位唐夫人倒是左右逢源。她謙虛了幾句，正想問些她家的情況，一個妾走過來道：「兩位夫人，我家夫人請二位到園中賞花。」

唐夫人笑道：「大概要鬥寶了，咱們去瞧瞧。」原來是要真「鬥」，小圓扶了扶一頭的珠翠，同她一道，隨著那個妾朝園子裡去。
正是春季，何家園子雖沒有什麼名貴的花朵，尋常品種倒也開得正豔。幾位夫人圍著李五娘坐了，獨獨那位張夫人離得有些遠。茶水端了上來，以李三嫂為首，一群人開始嘰嘰喳喳聊起來。內容無外乎是我頭上的釵子比妳的好看，妳身上的衣裳料子不如我的名貴。
原來是如此鬥法，小圓聽得頭暈，不知不覺朝張夫人那邊挪了挪。張夫人眼中又閃過一絲驚喜，道：「我就曉得何夫人不是那般俗人。」她的聲量不小，正「鬥」得熱鬧的眾夫人都聽見了這話，齊齊拿眼瞪她，她卻不以為意，施施然端茶吃了一口，繼續同小圓聊天：「這花茶倒還中吃，聽說是何夫人所製？」小圓謙虛道：「哪裡，不過是我吃不慣古方煮的茶，拿乾花泡了點兒水喝而已，哪曉得大家都愛上了。」張夫人讚道：「何夫人蕙質蘭心，何必謙虛？」小圓微微一笑，道：「我家兩個兒子在書院給山長添麻煩了。」
張夫人顯然不大知曉書院的事體，問道：「妳家兒子是哪兩個？」小圓答道：「一個叫程梓林，一個程梓昀。」書院學生眾多，山長都未必知道這兩個孩子，她也不過是客套而已，不料張夫人卻道：「原來他們是妳家的孩子。」
小圓一愣，不知話背後是誇讚還是批評。張夫人先是一笑，道：「我家官人時常提起程梓昀，誇他天資聰穎，將來是進太學的料子。」小圓還未來得及高興，張夫人話鋒又轉，「程梓林是不是小名兒喚作午哥的？我可是久聞他的大名。」她最後一句咬得極重，臉色也變了。
小圓去問她詳細事，她卻怎麼也不肯開口，問得多了，竟將臉扭了過去，一副愛理不理的模樣。小圓不知她怎麼就突然翻了臉，只好又挪回唐夫人那邊去坐。唐夫人安慰她道：「我當年還與她是手帕交呢，就是受不了她這德性才慢慢地淡了。」
小圓本只替李五娘兩口子的事擔心，這下又添上了午哥，不曉得他是在書院裡惹了什麼麻煩，竟能讓山長夫人當場翻臉。做娘親的，孩子都是放在心尖尖上，她越想越急，哪裡還坐得下去，隨便尋了個由頭，辭了出來，回家等午哥下學。

自從泉州程氏家庭恢復了臨安的海運生意，程慕天就忙了起來。午哥上午去書院，下午學著做生意。辰哥也跟著去了幾次碼頭，卻是興致欠缺，還回書院埋頭讀書。仲郎不愛與人打交道，去過幾趟書院，每次都偷偷跑回來，程慕天拿他無法，只好讓他跟著袁夫子認字。

小圓回到家中時，大人孩子一個沒見著，連蕊娘也跟著程四娘做仿生花玩去了。她坐到桌前翻了幾頁帳，笑著感嘆：「怪不得那些夫人們要時不時辦個庚申會，孩子們大了，空閒下來，成日裡無聊。」

「無聊」不能想，越想越渾身不舒暢，小圓帳本翻不下去，只好走到廚房去備晚飯。廚娘正在做粉糍，用粉米蒸熟，再加上飴糖稀，小圓瞧得直皺眉，「妳們也太慣著辰哥了。」廚娘笑道：「辰哥跑了好幾個月的步，早就瘦下來了，念書又辛苦，少夫人就讓他吃點甜的吧。」小圓笑嗔：「蒸都蒸熟了，我還能說什麼？」

為了不厚此薄彼，她親手為午哥做了個薄如紙的藥棋麵，澆上雞絲和筍絲，另外又輕車熟路地為程慕天做盞蒸鵝，再在廚娘的指導和幫助下，給蕊娘做了個肉丁拌豆芽，給仲郎燒了條魚。她還想給程四娘做個肚子羹，突然想起她如今是在作坊吃飯的，只得罷了。

晚上程慕天回來，照舊是吃多了酒，小圓忙命人拿梨切成片餵給他吃。程慕天就著她的手吃了幾片，道：「今兒吃了藥材配製的枸杞酒，我看那桌上還有嶺南來的椰子酒，帶了兩罈子回來給妳，吃飯時喝吧。」

丫頭們已在外間擺飯，小圓出去吩咐了一聲，進來嗔道：「還惦念著酒？就因著你老醉醺醺地回來，我都學會好幾個解酒的法子了。」程慕天自揀了一片梨吃下，笑道：「這個甜津津的，比醋的味道好。」

小圓扶他起來去外間吃飯，程慕天卻道不餓，只在旁邊坐著。小圓看了午哥幾眼，問道：「你也吃酒了？」程慕天代他答道：「唐老爺也帶著兒子在學做生意，正好叫他們幾個小的湊了一起，並不曾隨我們一起吃酒。」

小圓放下心來，問道：「哪個唐老爺？今兒在三嫂家的庚申會上結識了一位夫家姓唐的夫人，莫不就是他家的？」程慕天接過丫頭遞來的湯喝了一口，點頭道：「就是他家的夫人，他與我提過。」小圓又問：「唐家的生意不錯吧？」程慕天奇道：「妳怎麼知道的？」小圓笑道：「他家夫人極擅交際，想必家中生意紅火。」

程慕天笑道：「妳不曉得，他家夫妻兩個比賽似的開鋪子，各做各的生意，各管各的帳，儼然是生意場上的對手，極為有趣，知情的人都稱奇呢。」小圓佩服道：「原來唐夫人是個生意能手，我得向她多學學。」她與程慕天聊著聊著，直到孩子們都吃完了飯各自回了房，她才想起來，離題十萬八千里了。

程慕天注意到她情緒的變化，問道：「為何皺眉，可是我帶回來的椰子酒不中吃？」小圓擱了飯碗，到他身旁坐下，道：「今兒我在庚申會上還遇見錢塘書院的山長夫人了，張夫人好似對咱們午哥頗有微詞呀，究竟為何，你可曉得？」

程慕天的後背一下子就繃緊了，道：「這小子不會是闖禍了吧？」他朝外吩咐了一聲，叫人去把午哥喚來。小圓叮囑道：「莫要一上來就發脾氣，想必不是什麼大事，不然依著山長夫人的耿直性子，不會不明說。」午哥已在掀簾子，程慕天壓低聲音道：「明說倒好了，就怕是什麼見不得人的事。」

小圓瞪了他一眼，正要反駁，午哥已行完禮，開口問道：「爹和娘尋我來有何事？」程慕天正要發話，小圓將他的手按了一按，作了笑臉出來向午哥道：「你們哥倆去錢塘書院的日子不短了，我和你爹想尋個機會請山長一家來家裡做客，卻又不知他們的喜好，因此喚你來問問。」

午哥臉上有明顯的喜色閃現，問道：「真的？」

他這樣調皮搗蛋的孩子聽見山長要來，就算不至於驚慌失措，也該滿臉不願意吧，為何卻是一臉的期待之色？小圓心下狐疑，面兒上卻沒帶出來，只拿些山長愛吃的菜餚來問他，又故作遺憾地道：「可惜你只曉得山長的喜好，他家其他人的卻是不知。」

午哥道：「山長家和咱們家一樣，沒得妾，只有一位夫人，膝下一兒一女，但兒子數年前去了，如今只得一個閨女，就是我與你們講過的，參加了文社的那個……」他越講越興奮，居然手舞足蹈起來。

原來他們錢塘書院的同學皆以能與山長閨女同社為榮，可惜山長家家教甚嚴，幾年過去，尚無一人與她打過照面，連她慶賀生辰，學生們去送禮，都是山長夫人代收的。

程慕天板了臉道：「男女大防，我與你講過沒有，夫子講過沒有？為何總把長輩的話當耳旁風？閨閣中的小娘子豈是你能見得的？就算到了咱們家，也自有你娘和妹妹接待，你當主動迴避。」

午哥見他誤會，連連擺手道：「爹，冤枉，我可沒那個意思，我只不過想去同學們面前誇耀一番，說我娘好本事，能請到山長家的閨女來做客。」

小圓還是懷疑，故意裝作信了他的言語，繼續問他些山長夫人和山長閨女的事體，發現他所知曉的都是些道聽塗說之言，便放了他回去，向程慕天道：「我看他確是與山長閨女沒什麼干係，莫非山長夫人是誤會了什麼？」程慕天道：「山長夫人是女眷，她存的什麼心思我怎麼曉得，不如妳再辦個什麼庚申會，打聽打聽？」

小圓依了他的話，真個兒學著李五娘的樣子又辦了一場庚申會，但卻沒請山長夫人。山長夫人不在場，打聽起她家的事體來就容易了許多，小圓把唐夫人和其他幾位夫人口中的訊息整理了一遍，終於弄清了來龍去脈。

原來山長夫人生氣的，不是午哥，而是自家閨女。山長閨女生辰時，書院的學生一來為了巴結山長，二來為了討山長閨女歡心，紛紛送禮，禮物擺了滿屋。山長閨女別的不愛，偏偏挑了午哥送的一樣小玩意，裝進了自己的荷包裡，從此山長夫人就對午哥瞧不慣起來。

說起來，這兩個孩子從來沒見過面，根本就不認識，山長閨女單單挑午哥送的禮物，大概也不過是因為那玩意新奇，一點子小事，能讓山長夫人當面給小圓臉子瞧？程慕天沉吟片刻，拍著桌子道：「山長夫人定是覺得咱們午哥不是讀書的樣子，瞧不上他，這才生了氣。她瞧不上我兒子，我還瞧不上她閨女呢，往後莫要與她家來往。」

小圓看了他一眼，沒有作聲，兒子們都在錢塘書院讀書，若是和先前一樣不認得倒還罷了，現下已然結識，哪有不來往的理？

程慕天大概也想到了這一層，於是改了路線，將午哥叫到跟前，細細教導了他一套既能與異性交往，又十二萬分符合規矩的祕訣，聽得午哥連連點頭，直呼佩服。

小圓十分好奇，晚間上床，好生伺候了程慕天一番，撒著嬌兒叫他再講一遍。程慕天卻死活不開口，只道：「反正不是教他像我當年一樣去翻牆。」小圓此路不通，另闢蹊徑道：「那午哥到底對山長千金有意還是無意？」

程慕天想了一會兒，道：「我看是仰慕的多，他自個兒只會舞刀弄槍，對擅吟詩作詞的女孩兒就存了份好感。」小圓道：「那我曉得你與他講些什麼了。」程慕天奇道：「妳能猜到？」小圓的手向下探去，笑道：「在你枕畔睡了這些年，有什麼我猜不出的？定是教導午哥，若是想追哪位小娘子，必要先同父母講，由父母去出面。」

程慕天的呼吸急促起來，捉住她不安分的手，道：「猜對了一半，我還同他講，若是真心想要給山長千金送禮，就去同你娘親講，你娘親一定有辦法既幫你把禮送到山長千金手裡，又不讓山長夫人曉得。」

「程二郎，你就胡謅吧，你骨子裡還是古板成性，會教他這些？」小圓一隻手被他緊抓著，另一隻手卻突破了防線，順利到達目的地。程慕天輕呼一聲，索性翻身將她壓住，任由她的手不安好心地四處遊走。

他吻住小圓的嘴，一面纏綿，一面含混道：「我這輩子……唯一不守規矩的事，就是去翻了何家的院牆……把妳娶了回家，但從未後悔過……我也……不想……讓兒子……後悔……」

「二郎……」小圓彷彿才剛讀懂眼前的男人，緊緊將他纏繞。

「娘子。」程慕天的應和簡短乾脆，堅定無比，讓人安心。

窗外樹影搖曳，蟲鳴悅耳，屋頂的富貴娘子躡手躡腳踩著瓦片，挑選牠的心上人。小圓偎在程慕天懷裡闔眼睡去，迷糊間暗道，自己機緣巧合來到這南宋，或許就是為了與他相遇吧。

小圓為了試探午哥，拿請張山長一家做客來哄他，不料卻被他當了真，隔三差五就來詢問，大有不請山長不甘休之勢。小圓細細一問，原來他已在朋友中放出了風去，生怕山長不來，失了面子。小圓深悔不該在孩子們面前扯謊，事已至此，少不得要備上一桌酒，將這謊話給圓上。好在她與張夫人也算有了私交，發個帖子去張家，也算名正言順。據說張夫人本是不想來的，但是張山長卻對學業優異的辰哥十分看重，還說服了她，將那帖兒收了去。

小圓為了宴請山長一家，自請客前三、四天就開始忙活。為何這般慎重？皆因她家的家什擺設透著一股子富貴氣，擔心張夫人嫌庸俗，於是準備全部換套高雅的。

她看著小廝們擺設煙雨山水的屏風，看一眼屏風，再看一眼午哥，哀嘆，穿越前聽人說過，所謂抬頭嫁閨女，低頭娶媳婦，怎的到了這南宋，還是這般歹命？為了兒子對人家閨女的那點子好感，她就要費財又費力，討好午哥那八字還沒一撇的未來丈母娘。

她親自動手，將個穀倉形狀的蓋罐撤了下來，換上透雕蓮花紋瓶，嘆道：「我這般大費周折，萬一他對山長千金並無其他想頭，豈不是白花了心思？」午哥彷彿是要特特解答她這一疑問似的，神神祕祕將她拖到裡間，捧出三個圓盒子，問她哪一個更好看。小圓瞧一瞧，原來是三個青白釉的粉盒。這三只粉盒都算不得名貴，小圓看了午哥一眼，問道：「這是要送給張家小娘子的？為何不挑幾個貴重的？」午哥沒料到她一下子猜中了自己的心思，忙掩飾道：「不是，不是，我是買來送給娘親的，妳一個，妹妹一個，小姑姑一個。」

小圓忍著笑，道了聲謝，故意將那三個盒子盡數收起。午哥急了，撲上去扭身子，「娘，妳還真要呀？」小圓推開他，拍了一掌，嗔道：「你妹妹都不似你這般愛撒嬌，多大的人了，站直。」午哥乾脆地後退了幾步，貼著牆站好，可憐兮兮地央道：「娘，這可是爹教我的法子，若是不管用，他老人家可就失了臉面了。」

小圓忙掀了簾子一角朝外望了望，回頭瞪他道：「不曉得你爹不愛別人說他老嗎？還不快些將『老人家』三字收起？」她將粉盒又瞧了瞧，取過菊花狀的，問道：「這是要我幫你送嗎？」午哥連連點頭，道：「這也是爹教的，爹真真是聰敏人。」法子是程慕天出的，誇讚的話被他得了，煩惱的事卻要小圓去操心。將粉盒送出去十分簡單，可怎樣才能讓山長閨女曉得這是午哥的心意？

午哥見她捧著粉盒深思不語，自動自覺當她是答應了，笑咪咪地作了甩手掌櫃，遛達出去，指揮這個搬櫃子，叮囑那個擺花瓶，將本來就忙碌的場面更添了幾分亂。

家中要來客人，蕊娘也很高興，特特親手做了幾支仿生花，說要送給客人作見面禮，還幫富貴娘子也打扮了一番，生怕牠在客人面前素顏失禮。

山長一家上門的時候，程家已然大變樣。院子裡幾叢青竹隨風輕擺，引來張山長讚賞一片。程慕天領著兩個兒子作陪，先請他去了書房小坐，順便考察學業。小圓則帶了蕊娘與張夫人母女到房中閒話。

張夫人對屋內清新淡雅的陳設很是滿意，臉上微微帶了笑，讚道：「我就曉得程少夫人不是那等俗人。」小圓暗自吐舌，回應了一個笑臉，順便打量坐在她身旁的山長千金。

山長千金一身月白衣裙，印著淺淺的梅花暗紋，微微垂頭，雙手交疊放在身前，顯得格外端莊嫻靜。小圓收回目光，與張夫人攀談了幾句，相互交換了女兒的閨名年齡，原來山長千金閨名昭娘，比午哥小一歲，自幼熟讀詩書，女紅等活計亦是純熟。

聊完各自的家庭基本情況，阿彩奉上菊花粉盒，作為小圓的見面禮，送了出去。昭娘是否喜歡這份禮，小圓沒瞧出來，但張夫人顯然很滿意這樣樸素的粉盒，嘴角又有了笑意，取了只錦盒送給蕊娘。

小圓代女兒掀開瞧了瞧，竟是一只五峰水晶筆格。水晶物件極為名貴，看來張夫人雖追求素雅，家底卻是頗為豐厚，但哪有人送擱筆的筆格作小娘子的見面禮的，難道書香門第行事都是這般與眾不同？

小圓暗自搖頭，讓蕊娘謝過張夫人，將筆格遞給丫頭收起。

蕊娘將她的仿生花取了出來，送給昭娘，又把紮了蝴蝶結的富貴娘子抱來，欲帶她去園子裡耍，不料張夫人驚呼一聲：「妳家怎的養了貓，還是長毛的？不怕掉一地的貓毛，髒了屋子？」小圓面露尷尬，忙讓小丫頭將富貴娘子抱出去，昭娘卻道：「這是獅子貓吧？久聞其名，卻未能得見，今兒開了眼界了。」說著向小圓施了一禮，同蕊娘兩個出門去了。

這下輪到張夫人尷尬了，親生的閨女竟當著別個的面與自己唱對臺戲，她不是個擅於掩飾的人，臉上瞬間變了顏色。小圓不曉得她們母女有何矛盾，忙道：「看來昭娘與我家蕊娘極為投緣，往後無事，可常來坐坐。」

張夫人吃了口茶，為方才的事情作了解釋，稱她家閨女一向恭順有禮，今日乃是意外。她到別人家做客，卻直白嫌惡主人家的貓，比起這樣不討喜的性子，小圓倒更喜歡昭娘的「意外」了。

張夫人不知為何，談興很濃，小圓小心翼翼地與她聊著，生怕一個不小心會讓她當場變臉。如此這般聊了一會兒，張夫人三句話裡總有兩句能繞到辰哥身上去，於是等到她們起身去園子裡賞花時，連旁邊伺候著的小丫頭都曉得張夫人是瞧上辰哥了。

小圓暗嘆，原來心思掛在臉上的人亦不好打交道，所幸張夫人有她的矜持，並未明著提出請媒人說親之類的事體，讓她稍稍放了心。

兩人沿著石子路沒走幾步，張夫人便喊累，扶著小丫頭的手走到路邊的石凳子上坐下。小圓這才留意到她纏的是一雙小腳，便小心翼翼地問：「妳家昭娘也纏了腳？」張夫人臉上現出羞愧表情，一副難以啟口的模樣，原來張昭娘自小性子就擰，小時怕疼不肯纏腳，竟以絕食相威脅，硬是留成了一雙天足。

小圓見張夫人講得痛心疾首，忙安慰她道：「不纏腳的人多著呢，我家蕊娘就沒有纏。不怕妳嫌我們銅臭氣，如今的女兒家只要陪得一副好妝奩，哪裡嫁不出去？」

張夫人正要點頭，突然瞧見昭娘在與蕊娘一道放風箏，跑得十分歡快。她臉色一變，不顧小圓的勸阻站起身來，扶著小丫頭的手，疾步走了過去，狠狠將昭娘責備了一通，命她隨自己安坐，不許再四處跑動。

蕊娘嚇得收起了風箏線，挨到小圓身旁坐下，一動也不敢動。小圓暗嘆，進了二門都是女子，並無半個男丁，尚未及笄的小女孩兒跑幾步放個風箏能礙著什麼事？張夫人連這個都看不慣，不知她若見到蕊娘每天早上起來跑步，又會作何表情？小圓可不願閨女跟著學，摸了摸蕊娘的頭，笑道：「妳乾坐在這兒幹什麼呢，還不帶著昭姊姊去妳房裡玩公仔？」

蕊娘到底是孩子，娘親沒怪她，就又高興起來，過去牽昭娘的手。張夫人聽得是到閨房玩，便沒有出聲反對，放昭娘去了。

蕊娘帶著昭娘到她的房間，抱著毛絨絨的凱蒂貓，擺上了小碗小爐，要同她一起玩過家家。昭娘已是大孩子了，雖陪著她玩了會子，卻是興致缺缺。蕊娘瞧了出來她對這個不感興趣，忙讓小丫頭去午哥房裡，搬了一箱子動物拼圖、萬花筒之類的玩意來。

昭娘見了鋪在地毯上的大幅拼圖，笑道：「這種大的，玩具店有賣，但我卻有個小小的鑲在底板上，能上下左右活動，隨時能拿出來玩。」說著打開腰間荷包，取了個僅有巴掌大小的拼圖來。

蕊娘接過去瞧了瞧，笑了起來，道「這不是我大哥的物件嗎？那日我找他討，他卻不給，原來是偏了昭姊姊了。」昭娘的臉刷的紅了起來，欲出言反駁，又曉得她講的多半是實情，只好擺弄著拼圖，低聲解釋道：「這是我生辰時，自書院學生們送的禮中挑的一樣，並不曉得是妳大哥送的。」

蕊娘是個聰明孩子，明白她為什麼臉紅，連忙挽了她的胳膊，親親熱熱道：「不過是個拼圖，什麼要緊？昭姊姊若是還不放心，就說是我送的。」

昭娘點了點她的鼻子，笑道：「鬼機靈，我才不怕別人說什麼。」

蕊娘早就得過叮囑，藉著那塊小拼圖，有意無意把話題往午哥身上引。昭娘雖有羞澀，但並未表現出反感，靜靜地聽她講述，間或還問上幾句。聊著聊著，蕊娘突然話鋒一轉，問道：「昭姊姊，我娘送給妳的粉盒，妳可還喜歡？裡頭的粉，妳可看過？」昭娘不知她何意，照實搖了搖頭，「程少夫人所贈必是好物事，但我還未來得及瞧。」蕊娘忙道：「昭姊姊不妨看一看，若是不喜歡裡頭的粉，我叫我娘換去。」

昭娘欲道不用麻煩，但架不住她的熱情，只好喚進貼身丫頭，將那粉盒取來瞧。她將蓋兒一掀開，就明白了蕊娘為何執意要讓她先瞧一瞧，原來那粉餅上印著小小的一個林字，她方才已曉得午哥大名喚程梓林，臉上頓時飄了紅霞。

蕊娘聽小圓講解過，不必理睬昭娘作何臉色，只要她不將粉盒還回來就是有意了。她見昭娘將那粉盒緊緊攥在手裡，並沒有還給她的意思，心裡立時樂開了花，替午哥高興起來。

昭娘將蓋子合上，並不交給身後的貼身丫頭，而是藏進了自己的袖子裡。她把袖子朝下扯了扯，紅著臉向蕊娘道：「我平日裡使的就是這『玉女桃花粉』哩，程少夫人有心了，替我好生謝謝她。」蕊娘裝作什麼都不知，笑道：「昭姊姊喜歡就好。」

兩人玩了會子拼圖，有丫頭端上荔枝膏水來喝了，請她們去入席。孩子們總是比大人更容易建立友誼，蕊娘拉著昭娘，邊走邊與她講悄悄話。午哥的樣貌脾性、爹娘的疼愛、家中兄妹趣事、富貴娘子的小脾氣……昭娘聽著聽著，羨慕不已，她兄長早逝，家中僅她一個，張夫人的規矩又極嚴，講話不能大聲，走路不許大步，就連放開嗓子咳嗽一聲都是不被允許的。她隨著蕊娘路經院中秋千架下，駐足看了許久，滿臉的渴望掩也掩不住，蕊娘問她是否要玩會子，她聽到房中張夫人的聲音傳來，連忙搖了搖頭。

站在門口的小丫頭打起了簾子，蕊娘攙著昭娘進屋落座。小圓正在與張夫人討論治家之道，頗有些話不投機，見兩個孩子進來，忙趁機抽身，轉頭命人上菜。

丫頭們都是事先得過吩咐的，擺在張夫人面前的是一溜兒清淡小菜，盛在潔白如玉的花口盤裡。此時已是初夏，因此有一盤清炒的蓮子蓮藕和菱角。張夫人愛極，讚不絕口，越發認定小圓是和其他人不一樣的高雅之輩，於席間邀請她得閒時去張府一聚。

小圓暗道，原來討張夫人歡心也不難，只是這一天陪下來，時刻要提溜著精神，渾身不自在。她留神看去，張夫人也並非不吃葷，只不過不愛大塊的魚肉，但昭娘的筷子，卻朝一盤紅燒排骨裡夾了兩回，待到夾第三回時，被張夫人一眼瞪了回去。

小圓看得好生奇怪，又不好問得，意欲旁敲側擊一番，偏張夫人崇尚食不言睡無語，不論與她講什麼都不接話，於是飯桌上沉寂一片，偶爾有筷子觸碰到碗壁發出輕響，還會引來張夫人的皺眉。

小圓一頓飯吃得極不自在，微微側頭看了看蕊娘，見她一副緊張模樣，大概是擔心筷子拿不穩，發出響動讓張夫人不高興。蕊娘才幾歲，哪能這般苛刻要求飯桌禮儀？真不該請這個張夫人回家來，讓閨女受這種罪。她再去看張昭娘，那孩子的吃相優雅，挑不出一點兒毛病，想必是張夫人教導有方，只是這般吃飯真的有趣味嗎？

待到飯畢，小圓實在是不想多留張夫人，便使了個眼色給阿彩。阿彩會意，去了一趟前院，回來時便道張山人要告辭，喚張夫人和張昭娘出去。小圓嘴上挽留，實則迫不及待，親自將張夫人送到了二門口，長吁了一口氣，同這樣的人多待一天，恨不得能減壽。

程慕天和兩個兒子大概還在送客，沒有回來，小圓帶著蕊娘先回了房，母女兩人都是沒有吃飽，對視一笑，忙忙地喚丫頭們重新擺飯。小圓還在納悶飯桌上的事體，夾了一塊紅燒排骨到蕊娘碗裡，奇道：「張昭娘瞧著並不胖呀，為何張夫人不許她吃排骨？難不成吃幾塊肉會有礙書香門第的名聲？」蕊娘道：「娘，張夫人哪裡是不許昭姊姊吃肉，是嫌啃排骨的吃相不好。這還不算什麼呢，聽昭姊姊說，她在家若是饞嘴排骨和雞塊兒，須得躲到房裡去吃，饒是這樣，如果被張夫人發現，還是一通責備。」

小圓將一塊排骨啃完，覺得還是挺有吃相的，笑道：「不知她家的肉是不是全切成了丁子？」周圍的丫頭婆子們都笑起來，「少夫人方才定是沒留意，那張夫人可不是只挑肉丁子吃，稍微大一點兒的，只要不能一口吞進去，她都是不碰的。」

程慕天帶著午哥與辰哥進來時，聽到那滿屋子的笑聲，問道：「怎麼，與張夫人甚為投機？人走了還在笑。」

小圓見他們進來才忍住了笑，經他一問，又樂了起來，看得程慕天莫名其妙。午哥看了看桌上的菜和她們面前的飯碗，奇道：「娘和妹妹怎的還在吃？」蕊娘起身讓座，道：「爹和哥哥們可曾吃飯，要不要再來一碗？」

大小三個男人都搖頭，程慕天坐到小圓身旁，接過丫頭遞來的茶吃了一口，道：「我與張山長相談甚歡，你們怎的卻在補餐，難道張夫人不喜歡咱們家菜式，沒有吃飯？」小圓再次笑出了聲，「是，她的確是不喜歡，都要怪我，沒囑咐廚房把肉再切細些。」程慕天聽了她與幾個丫頭七嘴八舌講了原委，也笑了起來，「我看張山長極為豪爽，並不拘泥於小節，真想不到他家夫人卻如此講究。」

午哥呆呆地仰頭望著房梁，不知在想什麼，沒坐一會子，便起身離去。辰哥見他如此，竟輕輕嘆了口氣，告了個罪，緊跟在他身後出去了。小圓嚥下一口飯，指了指門口，用詢問的眼神看程慕天。程慕天礙著小閨女在場，沒有解釋，親自照顧蕊娘吃完飯，送了出去，這才道：「張山長今日盛讚了我們辰哥，稱他照目前這般下去，將來定能升入太學。」

小圓恍然，定是張山長褒辰哥，卻無意傷了午哥。那孩子雖不愛學習，卻極愛面子，大概有些想不開。她講出心中所想，程慕天卻連連搖頭，「妳也太小看咱們午哥了，他志不在科舉，怎會為這麼點子小事與兄弟起間隙？」小圓奇道：「不是為了小事，難道有大事？」程慕天尷尬地咳了兩聲兒，「比這個稍微大點兒，聽張山長的意思，有心將閨女許給辰哥，午哥大概是聽了這個才不高興的。」

小圓也咳了兩聲兒——被飯嗆的。

果真好大的大事！

認真說起來，全是八字沒一撇，一群大人瞎忙活，真不知是無事忙，還是可憐天下父母心了。張昭娘比午哥小一歲，比辰哥大一歲，從年紀上來看，配誰都合適，但張家書香門第，張山長與張夫人齊齊看上有望進入高等學府的辰哥，而忽視了後進生午哥，實屬正常。

程慕天見小圓默不作聲，還以為她心裡有疙瘩，忙道：「午哥不比辰哥差呢，張家不會看人罷了。」小圓知他誤會，笑道：「手心手背都是肉，張家不論看上哪個我都只有高興的，怎會拿兒子們來比較？」說著說著，她突然想起那只菊花粉盒，忙起身去蕊娘房裡問了一問，回來向程慕天嘆道：「午哥與張昭娘相互都有些意思呢，若張家真來向辰哥提親，這事兒極為棘手。」

這粉盒的主意就是程慕天出的，因此非常感興趣，纏著小圓講了始末，好生自誇了一番，大手一揮，「我看沒什麼難的，即刻尋媒人來，先下手為強。」小圓唬了一跳，「午哥實歲十一，算虛歲也才十二，這年歲就定親，不嫌早了些？萬一過得兩年他變了心意，怎生是好？」

程慕天也是嫌早，但聽張山長的意思是想遲早把孩子們的事定下來，若張家搶先來向辰哥把親提了，他們再去為午哥提親，傳出去可就不好聽了。

午哥比辰哥還大兩歲，小圓猶嫌定親太早，難道張家就不嫌早？程慕天帶著幾分得意和自豪解釋道：「像咱們辰哥這般好兒郎，滿臨安尋得出幾個？張家怕是下手遲了，被別人家搶了去。」

「下手？」這話怎麼聽怎麼怪異，小圓摟著肩誇張地抖了一抖，「那你放話出去，就說辰哥沒考進太學之前，概不外售。」

「外售？」程慕天瞪大了眼，欲反駁幾句，卻撐不住笑起來，「好主意，我這就出門嚷嚷去。」他說幹，還真不含糊，起身朝外走，說要找幾個大嘴巴的朋友上正店坐坐。小圓隨著他一道走出房門，叮囑了幾句少吃酒，轉身朝兒子們住的院子裡去。

第三進院子，午哥住東廂，辰哥住西廂，但此時兩人齊聚在東廂的臥房內，嘀嘀咕咕不知商議著什麼。小圓有意要聽一聽，於是做了個手勢止住余大嫂，穿過待客小廳，將耳朵貼在了門上。裡頭聲音極低，她只聽了個大概，好似是辰哥在解釋張昭娘一事，稱自己還惦記著千千，對其他人無意，叫午哥千萬放心。

小圓琢磨，辰哥這般講是為了安午哥的心，還是真的沒有放下千千？她還未想出頭緒來，門開了，辰哥見她站在門外，神情有些緊張，匆匆行過禮，低著頭走了。小圓見了他這副做賊心虛的模樣，心下生疑，一把揪住午哥，問道：「你弟弟是不是還想著千千？」午哥大概是聽了辰哥的解釋，去了心結，又恢復了本性，嬉皮笑臉道：「娘，想想又何妨，臨安和泉州隔得遠著哩，他也只能想想罷了。」

小圓想了想，也是，管天管地，管不到他心裡去，除了平日裡看管嚴些，也的確無計可施。午哥察覺到她抓著自己胳膊的手鬆了下來，馬上輕輕掙脫，反攙住她往屋裡讓，笑道：「娘今日怎的有空來看我？我並沒有惹禍。」小圓望著酷似程慕天卻又帶著幾分狡黠的臉，暗自感慨，他讀書不如辰哥，但論起為人處世卻是強了不少，竟能曉得先看人臉色，再不著痕跡將話題轉開。

午哥見她不作聲，但臉上並無不高興的神色，便親手奉了茶，挨著她坐下，低聲問道：「娘，那粉盒她可曾收下？有沒有留下什麼話？」小圓故意反問道：「哪個她？」午哥不好意思起來，抱著她的胳膊開始施展撒嬌大法。小圓瞧著他那樣大的個子卻作小兒姿態，將腰扭來扭去，撐不住就笑了，「我的兒，趕緊停了，小心把腰折了。」她將張昭娘收下粉盒一事講給他聽，又嘆道：「你別高興得太早了，多分些心到學業上，討一討張山長的歡心吧。」

午哥沉默了一時，卻道：「我是不準備參加科考的，書念得再好有什麼用？我前些時日還在與爹商量，等到明年就不去書院上學了，專心跟著爹跑碼頭，學著做生意。」

他年紀雖小，卻有他的堅持，小圓並未感到失望，相反的，心中很是欣慰，拍了拍他的肩膀，安慰道：「你自己心裡有譜就成，旁的不必擔心太多，有我和你爹呢。」

的確不用擔心太多，他與辰哥的年紀到底還小，加上程慕天放了不進太學不定親的話出去，張山長雖常登門，卻沒再提兒女親事。

秋天裡，小圓從山莊度假回來，收到了唐夫人的帖子，邀請她去參加庚申會。小圓有意與她結交，自然欣然前往，事實證明，唐夫人雖然全身上下透著商儈，但卻是個知情識趣的人，與她相處比跟張夫人打交道輕鬆許多。

唐夫人的庚申會與撲賣會結合到了一起，既是鬥寶，也是賣寶，一群夫人和小娘子玩得十分開心，只有張夫人一臉的不屑，拉著小圓，非要與她談論詩詞。唐夫人瞧出小圓的不甘願，連忙過去將她解救出來，抱歉道：「她是我的手帕交，不請她說不過去，請了來，卻讓妳受了累。」

小圓搖頭，輕輕將她的手拍了幾下，以示自己不甚介意。唐夫人十分有趣，自頭上取了根金釵，放到籤筒前，笑道：「程少夫人，來，博一回，當我向妳賠不是。」小圓一笑，也不客套，搖了幾回籤筒，博了那釵子來，轉手又送給了唐夫人的閨女唐冬凝。

唐夫人見其他客人都玩得盡興，不需她過多招呼，便拉了小圓到一旁小坐，問起李五娘的情形。小圓瞧著她是有話要講的樣子，又曉得她與李家素有生意往來，對李五娘的事很是瞭解，就直截了當地反問道：「莫不是我三嫂家有事？」

唐夫人既然問起，自然是有事，她之所以不直接講出來，是怕小圓不想聽，此刻見她發了話，就放心大膽講道：「妳三嫂鐵了心要和離，夫家人和娘家人卻都不同意，她前些時同官人鬧了一場，帶著閨女搬到別院去住了，個把月了還沒回去呢。」小圓大吃一驚，沒想到何耀弘兩口子又鬧開了，而且還沒消息傳出來。

屋裡有李家幾位嫂子在，唐夫人不好講，同她又扯了幾句閒話，起身去招呼其他客人。

小圓於何耀弘一家到底只是外人，他們要和離，她插不上嘴，再說李五娘這些年也的確是苦了些，離了何耀弘一個人過日子，或者再嫁，恐怕還好些。

她這裡不將李五娘的事放心上，唐夫人卻把李家嫂子們送去了園子裡耍，回身又向她講個不停。小圓先是疑惑，後來想了想，明白過來，這唐家與李家是利益共同體，都不願李五娘和離，失去何耀弘那座靠山。

果不其然，唐夫人見她聽得心不在焉，就將心思挑明，求她去勸一勸李五娘，讓她回去還與何耀弘過日子。唐夫人為了自家利益而有這念頭倒也無可厚非，但小圓卻是不願摻和三哥的家務事，便道：「唐夫人，我是程家人，怎好置喙何家事？」唐夫人久做生意的人，自然聽得懂這話，臉上一紅，連連道歉，又重起話頭，將話題引開了去。

蕊娘牽著昭娘的手跑進來，見了小圓，走過來悄聲向她討小物件，好拿去撲賣。小圓學了方才唐夫人的樣，自頭上拔下一根簪子，交給她去耍。唐夫人笑道：「程少夫人也是個寵閨女的。」小圓笑道：「我也只一個閨女，不寵她寵誰？女孩兒家，人前挑不出大毛病就成，咱們又不指望她們建功立業，拘束那麼緊作什麼？」

這話與唐夫人的教女方針十分吻合，聽得她連連點頭，與小圓交流起育兒經來。

張夫人瞧出了她們投緣，心裡很不是滋味，因為唐夫人的閨女年紀與辰哥相仿，說不定就打了與她一樣的主意。她生怕未來的乘龍快婿被人搶走，顧不得矜持，走過去插話。唐夫人身為主人，自然要應付幾句，小圓看在午哥的面上，也笑著搭話，於是三人親親熱熱聊了會子，又攜手一同去其他客人鬥寶，直到庚申會結束才分開。

回到家中，小圓向程慕天抱怨道：「我今兒被張夫人纏了一整天，好不煩惱，該讓午哥來給我捶背。」程慕天的手自動自覺地放上她的肩頭，慢慢捏著，奇道：「張夫人不是自詡清高的，為何要纏著妳？」小圓抿嘴笑道：「大概是怕唐夫人搶先將閨女嫁進了我們家吧。」程慕天手下一頓，「唐夫人也瞧上咱們辰哥了？」小圓搖頭道：「這正是我佩服唐夫人的地方，她為了攀附我三哥，攛掇我去勸三嫂，但卻不肯利用女兒與我們結親來達到目的。」程慕天毫不猶豫道：「換作我，也不肯的。再好的姻緣，夾雜上這些目的，女兒要被夫家瞧不起哩。」

他說完，又問何耀弘與李五娘的事體。小圓將唐夫人的話轉述給他聽，暗道，何耀弘兩口子此番鬧和離，不聲不響，竟連程慕天常在外跑的人都不曉得。這年頭，越是不想讓人知道的事越是真的，他們夫妻倆怕是真的走到頭了。

程慕天問道：「妳不去瞧瞧妳三嫂？」小圓搖頭道：「我們沒有接到消息，定是他們不想讓親戚知道，既然如此，還是當作不知情的好。」

沒出半個月，何耀弘來尋程慕天吃酒，醉得迷迷糊糊間，講出了他與李五娘已經和離的事體。李五娘帶著嫁妝離開了何家，李家卻不收她，她只好帶著閨女住進了別院。

程慕天回來，向小圓轉述了此事。小圓聽說閨女是跟著李五娘過的，有些意外，這在臨安可是沒有先例，程慕天解釋道：「在妳三哥心裡，女兒都是替別人家養的，跟著誰不是一樣。」小圓本還有些話要講，全被他這一句噎了回去，她又不能講自個兒三哥的不是，垂著頭悶坐了一個晚上。

好在李五娘和離後，比先前更為精神，場場庚申會必定帶著閨女到場，還在她的別院辦了一場大的。她帶著閨女，不願坐吃山空，想把鋪子再開起來，但她娘家兄弟們恨她捨了何耀弘，不肯給她行方便。進價給得高高的，害得她接連虧了好幾次本。小圓還記著她的好，私下求了程慕天，把程家的外國貨低價賣了她幾回，這才讓她的生意慢慢緩了過來。

李五娘雖已嫁過一回，又還拖著個女兒，但勝在有十萬的嫁妝，上門求娶的人絡繹不絕，媒人多得快要將她家的門檻踏破，但她卻一朝被蛇咬，十年怕草繩，猶猶豫豫，始終不敢再嫁。小圓略勸過她幾回，她卻不肯聽，也只得罷了。

午哥自從用個粉盒子對張昭娘表了心意，就天天盼著她回禮，可惜張夫人對閨女的管教甚嚴，不輕易讓她出門，更別提悄悄送物件出來。蕊娘見大哥每日茶飯不思，有心助他，正好這日富貴娘子產的三隻小貓滿月，就藉了這個由頭，請張昭娘來家耍。

三隻毛團似的小貓仔在地上滾，張昭娘蹲在一旁，瞧得眉開眼笑。午哥趴在牆頭，也瞧得眉開眼笑。富貴娘子認出了午哥，跳上夾道院牆，蹭著他的臉，「喵嗚」了一聲，嚇得他直直跌了下去，摔了個屁股墩。

張昭娘聽到動靜，看看院牆，又看看蕊娘。蕊娘不好解釋，只好抓住富貴娘子罵了一頓，責怪她不該擾了客人的興致。富貴娘子替午哥背了一回黑鍋，委屈得喵喵了兩聲，躍過了牆頭去。

午哥摔到渾身疼痛，倒也沒有白摔，張昭娘看完小貓告辭時，悄悄將個荷包交給了蕊娘，託她轉交到午哥手裡。粉盒換荷包，午哥也有了定情信物，快活得似天上的小鳥，只恨不得生出翅膀來。

他收到荷包沒多久，就是八月十五中秋節，他學著大人樣，欲備一份中秋節禮送到張家去，卻被小圓告之，「追節」乃是已定親的人家所為，羞得他扎進房裡，躲躲藏藏了三日。直到八月十八，錢塘江潮頭最為猛烈的一天，一向好靜的辰哥突然來興致去觀潮，才把他給拖了出來。

這日，程慕天特意歇了一天，又到書院替兩個兒子告了假，帶著他們去錢塘江邊觀潮。

三人一路行來，只見從廟子頭到六和塔，綿亙三十餘里的江畔，佈滿了專為觀潮紮縛起來的彩棚和看幕，連一塊可供安坐的空閒地方也無。幸好何耀弘來得早，又是個官，占了個好位置，招手喚了他們過去，這才得以好生觀看。

錢塘江的入海口乃是喇叭形狀，江口大而江身小，起潮時，海水自寬闊的江口湧入，卻受到兩旁漸窄的江岸約束，形成湧潮。湧潮後又受江口攔門沙坎的阻攔，波濤後推前阻，漲成壁立江面的一道水嶺。

海門方向，一條銀線似的潮頭遙遙連著天邊。近處，數百個弄潮者，或手或腳，執著大旗小旗、紅綠清涼傘浮在潮面上，騰身百變。又有人手腳並用，執了五面小旗浮潮戲弄。

還有些伎藝人站在浪尖上踏混木，表演水傀儡和水百戲，程慕天瞧得高興，有心在何耀弘面前顯擺自家兒子，便叫辰哥念一首詩來應景。辰哥不負他所望，張口就來：「長憶觀潮，滿郭人爭江上望。來疑滄海盡成空，萬面鼓聲中。弄潮兒向濤頭立，手把紅旗旗不濕，別來幾向夢中看，夢覺尚心寒。」

何耀弘雖有五子，卻因為沒有用心教導，個個不成器，聽了辰哥念詞，為這個外甥自豪之餘，難免又有些失落。他生怕程慕天繼續炫耀，連忙拉了他去看那些被潮水沖濕，不得不去下浦橋下擠乾衣裳的看潮人。午哥亦是愛熱鬧的人，腳跟腳地隨了過去，幾人都瞧得開心，絲毫沒有覺察，辰哥趁著人多，悄悄地溜掉了。

程慕天帶著午哥開開心心地看完潮水，笑話完赤身裸體、披頭散髮的弄潮兒，準備回家時才發現辰哥不見了。程慕天一陣心慌，因為錢塘觀潮，時有人被潮水沖走的事情發生，何耀弘安慰他道：「咱們離得遠，辰哥又是懂事的，必不會跑到江中去。」程慕天點頭稱是，但一刻沒見到辰哥的人，一刻也不能心安。

他們一直尋到天黑也沒找到辰哥，正焦急之時，家中卻傳來了信兒，稱辰哥有了消息，叫他們趕緊回家。觀潮日，城中人多，程慕天好不容易衝過層層阻礙，到得家中，四處張望，「辰哥呢？」

小圓沉著臉，將手中的一張紙遞給他看，道：「怪不得碼頭上有人來報，說瞧見一個少年郎，長得恰似辰哥。」程慕天嚇得沒頭沒腦，朝紙上一看，原來是辰哥的留書，稱他搭船去了泉州，叫雙親不要擔心。

程慕天氣極，將紙揉作一團，狠狠擲到地上，怒道：「別擔心？怎麼能不擔心？他好好的跑去泉州作什麼？」

小圓道：「他去做什麼你不知道？」說完又瞥一眼牆邊的午哥，「你弟弟私自開溜，你不曉得？」

爹娘一生氣，午哥就習慣性地貼牆邊，其實並不是真的因為心虛。他半垂了頭，頗有些不好意思，聲音低似蚊蚋，「我、我這幾天盡想著給昭娘送什麼才好，不曉得辰哥要做啥……」

程慕天拎住他的領子把他丟了出去，怒道：「這兩個小子氣煞我也。」小圓看了他一眼，「隨你。」程慕天氣結，高聲喚程福，說要親自上泉州捉拿逆子。小圓沒好氣道：「你兒子可是追著心上人去了，你不怕被滿世界人都曉得就儘管去吧。」程慕天橫也不是豎也不是，氣呼呼地甩袖子，「妳是不是找不著兒子，就拿他老子撒氣？」

小圓的確是遷怒，被這話逗笑，起身拉了他一同坐下，道：「我已派了小船把程福送去了。」原來程福已跟去了，怪不得她不急，程慕天又火了，「妳存心看我笑話？」小圓瞪他，「子不教，父之過。」說完摸出條帕子，打在他臉上，頭也不回地逛園子去了。

程慕天很是憋悶，在屋子裡轉了好多個圈圈，最終還是沒忍住，上園子尋到小圓，道：「他又不是我一人的兒子，妳也有份。等他回來，是罰呀，還是不理睬呀，妳給個話，免得他惹了妳，又拿我出氣。」

小圓方才不過是在氣頭上才那般毛躁，此時在園子裡吹了吹秋風，已冷靜了許多，抓到程慕天的手捏了捏，道：「千千過幾日要定親，你不曉得嗎？他準是因這事兒去的。甘十二都沒法子扳回的事，他能有什麼辦法？讓他瞧著狠傷一回心，回來就安分了。」

程慕天的手被她抓著，一雙眼跟做賊似的東瞄西瞄，生怕被哪個路過的下人瞧見。這一分神，就有些心不在焉，「妳生的兒子，妳說怎樣就怎樣吧。」

午哥被父親扔出去後，立馬回房去翻桌子，果然發現一張辰哥的留言，留言中稱，他要去拆散千千的親事，將她帶回家，再懇請爹娘的同意。還稱，他此次離家出走定會帶累哥哥，請他千萬理解和原諒。

午哥將桌子踢了一腳，氣道：「糊塗小子，我才不原諒你。」說著攥了那張紙，飛快跑去園子，欲尋爹娘告狀，挽回迷途的辰哥。

程慕天的手還被小圓抓著，見午哥跑來，慌忙抽出，瞬間和小圓離了半尺遠，低頭掩飾著臉紅，問道：「你來作什麼？別問張昭娘的事體，我和你娘不曉得。」

午哥的性子和他截然不同，聽他提及自己的心上人，絲毫不覺得有什麼，大方咧著嘴笑道：「我已有了送禮的法子，不勞爹娘操心。」他將辰哥的留言遞過去，待得程慕天與小圓看完，問道：「辰哥不會真做傻事吧？」

程慕天雖然知道有程福跟著，出不了大岔子，但還是氣得臉色鐵青，緊抿著嘴講不出話來。小圓故意考校午哥：「何謂傻事？」午哥身為長兄，對辰哥行事頗有些恨鐵不成鋼的意味，「拆人姻緣可不好聽，他如此魯莽，影響將來進太學怎生是好？」

小圓又問：「那你覺得千千和你弟弟可還相配？」午哥小心翼翼地瞧了瞧程慕天，見他還沉浸在生氣中無法自拔，並未注意到這邊，就大著膽子搖了搖頭。小圓滿意笑了笑，拍拍他的肩，幫著出了幾個讓張昭娘歡心的主意，放他去了。

她重新挨到程慕天身旁，道：「還是咱們午哥有眼光。」程慕天苦笑道：「男女一事上，午哥是看著糊塗，實則精明。咱們那個小兒子，就正好相反了。」

小圓讓他這麼一說，陪著他唉聲嘆氣起來。程慕天見她如此，又反過來安慰她，將錢塘江的潮水描述給她聽，直到看她重新露出笑臉，才露出本性，將她輕輕推開，故意保持了距離，一前一後回房用飯。

蕊娘坐在程慕天身旁，歡快地嘰嘰喳喳：「昭姊姊想把富貴娘子生的小貓抓一隻去養，又怕她娘親責怪，我便替她出了個主意，叫大哥先替她養著，待她嫁進我們家，就是她的貓了。」滿桌子人全因這話將飯嗆在了喉嚨裡，尤以午哥為最，也不知是喉嚨難受還是臊著了，趴在桌上咳個不休，就是不抬頭。

程慕天一面念叨「童言無忌」，一面教導蕊娘，此等話莫要亂講。小圓則極有興趣地問道：「那妳昭姊姊怎麼說的？」蕊娘想了想，「昭姊姊只顧著臉紅，什麼也沒說，但走的時候好像又點了點頭的。」桌上的人再次捧腹大笑，午哥起身跑了出去，臨到門口又回頭，「把飯和貓送到我房裡來。」

蕊娘問起辰哥的去向，小圓稱他在別院苦讀，閉門謝客。她與程慕天都以為要在焦急中等待大半個月，不料沒過幾日，辰哥就失魂落魄地回來了，面容憔悴，原來的圓臉瘦了一大圈。他一進家門就扎進房內，怎麼也不肯出來。

小圓看了看程慕天，問道：「這是在怨我們呢？」程福站在一旁，回道：「他不是在怨少爺和少夫人，是在怨三娘子，又或是在怨千千……」原來千千並不是許給了原先的窮親戚，而是在甘十二和程三娘的力爭下，與另一戶有權有勢的人家定了親。

如此佳緣，程三娘豈會容人破壞？派了好些人手攔在外頭，根本不讓辰哥進門。據說千千本是念在情分，想出來見辰哥一面的，但不知被程三娘勸了幾句什麼，就打消了念頭。在他逗留泉州期間，連面兒也未露。

原來辰哥根本沒見著千千，怪不得回來得這般早。小圓鬆了口氣，命人燉了雞湯送到他房裡去。身子易補，心病卻是難醫，只怕他要沉寂些日子了。

辰哥療傷的方式很特別，一滴淚也未掉，只捧著書一個勁地猛讀，等到余大嫂送雞湯進去時，他已在鋪紙磨墨，準備寫文章了。接下來的幾日，張山長頻頻造訪程家，大讚辰哥如今格外用功，乃是大造之才。

這日，張山長又來，程慕天帶著午哥去陪客，辰哥卻只去打了個照面，還回房中背書。小圓推門進去，勸他歇一會子，又問：「山長到訪，你為何不去陪著？」辰哥擱了書來奉茶，道：「哥哥與張家小娘子……他去陪著就好。」

他還曉得成人之美，想必自己的心事也想開了些，小圓拉他在身旁坐下，摸了摸他消瘦的臉，心疼道：「多吃些，莫要整日悶在房裡，也該出去走走。」辰哥低聲答了個「是」字。小圓嘆道：「娘還以為你和千千只是小兒情誼，哪裡曉得你這般放不開？早知道如此，當初就許了你三姑姑這門親事，免得你這般難過。」

辰哥輕輕搖頭，沉默不語。過了會子，突然出聲問道：「娘，妳說，若是我們家無錢，千千會不會同我好？」小圓沒作聲，千千如何不曉得，但程三娘卻是決計不會將女兒嫁入窮人家受苦的。她雖厭煩程三娘這般勢利，卻很理解她，世上哪個作母親的不願女兒過更好的日子，看著女兒受苦受累？做娘親的心裡，總是疼的。

辰哥還在等著她的回答，臉上有期待，小圓沉思，該以現代人的觀念開解他，還是用大宋社會準則約束他？為何她的兩個兒子在男女一事上，與禮教規範格格不入。午哥先是不知男女大防，直到出了素娘那檔子事才讓他開了竅；辰哥明知父母反對，還為了戀情玩一次留書出走，這在大宋可是大逆不道的事情。她的教育到底哪裡出了問題？

小圓回憶著孩子們成長的點點滴滴，開始反思，大概因她骨子裡的崇尚自由，對兒子們太過放縱，以致於他們不自不覺中以現代人的思維在行事，這在禮教森嚴的大宋難免會碰壁——而她總是後知後覺，等到孩子們出了事情，才想起將他們往回拉，硬塞進大宋社會的框框條條中去。自小沒有培養，臨時擠壓不疼痛才怪。

原來是她錯了。人最痛苦的事情，不是受到社會的壓迫，而是和這個社會格格不入。第一次她想用大宋的方式來教育孩子，雖然這對於她和辰哥來說都很艱難，但她還是選擇了開口：「千千是否對你有意這不重要，重要的是她爹娘反對，她若執意與你來往便是不孝，你想讓她背負這樣的罪名嗎？」

她講完，起身背對辰哥，艱難開口：「這些道理，書中只怕講得更明白，你身為錢塘書院山長的得意門生，還消娘親來與你講嗎？」身後有啜泣聲傳來，她卻不敢去看，更不敢去安慰，彷彿做錯了事情一般落荒而逃。奔回房中，撲進程慕天懷裡，緊緊抱住他，不住地低聲念著：「我也迂腐了一回……」

程慕天豎起耳朵，聽她將方才的事念叨了一遍，不禁拍著她的背，奇道：「妳做得很對，為何要苦惱？」

他是土生土長的南宋人，既然他說對，那便是無甚差錯了。小圓心下稍慰，決定以後教育孩子，都先來聽一聽他的見解。

事實證明，符合大宋規則的教育方式才是正確的，辰哥雖對小圓的說辭不甚相信，但架不住周圍的同學朋友乃至師長書本講得都是同樣的道理，日復一日，他慢慢地就想轉了過來，不再沉淪於失戀的痛苦中，而是全副身心投入到寒窗苦讀中去。

他本就聰穎，加之刻苦，豈有不成功的道理？十四歲這年，他在同學羨慕的目光和張山長的盛讚中，成為了太學最年輕的學生。

入學前幾年，已「晉升」為「老爺」的程慕天，包下城中最大的酒樓，擺了整整三日的流水宴。男人們去酒樓赴宴，女客們卻是在程家園子裡。小圓忙得腳不沾地，還得抽出空閒來偷偷見媒人，讓她上張家去為午哥提親，免得他家向辰哥下了手。

張夫人不知小圓的小動作，坐在席上，是笑容最盛的那一個，彷彿辰哥已然成為了她家的東床。其實，她若是心思敏銳，從當年程慕天稱辰哥不進太學不定親之時就該猜出程家的意思，可惜她至今還沉浸在自己的喜悅裡。即使喜悅，她也改不了性子，很是愉快地與唐夫人討論起桌上的餐具顏色過於豔俗，唐夫人暗自腹誹，喜慶的日子不用紅的，難不成要擺一桌子白盤子嗎？張昭娘亦是覺得她太過掃興，悄悄離席，尋蕊娘玩去了。

張夫人雖然嫌東嫌西，但心情還是大好的，等到家中有人來報過程家提親一事，她越發喜上了眉梢，與小圓碰了好幾次杯才告辭離去。

待到回家，媒人一陣天花亂墜，聽得她迷迷糊糊，連忙擺手道：「程家公子才進了太學，自然是有前程的，還消妳說。」

媒人一愣，道：「我講的乃是程家大哥兒，小名午哥，大名程梓林。」張夫人臉上的笑容立時僵住，待到再三問過，確定真是午哥，不是辰哥，便連客套話也不講一句，徑直起身進裡屋去了。媒人十分尷尬，訕訕地站了一時，收起午哥的生辰八字，回程府覆命。

小圓早已料到這個結局，並不驚訝，但卻苦惱，不知使個什麼法子才能讓張家的目光由辰哥身上轉到午哥這裡來。她這裡還無頭緒，程慕天吃得醉醺醺，由兩個兒子攙了回來，她先忙將午哥的親事壓下，服侍官人醒酒。

程慕天頗為興奮，躲在榻上，仍與辰哥嘮叨個不停。小圓將兩個兒子趕出去，扶起他喝醒酒湯，嗔道：「你既醉了還不消停，不如替午哥想想法子，我使了媒人去張家提親，張夫人不理不睬呢。」

程慕天仗著酒興，摟過她香了幾口，笑道：「慢慢來，急什麼？媒人這一去還是有功的，至少張家不會向辰哥提親了，是也不是？」小圓推開他酒氣熏天的臉，將他按到榻上，搭上薄毯，道：「你倒是想得開，可張昭娘已及笄，隨時都有可能與別人家定親。若張家真將她許給了別人，咱們午哥怎麼辦？」

程慕天撐起胳膊，道：「要不，使些錢，把午哥弄進太學去？」

午哥幾年前就棄學從商了，這時再進太學豈不是玩笑？小圓白了他一眼，懶得搭話。程慕天餘留的一點兒精神頭用完，酒意襲來，開始犯困，小圓忙將他扶到了床上去，脫鞋寬衣。

等到她服侍完畢，掩上門出來時，午哥已在屋裡候著了。小圓自然曉得他的來意，輕輕搖了搖頭。午哥掩不住滿臉的失望，道：「我去尋她。」小圓拉住他道：「尋她有什麼用，親事得她爹娘說了算。」午哥低頭想了一會兒，道：「我想想辦法吧。」說完掀簾離去。

程慕天一時都想不出辦法，他能有法子？小圓望著他的背影，不大相信他能想出解決之道。隨後幾日，她將臨安城中等以上的媒兒幾乎見了個遍，奉上了賞錢，希望她們走張家門時能通個風報個信。午哥也是忙得馬不停蹄，成日約人吃酒，不知是為生意，還是自個兒的親事。

小圓操心著午哥的事，難免就分不出神去料理辰哥入學的事體，還好蕊娘很是能幹，乾脆俐落地撥了算盤，給二哥發「齋用錢」。辰哥領了錢，自信滿滿地保證道：「今年我才入學，只是外舍生，因此要交『齋用錢』方能在官廚就餐，等到來年，我不但要升入內舍，還要爭取擔任學職，領取『月給錢』。」

「我們太學學生分齋學習，每齋三十人，全齋共有五間屋子。還有一間爐亭，是全齋開會議事的地方。我們外舍各齋新近設了齋長、齋諭，各一人。」辰哥進太學念了幾個月的書，眼中格外有神采。

知子莫若母，小圓曉得他不會無緣無故講這樣一段話，便問：「你擔任何職？」辰哥被娘親窺見了小心思，垂頭一笑，道：「同學們推選我作了齋長。」

程慕天倍感臉上有光，疊聲叫小圓吩咐廚下，晚上多備好菜，要與兒子們吃幾杯。蕊娘亦是歡喜，準備親自下廚去炒菜，一面命人取銀攀膊，一面好奇問道：「二哥，齋長是做什麼的？」辰哥笑道：「齋長可以按齋規分五等處罰犯規學生，每個月還要記錄本齋學生品行學藝，再送給學諭考核，最後逐次交給學錄、學正、教授考核。」

小圓瞧著小閨女臉上的崇拜神色，曉得她又想出了召集小娘子們聚會的由頭。她把蕊娘推出門去，笑著搖頭，真不知這個閨女是隨了誰，這般愛熱鬧，三天兩頭就請小娘子們來家耍。

知女亦莫若母，隔了三兩天，蕊娘果然下帖子邀了一幫子相熟的小娘子來家耍，名曰慶祝她二哥升任了齋長。這些小娘子們都是有兄弟在太學讀書的，能有機會與齋長的妹子套近乎，就是自己不想來，也自會有家裡人催著來，於是聚會這天，下過帖子的人到得分外齊全，只除了張昭娘。

幾位小娘子三三兩兩地議論，說張家在太學讀書的兒子是過繼來的，與張昭娘不親，因此不稀罕與齋長妹妹來往。蕊娘與張昭娘私交甚厚，自然不信，她曉得唐夫人與張夫人是手帕交，便去問她的閨女唐冬凝。果然，唐冬凝曉得實情，原來張山長與張夫人為張昭娘說了一門親，但張昭娘卻不願意，於是使出了絕食的法子，把自己關在房裡不開門。

蕊娘自然曉得張昭為何不願意，擔心道：「不吃不喝，身子餓壞了怎麼辦？我哥……我會心疼……」她差點說漏嘴，慌忙改口，還好唐冬凝沒有覺察，抑或覺察到了，故作不知。

她講的雖是午哥，但臉上的擔憂倒也不是裝出來的。唐冬凝見她這副模樣，捂嘴笑道：「房裡必是藏了零嘴兒，嚇唬嚇唬大人罷了，張昭娘機靈著呢，可不像她娘親。」

蕊娘聽她這般講，略想了想，便猜出了原委。待到聚會結束，尋到午哥悄悄一問，果然是他的

「傑作」。

午哥平日裡同張昭娘傳遞消息全靠蕊娘，因此也不瞞她，和盤托出。原來他共想了兩招，一內一外，內讓張昭娘假扮絕食，外買通了張家過繼的兒子，到張山長面前「吹風」。

這兩招看似簡單，卻極為有效。張夫人待女兒雖嚴厲，但畢竟是親生的，哪裡狠得下心去？餓了不到兩天，就去尋張山長商議，而張山長還指著過繼來的兒子養老呢，對他的意見自是要聽幾分的，於是兩口兒合計了大半天，齊齊嘆一口氣：「程梓林就程梓林吧，雖沒得功名，好歹是長媳，也差不到哪裡去。」

隨後的日子，媒人穿梭於程、張兩家，草帖、定帖、相媳婦……一樣一樣走程序，到了下半年，午哥與張昭娘的親事總算是鐵板釘釘，正式定了下來。

小圓忙完了這頭，又開始忙那頭。程四娘十七了，自十四歲開始就陸續有媒人上門，但做妾的富人家她不肯，做正妻的窮人家又瞧不上她，於是拖拖拉拉，眼看著就快過成親的極限年齡，連程慕天都著急起來，恨不得立時將她打發出去。

這日又有人上門提親，卻不是媒人，而是程四娘在樓房住著時認識的那後腦勺挽髻的嫂子。她聽說程四娘嫁不出去，便大著膽子再次上門，親自為她那當「傾腳頭」的兒子說親。

程四娘挑挑揀揀這些年，終於有人願意娶她為正妻，又不嫌棄她的一雙小腳，喜出望外，在小圓面前含羞點了點頭，鑽進了房裡。

小圓亦是替她高興，夫家地位低，對於她來說實在不是壞事，至少他們會高看她一眼，不會欺負她。她與程慕天商量了一時，決定將仿生花作坊給了她做陪嫁，就在她夫家所住的樓房下頭尋了個店面，將作坊搬了過去。

那作坊很是賺錢，又開在家附近，左鄰右舍都瞧得見，程四娘既得了面子，又得了裡子，高興加感激，結結實實向兄嫂磕了頭，坐了花轎出了門子。

第二年，辰哥在太學，私試、公試都合格，順利升補內舍，並繼續擔任了齋長一職。照他這樣發展，入仕指日可待，上程家提親的媒人絡繹不絕。小圓曾問過他中意什麼樣的女子，他卻答任憑雙親做主，小圓明知這才是身為南宋子女該有的態度，但還是難免失望又愧疚，還好午哥悄悄告訴她，其實辰哥早就瞧上了唐家的唐冬凝，只是不敢開口，擔心小圓反對。

小圓輕聲嗟嘆，看來這是她插手辰哥與千千情事留下的後遺症，她自責之餘，又忙著遣媒人去唐家打聽消息。辰哥這般前程大好的兒郎，唐家哪有不願意的？沒出三天就把草帖送了來。小圓將草帖交與辰哥看了，卻沒有急急忙忙下定禮，畢竟孩子們還小，多留些餘地總是好的。

仲郎和辰哥年歲相仿，小圓想幫他把媳婦也挑了，可惜他於情事尚未開竅，寧願與人鬥雞鬥蛐蛐，也懶得搭理媒人。所謂強扭的瓜不甜，小圓只得將這事兒放下，待他大些再作打算。

蕊娘十一歲了，亦時常有媒人上門，求配她的八字，但程慕天是存了心要留到她十七歲的，不肯早早將親事定下，來一個，趕一個。

金家八哥亦中意蕊娘，瞞著程大姊來偷偷說過媒，但小圓覺得閨女年紀還小，想等她長大，自作這份主張。這日，又有穿紫背子的媒人登門，程慕天把她客氣請了出去，回房尋小圓抱怨。小圓正忙著瞧牆上的地圖，圈圈點點，隨口安慰他道：「一家有女百家求，這是好事，說明你把閨女教得好。若是無人問津，你恐怕就要犯愁了。」

程慕天被這一席話講得高興起來，笑著摟了她的腰，問道：「又看地圖呢，究竟想去哪裡？」

小圓將頭靠上他的肩，道：「家人在哪裡，哪裡便是家，到底去何處有什麼關係，關鍵是你隨不隨我去？」

程慕天低頭親了下去，含混道：「與我再生一個，我親自駕船，帶妳出海……」

（完）

漾小說 46

南宋生活顧問 下

國家圖書館出版品預行編目資料

南宋生活顧問 / 阿昧著. -- 初版. -- 臺北市：
麥田, 城邦文化出版：家庭傳媒城邦分公司發行,
2012.08
冊； 公分. --（漾小說；46）
ISBN 978-986-173-794-2（下冊：平裝）. --

857.7 101009634

作者	阿昧
繪圖	游素蘭
責任編輯	施雅棠
副總編輯	林秀梅
編輯總監	劉麗真
總經理	陳逸瑛
發行人	凃玉雲
出版	麥田出版 城邦文化事業股份有限公司 104台北市中山區民生東路二段141號5樓 電話：（886）2-25007696　傳真：（886）2-25001966
發行	英屬蓋曼群島商家庭傳媒股份有限公司城邦分公司 104台北市中山區民生東路二段141號2樓 客服服務專線：（886）2-25007718；25007719 24小時傳真專線：（886）2-25001990；25001991 服務時間：週一至週五上午09:00~12:00；下午13:00~17:00 劃撥帳號：19863813；戶名：書虫股份有限公司 讀者服務信箱：service@readingclub.com.tw
麥田部落格	http://blog.pixnet.net/ryefield
香港發行所	城邦（香港）出版集團有限公司 香港灣仔駱克道193號東超商業中心1樓 電話：852-25086231　傳真：852-25789337 E-mail：hkcite@biznetvigator.com
馬新發行所	城邦（馬新）出版集團【Cite (M) Sdn Bhd】 41, Jalan Radin Anum, Bandar Baru Sri Petaling, 57000 Kuala Lumpur, Malaysia. 電話：(603) 90578822　傳真：(603) 90576622 Email：cite@cite.com.my
美術設計	洸譜創意設計股份有限公司
印刷	鴻霖印刷傳媒股份有限公司
初版一刷	2012年08月21日
定價	250元
ISBN	978-986-173-794-2